슬픈 시간의 기억

김 원 일
소　 설
전 20 집

김원일 연작소설
슬픈 시간의 기억

일러두기
1. 이 소설전집의 맞춤법 및 외래어 표기는 현행 맞춤법통일안에 따랐다.
2. 수록된 모든 작품은 최종적인 개고와 수정을 거쳤다.
3. 권별 장편소설 배열과 중단편소설집 배열은 발표 순서에 따르는 것을 원칙으로 하였으나, 여러 권짜리 소설 『늘푸른 소나무』와 『불의 제전』은 장편소설 끝자리에 배치하였고, 연작소설은 별도로 묶었다.

김원일
소　　설
전 20 집

차　례

나는 누구인가　7
나는 나를 안다　81
나는 두려워요　171
나는 존재하지 않았다　259
내가 읽은 『슬픈 시간의 기억』 **강영숙**(소설가)　340
작가의 말　349

나는 누구인가
나는 누구인가

1

 한여사는 화장대 앞에 앉는다. 처음 하는 일은 마른 수건으로 거울의 먼지 닦기이다. 늘 자주 닦아 먼지 앉을 짬이 없건만 거울에 티 한 점, 얼룩 하나 없어야 직성이 풀린다. 한여사가 거울 앞에 앉아 허리를 펴 곧은 자세를 취하자 등줄기가 당기고 가쁜 숨길이 목젖에 걸린다. 다시 허리를 꼬부장히 낮추어 편한 자세를 취하지 않을 수 없다. 할미꽃같이 꼬부라진 늙은이가 안 되어야지 하고 다짐하건만 그 실천이 쉽지 않다. 그네는 거울에 비친 자기 모습을 꼼꼼히 들여다본다. 이마 위며 정수리에 검불처럼 성글게 남아 있는 흰 머리칼이 흉하다. 그네는 얼른 머리통에 잘 손질한 가발을 씌워 본 머리를 감춘다. 흰 머리카락을 조금 섞어 전체적으로 은회색이 되게 만든 숱 많은 가발이 잘 어울려 보인다. 부드럽게 물결치는 듯한 가발을 남아 있는 생머리에 여러 개의 핀으로 붙여서 고정시킨다. 새카만 가발은 한여사님한텐 어울리지 않아요. 연세는 드셨지만 헤어스타일만은 마님다운 기품이 자연스럽게 배어나야죠. 머리방 최마담이 가발머리를 빗질로 가꾸어주며 말했다. 그래야 어디에 나서도 귀부인답다는 말이죠? 거울에 비친 머리 모양새를 살펴보며 한여사가 쪼그락진 입으로 호물짝 웃었다. 맞아요, 한여사님은 누가 보더라도 한눈에 영국 왕실의 귀부인다운 품위가 느껴져요. 일본의 왕족 마님답다면 화가 났을 텐데 최마담이 분명 영국 왕실 귀부인답다고 말했다. 왕족다운 품위 있는 귀부인이라니, 듣기 좋은 말이라 그네의 쪼글쪼글한 입가에 미소가 번진다. 한여사는 부풀릴 데는 올리고 낮출 데는 다독거리며 가볍게 가발을 빗질한다. 점아가, 머리를 자주 감아. 참빗질만 한다고 머릿니가 빠지겠니. 창포물에 머리를 감으면 머릿니가 빠지고 윤기가 나지. 옛적 그 시절 엄마가 말했다. 열여덟 살에 집을 떠났으니 열예닐곱 살 적인지도 모르겠다. 등판에 두 줄로 꼬아 내린 검은 머리채가 삼단같이 치렁했다. 보통이 하나 가슴에 안고 짚신발로 방물장수 아줌마를 따라 집 떠나던 날, 아버지는 곰방대 물고 삽짝 앞에서, 대처는 촌구석과 다르니 몸 하나는 잘 챙겨야 한다는 말로 하직했다. 엄마는 당산나무 서 있는 고갯마루까지 배웅하며 내내 물코를 훌쩍거렸다. 서리를 하얗게 쓴 마른 옥수숫대가 아침 바람에 서걱거렸고 하늘은 구름이 켜켜로 덮여 우중충했다. 늙은 당산나무 허리에 감긴 색색의 헝겊이 바람에 너풀거렸다. 며칠 전, 돈 많이 벌어 몇 해 안에 금의환향하게 해달라고 비손하며 새끼줄에 걸어둔 빨간 댕기는 눈물에 가려 겹겹으로 걸린 띠들 사이 어느 가닥에 섞였는지 보이지 않았다. 잎 떨어진 당산나무에는 빈 가지마다 말똥 붙듯 올라앉은 까마귀들이 아침부터 까악까악 청승맞게 울었다. 배고파 못 살겠다, 굶어 죽은 송장 없냐. 까마귀 떼의 울부짖음이 그녀에겐 그렇게 들렸다. 점아가는 등마루 저쪽의 까마득한 들녘과 첩첩한 산을 보자 그 너머 먼 곳, 꿈에서도 본 적 없기에, 바닷가에 있다는 부산이란 대처가 상상으로도 잘 그려지지 않았다. 방물장수 말에 따르면, 드넓은 푸른 바다에서 많은 외국 배들이 드나들며, 그 배는 희한하고 요상한 갖가지 박래품을 실어 나르고, 밤에는 전기란 번갯불이 켜져 집들이 빼꼭한 거리가 대낮같이 밝다고 했다. 시오 리 길인 면청 소재지 장터밖에 나가본 적 없는 그녀로선 먼 길 나선 첫걸음이라 마음이 참새 걷듯 콩닥콩닥 뛰었다. 건빵공장에 취직하면 건빵은 배가 터지도록 먹을 수 있어. 일본 병정들에겐 그 건빵이 우리네 떡처럼 한 끼 요기요 새참거리지. 주머니에 넣어 다니다 길을 걸으면서도 먹을 수가 있거든. 점아가 네가 명절 맞아 집에 올 때 한 보따리 싸가지고 오면 들일 하다가 새참으로 먹을 수도 있어. 어디 그뿐인가. 건빵공장에 취직하면 하루 세끼 감투밥 먹고 다달이 받는 월급 차곡차곡 모아뒀다 부산의 하이칼라 신식 총각한테 시집갈 수도 있어. 방물장수가 너스레를 떨었다. 점아가는 밀가루 반죽을 골무처럼 작게 토막 내어 큰 기계로 한꺼번에 수백 개씩 구워내어 만든다고 말한, 딱딱한데 씹으면 고소하고 짭조름하다는 건빵 맛이 어떤지 알지 못했다. 건빵 만드는 과정을 구경하고 그 과자를 빨리 맛보고 싶다는 조바심도 켕겼지만, 막상 집을 떠나게 되니 눈물이 앞을 가려 걸음이 허공을 밟는 듯했다. 귓가에 따라오는 까마귀 울음조차 왠지 자신의 앞날을 내다보는 듯 음험하게 들렸다. 점아가야, 대처에서는 부디 삼시 세끼 쌀밥 먹고 호강하며 잘살거라. 설과 추석 명절 잘 새겨뒀다 잊지 말고 꼭 집 찾아오고. 서양 떡인지 뭔지 건빵이란 그런 건 안 가져와도 돼. 우린 그냥저냥 먹고 살잖아. 엄마가 당산나무 앞에서 걸음을 묶으며 말했다. 엄마, 나 그럼 갈래요 하고 나자, 대처 나가면 동생들이 보고 싶어 어찌 살꼬요 하는 말은 설움에 잠겨 입 밖에 떨어지지 않았다. 그렇게 방물장수 따라 홀홀히 집을 떠난 뒤, 그녀는 떠날 때의 고향 정경과 그 땅에 살던 사람들을 다시 보지 못했다. 세월이 흘러도 엄마는 집 떠날 때의 마마 자국 숭숭한 까맣게 그슬린 아낙네 모습 그대로 남아 있었다. 집 떠난 뒤 그녀는 고향을 다시는 찾지 않기로, 나는 고향 잃은 나그네새지 하며 체념하고 살았는데, 나이 들자 결심이 허물어지고 마음이 변했다. 더러 오밤중에 잠이 깨면 부모며 동기간 모습하며, 대숲에 싸인 스무여 호의 산촌 마을과 냇가에서 빨래하며 재잘대던 동무들 모습, 동구 등마루에 섰던 당산나무가 아삼하게 떠올랐다. 더 늦기 전에 고향에 한번 들르기로 작정하기가 제과점 문을 닫고 난 뒤였으니, 예순을 바라볼 나이였다. 큰집 조카 칠복이 승용차 편에 고향 가까이 갈 때까지 그네는 고향 땅 골짜기 일대가 큰 저수지로 변해버려 마을이 자취도 없이 수몰된 줄을 몰랐다. 방문이 살그머니 열린다. 이불을 일광욕시키러 들고 나갔던 윤선생이 바가지에 물이 찰랑찰랑 넘치게 담아 들고 조신스런 걸음으로 들어온다. 한여사는 거울을 통해 등

뒤의 윤선생을 본다. 윤선생은 창가 턱에 내놓은 화분 여러 개에 바가지에 떠온 물을 준다. 모두 앙증맞게 자잘한 꽃을 피우는 야생초다. 들국 화분, 은방울꽃 화분, 솜다리 화분, 어수리 화분, 엉겅퀴 화분, 며느리배꼽 화분 들이다. 들국은 보라색 꽃이 소담하게 피었다. 윤선생은 날마다 정성 들여 작은 화분 여러 개를 돌본다. 그네는 창문을 조금 열어 방 안 공기를 환기시킨 뒤, 자기 흔들의자를 창가로 옮겨놓고 앉는다. 야생초의 숨소리라도 듣겠다는 듯 화분을 들여다본다. 사설 양로원인 한맥기로원(韓脈耆老院) 가동 자치회장 직분을 맡고 있는 윤선생은 말수가 적고 매사의 행동이 고양이처럼 소리 없이 움직여 한방을 써도 늙은이가 있는 듯 없는 듯하다. 한여사는 윤선생이 안경을 돋보기로 갈아 끼고 활자 큰 성경책을 펼쳐드는 모습을 거울을 통해 본다. 하얗게 센 머리칼에 칡색 개량 한복을 입은 단정한 모습이 정물인 듯, 한 폭의 그림 같다. 한여사는 다시 자신의 얼굴을 본다. 가발로 본 머리를 감추었으나 거울에 비친 얼굴은 주름살투성이다. 물기 빠진 무 같은 얼굴은 자신이 보기에도 민망하다. 언제 내 꼴이 이토록 늙은이로 변했나 싶어 슬며시 부아가 끓는다. 며칠 전 방바닥을 걸레질하던 초정댁이 한여사가 들으라고 구시렁거렸다. 이봐, 그렇게 횟가루 바르듯 떡칠한다고 쪼글쪼글한 면상이 새색시로 둔갑해? 늙은 개도 안 쳐다볼 할멈을 누가 봐준다고. 광대댁도 윤선생 본 좀 보라고. 윤선생은 화장을 안해도 얼마나 곱게 늙었어. 한 시절 요조숙녀가 얼굴에 그대로 묻어나잖아. 시래기는 삶아도 시래기밖에 더 돼? 횟가루 제발 그만 처발라. 초정댁이 뭐라고 지분대든 난 눈감을 그날까지 날마다 곱게 화장을 할 테야. 천방지축 껍죽대는 할멈 말을 새겨서 뭐 해. 잘난 체하는 아가리로 실컷 재잘거리라지. 윤선생처럼 입 다물고 지내면 누가 뭐라나. 한여사는 가발 위에 헤어밴드를 맨다. 수렴화장수 뚜껑을 열기 전 남아 있는 분량을 눈으로 가늠한다. 분량이 어제 쓴 만큼 남아 있다. 그네는 며칠 전 초정댁과 말다툼을 했다. 분명 자기 수렴화장수가 손톱만큼이나 표나게 양이 줄었는데, 초정댁은 자기 짓이 아니라고 딱 잡아뗐다. 윤선생은 세수하고 로션크림이나 바를까 화장을 하지 않으니 그럴 리 없고, 한방을 셋이 쓰는데 초정댁 짓이 아니라면 귀신이 와서 수렴화장수를 썼단 말인가. 기가 찰 노릇이었다. 한여사는 수렴화장수로 얼굴 피부를 촉촉하고 매끄럽게 다듬는다. 주름살과 땀구멍에 수분이 스며들게 수렴수 찍은 화장용 솜으로 피부를 가볍게 다독거린다. 손이 떨리는 탓인지 솜 쥔 손이 헛놀기도 하고 토닥거리는 간격이 일정치 않다. 솜을 치우고 건성 피부에 수분이 잘 스며들게 손바닥으로 토닥거려준다. 한여사는 사무장 김씨 말을 떠올린다. 한여사가 화장 곱게 하고 나서니 환갑 전후 연세로 뵈요. 남에게 나이보다 젊게 뵌다는 건 기분 좋잖아요. 꽃 보듯 남이 그렇게 봐주면 한여사도 젊어지는 마음이겠고. 마음이 상쾌해지면 체내에 엔도르핀이 돌지요. 엔도르핀이 작용하면 몸과 마음이 젊어지고 피부도 고와진대요. 사십 년 가까이 도서관에 묻혀 책과 함께 살다 정년퇴직했다는 김씨는 모르는 게 없을 정도로 박식했다. 말이면 다 같은 말인가. 아 다르고 어 다르지. 나이는 들었어도 사무장은 상대의 마음을 즐겁게 해주는 예의가 몸에 배었어. 지식과 교양이 있는 사람은 보는 안목이 다르고 몇 마디 말을 나누어도 출신 성분은 물론, 그 사람의 수준을 알아볼 수 있지. 나도 적잖게 나이를 먹은 건 사실이야. 그러나 아무 일에나 덤벙대고 자기 것 남의 것 가릴 줄 모르는 노망 든 파파할멈은 아냐. 자잘한 글씨가 빼곡 찬 소설은 이제 눈이 아려 못 읽지만 나는 지금도 아름다운 시를 읽고 고상한 음악을 듣잖아. 명상하며 자유롭게 산책도 즐기지. 내 손으로 속옷 빨아 입고 예쁘게 화장도 하고. 난 아직까진 남 손에 얹혀사는 천덕꾸러기 늙은이가 아냐. 한여사는 화장하기 전 얼굴은 자기 얼굴이 아니라고 생각한다. 화장을 하고 물색 고운 옷 차려입고 나서면 사무장 말처럼 이십 년쯤은 젊게 보인다고 그네는 확신한다. 얼굴과 목에 수렴수가 제대로 먹은 듯하자, 수분이 피부에 흡수될 얼마 동안 한여사는 카세트를 켜고 테이프를 작동시킨다. 그네가 오전에 즐겨 듣는 음악은 오페라 아리아 모음집이다. 한국말로 번역된 「별은 빛나건만」한 소절이 테너의 우렁찬 목소리에 실려 고음으로 치닫는다. 거울 한쪽 귀퉁이에 자리 잡은 윤선생이 노랫소리에 고개를 돌렸다 거둔다. 그네가 성경에서 눈을 떼고 흔들의자 등받이에 머리를 기댄다. 음악을 들으며, 그 음악이 떠올려주는 아련한 추억에 잠기는 모습이다. 윤선생은 평생 결혼하지 않고 초등학교 교사로 일하다 정년퇴직한 독실한 기독교도이다. 말수가 적고 속내를 내보이지 않아 혼자 살아온 그네의 과거지사를 한여사가 묻기도 그렇고, 물어봐야 지분지분 말보퉁이를 풀어놓을 노파가 아니다. '오, 달콤하던 그날 밤의 키스……' 노래가 감미롭게 흐른다. 달콤한 키스, 말만 들어도 한여사는 가슴이 떤다. 젊은 시절의 키스는 정말 달콤했지. 꿀맛이 따로 없었어. 새끈새끈 들뜨는 가슴에 생과자 앙꼬처럼 혀 끝에 살살 녹아드는 맛이지. 달콤한 키스 끝에 홍이 기침을 쿨럭이며 말했다. 하늘도 무심하셔. 야속하게도 우린 너무 늦게 만났소. 이 땅에서 맺어질 수 없는 사랑이기에 난 무덤까지 한양의 사랑을 간직한 채 갈 거요. 까마득한 세월 저 건너라, 한여사는 망토 걸치고 사각모 쓴 전문대학 학생 이름이 떠오르지 않는다. 성씨는 홍가가 분명했다. 생김새조차 가물가물한 그 창백했던 애젊은이 모습이 떠오르자 한여사의 귀에 관부연락선 뱃고동 소리가 아련히 들린다. 양손에 커다란 가죽 트렁크를 들고 뱃전으로 오르던 홍의 뒷모습이 보인다. 저렇게 떠나가면 방학이 되어야 연락선 타고 나올 테지. 한시적 이별일지라도 헤어짐은 늘 애절해 뜨겁게 뺨을 적시는 눈물이 앞을 가렸다. 부웅부웅. 오륙도 쪽으로 멀어지던 뱃고동 소리가 구슬펐다. 이 나이까지 살아올 동안 슬픔으로 괴로워했던 시간도 많았지만, 난 눈물이 유독 흔했지. 한땐 눈물쟁이 울보 소리도 들었잖아. 한여사는 추억의 실마리를 더듬으며 테너의 아리아 음조를 마음에 새긴다. 그네가 눈을 감고 한동안 멍청해져 있다 눈을 뜨니 거울에 비친 윤선생이 서가에서 다른 책을 뽑아낸다. 그네가 주로 읽는 책은 종교 서적과 성인이나 현자의 명상집이다. 책을 읽지 않을 때는 사진첩을 들치거나 바둑판만한 간이 책상을 펴놓고 편지지나 공책에 무엇인가 쓴다. 한여사가 지나치다 흘깃 공책을 보면 글씨가 깨알 같고 기록량이 많다. 그런 윤선생을 두고 초정댁이 말했다. 선생질로 늙었다는 저 여편네는 참말 알 수가 없어. 편지지에 쓰는 건 가르친 제자들 편지에 대한 답장질일 테지만, 공책 기록은 자서전인가 뭔가, 그런 건지도 모르지. 시집 한번 안 갔다니 기껏해야 허구한 날 코흘리개 애들 가르친 게 전부일 텐데, 읽어줄 사람도 없는 그런 걸 써서 남기면 뭘 해. 내 언제 저걸 한번 훔쳐봐야지. 틀림없이 비밀스런 내용이 들어 있을 거야. 그러나 그네에게 그런 기회는 좀체 오지 않았다. 윤선생은 그 공책을 화장함에 넣곤 열쇠를 채워둔다. 열쇠고리는 허리띠에 매어 지참하고 잠잘 때도 허리띠는 차고 잔다. 그런 그네를 두고 한여사가 초정댁에게 으쓱해하며 말했다. 윤선생 화장함에 그런 공책이 여러 권 있는 걸 봤어요. 저 나이에 소설 같은 걸 쓰지는 않을 테지. 그렇다면 자기 일생을 글로 줄줄이 엮어낸다? 나처럼 살아온 나날이 행복으로 넘칠 듯 가득 찼던 일생이라면 오죽 쓸거리도 많아. 그걸 소설로 엮어낸다면 열 권도 넘을걸요. 처녀 시절부터 난 당시로서는 귀족 신분이라야 먹을 수 있는 그 귀한 서양 빵에 나마가시(생과자)와 모찌를 입에 달고 살았으니깐. 한여사의 재는 말에 초정댁이 말 같잖은 자랑이란 듯 입술을 삐쭉 내밀었다. 바깥 마당에서 남녀가 어울린 웃음 소리가 터진다. 그 웃음소리가 공허하게 들려 김빠진 맥주 같다. 늙은이들의 웃음은 마디가 없고 텅 비어 바람 새는 소리 같다. 광대댁, 윤여사, 게이트볼 안해? 여기 모두 모였다고. 말라비틀어진 번데기 꼴에 떡고물 처바른다고 어디 광이 나겠어? 시래기는 삶아도 시래기야. 윤선생도 여기 나와보라고. 선생질

했다니 호루라기 불며 심판이라도 봐줘. 또 그놈으 총각 예수와 미아이(맞선) 보러 만리장성을 쌓나? 창밖에서 초정댁의 외침이 들린다. 광대댁이라니. 저 늙은이는 날 꼭 그렇게 불러. 내가 어디 광대패 출신인가. 초정댁의 칼칼한 외침에 윤선생도 별 반응을 보이지 않는다. 그네는 아침 식전에 단전호흡과 맨손체조를 한다. 오전에는 독서를 하거나, 나동으로 가서 병중인 환자들에게 예수를 믿으면 죽은 후 주님 계신 천당에 갈 수 있다며 열심히 전도를 하며 돌아다닌다. 오후에는 홀로 산책을 하는 외, 여럿이 어울리는 놀이나 운동은 쳐다보지도 않는다. 한여사도 게이트볼은 하지 않는다. 나가봐야 늙은이 예닐곱이 공채 잡고 삐뚜로 나가기 일쑤인 공을 치며 말이 되잖은 잡담이나 지분거릴 터이다. 한 시절은 얼마나 잘 나갔다느니, 고대광실에 잘 처먹고 늘어진 개팔자로 산다는 자식 자랑이 늘어질 테지. 초정댁은 또 골백번 했던 너스레를 늘어놓을 것이다. 나 이래 봬도 면소(면사무소) 장터거리 술도갓집 딸로 태어나서 추수 오천 석 하던 부잣집에 시집갔다오. 서방이 서른 중반에 세상 떠났지만, 서방 살았을 적엔 우린 한날 한시도 떨어져 살아본 적 없이 원앙 한 쌍으로 지냈지요. 한여사는 어서 화장이나 마치고 보겠다며 다시 거울을 본다. 뺨을 손바닥으로 토닥거리니 그사이 물기가 증발해버렸는지 피부가 까칠하다. 그네는 초정댁과는 한방을 쓸 수 없다고 생각한다. 사무장 김씨한테, 윤선생처럼 조용한 늙은이로 룸메이트를 바꿔달래야지. 아무리 나잇살 먹었다지만 교양머리가 그렇게 없을 수 있어. 뻔한 소리만 주절거리고. 뭘 캐겠다고 형사같이 빠끔히 쏘아보며 묻긴 왜 그렇게 꼬치꼬치 물어. 알고 싶은 게 많으니 먹고 싶은 게 많은 게지. 그러니 만날 식당 반찬 투정이 입에 발렸잖아. 자식들이 경찰 간부 출신이고 박사면 뭘 해. 싸가지 없는 자식들이니 어미 모실 생각은 않고 늙은이를 양로원으로 내친 게지. 그렇게 당해도 싸. 어쩜 자식 자랑도 다 거짓말일는지도 몰라. 초정댁만 아니라 가동 식구들 제 자랑은 진담인지 농담인지 확인할 수 없으니, 거짓말을 입술에 적당히 바르고 살잖아. 그렇게 떠벌린다고 없던 품위가 갑자기 생기나. 사람의 품위는 평생 닦아 온 교양에서 저절로 우러나서 은연중에 광채를 띠게 되는 건데. 예수쟁이 윤선생은 남들처럼 거짓말을 입에 달기 싫으니 아예 입 다물고 지내는 게야. 한여사는 영양크림 통에서 장지로 크림을 찍어 이마, 양 뺨, 콧등, 턱에 흰 점을 찍는다. 양 손가락으로 원을 그리며 피부에 크림이 고르게 스며들게 오랫동안 마사지한다. 다음은 분첩을 열고 촉촉한 피부에 파우더 가루를 퍼프로 토닥거려준다. 그네가 사용하는 밝고 옅은 핑크 톤은 피부가 깨끗하고 싱싱한 느낌을 주는 색이다. 닭볏같이 검붉고 주름이 엉긴 목도 빼놓을 수 없다. 꼼꼼하고 세밀하게, 주름살에 더 신경을 써서 분을 먹이면 고랑이나 금이 어느 정도 감추어진다. 깊은 주름은 아무래도 손가락을 사용하지 않을 수 없다. 그네는 떨리는 손가락으로 분가루를 문지르고 쓸어 붙인다. 뺨 화장은 짙은 핑크 톤을 살짝 올려준다. 한여사가 그렇게 얼굴 화장을 하는 데는 한 시간 정도 걸린다. 얼굴 화장이 대충 끝나면 얼굴과 목에 주름살이 얼마나 감추어지고 분가루가 피부에 자연스럽게 먹었느냐를 확대 거울로 확인한다. 몇 해 전까지만도 확대 거울은 솜털과 땀구멍까지 죄 보여 애벌레를 보듯 징그러워 사용하지 않았으나, 이젠 눈이 많이 침침해져 그 거울을 요긴하게 쓰는 참이다. 한여사는 확대 거울을 통해 자기 얼굴이 본 모습을 찾았다고 만족할 때까지 화장을 수정한다. 넌 어릴 적부터 피부가 고왔어. 시골애치고 점아가 너처럼 피부가 고운 처녀는 면소 장터에 나가 색실전에 모인 처녀들을 둘러보아도 찾아보기 힘들 거야. 그러니깐 방물장수가 너를 점찍은 게지. 새첩고 귀엽다고. 등 너머 마을 서씨 집안에 출가한 뒤 젖먹이 칠복이를 업고 친정 동네에 다녀갈 때 큰집 사촌언니가 말했다. 사촌언니 말에 뺨이 화끈했지만 점아가는 기분이 좋았다. 다랑이밭 몇 두렁으로 아홉 식구가 호구하다 보니 사촌언니 얼굴은 힘든 농사일로 찰흙처럼 익고 거칠어져 처녀적 고운 살결이 간데없었다. 점아가는 그해 고향을 떠난 뒤, 사촌언니를 전쟁 통에 부산 국제시장에서 만났다. 통행인 많은 길가에 미나리 함지를 놓고 앉은 젊은 아낙네가 시르죽은 목소리로, 청정한 미나리 사이소 하며 호객을 하고 있었다. 한경자는 미나리란 말만 들으면 늘 고향 마을 앞 맑은 물에 이른 봄이면 파릇하게 줄기를 키우던 미나리꽝을 떠올렸다. 고향을 떠난 뒤 시장에서 미나리단을 보면, 미나리를 솥뚜껑이나 번철에 넓적하게 부쳐선 손으로 길게 찢어 양념간장에 찍어 먹거나 생미나리 숭숭 썰어 고추장에 꽁보리밥 비벼 먹던 고향 살 적이 떠올라 한 단씩 사서 장바구니에 담곤 했다. 청정한 미나리란 말에 그녀가 눈을 주니 미나리 장사꾼이 바로 큰집 사촌언니였다. 세상이 좁다더니 이런 데서 이렇게 만날 줄 몰랐다며 자매는 통행인이 보건 말건 얼싸안고 울기부터 했다. 사촌언니는, 네가 고향을 떠난 이듬해 작은아버지가 북해도 탄광으로 돈 벌러 떠난 뒤 소식이 없고, 이 듬해 물난리에 숙모가 돌아가셨다고 말했다. 점아가 아래 남동생은 해방 직후 삼남을 휩쓴 호열자로 죽고, 둘째는 보도연맹에 연루되어 전쟁 난 해 7월 어디론가 끌려가 총살당했고, 형 당한 꼴에 놀란 셋째는 국군에 입대한 지 석 달 만에 전사통지서가 날아들었다 했다. 막내 여동생만이 이웃 김첨지 아들 실근이한테 시집가서 고향 땅에 사는데, 그 뒤 친정집에 걸음을 하지 않아 어찌 됐는지 뒷소식은 모른다고, 사촌언니가 울음 끝에 저간의 한경자 집안 소식을 알려주었다. 시아주버니 두 분이 전쟁 전에 숨어서 무슨 동맹인가 남로당인가, 그걸 하지 않았겠나. 북쪽에서 전쟁이 났다는 소문이 들리자 마을에서 사라졌는데, 풍문이 진짠지 가짠지, 두 분이 북쪽 편에 섰대. 그 사단으로 서방과 시동생이 치안대 손에 끌려간 뒤 한동안 소식이 없더니, 그만 생매장을 당했대. 네 동생 학구가 당했듯이 그렇게 죽잖았냐. 썰렁한 빈집을 마을 사람들이 저주받은 빨갱이집이라 쑥덕대니 고향 땅에서 발붙이고 살 수가 있어야지. 동서도 자식 셋 데리고 친정으로 갔고 자기도 고향을 아주 등지고 말았다고 사촌언니가 말했다. 그날, 한경자는 사촌언니를 가게로 데려와, 속마음 펼쳐놓고 또 한번 실컷 목 놓아 울었다. 용두산 자락 판자촌 한 칸 방에 사글세를 사는 사촌언니와 조카 칠복이를 그날부터 내가 집으로 불러들여 거두게 되었지. 국제시장에서 미제 물건 장사로 재미를 보던 때라 집안일은 사촌언니에게 맡겼고, 구두닦이 하던 칠복이는 내 힘으로 남만큼 공부를 시켰잖았나. 윤선생, 바깥 날씨가 너무 좋잖아. 함께 산책이라도 나가요. 한여사가 말했으나 등 뒤에서 대답이 없다. 가을은 짧아요. 시원한 바람 불고 햇살 좋은 날씨가 빤짝하다 곧 동장군이 닥치잖아요. 그럼 콩나물단지 꼴로 방구석에서 우두커니 지낼 수밖에 없는데 말이에요. 한여사가 거울 귀퉁이를 보니 흔들의자만 덩그마니 놓였고 그새 윤선생 모습이 사라졌다. 방문 여닫는 소리가 없었는데 언제 밖으로 나가버렸는지 알 수 없다. 조금 전까지 책을 읽고 있었는데 내가 헛것을 보았나, 연기처럼 사라지다니. 무슨 생각을 하다 내가 윤선생을 놓쳤지? 맞아. 죽은 사촌언니를 생각했지. 윤선생은 움직여도 기척조차 내잖는 그림자 같은 여편네야. 게이트볼에는 끼지 않을 테고 나동으로 가서 임종 앞둔 노친네들 상대로 종교 상담을 하려니 여겨진다. 윤선생은 한여사에게도, 진정으로 예수님을 마음에 받아들이면 죽은 후 천당에 갈 수 있다고 말했다. 그러나 한여사는 천당이나 극락을 믿지 않는다. 숨 끊어지면 한 생명체의 영혼은 이 세상을 두 번 다시 볼 수 없게 하직하고, 육체는 썩어 흙이 되고 마는 게 불변의 진리라 믿는다. 내한테는 아무리 예수 믿으라고 권해도 소용없어요. 내 생사관은 몇십 년 전부터 흔들림이 없어요. 헛공사 하지 말고 나동에나 가보세요. 한여사가 몇 차례에 걸쳐 탁 쏘아붙이며 거절하자 윤선생도 전도를 포기하고 말았다. 죽은 뒤 천당에 가든 어쨌든, 윤선생은 죽을 때도 조금 전처럼 누구의 눈에도 띄지 않게, 해가 정수리로 오르면 그림자가 없어지듯 살그머니 사라지겠거니 싶다. 한여사는 윤선생 생각을 털고 다시 화장에 몰두한다. 분가루 토닥거리는 짓을 끝내면, 눈썹과 입술 화장 차례다. 얼굴이란 게 피부로 싸발렸지만 여기저기 굴곡을 이루며 다른 모양으로 붙어 있는 기관이 많다. 그런 곳에 적당한 악센트를 주어야 얼굴 윤곽이 오롯이 살아난다. 늙은이들이 제 나이 먹은 줄 모르고 젊은애들처럼 눈두덩을 브라운으로 짙게 먹이면 눈 주위가 꺼져 해골 같아 보이므로 파운데이션보다 조금 그늘지는 그윽한 색으로 덧칠해주고 아이라인은 옅은 브라운으로 아래위를 확실하게 그려준 뒤, 검은 액체 연필로 마스카라를 진하게 발라준다. 마스카라를 바르는 속눈썹은 어느 해부터인가 몽그라져 두번째 심은 지가 십 년이 넘는다. 어쨌든 눈은 얼굴의 포인트이므로 섀도, 아이라인, 아이브로, 마스카라의 색상이 서로 조화를 이뤄야 하고, 그런 만큼 다른 어느 부분보다 공을 들여 매만져야 한다. 한여사는 이젠 손이 떨려 눈 화장도 예전 같게 쉽지가 않다. 제 지점을 정확하게 찍어주지 못하니 먹선이 번지고 얼룩이 져 속이 상할 때가 많다. 솜으로 닦아내고 다시 해보지만 역시 마음에 들지 않는다. 낯짝을 씻고 처음부터 새로 시작하지 않는 한 어쩔 수 없고, 그렇게 시간을 허비한다고 해서 마음에 들게 된다는 보장 또한 없다. 그럭저럭 눈 화장을 마치면 악극단의 남장 배우처럼 콧대에 악센트를 주는 짙은 보라색을 올린다. 육십 줄에 들 때까지 콧대가 오뚝하고 곧아, 한여사 콧대는 파리가 낙상하겠다는 말을 들었는데 어느 때부턴가 모래산이 풍화로 주저앉듯 날이 꺾이고 왼쪽으로 휘어지기까지 했다. 그러므로 예전

나는 누구인가 23

콧날로 원상 복귀시키자면 오른쪽 콧날의 비탈에 그늘을 강조해야 한다. 이번만은 그럴듯하게 보라색이 먹어 콧날이 서 보여, 예전만은 못하지만 화장의 효과가 드러난다. 뺨도 옅은 분홍색을 올려 핏기가 도는 듯 다듬어준다. 마지막 화장 차례인 입술은, 루주로 가운데 부분을 동그랗게 그려주고 입가에 유독 몰린 겹주름을 감추기 위해 꼬리를 위로 살짝 치켜준다. 그래야만 미소 띤 표정으로 주름이 자연스럽게 잡힌 듯 보인다. 루주 색깔을 진홍이나 자극적인 색을 쓰면 아이들 말대로 쥐 잡아먹은 입술이다. 입과 입 주위가 확연하게 드러나고 입술 주위의 주름이 강조되기에 입술 보푸라기가 해살해살 살아 있게 핑크 색조를 쓰는데, 그런 색깔이 노년기 여성에게는 우아한 품위와 생동감을 돋보이게 한다. 한여사가 아침마다 공을 들여 하는 화장 시간은 짧게 잡아도 한 시간을 넘긴다. 그네는 어떤 땐 화장을 끝내고 거울을 통해 자신의 얼굴을 오랫동안 바라본다. 거울 속에 자신의 모습이 판에 찍힌 듯 박혔으니, 그네는 그 모습이 지금의 자기 모습이라고 자신에게 우기며 다짐한다. 화장 탓이 아니야. 화장으로 늙음을 감춘 게 아니라고. 기본적 바탕은 워낙 좋았는데 나이를 먹어 조금 구겨졌으니 주름을 펴고 피부를 윤택하게 하느라 착색했을 뿐이지. 다리미질로 옷의 주름을 펴듯 그네는 그렇게 긍정한다. 그렇다면 내 젊었을 적 모습이 이랬나 하는 의문이 들자, 갑자기 거울 속의 얼굴이 생판 다른 사람 같게 여겨지기도 한다. 곡마단의 어릿광대가 거울 속에서 자기를 뚫어지게 보고 있다. 제과점 시절부터 자주 만나선, 한여사님은 우아한 귀부인 같아요 하고 칭찬

말을 입술에 바르던 많은 사내 얼굴 중에 한 사람이 거울 속의 자신 모습을 빤히 보며 비웃는다. 한여사님도 팔순에 이르렀으니 외모고 뭐고 이젠 다 틀렸다고. 중년까지만도 내 얼굴은 정말 아름다웠고 몸매 전체가 품위로 넘쳐났지. 크림색 원피스나 투피스에 가화 장미꽃 꽂아선 진주 목걸이 하고 로코코풍 고전적인 의자에 한 다리 걸치고 몸 살짝 돌려 앉아 있으면, 영국의 백작 부인 같다느니, 세계적인 명화 모나리자의 실물을 보는 것 같다느니 하는 말도 숱하게 들었지. 화가와 사진작가가 자기 그림이나 사진의 모델이 되어달라고 통사정했으니 그들이야말로 미에 감식안이 있는 전문가 아니던가. 그런데 지금 나는 누구일까? 한여사는 잠시 헷갈리는 생각을 정리하느라 눈을 감는다. 사십대, 아니 오십대까지의 모습은 싱싱하고 아름다웠어. 모두 그렇게 말했으니깐. 종씨였던 생물학자 한교수, 클라리넷을 잘 불던 동그란 무테안경 낀 음악 선생, 사십에 머리카락이 반백이 된 성씨도 잊어버린 산부인과 전문의, 전국 곳곳에 별장을 둔 땅부자 주먹코, 그들 면면이 빠른 화면으로 스쳐간다. 서로 몸을 섞으며 한때를 즐긴 얼굴들이지만 그들은 즐길 때 그때뿐이었고, 마음에 감미로운 추억으로 남아 머물지는 않았다. 지금은 어디에 살아 있는지 벌써 죽어버렸는지 소식조차 모른다. 외로움과 피곤에 젖은 낯색으로 운전기사를 먼저 귀가시키고 혼자 제과점에 자주 들르던 노(老)회장이 뜬금없이 떠오른다. 노회장만은 열여덟 살 이후, 코끝에서 떠난 적 없는 빵 굽는 그윽한 풍미와 함께 그 인자한 모습이 달콤하게 다가온다. 한여사는 재색을 겸비해 젊었을 땐 뭇 남성들로부터 선망의 대상이 되었겠어. 한여사 솜씨로 빚어낸 이 빵의 그윽한 풍미가 한여사한테서도 풍겨. 갓 구워낸 따뜻하고 말랑한 빵에서 풍기는 내음은 어릴 적 큰솥 뚜껑에서 푸짐하게 새어나오던 김 내음 같은 소싯적 정감이 있어. 건빵공장 포장부에서 이태를 일하다, 직속 상관이었던 모리 과장이 사직을 하고 관부연락선 선착장 앞에 '라이라이껭제과점'을 개업하자, 점아가는 모리 상의 권고로 제과점 종업원으로 자리를 옮겼다. 내 인물이 포장부 다른 애들보다 워낙 출중했으니 모리 사마(사장)가 나를 점찍어 자기 제과점 종업원으로 뽑은 게지. 종업원이 청순미가 있고 상냥해야 단골 손님이 꾀는 건 그 시절이나 지금이나 마찬가지야. 모리의 의견에 따라 이름도 경자로 개명했고, 그는 나를 게이코 상이라 불렀지. 모리는 제빵 기술자였다. 그는 옥수수 식빵, 우유 식빵에서부터 단과자 빵, 팥앙금 빵, 꽈배기 도넛은 물론, 나마가시와 모찌도 점포 뒤 주방에서 앞치마 두르고 직접 만들었다. 그는 제과점을 찾아오는 세라복 여중학생한테까지 하이, 하이 하며 허리를 구십 도로 숙여 곱송그렸고, 제빵의 오묘한 맛을 감식하듯 여자 다루는 솜씨가 보통이 아니었다. 게이코는 그로부터 남녀가 정분 터서 나누는 성의 짜릿한 맛과 이치를 배우고 깨쳤다. 모리 사마는 여자를 모찌처럼 살살 다루었다. 그는 그렇게 꿈같은 한 시절과 함께 사라졌다. 노회장을 만나기는 일본이 망하고, 전쟁을 겪고, 그로부터도 긴 세월이 흐른 뒤였다. 돈 좀 여축해뒀다고 이렇게 축 처져 살면 겉늙어. 사람은 무슨 일이든 열심히 활동해야 생기가 돌고 사는 재미가 생기지. 사촌언니의 닦달질에 못 이겨 취미생활을 한답시고 음악회니 독서회니 쫓아다니느라 이태를 쉬다 제과점 문을 다시 열었다. 쉰 줄 폐경기로 들어선 나이라 심신이 피곤하고 짜증에 들볶일 무렵에 백마를 탄 기사같이 자기 앞에 나타난 분이 노회장이었다. 노회장은 팥앙금 빵 두 개, 우유 한 잔, 커피 한 잔을 마시며 한두 시간쯤 제과점에서 쉬다 갔다. 그는 홀아비가 된 뒤 사업체를 장자에게 물려주고 은퇴한 분이었다. 한경자가 늘 노회장님이라 불렀기에 이제는 성씨가 뭐였는지조차 떠오르지 않는다. 제과점에 출입한 지 일 년여가 지나자 노회장은 그네에게 제주도 동반 여행을 제안했다. 노회장이 정기검진으로 종합진찰을 받고 나서였다. 풍광 좋은 제주도 서귀포 호텔에서의 열흘은 나이 든 즐거움이 이런 건가 하고 새길 정도로 행복했다. 싱싱한 해물 요리를 한껏 먹었고 차를 세내어 제주도 일주 여행을 즐겼다. 바다가 훤히 보이는 테라스에 의자 내놓고 나란히 앉아 어두운 수평선에 마음을 얹어놓고 밤이 깊도록 와인을 홀짝거렸다. 그때만도 비아그라란 약 이름을 모르던 시절이라 노회장의 연장이 시든 고추로 고드러져 교접에는 실패했지만 서로를 품에 안는 살의 접촉을 즐겼고, 사람의 한평생과 인생이 무엇인지 살아온 경험을 짚어가며 점잖게 대화를 나누었다. 한경자는 노회장에게, 미 군사고문단 문관이었던 남편을 육이오전쟁 때 잃고 하나뿐인 아들을 미국으로 유학 보낸 자신의 과거를 담담하게 말했다. 자식이 미국에서 대학을 졸업하자 서양 색시와 결혼해 거기에 주저앉아버렸으니 믿었던 도끼에 발등 찍힌 격으로, 사는 보람이 허무하게 사라졌지요. 그네가 나직이 한숨을 쉬자, 노회장이 말했다. 우리 세대는 고생이 많았어. 나야말로 대한제국 순종 임금 시대부터 박정희 시대까지 살고 있으니 얼마나 험난한 굽이굽이 세월을 넘겨왔겠어. 돌이켜보면 우리 세대는 누구나 영욕의 파란만장한 일생을 산 셈이야. 자식들이 쉬쉬하며 나를 속이지만 난 내 병명을 알아. 전립선 쪽 말기 암이 틀림없어. 살날이 얼마 안 남았다구. 일흔일곱 살이면 짧게 산 세월이 아냐. 노회장의 말은 맞았다. 당시 내 나이 노회장보다는 한참 밑이었지만, 우리 연배도 파란만장한 일생을 살았지. 노회장이 마지막으로 제과점을 찾아온 날, 내 앞으로 외상이 꽤 달렸을걸 하며 그네의 예금통장 번호를 물었다. 그로부터 며칠 뒤 노회장 사진이 신문에 실렸다. 사진 옆에는 그가 죽으며 유산 중 십억 원을 불우학생 장학기금과 사회복지재단에 기부했다는 미담 기사가 실려 있었다. 한경자는 이상한 예감이 들어 은행으로 가서 자신의 예금통장을 확인했다. 노회장으로부터 적잖은 돈이 입금되어 있었다. 그랬어. 노회장은 나를 아직도 시들기에는 이른 난숙한 꽃이라 했어. 지금도 내 마음만은 제주도 서귀포에서의 그 시절 그대로야. 그네가 긴 생애 중 행복한 날들만을 꺼내어 떠올리는 중에 노회장과의 일 년여 만남도 빼놓을 수 없이 한 자리를 차지했다. 호텔 방에서 눈뜬 아침이면 그분이 내 침상에 허리를 숙여 이마에 다정하게 뽀뽀해줬지. 내 가슴 융기에 있는 큰 점을 쓰다듬어줬어. 아침 바람 쐐요. 내 말에 그분은 트레이닝복을 입고 나섰다. 바다 위로 먼동이 터오면 우리는 손을 잡고 모래톱을 거닐었지. 그분의 육체가 이미 쇠하여 우린 플라토닉한 사랑을 나누었어. 그래, 맞아. 노회장과의 만남은 겨울날 얼음 언 호수 앞에 서듯 깨끗하고 서늘한 추억으로만 남아 있지. 한여사는 거울 속의 환한 모습 위에 아침 안개를 뚫고 이슬 머금은 채 송이송이 피어나는 장미꽃을 본다. 손톱 화장은 며칠 전에 분홍으로 칠했으니 이제 향수만 뿌리면 된다. 그네는 이십여 년 전부터 샤넬 넘버 파이브만 애용한다. 목덜미에 한 방울, 윗도리 양쪽 깃에 한 방울씩 친다. 화장이 끝났으니 고운 옷 차려입고 생각 속의 장미 정원을 천천히 거닐 차례다. 한여사는 두 줄 진주 목걸이를 목에 건다. 목걸이는 상대의 시선을 목께로 모이게 하지만 목 주름살이 어느 정도 감추어진다. 한여사는 화장대 서랍에서 새끼손톱만한 비취색 귀고리를 꺼내어 양쪽 귓밥에 단다. 흰 바탕에 수선화 무늬가 병렬식으로 박힌 원피스를 입고 꽃 장식이 달린 밀짚모자를 가발이 구겨지지 않게 머리에 사뿐 얹는다. 거울에 비춰보니 옷차림이 계절은 물론이려니와 화장과 잘 어울린다. 그네는 핸드백과 파라솔을 챙겨 들고 방을 나와 식당으로 간다. 식당에는 설거지가 끝났는지 중국에서 벌이 나온 동포 아주머니 둘이 배추를 다듬고 있다. 귀부인 할머니, 오늘은 어디로 나가십네까? 동포 아줌마가 인사를 한다. 미국 아들한테 편지 답장을 부쳐야 하고 시내에 볼일이 있어요 하곤, 그네는 보온병의 보리차를 플라스틱 빈 병에 채운다. 따뜻한 보리차 병을 핸드백에 넣는다. 한여사는 현관을 나서다 사무실 유리창 안을 흘끗 본다. 사무원 곽씨와 백서방은 보이지 않고 사무장 김씨가 돋보기안경을 끼고 무슨 책인가 읽다 한여사와 눈을 맞춘다. 김씨는 한맥기로원 설립자인 김형준 이사장 삼촌으로, 팔순을 앞둔 나이인데도 늘 책을 코 앞에 펼쳐놓고 지낸다. 그는 내가 누구입네 하며 제 자랑하지 않고 천성적으로 양순하고 겸손해 가동 원생들로부터 신임이 두텁다. 양로원이 아닌 기로원이란 이름도 그가 지었다. 예순이 넘은 나라 공신이 은퇴하면 임금이 그를 기로소(耆老所)에 들게 하여 책을 읽으며 남은 생을 보내게 했다는데, 거기서 따온 말이라고 김씨가 말했다. 한여사는 김씨에게 할 말이 있었는데 갑자기 생각이 나지 않아 돋보기안경 너머로 치켜뜬 김씨의 옴팍눈을 본다. 눈을 맞추면 외면하고 싶은 사람이 있고 싫지 않은 사람이 있다. 김씨 나이가 일흔몇이랬나, 들었는데 잊어버렸지만 늙은이치고 아직은 눈빛이 맑다. 눈은 마음의 거울이라 했다. 젊은 시절엔 연인과 마주 보고 앉아 말없이 오랫동안 눈만 바라보고 있어도 행복했다. 홍과 사랑을 나눌 때가 그랬다. 보리 익을 철과 바닷물이 차가워지는 추석 절기, 크리스마스와 음력 설을 넘길 때, 그가 부산 바닥에 나타나기를 날짜를 꼽아가며 기다렸다. 그렇게 마음 졸이던 어느 날, 큰 트렁크를 양손에 들고 그가 불쑥 라이라이껭제과점 안으로 모습을 보이면 처음은 말문이 트이지 않아 창백한 얼굴의 남자 눈만 바라보았다. 마주 보고 앉았어도 가슴만 활랑거릴 뿐 무슨 말부터 꺼내야 할지 몰랐다. 홍은 양가 부모의 뜻을 좇아 열네 살에 혼인하여 고향에 처와 아들을 두었으나, 처가 구식 여자라 한방 쓰지 않은 지 몇 해째라 했다. 그녀는 모리 상의 애첩이었기에 홍과는 진해 벚꽃놀이 구경이 고작이었으나, 부평초 같은 그 사랑은 오래가지 못했다. 열흘이 멀다 하고 부쳐오던 홍의 편지가 어느 해 봄부터 끊겼고, 현해탄 건너 도쿄에 있는 대학에 다니려면 방학 전후에 관부연락선을 이용할 텐데 제과점에 나타나지 않았다. 폐병으로 그가 죽었다는 말을 그의 학교 친구로부터 듣기가 연락이 끊긴 지 반년 만이었다. 홍군은 각혈 끝에 눈감는 순간까지 경자씨를 애타게 그렸습니다. 동경에서 하숙생활을 같이했다는 홍의 동무 말이었다. 김씨가 유리창 아래쪽 창구를 열고 내다본다. 한여사님, 오늘따라 훤하십니다. 공작새가 날개를 활짝 편 듯하군요. 시원해 뵈는 양장 차림도 이 가을에 썩 어울리고요. 김씨가 치사한 뒤, 오늘도 아파트 놀이터로 나가시냐고 묻는다. 시내에 나갔다 미국 아들한테 지난번 편지의 답장을 보내야 하고, 광복동 백화점에 들러 외제 화장품도 구입해야 해요. 윤선생 제자분이 화장품 코너를 열고 있는데 세계적인 유명 메이커 화장품을 다 갖추고 있어요. 사십대 미망인인 진여사라고, 윤선생 뵈러 한 달에 한 번씩은 맛있는 음식 해가지고 여기 들르잖아요. 지난번엔 전통떡 상자를 갖고 와서 사무장님도 몇 개 먹었을 텐데요. 한여사가 말한 뒤 마당을 내려서려다 그제야 김씨에게 할 말이 떠오른다. 참, 사무장님, 저와 한 방 쓰는 초정댁 있잖아요. 그 할멈을 어떻게 다른 방으로 바꿔줬으면 하고요. 한여사 말에 김씨가, 초정댁이 어때서요? 하고 묻는다. 어떻다기보다 같이 지내기가 그러네요. 룸메이트론 호흡이 안 맞아요. 사무장님도 알다시피 전 클래식 음악 감상과 독서가 취미잖아요. 윤선생도 저를 닮아 조용한 분이고. 우리 둘은 늙은이들이 모여 남의 얘기 시시콜콜 지분대는 데 끼이지 않고 홀로 명상을 즐기는 차분한 성격인데 초정댁은 어찌나 수다스럽게 말이 많은지, 그 말을 다 듣다 보면 머리가 산란해져요. 들어주는 사람이 없어도 혼잣말로 끊임없이 주절거리지 뭐예요. 거기다 말을 꺼냈다 하면 어디서 듣고 왔는지 저질스런 와이담만 깔깔대며 늘어놓잖아요. 고상한 나나 윤선생이 듣기 싫대도 눈치 없이 그렇게 수다를 떤답니다. 그네는 손아귀에 힘을 주어 파라솔 날개를 활짝 편다. 회장님은 아무 말씀이 없던데요? 김씨가 반문한다. 윤선생요? 원체 조용한 분이라 그런 말 까발기지는 않지만 사실은 내 마음과 같아요. 그렇게 말 많은 여자는 처음 봤다는 말을 나한테 넌지시 비쳤고요. 김씨가 입 주름을 잡으며 민망한 미소를 흘린다. 옥이할머니와 짝을 바꾼 지가 불과 달포밖에 되잖았잖아요. 그럼 벌써 네번쩹니다. 한여사는 삼호실을 거쳐간 세 늙은이 중 옥이할멈이나 떠오를까 앞서 같이 있었던 두 늙은이는 모습조차 잡히지 않는다. 네번째든 다섯번째든 싫은 사람과 스물네 시간을 어떻게 함께 자며 쳐다보고 살아요. 부부지간도 서로 싫으면 갈라지는데. 김씨는 한여사 말을 알아들었다는 듯 머리를 끄덕이곤, 토를 단다. 한여사님이 원체 고상하시고 깔끔하신 분이라 그렇지, 초정댁도 사귀어보시면 괜찮은 분입니다. 활달하고 시원시원해 영감님들한테는 인기가 많고요. 나이 들면 이래저래 우울증이 따르는데 세상 소문 밝고 육담도 잘해 원생들을 즐겁게 해주니 다들 초정댁을 좋아하잖아요. 남을 두고 흉잡는 소리 안 하는 사무장의 무던한 성격을 알지만 그 말에 한여사의 표정이 새침해진다. 그네는 말없이 토라진 얼굴로 마당의 뙤약볕으로 나선다. 박식하고 점잖다지만 저 늙은이도 속이 엉큼한 너구리 심보일는지 몰라. 아무리 음전한 늙은이래도 사내들이란 너나없이 짐승 속성을 가졌으니 함부로 정 주며 마음 놓았다간 큰코다치기 십상이야. 초정댁이 나보다 두서너 살 밑이니 저 홀아비 늙은이가 은근히 마음에 두고 있는지도 몰라. 초정댁이 사내를 볼 때 눈웃음치는 게 보통이 아니거든. 한창 시절에는 샛서방 한둘쯤 감춰두고 그짓을 꽤나 밝혔을 거야. 제 서방은 등잔 밑이 어두우니까맣게 몰랐을 테고. 지저분하고 천박한 여자 같으니라고. 산전수전 다 겪은 내 눈을 속이겠다고. 어림없지. 사무장도 그래. 색녀가 몸 꼬며 추파를 던지는데 가만있을 사내가 세상에 몇이나 되게. 사내란 너나없이 똑같다니깐. 여자가 꼬리 치면 사족을 못 써. 전화벨이 울리자 김씨가 송수화기를 든다. 한여사는 현관 앞에서 주위를 살피는 체 걸음을 멈추고 뒤쪽의 김씨 말에 귀를 기울인다. 예? 또 말썽이라고요? 왜 가동으로 연락하세요. 나동엔 어디 직원이 없나요? 구청에 들어갔다고? 명단 찾아 일단 가족한테 연락하고 소명병원 구급차부터 불러요. 그렇다면 할 수 없지 뭐. 손쓸 사람 없다니 내가 그리로 가리다. 김씨가 전화를 끊는다. 곽씨와 백서방은 어디 갔나. 이 사람들은 찾을 때마다 없어. 김씨 말에, 한여사는 오늘 또 나동에 송장 다 된 늙은이 하나가 구급차에 실려 나가려니 짐작하며 치를 떤다. 가동 노인들이 제 힘으로 생활을 꾸려나갈 수 없게 되면 구청 보건복지과가 운영을 맡은 나동으로 옮아가야 하고, 나동에서 자원봉사 간병인의 도움을 받으며 생활하다 끝내는 자기가 누구인지, 죽음이 언제 닥치는지조차 모르는 어벙한 상태에서 숨 모두어 세상을 하직한다. 한여사는 자기를 싣고 갈 구급차와 맞닥뜨리기라도 할 듯 얼른 사무실 앞을 떠난다. 생각만 해도 끔찍해. 한여사는 나동 쪽엔 눈길조차 줄 수가 없다. 침대에 웅크리고 앉았거나 누워 있을 나동 노인들은 숨을 쉬니 살아 있긴 한데 제 생각을 조리 있게 말하고 수족 놀려 기동하는 인간이 아니다. 혼잣말로 쉼 없이 주절거리고, 똥오줌을 함부로 싸고, 자기가 누구이며 어디에 있는지조차 모른 채, 어느 날 앰뷸런스에 실려 홀연히 나동을 떠나면 그것으로 끝이다. 지상에서 영원히 볼 수 없다. 한여사는 시멘트 담장 사이 한맥기로원 뒷문을 나선다. 마흔 줄의 아줌마 넷이 재잘거리며 이쪽으로 온다. 아파트촌에 사는 나동 자원봉사 간병인들이다. 할머니 안녕하세요. 한 아줌마가 한여사에게 인사를 한다. 난 나동이 아니라 가동 삼호실에 있다오. 한여사가 자기는 간병인의 신세를 지지 않는다는 뜻을 강조하려 힘주어 말한다. 알아요. 늘 곱게 화장하고 나들이하시는 분 아니셔요. 오늘도 곱게 단장하셨네요. 아줌마가 방긋 웃으며 칭찬한다. 자원봉사 간병인들은 늘 친절하고 상대의 기분을 잘 맞춰준다. 윤선생이 나동으로 놀러 가자고 말했을 때, 우리도 언젠가는 거기로 갈 텐데 뭣 땜에 그 생지옥을 미리부터 방문해요 하며 한여사는 손을 내저었다. 그러나 나도 저 여편네들 나이라면 나동에 나다니며 간병인 일을 하고 싶다. 저 나이 땐 죽음이 얼마나 무섭고 원통한지 그 실체를 잘 모르며 자기들은 영원히 살 거라고 믿는다. 가동 원생들이 밤이면 불면증에 시달리며 얼마나 죽음의 공포로 슬퍼하는지 그 속내를 알 리 없다. 자신도 저 나이 땐 그랬다. 그러나 지금은 나동이란 말만 들어도 소름이 돋을 정도로 무섭다. 한여사는 논 사이로 뚫린 흙길을 따라 아장아장 걷는다. 간병인들이 자기를 두고 도란도란 나누는 말이 뒤꼭지에 따라온다. 저 여편네들 나이 때만도 세상은 장미색이야. 낮은 낮대로, 밤은 밤대로 인생이 즐겁지. 내게도 그런 시절이 있었어. 꽃을 찾아 나비와 벌이 모여들듯, 뭇 사내들이 내 꽃을 꺾으려 모여들었지. 그러나 너들도 내 나이쯤 살아보라고. 세월은 사람을 기다려주지 않아. 한여사는 하늘을 본다. 햇빛이 맑고 선선한 바람이 분다. 얼굴을 스치는 바람결이 부드럽다. 남의 도움이나 지팡이에 의지하지 않고 두 발로 이렇게 걸을 수 있다는 건 행복하다. 햇대추같이 반듯하게 생긴 소명종합병원 젊은 의사는 친절했다. 많이 걸으셔야죠. 그보다 좋은 운동이 없습니다. 다리가 아프고 고단하더라도 노인네들 장수에는 걷는 게 최곱니다. 많이 걸으면 혈액 순환에 좋고 다리에 힘이 생기죠. 밥맛도 나고 밤이면 잠이 잘 옵니다. 젊은 의사는 노인을 상대할 줄 알았다. 의사가 한여사의 윗도리 단추를 풀게 하고 겉옷과 속옷을 걷어올리게 했다. 그네는 의사의 말을 따랐다. 청진기를 든 의사의 손이 잠시 멈추었다. 이 연세에 브래지어를 하고 있는 분은 처음 봅니다. 의사가 놀랐다는 듯 미소를 띠었다. 귀부인은 나이를 먹어도 몸을 단정히 하고 가릴 덴 가려야죠. 품위란 남이 알아주기 전에 스스로 챙겨야잖아요. 여자는 몸단장과 몸 간수가 첫째 아니겠어요. 집 떠날 때 아버지가 삽짝 앞에서, 대처는 촌구석과 다르니 매사에 조심하고 몸 간수 잘하라고 무뚝뚝이 말했다. 그게 아버지로부터 들은 마지막 말이었고 다시는 아버지를 보지 못했다. 한여사는 젊은 의사에게 융기의 점을 보이기 싫어 브래지어는 끝내 벗지 않았다. 할머니, 옳은 말씀이십니다. 저희 어머니는 몇 해 전 육순 잔치를 치렀죠. 집에 가면 어머니께 할머니 뵈온 걸 말씀드려야겠어요. 진찰을 받으러 한여사 뒤에서 대기하던 늙은이들이 쑤군거렸다. 광대댁은 못 말려. 쭈글쭈글 처진 납작한 젖에 가릴 게 뭐 있다고 젖가리개까지 해. 팔순 고개턱에서 별난 요조숙녀 다 보겠네. 한여사가 어떻게 살짝 간 것 아냐. 환장한 듯 낯짝에 화장을 떡칠하고. 저러다 대왕대비로 처신할까 겁나네. 그러기 전에 스스로 알아 나동으로 이사 나야지. 거기서 벽에 똥칠이나 하다 화장장으로 직행해야 해. 주위의 할멈들이 빈정거리는 소리를 한여사는 못 들은 체했다. 입이 뚫렸다고 나오는 대로 지껄이는 싸가지 없는 것들은 상대 않기로 오래전에 작정한 터였다. 할머니, 여기 노인들에게 무슨 운동을 하냐고 물으니 에어로빅과 게이트볼이라던데, 운동은 안하십니까? 젊은 의사는 피부가 쭈글쭈글 늘어진 한여사의 횡격막에 청진기를 대며 물었다. 전 그런 운동 안해요. 음악 듣고, 독서하고, 틈틈이 산책하지요. 한여사의 말에, 아직도 독서를 하시다니 시력이 좋으신 모양이군요 하고 의사가 말했다. 마음의 양식이 될 아름다운 시를 읽지요. 한여사가 대답하며, 젊은 의사가 주로 어떤 시를 읽느냐고 물어주기를 은근히 기대했다. 의사는 고개를 끄덕이며, 나이 드셔도 교양이 몸에 밴 분이십니다는 말만 해서 그네는 서운했다. 한여사는 소월, 윤동주, 영랑, 목월,

미당 시집과 워즈워스, 하이네 시집 외에도 여러 권의 시집을 가지고 있었다. 노회장에게 시를 읽어줄 때가 좋았어. 이제 낭랑한 목소리로 읊는 내 낭송을 들어줄 사람이 한 분도 남아 있지 않다니. 한여사는 드높은 푸른 하늘이 갑자기 서럽다. 다리만 아프지 않다면 햇볕과 바람 속으로 한정 없이 걷고 싶다. 시간의 역순으로 그렇게 걷다 보면 온몸의 주름이 다리미질에 다려지듯 한 꺼풀씩 사라지고 늘어진 거친 피부도 탱탱하게 윤기를 띨 것 같다. 걸을수록 나이를 거꾸로 먹는 그런 생명의 길이 있다면 발바닥에 피멍이 맺히고 무릎이 꺾일 때까지라도 걷고 싶다. 그 길을 따라가면 헤어진 사람, 이미 이 세상을 뜬 사람까지 청정한 모습으로 모두 만날 수 있으리라. 한여사는 꿈길을 걷듯 추억 속의 얼굴들을 떠올리며 아장아장 걷는다. 지난 시절로 돌아간다 해도 악몽 같은 장면이나 얼굴은 모두 지우고 행복했던 순간과 그리운 얼굴들만 떠올려본다. 저만큼 떨어져 고층 아파트 여러 동이 야트막한 산자락을 끼고 서 있다. 길가에는 색색의 코스모스가 도열하듯 늘어서서 내가 잘났다, 너보다 내가 더 예쁘다며 바람을 타고 긴 목을 흔들어댄다. 그런 모양새에 눈이 즐겁고, 그 즐거움이 마음을 가볍게 한다. 한여사는 코스모스 곁을 스쳐 걸으며 손으로 꽃대궁을 훑는다. 연한 줄기가 손가락을 희롱한다. 자주색 꽃 한 송이를 꺾어 바람에 띄운다. 삐끗, 갑자기 어깨 관절에서 통증이 온다. 팽그르르 원을 그리며 손에서 꽃송이가 떠나자 낮게 날던 잠자리들이 놀라 흩어진다. 그네는 어깻죽지의 아픔을 참으며 힘이 빠져나간 팔을 늘어뜨린다. 논에 벼가 잘 익었다. 추수가 시작되었는지 한쪽에선 탈곡기로 낟알 떨기가 한창이다. 참새 떼가 분주히 나부대며 볏대 속을 뒤진다. 점아가, 요령줄을 흔들어야지. 털지 않은 볏단 한 짐을 지게에 지고 꼬부장히 허리 숙인 채 가던 이웃집 아저씨가 말했다. 아저씨 배고파요. 필식이도 젖 못 먹어 울다 지쳐 잠들었고요. 동생들도 안 보이고. 저도 이젠 집에 가도 되겠죠? 점아가는 새끼줄을 흔들다 울먹이며 물었다. 배가 너무 고파 말할 힘도 없었다. 줄에 달린 요령들이 짤랑짤랑 소리를 내자 참새들이 화르르 하늘로 날아오르다 다른 논으로 옮겨 앉았다. 내가 네 엄마한테 그래 말하마. 참새 떼가 기승을 부리니 그동안 좀더 있어야겠구나. 삽살개도 연장 들고 나선다는 어느 해 바쁜 추수 무렵, 점아가는 셋째동생 필식이를 업고 아침부터 해가 질 때까지 긴긴 낮 동안 동무들과 놀지 못하고 참새 쫓기를 했다. 엄마가 새참 내어 올 음식도 없는지 깜빡 잊었는지, 내내 굶었다. 개울 물로 배를 채운 게 고작이었다. 허리가 한 줌도 안 되게 접혔으나 아무도 자기를 부르러 오지 않았다. 둘째동생부터 막내까지 내리 내 손으로 업어 키웠으니 허구한 날 내 등짝에는 동생 업히지 않는 날이 없었지. 늘 배가 고픈, 하루 해가 길고 긴 날들이었어. 그 시절엔 생미나리에 꽁보리밥 비벼 먹어도, 김치에 된장국만으로도 꽁보리밥이며 좁쌀밥이 얼마나 맛있었어. 그네는 갑자기 미나리전이 먹고 싶다. 풋고추 썰어 넣고 솥뚜껑이나 번철에 콩기름 둘러 미나리전을 부쳐 양념간장에 찍어 먹으면 한결 원기가 솟을 것 같다. 미나리는 피를 맑게 하지, 하며 그네는 경운기 소리가 들리는 쪽을 본다. 살기 좋은 세상이야. 기계로 벼베기에서 탈곡까지 함께 하고, 싼 먹을거리가 널렸으니 배곯지 않는 세상이 됐어. 한여사의 쪼작걸음이 더욱 느려진다. 등솔기로 땀이 배고 다리가 아프다. 땀에 묻어 얼굴 화장이 흘러내리면 꼴불견이다. 속이 탄다. 좀 쉬어가고 싶지만 길가에는 앉을 만한 데가 없다. 미국엔 길거리 곳곳에 의자가 있어 쉬어가며 오가는 사람들을 구경하겠던데, 한국은 세금 거둬 어디 쓰는지 그런 편의시설을 만드는 데 인색해. 어디 저들은 안 늙고 만년세세 청춘을 구가하나, 젊은 관리들은 도무지 노인 입장을 생각 안하니 이 나라 복지정책은 아직 멀었어. 한여사가 아들을 만나러 미국 오하이오주로 들어가기가 전쟁 이후 내내 안살림을 맡아주던 사촌언니가 죽고 제과점 문을 닫은 뒤, 예순을 넘겨서였다. 그네는 열이틀을 아들 집에 머물다 귀국했다. 아들의 양부모는 타계한 뒤였고, 아들 내외는 시내에서 꽃가게를 열고 있어 먼동 트기 전에 차 몰고 함께 가게 일터로 나갔다. 손자 둘도 학교에 가버리면 집 지키고 앉아 있기가 감옥인 듯 적적했다. 하릴없이 동네를 배회하다 길을 잃어 집을 못 찾았는데, 몇 마디 떠듬거리는 영어를 경찰관이 알아듣지 못해 수모를 당하기도 했다. 다행히 목에 영어로 된 주소와 이름이 적힌 개패를 걸고 있었던 터라 아들네 집으로 돌아올 수 있었다. 마을에는 한국인 서너 가구가 있었으나 아들네 집과는 내왕이 없었고, 자신이 먼저 인사 청하며 찾아가기도 싫었다. 병약해 뵈는 히스패닉계 며느리가 만들어주는 서양 음식이 입에 맞지 않았으나 까탈을 부릴 수 없었다. 한국에서 가지고 간 고추장에 빵과 야채를 찍어 꾸역꾸역 먹었다. 친엄마를 처음 모셔보는 아들은 성의껏 한다고 했고 한 달 정도 더 있기를 권했지만 그네는 한국으로 빨리 돌아가고 싶었다. 아들과 손자들 본 것만으로도 만족했다. 한여사는 쉬지 않고 기를 써서 걸어 어린이놀이터에 이른다. 어깻숨을 내쉬며 플라타너스가 그늘을 내린 벤치에 앉는다. 파라솔을 접고 모자를 벗은 뒤 핸드백에서 손수건을 꺼내어 얼굴과 목의 땀을 찍는다. 핸드백에서 플라스틱 병을 꺼낸다. 식당에서 분명 보리차를 한 병 가득 담았는데 반 병밖에 남아 있지 않다. 그동안 보리차를 마신 적이 없다. 그제야 핸드백 놓은 무릎께가 촉촉하게 젖어옴을 느낀다. 핸드백 안에 손을 넣으니 물이 흥건하고 손지갑, 통장, 아들 편지, 건포도, 식빵 조각과 사탕이 물에 흠뻑 젖었다. 병뚜껑을 느슨하게 잠그는 따위의 실수로 낭패감이 들기가 한두 번이 아니다. 다음에는 이런 실수를 하지 않겠다고 다짐을 하지만 깜빡 까먹고 실수를 되풀이하게 된다. 그러나 실수를 오래 새겨두면 스트레스를 받고 건강에 좋지 않다. 그네는 핸드백을 옆자리에 놓곤 보리차로 탑탑한 목을 축인다. 유치원에 다닐 나이가 된 아이들 몇이 둘러앉아 모래로 집짓기 놀이를 하고 있다. 두 아이는 미끄럼틀에 올라가 미끄럼을 타고 한 아이는 그네에 앉아 다리를 대롱댄다. 그네에 혼자 앉은 아이가 외로워 보인다. 걔는 미국에서 엄마 보고 싶어 얼마나 고독한 시간을 견뎌냈을까. 그네에 앉아 있는 아이 얼굴 위에 아들 얼굴이 겹쳐진다. 미국이란 낯선 땅에서 얼굴 색깔도 다른데, 얼마나 외로웠겠어. 한여사는 아들 생각만 하면 목이 멘다. 크레용으로 칠한 할머니 또 오셨네. 또 오실 거라고 내가 말했잖아. 날마다 여기에 온다니깐. 할머니, 안녕하세요? 모래집을 짓던 아이들이 한마디씩 한다. 그래, 너들 보러 왔지. 여기가 늘 내 자리니깐. 한여사는 손수건으로 목덜미의 땀을 찍는다. 저 나이 때 나는 뭘 했나. 노파는 아지랑이같이 가물거리는 까마득히 먼 저쪽 세월을 헤집어본다. 밤이 오면 무서웠다. 바람이 불면 집 뒤란 대숲이 수런거렸다. 대숲엔 새들이 많이 살아 밤낮없이 우짖었고 저물녘이면 잠자리를 찾아드는 새들의 퍼득대는 날갯짓 소리가 그치지 않았다. 어느 날, 죽순을 따려는 엄마 뒤를 따라 대숲으로 들어갔다 죽은 새를 보았다. 내장에는 작은 벌레들이 빼곡히 들어차 꼬물대고 있었다. 점아가는 그 뒤부터 대숲에 들어가지 않았다. 말 안 듣는 아이 혼내주러 도깨비가 대숲에서 나온다고 엄마가 말했다. 비가 오던 날, 뚝배기만한 큰 두꺼비 한 마리가 마당에 어기적거리며 나타나 놀랐던 게 떠오른다. 두꺼비가 뱀도 잡아먹는디는 말을 듣고부디는 더 무서웠다. 똥통에 빠져 허우적댈 때 막내삼촌이 작대기를 내려 구해준 적이 있었다. 며칠 동안 몸에서 똥내가 나서 식구는 물론 동무들도 자기를 피해, 서럽던 기억도 떠오른다. 한여사는 한 장면씩 아무런 연결 없이 불쑥불쑥 떠오르는 옛 기억의 갈피에서 헤맨다. 파파할머니, 텔레비전에 나오는 배우 하셨어요? 모래집을 짓던 사내아이가 얼굴을 들고 묻는다. 배우? 그래, 늙었어도 아직 배우티가 나는 모양이군. 그러나 배우를 한 적은 없어. 젊었을 땐 모두 날 보고 배우보다 예쁘다는 말은 했지. 건빵공장에 다닐 땐 정말 활짝 핀 부용화 같아 인기가 많았지. 그네는 푸른 하늘을 보며 꿈결인 듯 나직이 말한다. 피, 거짓말. 파파할머니가 화장했으니 요술할멈 같단 말이에요. 배우 흉내쟁이 말이에요. 어린 너들한테 내가 왜 거짓말을 해. 어쨌든 할머닌 나이도 많은데 화장을 너무 많이 하셨잖아요? 화장을 했기로서니 내 화장이 어때서 그래? 처녀 적엔 화장을 안했어도 얼마나 예뻤는데. 할머닌 만화영화에 나오는 요술할멈 같아요. 난 귀부인일 따름이지 요술 같은 건 부릴 줄도 몰라. 그러자 아이들이 제각기 한마디씩 외친다. 만화영화에서 할머니 닮은 마귀할멈을 봤어요. 눈이 찢어지고 턱이 뾰쪽했어요. 요술 지팡이한테 주문을 외면 하늘을 날 수도 있어요? 할머닌 입에서 불을 뿜어낼 수 있어요? 로켓처럼 지팡이 타고 하늘로 날아올라 별나라로 가보세요. 뭐든지 척척 해결해주는 요술 지팡이는 왜 안 짚지요? 컴퓨터 지팡이는 어디 뒀어요? 아이들의 재재거림에 한여사는 머리가 어지럽다. 그네는 아이들과의 대화를 포기한다. 아이들이 있을 땐 이쪽으로 걸음하지 않아야지 하고, 늘 하던 다짐을 또 한다. 놀림감이 된다고 아이들을 혼내줄 수도, 그럴 힘도 없다. 그럼 어디로 가서 다리쉼을 할까? 혼자 생각에 잠길 수 있는 호젓한 장소가 떠오르지 않는다. 아파트 노인정은 삼 년 전, 기로원 가동에 입주할 때 딱 한 번 가보고 발을 끊었다. 화투 치고, 술 마시고, 쩨쩨한 문제로 입싸움질 하고, 외제 차 탄다는 자식 자랑에다 시시껄렁한 잡담이나 하며 시간을 때우는 천박한 늙은이들과 어울릴 수가 없었다. 곱게 늙으셨네. 우리 새 친구를 환영합시다, 하며 노인정 남자 노친네들이 박수를 치며 주접을 떨었으나 자신은 천박한 그들과 다른 부류라는 생각에 같이 시시덕거리며 놀기가 영 껄끄러웠다. 한여사는 갑자기 찾아나설 곳을 잃어버린다. 어디로 가서 길고 긴 낮 시간을 때워야 할는지 막막하기만 하다. 그네가 입을 다물고 멍청한 표정으로 하늘을 보고 있자, 아이들은 언제 그랬냐는 듯 제 놀이에 열중한다. 한여사는 앞쪽 동산으로 눈을 돌린다. 야산 아랫도리를 두른 아카시나무와 허리에 걸쳐져 띠를 이룬 메타세쿼이아의 노란 잎이 시나브로 지고 있다. 꽃이 포도처럼 송이송이 피었던 지난봄, 그네가 아카시나무 숲을 거닐 때는 향기가 사방에 진동했다. 그 뭉클한 향기에 취해 날마다 산책을 나와 즐거웠던 지난날의 추억만을 떠올렸고, 꽃이 질 때까지 꽃 그늘에 자리 펴고 쉬며 싸온 도시락을 혼자 야금야금 먹기도 했다. 소형 카세트에 가곡 테이프를 걸어놓고 노래를 들으며 머릿속에 그려온 아련한 추억에 잠겨 시간을 보냈다. 아비 없는 외동아들을 금이야 옥이야 고이 키웠던 시절이며, 초등학교 적부터 전체 수석을 놓치지 않았던 아들이 대학 졸업 후 미국 유학을 떠나자, 그리움에 애태웠던 마음을 헤아려보기도 했다. 아들이 끝내 미국에 주저앉아 그곳 여자와 살림을 차렸다는 편지를 받자, 키울 때 자식이지 성년에 이르면 어미는 안중에 없고 제 갈 길 찾아 떠난다는 말을 실감하기도 했다. 그때부터 끓던 물에 얼음덩이가 들어차듯, 내 인생은 외로움을 타기 시작했지. 사촌언니가 세상을 뜨고 칠복이도 결혼해 신접살림 차려 떨어져 나가자, 나는 차츰 여위고 시들어갔어. 어느 날 홀연히, 내가 왜 이렇게 말이 없어져버렸지 하는 생각이 들어 주위를 둘러보니 몇 날 며칠을 집 밖에 나가지 않고 혼자 생활해온 자신을 발견하곤 소스라쳐 놀랐다. 독서와 음악에 정을 붙이고, 새들이 나뭇가지를 물어와 집을 짓듯 나는 내 안에다 나만 사는 집을 짓기 시작했지. 한여사는 나직이 한숨을 쉰다. 슬픔이 마음속에서 잔잔한 물결을 일으킨다. 그네는 무료할 때면 하는 버릇대로 구구단을 외기 시작한다. 한 번도 막힘 없이 구단 마지막, 구구는 팔십일까지 외기란 무리이고, 두세 번쯤 멈칫거리면 그날은 그런대로 일진이 좋고, 대여섯 번 멈추면 보통 일진이요, 삼단부터 혼란이 오면 일진이 나쁜 날이다. 그네가 구구단을, 사오는 이십까지 정신을 집중하여 별 막힘 없이 술술 외었을 때 아파트 쪽에서 맥고모자 쓴 늙은이가 지팡이 짚고 쪼작걸음으로 놀이터에 나온다. 강씨다. 안짱다리 걸음으로 다가오는 그를 보느라 노파는 사오는 이십팔로 중얼거린다. 사륙은? 거기서부터 숫자가 머릿속에 뒤죽박죽 엉킨다. 오늘 강씨를 만난 게 일진이 좋잖다고 안면을 찌푸린다. 강씨는 어깨와 허리가 굽었다. 뿔테안경을 걸쳤고 팥알 붙이듯 콧수염을 길렀다. 얼굴은 검버섯으로 덮였고 더 잡힐 주름이 없을 정도로 쪼그라졌다. 체크무늬 남방에 회청색 양복을 입어 차림은 멀끔하다. 김여사님, 오늘도 만수무강에다 안녕하슈. 강씨가 모자를 들썩해 보이며 인사를 한다. 내가 어디 김가요? 하며 한여사가 새침해한다. 그럼 이여산가 하며, 강씨가 핸드백 옆 벤치에 살점 없는 엉덩이를 걸친다. 오늘 이여사는 정말로 하늘에서 내려온 천사 같아요. 어쩜 그 연세에도 이렇게 젊고 싱싱해 보이는지. 오, 코끝에 스치는 이 은근한 향수! 정말 미치고 환장하겠군. 내 나이 열 살만 젊어도 무릎 꿇어 꽃다발 바치며 오, 사랑하는 영자씨 하고 풀포쳐해버렸을걸. 그네는 강씨 말이 듣기 싫지 않았으나 대꾸는 않고 냉랭한 표정으로 한눈을 판다. 프러포즈? 한창 땐 당신 같은 얼간이들이 꽃다발 들고 줄을 섰지만 나는 돌아보지도 않았다오, 하고 말해줬으면 싶은데 강씨에게는 그런 말조차 아깝다. 이성을 보면 어느 쪽으로든 호기심이라도 생겨야 하는데 언제 보아도 강씨는 물기 하나 없는 고목 등걸 같다. 상판조차 삐뚜름하게 틀어져 그 몰골이 가관이다. 코가 크면 뭣도 크다던데 코야 주저앉기 전이지만, 이젠 그 연장도 삶은 오이가 되어 맥없이 대롱거릴 터이다. 사십 초반에 만난 땅부자 주먹코는 근력이 좋았다. 밤마다 잠자리에 들면 나를 녹초가 되도록 흔들어줬지. 뱀탕을 장복한다는 말에 정나미가 떨어졌고 자기가 가진 것이라곤 오직 돈과 시간과 정력밖에 없다는 그 속물 근성이 싫었지만, 깊은 밤 불을 끄고 침대에 누우면 남자 품이 그리웠던 시절이라 밤농사 상대로는 맞춤했다. 두어 해 남짓 밀회 끝에 집 한 채를 얻자, 마침 그가 스물 후반의 딸 같은 계집애와 눈이 맞아 자연스럽게 떨쳐낼 수 있었다. 나 말이오, 아파트 백십층에서 이쪽을 내려다보고 있었죠. 이여사가 양산 쓰고 오는 걸 보자 심장이 마구 두근거리고 손에 뜨르르 쥐가 나지 않겠소. 이 나이에도 내가 흥분을 하니 주책이다 싶습디다. 사실인즉 이여사 미모가 워낙 출중하니 흥분이 안 된다면 사내자식이 아니지. 그래서 며느리가 냉장고 돌리는 새 얼른 아파트를 몰래 나섰죠. 한여사가 대꾸를 않자 강씨가 멋쩍어져 슬며시 말길을 바꾼다. 날씨 한번 조오습니다. 이런 좋은 날 아파트 방구석에 처박혀 있자니

좀이 쑤셔서. 몸 움직일 수 있다면 어디든 나서야지요. 일정 때 만주 땅 누볐던 청춘은 아니지만 노인정이든 어디든, 하여간 나서고 봐야지요. 참, 이여사, 만주 땅 홍콩에 가보셨소? 한여사는 대답을 않고 강씨 말을 듣고만 있다. 난 그 시절 저 남양 땅까지 가본걸요, 하는 말을 그네는 입 안에 삼키고 만다. 그 시절 일 년 남짓은 떠올리기조차 싫은 악몽이다. 박여사, 우리 어디 바람이라도 쐴까요? 만주 홍콩은 너무 멀지만 빠스 타고 탑골공원에라도 가봅시다. 거기 가면 우리 같은 늙은이들이 구름같이 모인대요. 만담이며 연설도 하고, 만병통치약도 아주 싸게 판답디다. 신경통엔 고양이를 통째 삶아 먹으면 효험이 있대요. 난 신경통이 고질병이라오. 가자 해도 따라나서지 않겠지만 한여사가 듣자 하니 자기 성을 바꿔 부르고, 하는 말이 좌충우돌이다. 구역질 치받치는 소리만 뱉는데, 부산에 탑골공원이 있다니. 강씨도 이젠 쉰 내가 날 정도로, 애들 말대로 뽕 가버렸다. 여기도 그런 공원 있어요? 한여사가 쏘아붙이자, 강씨가 고개를 갸우뚱하더니, 그럼 부산이 아니고 마산에 있나? 하고 어리둥절해한다. 그네는 더 참을 수 없어 탑골공원은 서울에 있다고 말해준다. 머쓱해진 강씨가 머리를 주억거리더니, 참, 박여사, 거기 양로원의 입주금이 얼마랬지요? 하고 묻는다. 강씨 이 사람도 아흔 줄에 접어드니 노망에 들었다며 그네는 치를 떤다. 그네는 엉덩이를 옮겨 강씨와 베개 길이만큼 거리를 더 둔다. 여자는 몸가짐을 단정히 해야지. 강씨는 경계의 대상이야. 빈털터리 주제에 입만 살아서. 노망기를 핑계로 덥석 덮칠는지도 몰라. 덮친담 밀쳐버려야지. 벤치에서 나가떨어지면? 머리가 깨지며 뇌진탕으로 사망할는지 몰라. 재수 없게 이 나이에 사람을 죽이다니. 그네가 쓰잘데 없는 상상까지 달아가며 입속말로 쫑알댄다. 아무래도 거기에 들어가야겠소, 자식한테 얹혀선 더 못 살겠어. 언제부턴가, 며느리가 밥을 두 끼밖에 안 줘. 그것도 참새 눈곱처럼 적게. 그래서 어젯밤엔 화장실로 밥통 안고 들어가서 남은 밥을 먹어치워버렸죠. 세탁기도 뒤져 먹고. 세탁기엔 내 밥상에 안 오르는 반찬이 가득합니다. 그것도 몽땅 먹어치웠죠. 그럼 밥 따로 찬 따로요? 내가 그랬나? 화장실에서 밥통 밥 먹어치웠다 했잖아요? 내가 언제 그랬소? 박여사가 노망 들었나, 말 막 꾸미네. 물을 서너 말이나 마셔 밤새 뒷간 출입이야 했지요. 뒷간 들랑거리느라 잠도 제대로 못 잤지만. 싸가지 없고, 못된 며느리 같으니라고. 자기는 안 늙나, 두고 봐. 네년 죽을 때까지 내가 두 눈 똑바로 뜨고 네년 늙어 수족 못 놀리는 꼴 옆에서 봐가며 살 테니깐. 강씨가 분김을 못 참아 씩씩댄다. 내가 노망에 들렸다니, 기가 막혀서. 강씨 말을 계속 들어주다간 복장이 뒤집혀 스트레스를 받을 것 같아 한여사는 의자에서 일어선다. 그 집엔 화장실에 밥통과 세탁기를 둬요? 세탁기에 반찬을 넣어두다니! 한여사 말에 강씨가 눈을 치켜뜨며, 내가 주방이라 그랬지 언제 변소라 그랬고, 냉장고라 그랬지 언제 세탁기라 그랬냐며 맞받아친다. 평생 허기지게 살아온 사람 늙으면 먹자타령만 한다더니 강씨가 그 꼴이구려. 난 시내 나가 미국 아들한테 답장도 보내야 하고, 오늘 무척 바빠요. 한여사는 핸드백과 물병을 든다. 박여사, 내 묻지 않았소, 거기 입주금이 얼마냐고? 한여사가 힘을 주어 파라솔을 편다. 지난번에도 말했잖아요. 종신회원권 일억오천에, 월 생활비가 사십만 원이라고. 한여사가 쏘아붙이곤 천천히 자리를 뜬다. 지난번엔 회원권이 천백만 원이라 하지 않았소? 삼십 년 새 그렇게나 올랐나, 내가 뭘 잘못 들었나? 강씨가 엉거주춤 일어서며 구시렁거린다. 내 있는 기로원엔 훔쳐 먹을 밥도 없으니 아들네 아파트에 그냥 눌러 사세요. 노인 모시는 착한 며느리 욕질이나 실컷 하며. 그리고 내 한마디 더 하겠는데, 인생이란 자신이 만들어가기에 달렸어요. 아들이나 며느리가 뭐라든, 자신이 자기 인생을 얼마든지 만들 수 있잖아요? 실제론 그렇지 않더라도 마음으로 말이에요. 머릿속에다 내가 만든 나를 그려봐요? 얼마나 멋있는가? 한여사가 쏘아주곤 천천히 놀이터를 떠난다. 박여사, 여기 모, 모자 가져가야지 하고 강씨가 등 뒤에서 말한다.

2

어디에선가, 사방에서, 방향이 몰려온다. 숨이 막힌다. 한여사는 정신이 아득해진다. 기분 좋은 취함이다. 뭉클한 향기는 코를 통해 포도당 주사 맞을 때처럼 혈관 구석구석까지 따뜻하고 화끈하게 스며든다. 향기에 취해 정신은 흐리마리하고 몸은 녹작지근 녹아져, 향기와 희롱하며 즐기고 싶다. 온몸을 어르던 향기가 몸 아래쪽으로 쏠린다. 무엇인가, 이파리 같은 게 살랑살랑 흔들리며 간지럼을 피운다. 미나리꽝이 장대비로 물이 넘쳐나자 미나리가 뿌리째 떠서 흘러 내려와 음모 사이를 헤집고 든다. 미나리가 뿌리를 질 벽에 착근시키자 질 벽 속으로 파고드는 실뿌리가 간질간질한 쾌감을 전해온다. 파릇하게 돋아난 미나리의 여린 잎순이 흔들리며 질 벽에 간지럼을 피운다. 한여사는 횡재를 만난 듯 즐거움에 취해 온몸을 떤다. 숨길이 가빠진다. 참으로 야릇한 일이다. 까마득히 잊어버린, 떠올려도 예전의 느낌조차 아슴아슴하던 성감이 이 나이에 다시 살아나다니. 그네는 코앞에 떠도는 향기를 살며시 끌어안는다. 향기가 풍선처럼 질량감 있게 품에 안긴다. 그네는 코맹맹이 소리로 흠흠대며 향기를 맡는다. 그 즐거움도 잠시, 갑자기 풍선에 바람이 빠지듯 향기가 슬그머니 빠져나간다. 날 따라와. 점아가야, 지팡이 짚는 쪼작걸음으로 날 따라올 수 있겠어? 향기가 약을 올리며 문틈으로 빠져나가 꼬리를 감춘다. 미나리의 여린 이파리가 흔들리며 일으키던 질 안의 성감이 향기를 뒤쫓아 문틈 사이로 빠져나간다. 미나리가 뿌리째 뽑혀 질을 탈출해버리니 쾌감이 언제였나 싶게 사라져버린다. 놓쳐선 안 돼. 널 잡아야 해. 널 놓치면 난 영원히 송장이 되고 말아. 모든 감각이 마비되어 숨 끊어질 시간만 기다리는 식물인간이 되고 말 거야. 널 놓치지 않고 꼭 잡을 테야. 한여사가 겨우 일어나 앉는다. 뼈마디가 욱신거리고 장작개비같이 마른 다리가 후들거린다. 지난겨울 들고 기온이 뚝 떨어지기도 했지만 어린이놀이터에 나갈 기운마저 쇠잔해져버렸다. 날씨가 추워지니 아이들도 놀이터에 나오지 않았고, 가지만 앙상한 나무들과 서리에 젖은 채

찢겨져 나뒹구는 낙엽을 보기도 마음이 언짢았다. 공들여 하던 화장마저 손이 떨려 얼굴을 온통 환칠하는 꼴이 되고 말았다. 입술보다 너무 넓게 루주를 칠해 가동 늙은이들의 놀림감이 되기도 했다. 기억력도 떨어져 생각이 헷갈리고 금방 한 일이나, 이 일을 해야겠다고 나선 일조차 무얼 하려 했는지 우두망찰 선 채 오도 가도 못하는 멍청이가 되어버렸다. 겨우내 실내에서 꼼지락대다 따뜻한 봄이 찾아와 바깥나들이를 시작하자 한여사는 지난 몇 달 사이 체력이 현저히 떨어졌음을 실감했다. 걷기에도 힘이 들어 지팡이를 짚지 않을 수 없었다. 한여사는 지팡이를 찾으러 어둠 속을 더듬는다. 바깥은 깜깜하고, 지팡이를 어디에 뒀는지 생각나지도 않는다. 참, 복도 끝 신발장 앞에 두었지. 그네는 용케 기억을 되살린다. 향기를 놓치기 전에 어서 나가야 한다. 한여사는 무릎걸음으로 기어 문틀 손잡이를 겨우 잡고 힘들게 몸을 일으킨다. 문을 열자 벽에 설치된 안전대에 의지하여, 한 손으로 허공을 더듬으며 복도를 나선다. 지팡이는 물론 신발 찾아 신을 생각도 잊은 채 건물을 나선다. 하늘엔 별조차 숨어버려 보이지 않는 깜깜한 어둠 속을 두리번거린다. 봄밤의 대기가 훈훈하다. 문득 어둠 속에 명주실 타래 같은 희끄무레한 게 들을 가로질러간다. 품에 품고 놓지 않았던, 미나리 뿌리를 질 안으로 들이밀던 향기가 분명하다. 명주실 타래가 야산 쪽으로 꼬리를 늘여 사라진다. 어딜 가, 날 깨워놓고. 미나리 뿌리와 이파리로 잔뜩 흥분만 시켜놓고, 잊고 살아왔는데 맛만 살짝 보여주고 왜 달아나. 한여사는 맨발인 채 지친거리며 들을 질러 사라지는 향기를 뒤쫓는다. 명주실 타래가 아카시나무 숲속으로 빨려든다. 꼬부장한 허리로 숨 가쁘게 걷던 그네는 둑을 넘다 지쳐 쓰러진다. 가쁜 숨이 목구멍을 막는다. 이래선 안 돼. 아카시나무 숲까지 가야 해. 난 그 향기를 붙잡고 말 테야. 한여사는 다시 일어나 길짐승처럼 무릎걸음으로 엉금엉금 기기 시작한다. 난 갈 테야. 갈 수 있어. 갈 수 있고말고. 그네는 헉헉대며 그 말만 되뇐다. 한여사는 이윽고 야산 아래 지점의 아카시나무 숲에 이른다. 숨이 턱에 닿고 가슴이 찢어지듯 아프다. 무릎뼈는 떨어져나갈 듯 통증이 심하다. 그네는 하늘을 향해 반듯이 누워 가쁜 숨길을 조절한다. 보이지 않는 향기가 온몸을 감싸더니 콧속으로 흠씬 스며든다. 그네는 향기에 취해 눈을 감는다. 빵 굽는 그윽하고 구수한 냄새가 난다. '접근하면 발사함'이란 영어와 한글 팻말이 붙은 미군부대 철조망 주변을 난 영영 떠났지. 국제시장 난전에서 미제 물건을 팔다 빵 익는 풍미를 못 잊어 내가 차린 첫 제과점 이름이 뭐였나? 귀부인, 궁궐, 공주? 공주의 비련? 아니지. 제과점을 할 때 난 그 노래를 좋아했어. 축음기에다 날마다 그 판을 걸어놓고선 심취해서 귀 기울이곤 했지. 사랑을 위하여 왕실도 버리고, 그대 따라가리라 기약했건만 이다지도 세상은 말이 많은가…… 그런데 제과점 이름은? 늘 떠오르던 제과점 이름조차 헷갈린다. 점아가, 내가 점포 뒷일은 다 봐줄게. 보송하게 빵 만드는 건 너한테 차차 배우기로 하고. 사촌언니가 말했다. 난 미군부대 있는 그쪽으론 침도 안 뱉을 거야. 뱉는 침조차 아까워. 소다와 이스트의 작용으로 빵이 봉긋하게 부풀 듯, 한여사의 몸이 가벼워진다. 육신이 향기가 되더니 연기처럼 피어오른다. 생각지도 않았는데 어둠 속에 엄마가 슬며시 나타난다. 점아가야, 넌 지금 풀밭에 누워 행복한 모양이구나. 그렇게 편안히 죽을 수만 있다면 그게 행복이지. 송진처럼 질기게 살아온 인생 끝장에 아무 고통 없이 죽을 수만 있다면 말이다. 점아가 널 대처로 떠나보내지 않았어야 했는데 방물장수 말에 솔깃해 그놈의 건빵공장에 왜 널 떠나보냈을까. 네 아비와 내가 미쳤지. 포원하던 쌀밥 실컷 먹고 살라고 그렇게 떠나보냈어. 그래, 대처로 나가 배는 곯지 않았지? 그러나 마음고생이 주림보다 몇 배 견디기 힘들었을 게야. 촌구석에 처박힌 우린 너처럼 그런 험한 꼴 안 당해봤지만. 넋두리를 늘어놓는 엄마 얼굴의 얽은 자국마다 옹달샘처럼 눈물이 고여 반짝인다. 여기에 너 빼고 우리 식구 모두가 일찍 함께 와 있어. 네가 알다시피 우리 식구는 모두 제명껏 못 살고 억울하게 죽었어. 그러나 여기로 와선 하늘님이 공짜로 주신 논밭 부치며 오순도순 함께 잘살아. 점아가야, 보름달이 하늘을 건너듯 어서 여기로 건너오렴. 더러운 세월을 살아오며 더 볼 무슨 낙이 남아 있다고, 넌 너무 명이 길구나. 그 험한 세상에서 무슨 영화를 누리겠다고 나보다도 두 배 넘게 이승에 살고 있어? 한여사는 엄마의 푸념조 말을 듣다 도리질한다. 전 이 땅에서 더 살 테야요. 살아온 세월이 너무 원통해서, 그 원한 때문에 이쯤에선 도저히 눈감을 수 없어요. 향기가 다시 내 몸속으로 스며들잖아요. 이 이승의 향기가 얼마나 좋아요. 엄마도 맡아보세요. 아랫도리를 감싸고 파고드는 이 향기가 근력 좋은 남자보다 더 좋아요. 그런 재미를 두고 내가 왜 죽어요. 한여사는 열락에 취해 잠옷을 헤치고 고쟁이 안으로 손을 넣는다. 미나리가 뿌리를 내리려 찾아들 듯, 장지를 질에 박고선 그 속을 쑤셔댄다. 코로 숨 가쁘게 향기를 빨아들인다. 건조한 질 속이 따갑고 쓰리다. 그네의 흐릿한 의식에 쑤군대는 노친네들 말소리가 들린다. 망측하게, 손가락은 거기다 왜 쑤셔박고 있지? 맨발로 여기까지 와서 이렇게 자빠졌다니. 잠결에 귀신이 이 여편네를 불러냈나봐. 초정댁 말소린지 윤선생 말소린지 알 수 없다. 얼굴을 마당 삼아 기어 다니는 저 개미 떼 봐, 가렵지도 않나봐. 무슨 힘으로 기어서 예까지 아등바등 나왔을까? 피딱지 좀 보라고, 무르팍이 온통 까졌어. 정강이뼈가 다 보이네. 얼마나 아플까, 쯔쯔. 노망 들면 아픈 걸 어떻게 알아. 제 똥도 찐빵인 줄 알고 먹는다는데. 벽에 똥칠은 약과야. 여러 사람의 떠드는 소리를 들으며 한여사가 코를 씰룩인다. 찐빵? 찐빵이라 했지. 빵 굽는 향긋한 내음이 난다. 밀가루 반죽이 노릇노릇 익는 풍미가 코에 닿는다. 그런데 참말로 무엇 하러 여기까지 기어왔을까? 야밤에 만날 사람이라도 있었나? 가을까지만도 저 아파트 쪽 어린이놀이터에서 머리가 해까닥 가버린 노인과 자주 데이트를 하는 눈치던데. 노인이 손을 잡으려 하자 이 여편네가 뿌리치다 벤치에서 떨어지는 걸 봤어. 한때 치근대는 남자들 추파 안 뿌리쳐본 여편네 어딨어. 주책맞은 소린 집어쳐. 아이고, 흉측해. 손을 빼내어 제자리에 얌전히 놓아두고 잠옷으로 거기나 좀 가려주라고. 누가 여편네를 업어, 업어서 옮겨야지. 제 한 몸 주체도 힘든데 저 여편네 업을 힘이 남은 할멈이 어딨다고. 사무장이든 곽씨든, 오늘따라 청소원들도 안 보이네. 어서 불러와야지. 이렇게들 섰지 말고, 누가 빨리 가봐요. 우선 흔들어서 깨워보라고. 아직 숨 거두진 않았잖아. 글쎄, 사람 한평생이 이렇다니깐. 귀부인 출신이라며 꽤나 몸치장이며 얼굴을 가꿔쌓더니만, 이젠 아주 갔어. 망령도 가지가지라더니, 좀 특별한 여편네였어. 이제야말로 나동으로 옮겨가야겠지? 우리도 저 꼴 되어 나동으로 가기 전에 어서 눈감아야지. 주위의 웅성거림에 한여사는 가까스로 깨어나 실눈을 뜬다. 나뭇잎 사이로 푸른 하늘이 보인다. 하늘이 너무 눈부시게 푸르러 실눈을 찌푸린다. 아카시꽃 향기가 코에 묻는다. 어젯밤 그네는 잠결에 그 향기에 취했다. 벌 떼들이 윙윙대며 꽃 사이로 난다. 팔랑팔랑 나는 흰나비도 보인다. 살아서 부지런히 몸 움직이는 저것들이 부럽다. 한여사는 꼭 나비 같아. 내 나이 열다섯만 안쪽이라도 그 나비를 품에 품고 어르며 살 텐데. 노회장이 말했다. 내려다보는 많은 늙은이 얼굴들이 한여사의 실눈 앞에서 흐릿하게 지워진다. 그네는 눈을 감는다. 이년아, 넌 한경자도, 게이코도, 한안나도 아니야. 넌 한점아가야. 이름을 그렇게 바꿔갈 동안 네 인생길은 깊이깊이 수렁으로 빠져들었어. 인생을 쫄딱 망쳤다고. 내 너 같은 딸을 두지 않았다, 몹쓸 년! 어디에서, 언제 나타났는지 어둠 속에 낫을 쳐든 아버지가 소리친다. 여름 땡볕 아래 소꼴을 베어 지게에 한 짐 지고 삽짝으로 들어선 아버지 얼굴이 노기로 찼다. 그래요. 난 당산나무 섰는 동구 앞 고갯마루 떠난 그날부터 점아가가 아니었어요. 내장이며, 쓸개며, 간까지 내주고 살아왔어요. 부엌에서 물사발을 들고 나온 엄마가 아버지를 맞았다.

저 땀 좀 봐. 여보, 냉수로 목부터 추기시구려. 벗고 수챗간에 엎드려요. 점아가, 샘물 길어 아버지 목물 좀 해드려. 점아가는 아무리 아버지지만 남자 몸에 손 대기가 싫었다. 모리가 내 맨살에 처음으로 손을 댄 남자였지. 게이코 상은 몸매도 진짜로 아름답구나. 빵 익는 풍미가 온몸을 감싸고, 모찌같이 말랑말랑한 유방도 탐스러워. 제과점 뒷방에서 모리가 게이코의 옷을 한 겹씩 벗기며 말했다. 난 싫어요. 엄마가 아버지 목물해드려요. 죽은 내가 쏠게. 셋째동생을 업은 점아가는 어둑신한 부엌으로 들어갔다. 부엌 안은 솔가리 타는 매캐한 내음이 눈을 못 뜨게 했고 등짝의 동생이 재채기 끝에 울음을 터뜨렸다. 부엌은 화덕처럼 더웠다. 아침부터 바람 한 점 없이 날씨가 쪘다. 마당에서 엄마가 부르는 소리가 들렸다. 오시이레(잠깐), 게이코 상! 누군가 큰 소리로 자기를 불렀다. 한경자는 시장 바구니를 들고 시장으로 가던 길이었다. 누군가 뒤에서 따라온다고 느꼈으나 흔히 있는 얼빠진 건달이라 여겨 그녀는 신경을 쓰지 않았다. 잡화상 미도리상점 앞을 꺾어 돌다 한경자는 흘끗 뒤돌아보았다. 한 사내는 당꼬바지에 흰 셔츠를, 한 사내는 납작모자를 쓰고 카키색 반소매를 입었는데, 작달막한 지휘봉을 든 둘이 무어라고 말을 맞추며 잰걸음으로 따라오고 있었다. 오시이레, 게이코 상! 하고 한 사내가 다시 한경자를 불렀다. 잠깐 거기 서보라니깐. 내 말 안 들려! 사내 둘이 그녀에게 다가왔다. 게이코 상, 저쪽 큰길 가에 있는 라이라이껭제과점 여급 맞잖아? 당꼬바지가 말을 걸었다. 그런데…… 한경자는 그들이 어떤 일을 하는 자인지 얼른 짐작이 갔다. 당꼬바지는 몇 차례 제과점에 들른 적 있는 야마구치 형사였다. 지금 당장 우리와 함께 주재소에 가줘야겠는걸. 게이코 상에 대해 조사할 게 있어. 납작모자가 한경자의 팔을 낚아챘다. 조선인 형사 보조원인지 그는 일본말이 서툴렀다. 무언가 잘못 걸렸다 싶어 그녀는 잡힌 팔을 떨쳤다. 무슨 조사를요? 제게 조사할 게 있다면 모리 사마를 만나보세요. 나를 데리고 있는 주인이니깐. 전 제과점에서 먹고 자는 종업원이잖아요. 야마구치가 한경자의 볼록한 가슴께를 탐하는 눈초리로 더듬었다. 물론 그래야겠지. 그러나 게이코 상이 우선 우리를 따라가줘야겠어. 게이코 상도 들었겠지? 지금 시국이 야마도 다마시 정신에 입각해 신민 모두 충성을 맹서한 총동원령 전시 체제야. 게이코 상도 알고 있지? 야마구치가 말했다. 알아요. 귀에 딱지가 앉도록 듣는 소린걸요. 일본말이 서툴다 보니 한경자가 조선말로 말했다. 지금 시국이 카페며 제과점 문 열어놓고 여급 두고 노닥거릴 태평성대가 아냐. 업소에 종사하는 여급이며 작부들은 정신이 틀려먹었어. 게이코 상은 금지령이 내려 처벌 받는 조선말까지 쓰잖아. 조사할 게 있으니 우릴 따라와. 야마구치가 명령조로 강단지게 말했다. 듣는 말은 귀가 조금 트였으나 하는 말은 서툴러서…… 그제야 한경자가 떨며 말했다. 어쨌든 가자고. 주재소에 가서 얘기해. 납작모자가 한경자의 팔을 잡고 한사코 끌었다. 그녀는 시장 바구니를 든 채 그렇게 끌려갔다. 그녀는 그길로 군량미로 보낼 조선쌀을 재어둔 부둣거리 미창에 수용되었다. 미창에는 한경자처럼 여러 곳에서 연행당해 온 또래의 조선인 젊은 여자들이 바글거렸다. 8월 초,

여자들은 간편한 홑 유카타를 지급받아 입었고, 병졸들의 삼엄한 감시 아래 부두로 끌려갔다. 부두에는 큰 배가 정박해 있었다. 관부연락선이 아닌 유령선처럼 칠이 벗겨지고 낡은 배로, 마치 지옥행 연락선 같았다. 배의 갑판에는 누더기를 걸친 해골에 뼈다귀뿐인 많은 형체들이 바글거리며 부두를 향해 뼈마디 팔을 흔들고 고함을 질러댔다. 나 어봉공이 되어 이제 죽으러 떠나! 아버지, 엄마, 잘 계셔요! 성은에 보답하러 이렇게 떠나면 이제 영영 못 볼 거야! 오늘을 죽는 날로 잡아 내 제사나 지내줘. 해골과 뼈다귀들이 아우성을 지르는 중에, 망토 걸친 홍이 그 무리에 섞여 있었다. 부두에서 벌어진 무훈장구 출정식의 전송자들 사이에 끼여 목을 빼고 갑판을 살피던 한경자가 홍을 알아보았다. 폐병으로 죽었다는 홍이 학도 지원병으로 전선에 끌려가다니. 그녀는 도무지 영문을 알 수 없었다. 그녀의 눈과 홍의 눈이 마주쳤다. 홍이 손을 흔들며 한양, 경자씨, 나 홍이오, 여기, 여기에 있어요 하고 애타게 불렀다. 팔을 쳐들고 흔드는 뼈만 남은 손가락이 보기 싫었다. 안면이 마르고 창백했을 뿐 이목구비 반듯했던 미남이 저렇게 변해버리다니. 무덤 속에서 살아나 바깥세상으로 나왔다면 저렇게 변해버릴 수도 있겠지. 세월이 많이 흘렀다. 그런데 홍과 해골들이 저 낡은 유령선을 왜 타고 있는지 알 수 없다. 허깨비들이 유령선을 타고 남양 전장터로 떠나다니. 한양, 어서 타요. 이 배를 놓치면 우린 또 이별입니다! 갑판에서 홍이 허리 숙여 허수아비처럼 흔들거리며 한경자를 불렀다. 전 다른 배를 탈래요. 그 배는 타고 싶지 않아요. 그녀는 그를 만나도 예전 같은 살가운 정이 느껴질 것 같지 않았다. 우선 홍을 품에 안으면 산산히 바스러질 것 같은 뼈다귀가 섬뜩했다. 그 배는 관부연락선이 아니라 남양전선으로 가는 철갑선이잖아요. 전 그 배를 타지 않고 다른 배를 탈래요. 만국기 나부끼며 오대양을 누빌 멋진 유람선을요. 전 귀부인이라 그런 호화 유람선을 타고 세계를 일주할 거예요. 전쟁이 없는 평화로운 나라에 가서 교양 있고 돈 많은 젠틀맨을 만나 귀부인으로 영영세세 뾰족탑 있는 궁궐에서 행복하게 살 거예요. 그때, 풀색으로 도장한 군함 한 척이 부두로 미끄러져 들어오고 있었다. 군함이 부두에 닿자, 하역 인부들이 발판을 뱃전에 걸쳤다. 지키고 있던 병졸들이 유카타 입은 여자들을 배 갑판에 오르는 발판으로, 돼지 몰듯 몰아세웠다. 비명과 아우성으로 부두가 난장판을 이루었다. 보통이를 한 개씩 가슴에 안고 발판으로 오르는 여자들에 떠밀려, 한경자는 게다짝이 벗겨지는 줄도 몰랐다. 난 보통이 하나 가슴에 안고 그렇게 고향 땅을 떠났지. 당산나무에 앉은 까마귀 울음이 왜 그렇게 음충맞던지. 점아가야, 대처에선 부디 삼시 세끼 살밥(쌀밥) 먹고 호강하며 살아. 엄마가 말했다. 보통이 하나 껴안고 군함을 타자, 한경자는 눈물이 쏟아져 앞을 가렸다. 이렇게 부산 부두를 떠나다니, 고향 산천을 언제 다시 보게 될까? 그런 날이 살아생전에 또 올까? 한 여사가 갑자기 온몸을 떨더니 눈 부릅뜨고 외친다. 날, 제발, 거기로, 보내지, 마. 난, 아, 안, 갈 테야! 나, 남양 거기, 사철 한여름 더위만 끓는다는 거기로 안 갈 테야! 그때만도 그녀는 자신의 처지가 그렇게 될 줄 몰랐다. 한여사의 다리가 경련을 일으킨다.

칠흙같이 깜깜한 땅속에 묻힐 처지에 남향이고 북향이고 가릴 처지야? 초정댁이 그네의 두 다리를 누르며, 안 가겠다고? 죽음에는 나이고 뭐고 순서가 없어, 없다구! 하고 계속 쫑알거린다. 다 죽어가며 웬 힘은 이렇게 세. 초정댁이 정강이뼈가 부러지라고 그네의 다리를 꾹꾹 누른다. 한여사가 나동으로 가기 싫은가봐. 임자보고 나동으로 가라면 가겠어? 허긴 그래. 남향이긴 하지만 나동은 송장 대기소니깐. 그러나 어쩔 수 없이 가게 될 날이 오겠지. 가는 세월을 누가 막아. 둘러선 늙은이들이 탄식한다. 죽는다는 게 얼마나 무섭고 골수에 사무쳤으면 저럴까. 누군 가고 싶어 가나, 억울하고 원통해도 어쩔 수 없이 눈감지, 하고 한 늙은이가 말한다. 난, 안 가. 그, 남양 땅 지옥에는, 안, 갈 테야, 하는 한여사의 외침이 잦아진다. 이젠 향기가 그녀의 콧속으로 스며들지 않는다. 온몸에 찢어질 것 같은 통증이 엄습한다. 난, 차라리, 홍씨가 탄, 유령선을, 탈, 거야. 지옥에 가더라도, 군함은, 안, 탈 테야! 한여사가 안간힘 쓰듯 다시 외친다. 아닌 밤중에 홍두깨라더니, 무슨 배를 탄다구? 홍이 누구야? 혹시 아파트에 사는 노망난 노인이 홍씨 아냐? 주위의 늙은이들이 말한다. 부웅부웅. 뱃고동이 울었다. 군함이 미끄러지듯 바다 가운데로 나가자 용두산공원과 부둣거리가 차츰 가물가물 멀어졌다. 남양이란 데가 어디야? 몇 날 며칠 배를 타고 가야 한담서? 거긴 사철이 여기 한여름보다 더 덥대. 밀림이 하늘을 가리고 온갖 짐승과 벌레에다 왕모기 떼, 왈파리 떼가 우글거리는대. 전방 야전병원 보조간호원과 취사원으로 징발당한 조선인 처녀들이 뱃전에서 더위가 타는 망망대

해를 바라보며 낮은 소리로 속달거렸다. 한여사의 흐릿한 시야 앞에 꽃송이를 매단 아카시 나뭇잎이 머얼어진다. 벌이 윙윙대며 나는 소리가 들린다. 밤낮으로 닷새 동안 바다를 가르며 군함에 실려갈 때, 하늘에는 비행기 편대가 벌 떼처럼 윙윙대며 남으로 내려갔다. 대일본제국 히코기다. 반자이, 만세! 갑판에 나선 해군 병들이 날아가는 비행기를 향해 두 손을 흔들며 소리쳤다. 야자나무 큰 이파리 사이로 푸른 하늘이 보였다. 오색 무늬의 부리 큰 새가 이상한 소리로 울며 창공을 날았다. 쪼그라진 늙은이들 얼굴 위로 병졸들의 땀 번질거리는 구리색 얼굴들이 겹쳐졌다. 웃통을 벗어젖힌 거칫한 사내들이 씩씩대며 몰려 서 있었다. 왜들 이래요. 우리가 무슨 잘못을 저질렀나요? 병졸들의 구리색 윗몸이 땀으로 번질거렸다. 위쪽 나뭇가지에서 작은 도마뱀이 사내 어깨에 떨어졌다. 철커덕, 장총을 마루청에 내던지는 쇠붙이 소리가 났다. 땀으로 번질거리는 몸뚱이와 퀭한 눈동자가 번들거렸다. 그 눈들이 구석에 몰려 움츠리고 있는 여자들에게 쏠렸다. 여자들은 비바람에 후들거리는 야자나무처럼 떨며 공포에 질렸다. 군모 쓴 몇은 누런 대문니를 드러내고 킬킬거렸다. 너들은 느, 늑대야. 늑대보다, 더 흉측한, 인간 사냥개야. 한여사가 헐떡이며 중얼거린다. 지금 뭐랬나? 우릴 보고 늑대라잖아. 한여사 죽은 서방이 홍씬지 몰라. 서방과 함께 배 타고 가던 젊었을 적 장면이 떠오르나봐. 서방을 욕질하고 있잖아. 첫서방이 하도 망나니 짓을 해서 일찍 헤어졌을 거야. 꼴 보기 싫은 것부터 헛깨비로 보이는 모양이야. 사람이 굶으면 헛게 보인다는데. 초정댁, 한여사 요즘 식사를 잘 안 챙겨먹던? 누군가 묻는다. 안 챙겨먹다니. 자기 신분이 귀부인인데 시중 드는 종년이 어디 갔나보다고 고시랑대며 고양이처럼 쪼작쪼작 잘도 먹던데. 광대댁이 어디 끼니때 빠지고 굶을 여편넨가. 구구단 외고, 음악 듣고, 시집 나부랭이 읽으며 오래 살겠다고 얼마나 기를 쓰는데. 한여사는 귓가를 스치는 초정댁의 말을 들으며, 네년의 주둥아리는 말릴 수 없다며 이를 간다. 당장 일어나 한마디 쏘아주고 싶다. 그러나 병졸들에 갇혀 꼼짝달싹할 수 없다. 오키나와에선 좋았는데 말라카로 온 후부터 우린 줄곧 아랫도리 굶었잖아. 뭣들 하고 있어, 빨리빨리 끌어내잖고. 먼저 찍은 놈한테 우선권이 있어. 어서 끌어내! 그들이 큰 소리로 짖떠들자, 병졸들이 구석에 몰린 여자들을 향해 우르르 몰려들었다. 저 계집은 내 차지야. 손댔단 닛본도로 손모가지를 잘라버릴 테야! 턱주가리와 뺨이 구레나룻으로 덮인 광대뼈 불거진 오장이 소리쳤다. 오장이 자신을 지목하자 게이코는 사추리 사이를 두 손으로 가리며 기겁을 했다. 개만도 못한 놈들. 네 놈들은 짐승보다 못해! 게이코가 울부짖었다. 군인들이 여자들을 끌어내자 아우성과 비명이 터졌다. 여자들 머리채를 잡아채고, 다리를 버둥대는 여자를 중화기처럼 어깨에 메고, 병졸들은 금방 내린 소나기로 질척한 숲을 헤치고 눅눅한 밀림으로 들어갔다. 전리품을 챙겼다는 듯 그들은 씩씩대며 낄낄거렸다. 여자들의 비명이 낭자했다. 푸드득 날개 치는 소리가 났고, 머리깃털 붉은 새들이 놀라 야자수 위로 날아올랐다. 까악거리며 머리깃털 붉은 새가 기분 나쁜 소리로 울었다. 어디선가 산발적인 총소리가 들렸다. 분초가 있는 쪽 숲길에서 인기척이 났다. 탄띠를 어깨에 걸친 소좌가 숲속 길을 걸어왔다. 그의 군복은 비에 젖었고 질흙이 발려 있었다. 소좌는 병졸들의 작태에 빙긋 웃으며, 부드럽게 다뤄, 여자를 들짐승 사냥하듯 거칠게 다루면 되겠냐 하고 말했다. 그가 머리채 잡혀 끌려가는 한 여자를 보더니 걸음을 멈추었다. 찢어진 유카타 사이로 가슴에 큰 점이 있는 여자였다. 어이, 이봐, 오장. 그 여자는 내려놔. 손대지 말라고. 소좌가 명령했다. 내가 차지한 계집이라구요. 내가 점 찍었어요. 군복 윗도리 단추를 풀어헤친 오장이 풀숲에 가래침을 뱉으며 불퉁거렸다. 안 돼, 절대 안 돼! 약속이 틀리잖아. 우린 취사원과 보조간호원으로 남양까지 왔어. 우리 모두 죽자고. 혀 깨물어 자결해버려. 이렇게 몸을 버릴 수는 없다구. 한 여자가 일본말로 외쳤다. 어쨌든 그 여자는 풀어놓으라고 내가 말했잖아. 상관 명령을 거역할 작정인가? 오장은 다른 여자를 차지하면 되잖아. 짝이 정 안 맞으면 돌려가며 할 수도 있잖아. 그 여자는 적절하게 쓸 데가 있어. 게이코는 오장의 손아귀에서 빠져나와 질퍽이는 땅을 짚고 소좌 쪽으로 무릎걸음을 걸었다. 장교님, 살려줘서 고마워요. 이 은혜는 평생 잊지 않겠어요. 게이코가 소좌의 흠씬 젖은 바짓가랑이를 잡고 매달리며 쓰러졌다. 자, 장교님, 저를, 빨리, 여기서 빼, 빼내줘요! 한여사가 외친다. 빨리 와요! 어서 한여사를 업어요. 윤선생이 곽씨를 보고 말한다. 달려온 곽씨가 한여사를 추슬러 등에 업는다. 한여사, 정신이 좀 드오? 어쩌자구 한밤중에 그렇게…… 그래도 우리가 찾아냈기에 다행이지. 곽씨를 따라가며 윤선생이 말한다. 게이코 상은 내가 발견했기에 다행인 줄 아시오. 당신을 장교 숙사 취사원으로 쓰겠소. 저녁엔 장교 숙소에서 잠을 자도록 해주지. 장교들은 덜 야만스러우니깐. 여자를 부드럽게 다루지. 허허, 스스로 혀를 깨물었군. 내가 피를 닦아주리다. 소좌가 말하자, 초정댁이 그 말을 받아 쫑알거린다. 쯔쯔, 혀를 깨물었군. 아무리 죽기로 각오 했어도 염라대왕이 불러야 저승길에 들지. 광대댁은 크림통에 똥 채워 그걸 얼굴에다 처바를 때까지 살 거야, 호호. 한여사가 말이 되잖은 소리를 내지른다. ≒ × ÷ ≠ ∂ ∝ ∈ ¿ ! …… 그게 무슨 말이야? 웬 귀신 씻나락 까먹는 소리를 내질러. 새소린가 본데? 아냐, 서양말인걸. 광대댁이 무슨 주문을 외고 있어. 늙은이들의 말을 초정댁이 받는다. 광대댁이 명문가 출신이라며 우릴 속였어. 분을 덕지덕지 처발라 화장하는 꼴이 무당이나 점쟁이 출신일는지도 몰라. 내가 물어봤지. 인간 운명을 점쳐주는 사주팔자의 도사라면 내 신수도 봐달라고. 그랬더니 이 여편네가 길길이 뛰며, 자기는 교양 있는 귀족 집안 출신이라나. 사대부 집안 출신이라면 양반 마님 행세를 해야지, 귀족은 또 뭐야? 안 그래요? 무당, 광대패, 기생, 셋 중 하나 출신이 틀림없어. 화장하는 버릇 보면 젊었을 적을 안다니깐. 초정댁 말에 누군가 나선다. 누가 변호사 아니랄까봐 죄다 아는 체해, 초정여사는 말도 참 많네. 객소리 치우고 어서 의사를 불러요. 그러자 여러 늙은이들이 떠든다. 의사가 어딨어. 오늘은 왕진 안 오는 날이잖아. 최간호사는 어디 갔어? 수건을 물에 적셔 가져와요. 신상카드도 가져오고. 보호자에게 연락을 취해야지. 곧 죽을 사람

나는 누구인가 63

도 아닌데 보호자한테 연락은 뭘. 국내에 보호자라도 있는지 몰라. 한여사는 사무장 김씨 목소리도 섞여 있는, 이런저런 말을 흐릿한 의식으로 듣는다. 윤선생이 물수건으로 한여사의 흙 묻은 얼굴을 닦아준다. 화장이 지워지자 그네의 그물같이 주름진 얼굴이 찌그러진다. 한여사는 의식이 가물가물해진 채 몸인지 영혼인지, 천길 구덩이로 떨어진다. 주위에는 깎아지른 벼랑인데 바닥 모를 아래로 한정 없이 추락한다. 부웅부웅. 아래쪽에서 뱃고동 소리가 들렸다. 군함 한 척이 두레박 줄에 매여 깜깜한 구덩이에서 지상으로 올라온다. 추락하던 한경자는 군함 갑판 난간을 덥석 잡아선 겨우 추락을 면한다. 그렇게 목숨을 건져 군함 이물 바닥에 주저앉는다. 멀리로 오륙도가 보였다. 부산 부두가 이제 지척이었다. 일 년 남짓 만에 남양에서 살아 돌아온 게 기적만 같았다. 한경자 할머니, 정신이 듭니까, 듭니까, 니까, 까? 묻는 소리가 에코로 사방에 튄다. 난 양색시가 아냐, 귀부인이야, 귀부인이야, 이야, 야. 누군가 내지르는 소리가 까마득한 공간으로 사라진다. 한여사의 입술이 풍 만난 듯 떤다. 그네는 틀니가 빠져 튀어나올까봐 입을 앙다문다. 난 안 갈 테야. 난 다시, 그런 곳에, 안 살 테야. 제발, 제, 발 날 그런 곳에, 보내지 마. 한여사가 울부짖는다. 그네의 눈에 눈물이 고랑을 이룬다. 한여사, 나요. 윤선생이오. 걱정 말아요. 나동에 안 가고 삼호실에서 저랑 같이 그대로 살 수 있을 테니 진정해요. 이렇게 흥분하면 건강에 해로워요. 한여사가 가느다랗게 신음을 흘린다. 나, 난 야, 양갈보가, 아니에요. 귀, 귀부인이라니깐. 늑×÷≠∂∝∈¿ …… 이건 또 무슨 말이야? 양, 갈, 보? 그럼 광대 출신이 아니고 양갈보 출신이었나? 어쩐지 행동거지가 좀 요상스럽다 했지. 초정댁이 머리를 주억거리며 혀를 찬다. 초정여사, 좀 가만있어봐요. 헛소리겠지만 한여사 말을 좀더 들어보게. 사무장 김씨가 손으로 제지한다. 한여사의 입술이 꼼지락댄다. 그러나 속엣말을 읊는지 주위 사람들이 알아들을 수가 없다. 갑자기 한여사가 발작을 일으킨 듯 사지를 버둥거린다. 상사, 너 사람 잘못 봤어. 난 남편이 있다고. 주는 대로 돈 받고선 아무 양키나 상대하는 여자가 아냐! 길 건너 텍사스 클럽으로 가봐. 거기 클럽에도 여자들이 많잖아. 난 이제 거기서 노는 여자가 아니라니깐! 영어를 섞어 말하며 한안나가 흑인 상사를 한사코 밀쳐냈다. 근육질의 사내가 완강한 힘으로 한안나를 껴안고 덮쳤다. 알코올 냄새가 지독했고, 그는 취해 있었다. 안 돼. 안 된다고 했잖아! 남편이 네 상관이야, 윌슨 대위가 남편이고, 이 애 아빠야. 한안나의 영어가 서툴렀던지 사내의 완력은 막무가내였다. 치마폭이 찢어졌다. 매가 닭을 채듯, 육중한 팔다리로 잡아채 누르는 사내의 힘에 그녀는 꼼짝달싹할 수 없었다. 주위의 소란에 잠을 깬 토미가 놀라 소리쳐 울었다. 이 아기를 봐서라도 네놈이 이럴 수 있어? 애가 울잖아. 깜둥이 녀석, 이게 무슨 짓이야. 꺼져, 꺼져버려. 아니, 제발 날 살려줘. 순간, 방앗공이가 내리찍듯 무엇인가 쑤시고 들어오자 아랫도리가 찢어질 듯 아팠다. 한안나는 흑인 상사가 남편의 심부름으로 온 줄 알고 문을 따주었다. 레이션 박스를 들고 모자를 들썩해 보이며, 마담 하, 안녀하니카 하고 찾아왔을 때, 그를 방으로 들인 게 잘못이었다. 짐승만도 못한 인간, 모두 그런 인간들이었다. 끝장에는 윌슨 대위도 마찬가지였다. 나쁜 놈들. 피해자는 늘 힘없는 여성들이야. 그녀는 자신도 짐승만도 못한 인간이 되기로 결심했다. 마흔 줄의 안경 낀 여자 상담원이 한안나에게 물었다. 친자 양육을 포기하겠다는 결심에는 흔들림이 없지요? 한안나는 손수건으로 눈물을 찍으며 머리를 끄덕였다. 아기 아빠가 갑자기 오키나와로 전근 발령을 받고 떠났어요. 눈 파란 이런 애를 이 땅에서 제 혼자 힘으로 어떻게 키워요. 한안나는 품에 안은 토미를 내려다보았다. 쉼 없이 흘러내린 눈물이 아기 옷깃에 떨어졌다. 토미가 방글방글 웃으며 빈 우윳병을 양손으로 잡고 우유 꼭지를 빨았다. 친자 포기 각서를 쓰면 법적으로 혈연이 끊어지며, 아기를 영원히 만날 수 없어요. 그래도 포기 각서에 사인하겠어요? 상담원이 다시 한안나의 결심을 재촉했다. 그녀는 토미를 내려다보았다. 토미가 입을 비죽거리더니 울음을 터뜨렸다. 입양이 된다면 수속이 끝나 언제쯤 미국으로 떠나게 되나요? 다음에 여기를 찾으면 토미 양부모 될 분의 미국 주소는 알 수 있어요? 그녀가 토미를 어르며 상담원에게 물었다. 미국으로 입양될지 다른 어느 나라로 갈는지는 아직 미정이며, 친자 관계가 끝나는데 양부모 주소는 알아 뭘 해요? 상담원이 친자 포기 각서 용지를 내밀더니 연필로 동그라미 친 부분에 기입하라고 말했다. 한안나는 토미를 옆자리 빈 책상에 눕혀놓고 핸드백에서 사진 한 장을 꺼냈다. 며칠 전 사진관에서 토미를 안고 찍은 사진이었다. 갈색 머리칼에 푸른 눈동자가 댕그랗고 입술이 오목한, 화가의 붓을 빌린다면 아기 천사의 모습이었다. 이 사진을 토미와 함께 양부모 될 분에게 전해줘요. 토미가 자라 철이 들면 자기를 낳아준 생모가 궁금할 게 아닙니까. 사진 뒤에는 토미 생년월일과 출생지, 부모 이름을 적어뒀어요. 한안나는 사진 뒤에다, 엄마의 젖 사이에는 큰 점이 있다라는 글과 '코리아, 경남 김해 태생. 한경자, 아명 한점아가'라는 한글도 써두었다. 이 아기가 어른이 된 후 사진 들고 친모 만나러 한국으로 찾아올 것 같아요? 이런 혼혈아 말고, 전쟁고아가 수만 명이나 외국에 입양되는 마당에. 상담원의 말에 한안나가 맞받았다. 토미는 반드시 찾아올 거예요! 토미가 나이 들면 전쟁 통에 겨우 목숨 건져 살아남아선 어쩔 수 없이 그 길로 나선 어미 심정을 이해할 겁니다. 상담원이 울음 우는 토미를 말끄러미 내려다보더니 말했다. 아기가 너무 귀엽네요. 힘들더라도 직접 키우시죠. 포기 각서를 쓰곤 며칠 후에 여길 다시 찾아와선 애를 돌려달라는 엄마도 더러 있어요. 모성이란 본능적이어서 혈연의 정을 끊기가 힘드니깐요. 상담원이 말을 끊고 뒤쪽 곱슬머리에 피부가 까만 혼혈아를 업고 서 있는 젊은 여자에게, 잠시만 기다려달라고 말했다. 아기를 절대 찾지는 않겠어요. 토미가 생모를 찾으면 몰라도, 전 아주 포기하겠어요. 한안나가 말했다. 한마디 상의는 커녕 매정하게 떠나버린 대위 그 새끼를 봐서라도 난 이 자식을 키울 수 없어. 제 새끼를 버리는 짐승만도 못한 그놈 얼굴이 떠올라 이 자식을 어떻게 키워. 윌슨이 그렇게 훌쩍 떠나고, 날마다 대문 앞에서 우체부를 기다렸지. 돌아올 때까지 십 년이든 백 년이든 기다리라는 편지만 왔어도 난 토미를 혼자 키울 수 있었어.

고향 땅 떠나 부산으로 나온 뒤 산전수전 다 겪었잖나. 혼혈아 자식을 뒀다고 세상 사람의 조롱을 사더라도 난 견뎌낼 수 있었어. 한안나는 이젠 마지막이라고 다짐하며 토미를 품에 안았다. 토미로부터 젖내가 묻어왔다. 다시 토미를 찾지 않겠어요. 이 애를 떠나보내도 건강과 행복을 멀리서나마 빌고 살겠어요. 제 이름과 주소를 댈게요. 어서 대신 쓰세요. 한안나는 자신도 새끼를 버린 짐승만도 못한 인간이 되기로 했다. 한여사의 초점 없는 눈동자가 허공의 한 점에 매달려 있다. 그네가 갑자기 입을 열더니 떠듬거리며 말한다. 이, 이바요. 사시런요, 말씀을 드리자믄요, 내 아들 토미 말이요. 대한국대학교 입학하고 미국요, 그 대국 유악을 가서는 말요, 박사를요, 땄다고요. 걔는 수재고 천재요. 다달이 미국서 돈, 만이 부쳐오. 백화점 외제 화장품을 사고…… 그 자식 얼마나, 이 어미 위하는데요. 난 배 타고, 가야 해요. 남양, 거긴 너무너무 가기 싫흔 거, 있죠. 안 갈 테요. 미국 말이에요, 그 자식 만나려고…… 한여사의 목구멍에서 고양이가 갸릉거리듯 가래 끓는 소리가 난다. 번히 뜬 그네의 눈에 눈물이 흥건하게 고인다. 발음이 또록하지 못해 주위에 둘러선 사람들은 그 소리를 겨우 알아듣는데, 조리가 서지 않는 내용이라 이해가 곤란하다. 저엉말, 거긴, 다시 가고, 싶지 안하요. 너무 더, 더워서. 짐승만도 몬한, 인간들. 한국으로 돌아오려, 밀림 속을, 헤매고 다녔죠. 자식이, 넓은 천지 미국에서 헤매다, 요옹케, 사진을 보고, 어미 찾겠다고…… 무슨, 신문이던가, 사진과 펴, 편지를, 보내, 생모를 수소문한 모양이으요. 젖 사이, 점이 있는, 여자가…… 겨우 지옥을, 빠뎌나왔죠. 장교들, 조옷만 앞세운, 그 개새키들, 짐승보다 몬했어요. 해방되던 해, 배 타고, 무더위에 지쳐 갑판에 늘어져, 지옥에서 겨우 빠뎌나왔죠. 자식이, 어미 찾아, 애태우다. 우린, 편, 편지하게, 되었죠. 젖 사이에, 점이 있어, 점아가라고. 브라자를 벗고, 사진 찍어서, 미국으로, 보내었어. 편지, 사진 받고, 토미가, 히코기 탔대요. 저는, 군함 타고, 남양서 돌아왔죠. 점아가야, 무식한 우리가 속아 널 대처로 떠나보낸 게, 원통해. 엄마가, 눈물로 밤을, 새았대요. 당산나무, 까마귀는 울고. 젖먹이 자식을, 그렇게 떠나보낸 게, 얼마나 원통하던지. 도망치듯 달아난 양코쟁이 개새끼. 얼굴도, 안 떠올라. 그리고, 말이에요. 입양아 신세, 얼마나 불쌍해요. 핏줄은, 못 속인다고, 다 커서, 생모 찾아, 너른 그 땅에서 헤매고. 늑대가 여자 사냥하러, 밀림을 뒤지며, 눈이 벌게 헤매잖아요. 그리고, 말이에요, 사실은요, 저는요, 고대광실 큰 집에서, 공주같이, 자랐지요. 대동아전쟁, 해방조차 모르고, 꽃밭에서, 나비처럼 행복하게, 자랐죠. 남편은 말이에요, 미 군사고문하는, 문관 자리, 높은 관리였는데, 육이오전쟁이 원쑤예요. 친정 동생도, 전쟁 때, 둘이나 죽었어요. 양쪽으로 갈려선…… 어쨌든, 그러나, 천재 아들 둔 덕에, 미국으로, 유학 보내고, 나도 미국에…… 한여사의 목소리가 잦아지더니 살풋 눈을 감는다. 숨길이 낮아진다. 도대체 무슨 소리야? 말이 영 안 되잖아? 귀부인이라더니 품위 없게 쌍욕까지 입에 담고. 내 그럴 줄 알았어. 출신 성분에 의심이 간다니깐. 광대댁이 완전히 돌아버리니 드디어 본색을 드러내는군. 양공주 출신 맞죠? 윤선생,

안 그래요? 내 짐작이 맞을 거예요. 공주로 자랐는지 어쨌는지는 모르지만, 양공주도 공주 아니에요? 육이오전쟁 때 집안이 폭삭 망해 반반한 얼굴 팔아 양공주 신세가 됐고. 어쨌든 공주라니깐, 자기가 귀부인 출신이라고 착각한 게 아닐까요? 착각도 자유니깐. 양공주 현지처가 되어 자식 하나 얻고선 그 미군과 헤어지자 눈깔 파란 자식을 미국에 보냈다? 추리가 그럴듯하잖아요. 큰소리치던 초정댁의 쪼그락진 입가에 득의의 미소가 흐른다. 윤선생은 혼곤히 까무러친 한여사를 내려다볼 뿐 말이 없다. 초정여사, 제발 아는 체 나서서 떠들지 말아요. 사무장 김씨가 초정댁에게 편잔을 주곤 한여사 입에 귀를 가져다 대며 말한다. 미국과 남양이라? 해방되던 해 그 어디, 외국에서 귀국했다는 소리 아닌가? 남편은 육이오 때 죽고, 토미란 아들이 미국에 있는 건 분명한데 말이야. 한여사가 자랑 삼아 핸드백에서 내놓은 미국에서 온 편지 봉투를 내가 직접 봤으니깐. 한여사 과거지사가 잡힐 듯한데, 다 듣고 나면 영 아리송하단 말씀이야. 그만큼 한여사 말에는 많은 암시가 숨어 있어요. 앞뒤를 맞춰보면 이건 심심풀이로 푸는 신문 퀴즈보다 더 어려워. 한여사 말처럼, 미국에서 천재 학위를 따야 풀 수 있는 퀴즈가 아닐까? 내 머리까지 핑핑 도네. 김씨가 고개를 갸우뚱한다. 그는 한여사의 중언부언이나마 더 듣고 싶은데, 그네가 그만 입을 다물자 안타깝다는 표정이다. 윤선생, 갑시다. 벌써 점심시간이네. 입이 포도청이라고, 먹어야 살지. 오늘 밤부터 삼호실엔 우리 둘만 자게 됐네. 광대댁이 떨어져나가니 속이 시원해. 초정댁이 말한다. 새 입주자가 없다니 당분간은 그렇게 되겠지요. 어서 쾌차하셔서 돌아와야 될 텐데, 기도를 더 많이 해야겠어요. 윤선생이 나동 입원실을 나선다. 어느덧 해가 중천에 올랐는데, 바람을 타고 아카시꽃 향기가 기로원까지 몰려온다.

3

누, 누구라고? 조, 조카? 조카라니, 조카가 누구야? 나한텐 아무도, 혈육이라곤 개미 새끼도, 달린 사람이 없어. 고향 떠난 후 난 혼자였어. 늘 홀몸으로 살아왔어. 부모도 동기간도, 고양이 새끼 한 마리 없었어. 고양이는 키우다 새끼 때 죽었지. 그러고 안 키웠어. 불쌍해, 어미 없는 새끼는 불쌍해. 토미 넌 어미 없이 컸잖아. 내가 죽일 년이야. 눈물로 밤을 지새우고, 그렇게 세월이 흘렀지. 차츰 난 널 내 생각대로, 널 상상하며 내 새끼를 새롭게 만들었어. 귀부인 자식으로 말이야. 그게 마음 편했거든. 그래서 널, 내가 금이야 옥이야 키, 키운 거지. 미 군사고문단 문관으로 있던 이혼남, 귀족적으로 잘생긴 그이가 날 자기 호적에 처로 올려줬지. 그이가 전쟁 때 그만 교통사고로 죽자, 난 미망인으로 연금을 받게 됐지. 다달이 나오는 딸라, 그 돈으로 토미 널 들녘 미루나무같이 헌칠하게 키웠잖아, 미국에 유학까지 보냈지. 큰집 사촌이, 언니라니? 나한텐 글쎄, 언니가 없었는데, 없었대도. 나, 그런 사람 몰라. 너, 돈 뜯으러 왔나? 세상이 그래. 여자 호, 혼자 살다 보면, 무서워, 사람이 무서워. 모두 내 재산을, 내 몸까지 뜯어먹으려 했어. 여자가 평생 혼자 사는 건, 팔잘까? 난 팔자를 안, 안 믿어. 그놈으 팔자 고치자고 난 고향을 떠났지. 그런데 보자, 너 토, 토미 아냐? 토미 맞지? 미국서 언제 돌아왔어? 바다 건너 비행기로? 배 타고, 나, 남양, 거기서 왔어? 난 거기, 지옥에 빠졌다가 살아 나왔지. 거긴 너무 더웠어. 펄펄 내리는 고향으 눈, 그 새하얀 눈이 보고 싶었어. 흰 눈이 꽃같이 펄펄 내리는 땅, 그런 나라가 있잖니. 난 안 죽어. 난 주, 죽을 수 없어. 내 새끼 토미야. 한여사는 침대 머리맡에 선 칠복이의 얼굴이라도 만지려는 듯 손을 내민다. 그네의 거미발 같은 손가락이 경련을 일으킨다. 네가 이렇게 쭈, 쭈그러지고 늙었다니, 말이 안 돼. 내보다 너가 더 늙다니. 하, 할아버지가, 다 됐구나. 너도 늙어 이마가 훌렁 벗겨졌네. 가엾은 것, 쯔쯔. 인생이 이, 이렇게 시들었다니, 슬프구나. 한여사는 들었던 손을 홑이불 위에 힘없이 떨어뜨린다. 그네의 왼쪽 옆자리 침상의 남자 노인은 몽그라진 이로 열심히 손톱을 뜯고 있다. 그 건너 남자 노인은 아까부터, 엄마, 잘못했어요, 용서해줘요 하는 엉절거림을 줄곧 반복한다. 이모님, 자주 찾아뵈었어야 하는데 이렇게 늦게 와서 죄송해요. 저도 상처를 했기에…… 침상 앞에 선 칠복씨가 말한다. 토미 네가, 편지에 그렇게 썼지. 한여사의 귀에 토미 목소리가 들린다. 늘 골골 앓던 처가 죽고 저는 홀아비가 됐죠. 애 둘은 따로 나가 살아요. 저도 예순 나이라, 꽃집도 문을 닫았죠. 몇 해 후에나, 어떻게 연금 탈 나이가 되면 그 돈으로 양로원에 들어갈까 해요. 어머니를 자주 찾아뵙지 못해, 한국에 있는 어머니를 떠올릴 때마다 늘 죄송한 마음이 들어요. 토미가 고개를 꺾고 여윈 어깨를 떤다. 가엾기도 해라. 애야, 울다니. 슬퍼하지 마. 인생은 말이다, 다 그렇게 늘, 늙고, 짐승도 사람도 늙어, 결국에는 죽잖니. 다들 그렇게 죽고 슬픔이 얼마나 끈질기던지 그걸 끊지 못하고, 나, 나만 살아남았어. 남양서, 그 찜통 속에서 난 살아, 악몽 같은 기억을 끊지 못한 채 살아서 돌아왔지. 귀국선 뱃머리, 넋이 나가, 넋 놓고 갑판에 퍼질고 앉아, 그렇게 돌아오게 될 줄이야. 그런데 너, 조금 전 우리말 하잖니? 죄송하다니, 그 말 미국에서 언제 배웠어? 난 말이다, 난 양키들 말, 본토(일본) 말도 조금은 했지. 이젠 다 까먹었어. 지긋지긋한 놈들. 진작 까먹길 잘했지. 다 까먹었지만, 네 마음은 알아, 너, 넌 순종 양키가 아냐. 한국인 피를 반쯤은 받았어. 누가 뭐래도 넌 효, 효자였어. 토, 토미야, 넌 미국 유학 가서 박사가 됐고, 어릴 때부터 처, 천재였잖아. 한국에 있는 내게 편지며, 돈 부쳐주지 않았냐. 내 아들아…… 한여사가 그윽한 눈길로 칠복 씨를 올려다본다. 눈에는 눈물이 그렁하다. 그네의 침상 머리맡에 선 칠복씨가 한여사의 잘게 떨리는 손을 홑이불 아래 넣어준다. 그는 점퍼 차림에 머리카락을 까맣게 염색했으나 예순을 넘긴 나이라 얼굴은 주름이 그물을 짰고 마른 어깻죽지가 꾸부정하다. 그가 의자에 다리를 꼬고 앉은 사무장 김씨를 본다. 이모님한텐 토미라고, 미국에 입양한 아들이 있긴 하지요. 이십 년쯤 됐나, 그 시절엔 더러 편지 왕래가 있긴 있은 모양인데 그 후론 어떻게 됐는지 모르겠어요. 여기 면회를 올 때마다 이모님이 토미로부터 다달이 용돈을 받는다고 말씀했으나 전 한쪽 귀로 듣고 흘려버렸지요. 사무장도 그런저런 개인 사정 정보쯤은 대충 아시겠지만…… 칠복씨가 말을 끊고 겹주름진 입가에 배시시 미소를 머금는다. 사무장 김씨가 고개를 갸우뚱한 채 대답을 않자, 칠복씨가 말을 잇는다. 글쎄, 어떻게 말해야 될까요, 이모님은 늘 꿈속에서 사신 분이라, 하는 말씀을 듣다 보면 당최 어디까지가 진짜고 어디부터가 꾸며낸 건지 저로서는 판단이 힘들어요. 그냥 그런가보다 하고 들어야지, 오십 프로도 사실로 믿을 수가 없어요. 나도 이제 나이가 들어 이모님 말씀 들으면 진짜가 가짜 같고 가짜가 진짜 같아, 놀이공원 요지경열차를 타는 기분이 들거든요. 그러나 어쨌든 명색이 제가 이모님의 하나뿐인 혈육으로 법적 보호자지만, 이제 저마저 알아보지 못하니, 이거 낭패로군요. 그러자 한여사가 일어나 앉으려는 듯 어깨를 힘들게 조금 들고 목에 힘을 주며 눈을 크게 뜬다. 이, 이놈이, 내 돈 빼, 빼내려 왔나봐. 내 알량한 유산은 토미한테 줄 건데. 토미한테 보내줘야 해. 불쌍한 내 새끼. 절대, 절대로 인감도장 내주면 안 돼. 노회장님, 내 말 맞지요? 아무도 돌봐줄 자 없는 나로서는 수중에 남은 돈밖에 믿을 게 없잖아요. 나도 살아야지. 수중에, 내 통장에 돈 떨어지면 불쌍하고 처량해. 세상으로부터 쓰레기로 천대 받아. 자식은 머, 멀리 있고, 거지는 슬퍼. 그냥 꼬부라져, 휴지 접히듯 그렇게 접혀서 죽는 게지, 굶어 죽고 말아. 아무도 불쌍하다고 여기지 안, 않아. 하, 화장품을 사야지. 영양제도 사고. 난 곱게 화장할 테야. 출신이 귀부인이거든. 내 시, 신분이 보통 여편네가 아냐. 어디서나, 몸단장부터 해야지. 토미야, 미안해. 어미가 부끄러워.

난 짐승만도 못해. 이 어미는, 죄가 많아. 널 그렇게 떠나보내고, 그때 나, 내 처지로는 보낼 수밖에 없었어. 개새끼, 개새끼만도 못한 놈을, 믿은 게 잘못이야. 널 낳지 않아야 했어. 고생 끝에 낙이 온다? 해, 행복이 온다? 난 시를 읽고, 음악 듣고 살아야지. 무, 뭇 양키놈들, 보란 듯이 잘살아야지. 난 기어코 한번 찾아온 그 행운을, 두레박 줄 잡듯, 놓치지 않고 기를 쓰고 잡았어. 노, 놓치면 내 인생은 끝장이야. 우리 집 우물 알지? 가뭄에도 맑은 물이, 늘 찰랑찰랑 넘쳤어. 엄마, 엄마 어딨어? 난 대숲에 안 가. 대숲엔 새들이 살아, 조그만 새 시체에는 내장을 파먹는 구더기가 꼬물대. 어릴 적엔 또, 똥통에 빠졌잖아? 아니야, 아니고말고. 모두들 나를, 우아한 귀부인이라 부, 불렀어. 거짓말 아냐. 구, 궁궐 같은 집에서, 말랑말랑한 하, 하드롤에 마가린과 그렇지, 치즈, 앵두? 아니, 딸기야. 딸기잼이 좋지. 식칼로? 무식하긴. 나이프지. 나이프로 딸기잼을 찍어, 말랑말랑한 식빵에 발라, 입맛 없을 땐, 고추장을 발라 먹어도 돼. 빵 굽는 향기는 얼마나 그윽해. 한 여사가 입맛을 다신다. 그네의 침상 오른쪽 할멈이 자는 줄 알았는데 큰 소리로, 밥 줘, 배고파, 엄마 밥 줘 하고 외친다. 김씨가, 봐요, 빵 얘기를 할 땐 멀쩡하잖아요. 어떤 땐 아주 그럴듯하게, 마치 소설처럼 말할 때도 있어요, 한다. 칠복씨가 생감 씹는 표정으로, 이모님이 나를 의심하는 듯한데, 내 나이도 예순을 넘겼어요. 아무리 치매에 들었다지만 이모님 말씀 한번 듣기가 거북하구먼. 연세 드셔도 그렇게 정신 초롱하고 염치 차리던 분이 어찌 갑자기 이렇게 되셨는지. 그런데 말이 나왔으니 하는 말인데, 사무장 어른, 우리 이모님 저금통장 확인해보셨어요? 제과점을 쭈욱 경영해오다 문 닫은 지는 오래됐지만, 지참금이 꽤나 될 텐데요? 생활비를 지참금에서 빼내어 납부하셨을 테니 줄잡아 억대에서 몇천만 원쯤은 안 될까 싶어요. 저한테 그런 자랑 말씀을 은근히 비치기도 했으니까요. 미국에서 아들이 돈 부쳐온다는 말은 공연히 하는 소리겠지만…… 칠복씨 말에 김씨가, 당신 의도쯤은 짐작하겠다는 듯 핼끔하게 치켜뜬 경계의 눈빛을 보낸다. 한여사의 귀중품 일체는 사무실 금고에 보관 중입니다. 기로원 원생이 치매로 이성적 판단이 마비되었다고 결론 내리면, 그 명세서를 기록해서 영치해두는 게 여기 규칙이지요. 칠복씨가 묻는다. 치매라? 그렇담 의학적으로 완전 치매에 들었다는 결론은 누가 내리나요? 옆자리 할멈의 배고프다는 하소연이 수그러든다. 보호자 분이 지금 눈앞에서 직접 보고 있잖아요. 보면 모릅니까? 가동엔 아직 정신 멀쩡한 원생들로 조직된 자치회가 있습니다. 그 위원들과 담당 의사가 공동으로 입회해서 판정을 내리지요. 한여사와 방을 함께 쓴 삼호실 윤선생이 자치회 회장이니 누구보다도 한여사를 잘 알고 있습니다. 그분은 평생 처녀교사 출신으로 누구보다 정직하고 청렴한 분입니다. 김씨 말에 칠복씨가 다잡아 다시 묻는다. 이모님의 귀중품은 가족이나 보호자가 오면 공개하겠군요? 그래야 마땅하겠고. 군기침 끝에 칠복씨가 말한다. 물론 그렇습니다만, 경찰관의 입회 아래 공개합니다. 잠시만, 하며 김씨가 한여사를 본다. 한여사의 혼잣말 중얼거림이 이어진다. 그런데 말이야, 토, 토미야, 어느 날 내가, 장교 식당에서 식빵을 훔치자, 훔쳤다고 장교가 식칼, 아니, 나이프로 딸기짬이 아니라, 내 손을, 나를 찍으려 했어. 위안소에 있는 조센징, 우리 처녀들 너무, 너무나 불쌍해, 조금 나눠주려고. 나 말이야, 밀림 깊숙이 도, 도망쳤지. 야자, 사과, 빵, 크림, 바나나 따먹고 사흘을 구, 굶었어. 독사와 뭍짐승이 우글거리는 미, 밀림 속에서. 우기에 그 열병, 뭐라더라? 여섯이나 죽고 가, 갖은 고생 하잖았니. 빵? 빵 굽는 냄새야 좋지. 모리 사마는 계집 밝히는 간사한 도꾸, 개였어. 아니야. 거짓말이야. 나는 귀부인이야. 모두 나를, 그렇게 불렀지. 모나리자, 우아하고 아름다운 그림 같은, 푸, 품위 있는 귀부인으로. 음악 듣고 시를 읽고, 사람 한평생, 이만하면 됐지 뭐. 초정댁, 제발 떠들지 마. 망할 년. 내 화장품을 몰래 썼잖아. 나, 난 더 바라지 않아. 지옥에도 가보고 천당과 극락이란 데도 가봤으니깐. 두루 구경했으니 더 바랄 게 뭐 있겠냐. 한여사가 눈을 번히 뜨고 천장을 보며 입속말로 떠들거린다. 이모님이 저를 전혀 알아보지 못한 채 망령든 소리만 주절거리니, 이거 낭패로군. 이모님이 언제부터 앞에 있는 사람조차 알아보지 못합니까? 칠복씨가 김씨에게 묻는다. 열흘쯤 됐나. 밤중에 몽유병자처럼 맨발로 저기, 저쪽 야산까지 기어가서 쓰러져선 정신을 잃었죠. 뭣이 씌어 잠옷 바람으로, 잘 걷지도 못하는 노친네가 어떻게 거기까지 갔는지 모르죠. 그 후 나동으로 옮겨온 후부터 줄곧 이래요. 똥오줌도 못 가려 간병인이 뒤치다꺼리를 하죠. 김씨 말에 칠복씨가, 내가 한발 늦었군, 보름쯤 전에 왔어야 했는데 하고 투덜거린다. 김씨가 한여사 입 가까이에 귀를 대어 그네의 낮아진

나는 누구인가 77

중얼거림을 새겨듣는다. 나, 거기로, 갔어. 토미 너 팔러, 아주 팔아버리러 찾아갔지. 물어서, 어디더라? 거기로 울며, 포대기에 애를 싸안고서. 미나리를, 장떡도, 괜찮아. 호박잎쌈, 알아? 토미, 너 그런 거 알아? 당산나무, 댕기가 펄럭여서, 까마귀가 청승맞게 울고. 엄마, 잘못했어요. 고생하는 네 생각이 나서 건빵은 절대 안 먹어. 날 거기로 보, 보내지 마. 나 남양 지옥에 안 갈 테야. 미군부대 철조망에, 달이 걸렸어. 개새끼들, 술 취해 건들거리며, 휘파람 불며, 긴 가죽채찍 휘두르는 카우보이처럼 사냥질을 하지. 텍사스촌, 나이트클럽의 재즈, 그 미친 광란의 춤. 검둥이들은 설치고, 백인 그 새끼, 뒈졌는지 살았는지. 중위? 아니지, 대장? 아냐, 장교였어. 그렇게 버려두고 훌쩍 비행기 타고 내빼버렸으니 토미가 불쌍치. 노회장님, 지금 어디에 계셔요? ≒×÷≠♪∝☆¿…… 한여사가 뼈만 남은 두 손의 손가락으로 얼굴을 가리고 아이처럼 훌쩍인다. 눈 가장자리의 갈래 많은 주름 사이로 눈물이 흘러내린다. 이제 영 말이 안 되네. 무슨 말인지 도무지 감조차 못 잡겠는걸. 횡설수설도 단어는 조각말인데 이젠 그것도 아냐. 김씨가 답답하다는 듯 미간을 찌푸린다. 이모님이 여기 위탁보증금 조의 종신 회원권 조건으로 일억오천만 원 낸 줄 알고 있는데, 만약 이모님이 별세하시면 그 돈은 어떻게 되나요? 칠복씨가 김씨를 보고 묻는다. 입주계약서 쓸 때 보호자로서 입회하지 않았나요? 입회하셨다면 정관을 읽었을 텐데요. 정관엔 본인 사망시 입주금은 반환해주지 않는다고 똑똑히 못박혀 있습니다. 김씨가 사무장답게 사무적으로 말한다. 그럼 계약서 쓰고 입주한 후, 그 이튿날 바로 별세해도 일원 한푼 반환이 안 됩니까? 칠복씨 말에 김씨가 의자에서 일어선다. 그거야말로 운명이지요. 작은 운명은 몰라도 생사가 달린 운명은 누구도 비켜갈 수 없습니다. 나도 내일 아침까지 살아 있다는 보장이 없잖습니까. 오늘 밤 돌연 송장이 될는지 누가 장담해요? 생과 사는 신도 예언할 수 없는 운명적인, 일생일대의 순간적인 결과 아니겠어요? 한편, 칠십 세에 입주해서 희년 넘게 살아도 기로원측이 그분을 임의로 퇴출시킬 수 없습니다. 먹이고 입히고 운동시키고 놀리고, 의료시설 혜택을 이용할 수 있는, 그런 보호자 역할로서의 의무를 지고 있지요. 김씨 말에 칠복씨가, 생활비로 월 얼마씩 따로 내고 있는 줄 아는데…… 하고 혼잣말을 중얼거리며 고개를 갸우뚱한다. 그렇다면 뭔가, 상식에 어긋난달까, 불공평하잖습니까? 일억 오천만 원이라면 서른 평 아파트를 한 채 살 돈으로, 적은 금액이 아닌데 말입니다. 칠복씨가 한여사를 내려다본다. 그네의 알아들을 수 없는 중얼거림이 그쳤고 고요히 잠에 든 듯하다. 그건 그렇고, 아직은 산 사람인데, 면전에서 꼴사납게 이런 문제로 따질 게 아니라, 갑시다. 사무실에서 얘기해요. 김씨가 나동 환자실을 나선다. 며칠 사이 건너쪽 야산의 아카시꽃이 눈이 내리듯 깨끗이 져버렸다. 바람결에 실려오던 향기가 기로원까지 닿지 않는다. 오후 시간에 자원봉사 간병인이 두 차례 다녀간 뒤, 저녁에 들자 선들바람이 분다. 윤선생이 나동 환자실을 찾았을 때, 한여사는 눈을 번히 뜬 채 동자가 고정되어 있다. 나요, 윤선생이오. 한여사, 정신이 드오? 윤선생이 그네 얼굴 가까이에 허리 숙여 물었으나 대답이 없다. 한여사, 이제 예수님을 받아들일 마음의 준비가 됐나요? 윤선생이 자기 손수건으로 한여사 콧등에 맺힌 땀을 찍어주며 묻는다. 한여사는 역시 대답이 없다. 미라처럼 표정이 경직되었다. 화장을 하지 않은 그네의 맨얼굴이 화장독 탓인지 백랍이다 못해 푸른 기가 돈다. 촘촘히 갈라진 주름과 낯빛이 청자를 닮았다. 윤선생이 손수건으로 한여사의 눈에 맺힌 눈물을 닦아주며, 한여사, 이젠 할말도 없나봐? 맺힌 한이 골수에 사무쳤다더니만…… 한다. 윤선생 말에도 그네는 시신인 듯 꼼짝을 않는다. 낮게 숨을 쉬던 한여사의 입술이 꼼지락거린다. 나,, 이, 제,, 가, 알, 테, 야. 거, 기,, 가, 아, 서,, 사, 알, 테, 야. 거, 기,, 거, 기, 로,, 보, 내, 줘. 윤선생이 한여사 얼굴을 들여다보며 미소를 띠고 묻는다. 천당 말씀이에요? 한여사는 이 세상의 영욕을 두루 겪었으니, 이 땅에서 승리하신 주님 앞에, 나 진실로 자복합니다라고 한마디만 하시면 주님 계신 그곳에 오를 수 있어요. 다른 누구보다도 한여사를 보시면 주님이, 내 딸아, 어서 오너라, 내 너를 기다렸다며 예뻐하실 겁니다. 그러나 윤선생 말이 귀를 통해 의식으로 들어오지 않는지 한여사의 굳은 표정에는 변화가 없다. 한참 뒤, 그네의 표정이 찌그러지더니 입술이 다시 꼼지락거린다. 나, 주, 으, 며,, 가, 아, 데, 야. 거, 거, 기, 로,, 다, 시,, 가, 아, 데, 야. 아, 무, 도,, 어, 으, 느,, 거, 기, 로,, 보, 내, 주, 으, 다, 시,, 오,지,, 아, 흐, 데, 야. 어, 마, 아,, 나, 느,, 누, 구, 야? 내, 가,, 도, 대, 체,, 누, 구, 냐, 고? 나, 는,, 누구인가?

나는 나를 안다
나
는
나
를
안
다

1

 나 이래 봬도 왜정 시절에 농촌 계몽 나온 청년들이 운영하던 공민학교에서 산술 공부는 물론이고 천자문을 뗐고, 서양 과학에, 우리나라 역사며, 전염병과 세균이 어떠니 하는 신식 보건 위생 교육도 받았지요. 내 나이 열 살, 그때 공민학교 가교사에서 밤이면 밤마다 호롱불 밝혀놓고 세 해에 걸쳐 공부를 했어요. 농촌 계몽 나온 대학생 선생들도 그렇게 열심일 수 없게 까막눈인 우리들을 가르쳤고요. 야학 공민학교에 처음 나간 지 두 달 만에 내가 조선글을 후딱 뗐지 뭐예요. 등사해서 나누어준 교본을 똑 떨어지게 읽어 내려가자, 시골에서 이렇게도 영특한 생도는 처음 봤다며 총각 선생님한테 칭찬도 받았고요. 그 시절만 해도 보통학교는 읍내에 하나밖에 없었고 읍내까지가 삼십 리 길이라, 면소나 산촌에 틀어박혀 살던 가시나들은 아무리 똑똑해도 정식 학교에서 공부할 기회가 없었잖아요. 진종일 뼈 빠지게 일해도 하루 두 끼 먹기가 빠듯했기에 남자애들조차 학교 문전인들 어디 가볼 처지가 됐나요. 왜정 시절부터 나서서 선생질 했다니 윤선생이 나보담 더 잘 알겠지만, 부모님들은 가시나들 공부시켜서 뭘 해, 정지 일에 침선 솜씨나 익혀서 시집보내면, 서방 모시는 것과 애 줄줄이 낳아 키우는 건 저절로 알게 돼 있으니 어련히 알아 잘할 테지 하며 태무심했으니깐요. 그건 그렇고, 윤선생, 십 년 안으로는 백이십 살까지 살 수 있다는 테레비 뉴스를 봤어요? 암이고, 고혈압이고, 노망이고 뭐고, 병이란 병은 앞으로 다 해결되는 세상이 온대요. 그러니 대충 살아도 백 살까지는 누구나 다 그럭저럭 살 수 있다는구려. 앞으로 오십 년 후면 의학이 더 발전되어 백오십 살까지 사는 사람도 생긴다니, 그때까지 늘어지게 한번 살아봤으면 좋겠네. 그땐 어디 사람 수명뿐이겠어요. 과학이 엄청 발전해 이 세상이 요지경 천국과 다름없을 거예요. 초정댁이 화장대 앞에 앉아 머리를 빗질하며 남이 듣든 말든 재재거린다. 아침부터 초콜릿을 오물오물 씹고 있다. 미국에서 인간 무슨 지도라더라? 맞아, 개놈인가 개새낀가, 그런 지도를 연구해서 성공했대요. 우선 개놈으로 만든 명약이 나올 때까지 십 년만 무사히 버텨내본다? 그럼 내 나이 여든아홉이네. 아흔에서 한 살이 모자라. 그렇다고 우리가 백이십 살까지 산다는 건 아무래도 무리겠지요? 그렇게 산 사람도 간혹 있긴 하겠지만 말입니다. 백이십 살이면 우리 막내아들 박정필 박사 낳은 그해, 피를 됫박이나 토한 끝에 숨을 덜컥 거둔 죽은 영감 나이의 몇 배를 살게 되나? 어디 한번 따져보자. 정필이가 올해 마흔다섯이라, 그해 내 나이가 서른셋이었고 영감 나이 나보다 두 살 위였으니 서른다섯? 초정댁이 수전증 있는 손가락을 하나씩 접으며 셈을 한다. 그래 맞아. 내가 백 살까지 산다면 영감 나이 세 배쯤 살잖아. 허기사 서른다섯이라면 영감이 아니라 요즘으로 치면 혈기 방자한 새파란 청년이지. 지금 세상이야 폐병이 어디 병이오. 양약이 하도 좋아 폐병이라도 몸살 들린 정도지. 그러나 왜정 적과 해방 후 한 시절엔 젊은 애들이 폐병으로 오죽 많이 쓰러졌어요. 당시 폐병은 요즘으로 치면 암만큼 무서운 병이었잖아요. 초정댁은 서방이 눈감을 때 자기를 쏘아보던 마지막 눈길을 지금도 잊지 못한다. 내 비록 방구석에 들어앉아 사는 병든 맹추지만 임자가 한 짓은 다 알아. 차마 말을 못하고 죽어도 그쯤은 짐작한다고. 입은 다물었지만 서방의 눈빛은 분명 그런 말을 하고 있었다. 평소의 멍청한 눈길이 그때만은 자신의 가슴팍에 마치 비수를 꽂는 듯했다. 병신 주제에 보긴 뭘 그렇게 뚫어지게 봐, 하고 입속말로 쫑알거리며 그네는 서방 눈길을 피해 돌아앉고 말았다. 까무러치게 우는 정필을 안고 젖을 물리며, 누가 우리 서방 저 눈 좀 감겨줘요, 하는 말은 차마 입 밖에 뱉지 못했다. 윤선생, 우선 남이 다 그 정도 살게 된다는 백 살까지만 살기로 하고 다시 한번 따져봅시다. 초정댁이 머리칼 빗질을 마친다. 방바닥에 떨어진 몽그라진 염색 머리카락을 쓸어 모아 휴지통에 버리곤 손을 털며 화장대 앞에서 윤선생 쪽으로 돌아앉는다. 테두리에 자개 박힌 화장대는 한여사로부터 물려받은, 고인이 아끼던 유물이다. 아니, 한여사가 죽기 전에 내 죽거든 이 경대는 당신이 가지라고 말한 바 없었지만 조카란 사람도 챙겨가지 않다보니 자연스럽게 한방 쓰던 초정댁 차지가 되었을 뿐이다. 풀 먹인 모시 적삼을 곱게 차려입은 윤선생은 창가 흔들의자에 앉아 제자로부터 온 편지를 읽고 있다가, 무슨 말이냐는 듯 돋보기안경 너머로 초정댁을 본다. 조금 전에 개놈이라 했나요, 개새끼라 했나요? 누굴 두고 하는 말이에요? 윤선생이 돋보기 너머로 눈을 치뜨고 묻는다. 윤선생은 여태 내 말을 어느 귀로 들었나. 우리를 꼼짝없게 속여먹은 광대댁을 두고 한 말은 아니에요. 양갈보 출신 주제에 뭐라고, 귀부인? 귀부인 좋아하네. 화장을 떡칠해선 자기가 무슨 대왕대비마마라고 품위가 어떻네, 교양이 어떻네 하고 주접떨던 그 속임수에 우리가 감쪽같이 속은 걸 생각하면 자다가도 이가 갈려. 어디 제 년만 잘났나? 교양 정도를 따져도 윤선생과 내가 윗길이지. 말이 났으니 하는 말이지만 그렇잖아요? 초정댁이 죽은 한여사를 두고 분김을 못 참아한다. 윤선생은 그네로부터 하루에도 한두 차례씩은 듣는 한여사에 관한 독설을 더 들어내기가 민망하다. 윤선생은 읽은 편지를 봉투에 넣는다. 편지는, 부산에 살고 있는 동창 몇이 모인 자리에서 선생님 모시고 예전 봉화산에 소풍 가듯 이번 가을에 삼박사일 일정의 금강산 여행을 가면 어떻겠냐는 말이 돌았고, 날짜가 잡히면 다시 연락하겠다는 내용이었다. 편지 끝에는, 전화로 말씀드릴 수도 있으나 왠지 예전처럼 책상 앞에 단정히 앉아 선생님께 편지를 쓰고 싶었습니다, 라는 추신을 달았다. 선생님 모시고 금강산에 가자는 제자들은 '윤기모(윤영은 선생을 기리는 모임)' 회원들이다. 윤선생은 사진첩을 펼친다. 당시 조선인으로서는, 더욱 여성으로선 입학하기가 하늘의 별 따기만큼 힘들다는 진주사범학교를 졸업하고 열아홉 살에 처음 교단에 선 뒤, 정년으로 퇴직할 때까지 자신이 가르친 초등학교 졸업반 애들의 졸업 사진들만 모아서 끼워 넣은 사진첩이다. 윤선생, 무슨 명약인지 십 년 안에 어떤 병도 고칠 수 있는 약이란 약은 다 나온다는데, 그렇게 되면 사람이 백이십 살까지 살 수 있다잖아요. 어젯밤에 식당에서 케이비에스 아홉시 뉴스 함께 보고선 딴전이시네. 그러나 백이십 살은 무리고 백 살까지만 산다면, 난 아직도 장장 스물한 해를 더 살 수 있다고요. 윤선생은 백 살까지 살자면 몇 년이나 남았어요? 초정댁을 건너다보며 윤선생은 미소만 띨 뿐 대답을 않는다. 윤선생은 손바닥만한 색 바랜 흑백 사진을 들여다본다. 사진 아래쪽에 '昭和 十七年(소화 17년)'이란 흰 글씨가 찍힌 것으로 보아 당시는 태평양전쟁이 한창 치열했던 전시였다. 제사 때나 쓰려 꽁꽁 숨겨둔 양식과 집에서 쓰는 놋주발, 놋숟가락까지 성전(聖戰)에 바친다고 빼앗다시피 거둬가던 어려운 시절이었다. 지대 위의 단층 목조 교사를 뒤에 두고 다섯 줄 계단에 열 명 남짓씩 얼굴만 보이게 나란히 서서 찍은 초등학생들 졸업 사진이다. 당시 진영 읍내는 일본인 대지주가 진영평야에 이천여 정보 규모로 '하사마(迫間) 농장'이란 대농장을 소유하고 있었기에 섬나라 일본에서 건너온 일본인 소작 가족이 집단을 이루어 살았고, 읍사무소, 소방서, 금융조합, 전매소, 수리조합, 농지개량조합 등에 일본인 직원들이 들어와, 읍내에는 일본인 학동들만 다니던

소학교와 조선인 학동들이 다니던 보통학교가 따로 있었다. 당시 그네는 진영대창보통학교 교사였다. 사진 속의 조선인 졸업생 수는 쉰 명 남짓이고 선생 뒷줄의 단발머리 여학생 수는 열 명이 채 안 된다. 아랫줄 의자에는 국민복 입고 콧수염 기른 뿔테안경 낀 일본인 교장을 가운데 두고 선생들이 나란히 앉았다. 학교 선생은 서무직원까지 합쳐 모두 아홉 명인데 윤선생은 왼쪽 끝 군모 쓰고 군복 차림에 칼을 찬 일본인 수신(修身) 선생 옆에 자리했다. 당시 학교에서 조선옷 치마저고리를 입지 못하게 해서 그녀는 흰 블라우스에 무릎 덮인 주름치마 차림이다. 이듬해 추석 절기에 윤선생은 수업 시간 중, 추석 성묘에 대해 가르치며 '조선인은 어디까지나 조선인이다'란 요지의 말을 했는데, 그 말이 고자질쟁이 학생을 통해 학교 측에 전해져 해방이 되던 해까지 이태 동안 교직에서 떠나야 했다. 윤선생, 앞으로 스물한 해를 더 산다면, 그 세월이 얼마예요? 아무리 화살같이 빠른 세월이라지만 스물한 해는 강산이 두 번 변한다는 창창한 세월 아닙니까. 내 나이 스물한 살 그 무렵엔 이미 자식을 셋이나 뺐다오. 윤선생, 안 그래요? 우리 새댁 시절엔 자식을 낳아도 반타작이 다반사였잖아요. 홍진은 고사하고 감기만 심해도 금방 폐렴이 되고, 웬놈으 애들 병은 그렇게도 가짓수가 많던지. 돌아보면 그 시절이 언제였나 싶게 이제는 까마득하군요. 열일곱에 시집가서, 열여덟에 보란 듯 첫아들 뽑아놓고, 연년생으로 딸을 낳았지. 그 약골이 계집애 둘은 첫돌도 되기 전에 차례로 죽었다오. 스물하나에 똘똘한 초정이를 낳고, 그러고도 서른셋에 막내아들 정필이를 낳기까지 또 딸 하나를 더 낳았지 뭐예요. 그 딸 역시 애석하게도 세 살을 채 못 넘겨 잃었으니, 딸 셋을 그렇게 어미 먼저 보내, 자식 농사는 정말 반타작을 했지요. 부모는 땅에 묻고 자식은 가슴에 묻는다는 옛말이 정말 맞아요. 추수 칠천 석 하던 부잣집에 시어머니가 딸만 내리 다섯을 낳다 여섯번째야 본, 집안 대를 이을 장자가 우리 영감이었으니 얼마나 애지중지 키웠겠어요. 영감이 세상살이며 농사일에는 젬병이라도 해 빠지고 이불 펴면 구들목 농사 하나는, 요즘 애들 말로 끝내주게 잘 지었다오. 골병든 삭신이 나긋나긋하게 풀리도록 자근자근 잘도 다져주었지요. 응석덩이로 컸다 보니 낮이면 허구한 날 너른 집 안에서 빈둥거리며 소일하다 밤이면 전혀 딴사람으로 돌변해 기운 센 수말이 되어 고구마 같은 그걸 앞세워 쳐들어왔다니깐. 어느 날이던가, 찰고구마 허겁지겁 먹다 목이 꽉 메듯…… 초정댁이 말을 더 잇지 못하고 손으로 입을 가려 킥킥거리며 웃는다. 그놈으 큰 연장이 목구멍을 꽉 메워 숨을 제대로 못 쉬어 실신할 뻔했던 적도 있었다란 말이 목구멍에서 복숭아씨처럼 걸리고 만다. 방앗간집 머슴 이씨의 연장이야말로 힘을 세울 땐 팔뚝만한 옥수수 같았고 황소처럼 기운이 좋았다. 초정댁은 서방이 아니라 이씨와 우씨만 떠올리면 살을 저미던 젊은 날의 미쳐버릴 것 같던 정욕과 거센 버들내 황토 물살이 함께 떠올라 마음이 금방 덥게 달아오른다. 그 연상은 불안과 쾌감이 절묘하게 섞인 소마소마한 흥분의 진저리침이었다. 이 나이 되도록 살아올 동안 짧았던 이씨와의 관계를 떠올리면 격정, 투기, 살의(殺意) 따위가 마음에서 흙탕물로 뒤엉켜 소용돌이치고, 살갗에 소름이 돋을 정도로 으스스해진다. 그러나 그 끔찍한 흥분은 신기하게도 그네의 긴 생애에 삶의 의욕을 고양시키는 촉진제 역할을 해왔다. 하여간 우리 영감, 마실 나갈 줄도 모르고 술 담배도 안했으니 죽는 날까지 밤낮으로 붙어 지냈는데, 서른다섯 나이에 폐병으로 죽기까지 나를 끔찍이도 아껴줬지요. 초정댁은 주름진 옴팍한 눈에 색정을 담뿍 담고 윤선생을 본다. 윤선생은 사진 속에서 편지를 보낸 까까머리 한 소년을 찾고 있다. 책보 메고 시오 리 산길을 등마루 넘고 개울물을 건너 등교했던, 소아마비로 한쪽 다리를 잘록거리던 아이였다. 머리가 영특해 전쟁 뒤 의과대학을 나와 내과 심장 전문의가 된 허환이란 소년은 보통학교 졸업식 때 졸업생 대표로 군수상을 탔다. 이제 허군 나이도 일흔 초반에 들었을 터이다. 1942년 보통학교 졸업이라면 졸업생 중 많은 수가 이미 세상을 떠났을 터인데, 부산에 그때 졸업생 중 몇이 살고 있으며 아직도 그들이 옛 스승을 잊지 않고 기린다는 게 대견하다. 윤선생, 내 말 듣는 거요, 마는 거요? 초정댁이 묻는다. 듣고말고요. 말씀 계속하세요. 다 듣고 있으니깐. 그런데 오늘은 집안 자랑은 안하네요? 친정이 아주 잘살았다면서요? 친정집 자랑 좀 하라는 윤선생 말에 초정댁은 기분이 금방 하늘로 난다. 흉이 아닌 자랑이라면 골백번을 되풀이해도 아구창이 아플 리 없다. 출가외인이라고, 족두리 쓰면 그때부터 아녀자들 남의 집 뒷간 가기보다 친정 가기가 더 어렵잖아요. 내 언젠가 말했죠? 우리 친정은 면소가 있던 장터목에서 술도가를 크게 했다고. 사방 십 리 안쪽은 모두 우리 집 도가 술을 썼지요. 자

전거로 술독 나르는 장정 일꾼만도 넷이나 두었다오. 사철 집안이 술 익는 내로 들어차다 보니 나도 처녀 적부터 부모 몰래 조롱박으로 술맛을 살짝 보곤 했지요. 춘궁기에 아랫것들은 조에 술지게미를 섞어 끼니를 때웠는데 나도 그 밥 먹어보곤 한동안 알딸딸하게 술에 취한 적도 있었다오. 게다가 너른 집엔 장꾼들 재우는 곁채 큰 방이 세 개나 달렸더랬어요. 그러니 도가에 달린 식구 말고 부엌일, 서답일에, 침모며, 행랑살이 두 가구에, 드난꾼도 많았지요. 사철 집 안팎이 대식구로 북적댔으니깐. 친정집이 그렇게 떵떵거리고 살았으니 매파가 추수 칠천 석 하던 대갓집에다 우리 집 중신을 섰지요. 면소 장터목 도갓집에 몸 튼튼하고 머리 좋은 처녀가 있다고 말입니다. 초정댁은 한숨을 포옥 쉬곤 조금 시들한 목소리로 뒷말을 잇는다. 내 배에서 자식 여섯을 낳았으나 셋을 어릴 적에 잃고, 지금 셋이 남았으니 내 명도 엔간히 긴가 보오. 내 윤선생한테 말했지요? 아들 둘, 딸 하나가 얼마나 효자라고. 초정댁의 말이 그 대목에 이르자, 윤선생은 사진첩에서 눈길을 거두고 창가에 내놓은 야생초 화분을 살핀다. 어제 저녁에 물을 흠뻑 주어 화분의 마사토가 촉촉이 젖어 있을 터였다. 꽃며느리밥풀이 붉은 꽃을 피웠다. 풍로초와 패랭이도 꽃망울을 촘촘히 달았다. 가을에 꽃이 피는 아기별풀과 과풀의 열린 잎도 아침 햇살을 달게 받고 있다. 꽃과 잎들은 저들끼리 도란도란 애기를 나누거나 햇빛 아래 혼곤한 상태로 아침 졸음을 즐기는 것 같다. 여섯 자식 중에 세 자식을 제대로 키웠는데, 큰아들 한필이는 경찰이 되어 경정인가 경장인가, 하여간 간부 자리에 있다 계급 정년으로 공직에서 물러나 은퇴했고, 딸 초정이는 밀양 근교에서 음식점을 크게 하고 있지요. 쩨쩨한 분식점이나 국밥집이 아니고, 가든 아시죠? 숯불 생등심에 갈비와 냉면 파는 대형 음식점 말이에요. 그걸 운영하고 있으니 여사장이지요. 주차장만도 삼백 평이 넘으니 그 땅값이 얼마겠어요. 내 여기 들어오는 데도 초정이가 두말 않고 삼천만 원을 선뜻 내놓았죠. 내가 늘 자랑하는 부산 여기 사는 막내아들 정필이는 미국에서 박사 학위를 따온 대학교 교수고요. 초등학교 때부터 서울대학교 졸업할 때까지 일등을 놓쳐본 적 없었고 늘 장학금 타다 보니, 어미로서 대학 학자금이 얼마나 비싼지 그걸 모르고 공부시켰다니깐요. 막내 정필이야말로 앞으로 박씨 집안을 크게 빛낼 인물이라요. 내가 그 자식 하나는 정말 잘 낳았지. 며칠거리로 들으니 수십 차례도 더 들은 초정댁의 자식 자랑이라 윤선생은 그러려니 한다. 윤선생, 우리 작정해서 앞으로 십 년만 여기서 더 버텨냅시다. 가짜 귀부인 한여사처럼 조기 은퇴 말고 한사코 버텨봐요. 여기에 낸 돈이 아까워서라도 이 악물고 버텨내봅시다. 나처럼 심장병 예방과 원기 회복에 그만이라는 쪼코레또도 부지런히 먹어가며. 아스필링은 하루 한 알씩 먹으면 코로 들어오려던 감기가 도망가고 두통은 물론, 심장병과 혈압에도 좋은 만병통치약이래요. 상처가 났을 때는 다이아진, 배 아플 때는 구아니딘, 오입질하다 걸린 성병에는 페니실린이 신통하게 잘 듣죠. 이것도 다 예전에 외워둔 걸 아직까지 잘잘 외니 이 늙은이 기억력이 보통이 아니죠? 기억력만 망가지지 않으면 노망도 안 든대요. 초정댁이 킬킬거리며 초콜릿 남은 토막을 입속에 옴쳐넣는다. 어금니는 없고 틀니로 해 넣은 송곳니조차 성치 못한 합죽한 입을 오물거리며 손에 남은 초콜릿 빈 포장지를 본다. 쪼코레또 다섯 통이 다 떨어졌는데 이것들이 왜 면회를 안 와. 오늘 내가 정필이한테 전화를 내봐야지. 교수들은 방학 중엔 세미난가 재미난가, 자주 해외에 나간다던데 그 애가 없다면 며느리라도 내 용돈 챙겨선 쪼코레또 한 박스에 미제 아스필링 한 통 사오래야지 하더니, 초정댁이 윤선생을 본다. 윤선생, 내가 어디까지 말했나요? 그렇지, 십 년만 그럭저럭 지금 상태로 버텨낸다면 새로운 약이 속속 나와 엔간한 병은 다 고쳐주고 백 살까지는 너끈히 살게 된다니 앞으로 좋은 세월만 남았어요. 운이 좋다면 백이십 살까지 살 수도 있게 된대요. 오래 살다 보니 정말 꿈같은 세상이 오잖아요. 아침부터 했던 말을 줄기차게 되풀이하는 초정댁의 사설이 끝없이 이어지자 윤선생이 그쯤 해두라는 말 대신 자기 의견을 말한다. 저는 백 살까지 살고 싶지 않아요. 사람이 이 세상에 와서 제 몫만큼 열심히 산 연후에 하나님이, 당신은 이 사회가 필요로 하는 일을 이제 다했으니 뒷전으로 조용히 물러나도 좋다, 하신다면 여지껏 살아온 세월이나 정리하다 적당한 나이에 눈감는 게 순리 아니겠어요? 우리나라의 여성 평균 수명이 일흔여섯이라는데 그 나이를 넘겼거늘, 뭐가 부족해서 백 살까지 버텨내며 살아요? 그 나이까지 살라면 전 하나도 즐겁지 않고 한 해, 한 달을 어떻게 보낼까 하는 걱정으로 머리가 어떻게 될 것 같아요. 나이만 자꾸 먹으며 오래 산다는 건 외롭고 슬프지 않아요? 한 해 다르게 몸은 차츰 말을 안 듣고 생각마저 흐려지면 그런 외로움이나 슬픔도 잊게 되겠지만. 치매에 걸려 예수님마저 잊어버리면 그 고통이 오죽이겠어요. 본인은 아무런 고통을 느끼지 못한다 해도, 그런 생각만 해도 두려워요. 모든 이에게 짐만 되고. 윤선생 말에, 정말 걱정도 팔자시네 하던 초정댁이, 그런 걱정까지 떠안겠다면 하늘 무너질까봐 오늘 하루인들 걱정이 돼서 어떻게 살아, 하고 빈정거린다. 치매? 노망 말이죠? 난 그런 것 안 걸릴 자신이 있어요. 움직이기 싫어하고 생각을 아주 놓아버린 멍청이 노친네나 노망에 걸리지. 하고 싶은 말을 속에 담아두면 그게 곪고 썩잖아요. 그러니 마음에 재어둘 필요 없이 속사포로 쏟아버리면 스트라스 안 받게 되죠. 살아온 세월을 낱낱이 기억하는 내가 왜 노망에 걸려요? 스트라스 받는 기억만 잊어버리고 생각 안하면 되지. 노망? 천만에 말씀. 나는 자식 셋 생일날은 물론이고 시부모, 서방 제삿날까지 지금도 다 외고 있어요. 초정댁이 의기양양하게 말한다. 알츠하이머병은 그렇지 않아요. 많이 배운 사람, 덜 배운 사람, 적극적인 사람, 얌전한 사람, 구별이 없대요. 노년에 건강하고 건강하지 않고도 별 상관이 없고요. 미국 전 대통령 레이건 씨 보세요. 그분의 어떤 점이 모자라서 그런 몹쓸 병에 걸렸겠어요. 돌아가신 우리나라 첫 여성 판사였던 이태영 선생도 그렇고요. 치매란 인간의 노화 과정에서 어느 날 돌연 예고 없이 찾아온다지 않아요. 형체도, 소리도, 빛도 없이 어느 순간 돌연 뇌를 치는 거지요. 인간 두뇌의 그 신비스런 변화를 아직도 현대 의학이 완전 해결할 수 없답니다. 초기에 발견하면 학습과 운동요법으로 어느 정도 지연시킬 수는 있다지만. 윤선생 말을 듣자 초정댁이 단박에 반박하고 나선다. 윤선생, 여태 내 말을 어느 귀로 들었어요? 그러고 보니 정말 윤선생이 노망들 징조를 보이네. 현대 의학이 바로 그 문제를 오 년 안에 해결한다지 않아요. 윤선생 입가에 계면쩍은 미소가 감돈다. 의학 발전도 좋지만 하나님이 정해놓으신 인간 수명을 무엇 때문에 억지로 늘이려는지 모르겠구려. 구약성경에는 믿음의 조상 아브라함이 백칠십다섯 살까지 살았다지만, 그 나이까지 보통 사람이야 살 수 없지 않아요? 윤선생이 돋보기안경을 벗고 부채를 집어 바람을 낸다. 그 말에 초정댁이 화제가 궁한 말길을 잡았다는 듯 목소리가 생기를 띤다. 말씀 한번 잘하셨네. 맞아, 아부람이야. 두고 봐요. 앞으론 아부 그 사람 연세까지 사는 사람이 필경 나올 거예요. 성경책이 다가올 앞 세상을 내다보고 씌어졌다더니 그 말이 꼭 맞네요. 목사님이 성경을 예정서라고 아니, 예언서라 했잖아요. 그봐요, 성경이 거짓말을 안했담 백칠십다섯 살까지 너끈하게 사는 사람도 있었잖아요. 예전에 우리 친정 동네에도 사람을 보면 점바치처럼 사람의 앞날 일을 족집게를 집듯 딱 집어내는 마님이 있었지요. 사람 관상 보고 말투 듣고, 버릇이며 하는 짓을 보곤, 그 사람 장래를 맞혀냈으니깐요. 그네는 도갓집 안방마님을 떠올린다. 금실아, 뭐가 좋다고 그렇게 큰 소리로 깔깔거려. 여자 웃음이 담장을 넘으면 집안에 망조가 들어. 누가 뺑덕어미 자식 아니랄까봐, 애가 원 저렇게 방댕이 흔들며 설쳐대서야. 아는 체 뽐내며 촐랑대는 꼬락서니하고선. 남자처럼 걸걸한 목소리로 호통을 내리던 주인마님이었다. 초정댁이 입가를 손등

나는 나를 안다 95

으로 훔치자 입꼬리에 묻었던 초콜릿 액이 주름살에 배어 턱으로 번진다. 초정댁은 윤선생 전도로 교회에 나가기 시작한 지 일 년 남짓 되었다. 일요일 낮 예배에는 윤선생을 비롯한 가동 다른 교인들과 함께 아파트촌 상가 건물 지하실에 있는 교회로 나간다. 그러나 그네는 교회당 문턱이나 넘나들 뿐 목사 설교에는 별 관심이 없고, 세상 소문 듣기와 사람 사귀기를 좋아해 그동안 교회에서 또래 여럿을 사귀어 나들이 다니는 재미를 더 즐긴다. 그러나 밤 예배는 텔레비전 연속극을 빠뜨리지 않아야 했기에 나가지 않았다. 초정댁, 하나님이 아브라함을 선택하사 장수의 축복을 내렸다고 해서 성경이 예언서는 아니에요. 성경 말씀은 구약 시대와 신약 시대로 나누어지는데…… 윤선생이 미소 띠며 말을 시작하자, 초정댁이 얼른 그 말을 자르고 나선다. 어쨌든 예수님을 열심히 믿은 덕에 아부 선생이 그렇게 오래 살았다잖아요. 우리도 더 열심히 예수 믿어 그렇게 오래오래 살도록 합시다. 나야 교인 등록은 했지만 이제 걸음마 시작한 아기요 돌예수꾼 아녜요. 그러나 예수님 믿는 데는 나이며, 먼저고 뒤고 순서가 없다니 늘그막에 들어 윤선생 소개로 예수님을 만나게 된 나 같은 늙은이에겐 꼭 맞는 종교예요. 이 세상에 태어나 죄 안 짓고 진짜로 깨끗이 살다 죽은 사람은 눈 닦고 찾아봐도 없다, 인간 종자는 하나같이 모두가 죄인이다. 그러므로 예수 믿고 자기가 진 죄를 회개하면 누구나 천당에 들어갈 수 있다. 그렇게 선포하신 예수님 말씀이 정말 마음에 쏙 들어요. 누가 들어도 혹할 그런 말씀은 예수님만이 할 수 있었으니 신도들이 예수님, 구세주님, 우리 주님 하며 구름같이 모여들잖았겠어요. 윤선생이 초정댁 입가에 핏자국처럼 번진 초콜릿 액을 보고, 입 주위를 닦으라고 말한다. 초정댁이 돌아앉아 거울을 보더니, 생간 먹은 꼴이로군 하며 두루마리 휴지를 겹으로 끊어 침을 뱉어선 입술 가장자리와 턱을 닦는다. 갓 잡아 김 나는 뜨뜻한 소 생간을 참기름 소금에 찍어서 소주 한잔 마셨으면 딱 좋겠네. 초정댁은 출가한 두 여식이 제 친정 아비를 맡지 않으려 해서, 밀양에 사는 초정이한테 억지로 떠넘긴 큰아들 한필이를 생각한다. 두 돌을 넘겨도 애가 걷지를 못하고 치치, 포포라는 기성이나 지를까 말을 못하니 그쪽 피를 받았는지도 모르지. 머리털이 거의 없고 피골이 상접한 맏손자를 보며 시아버지가 하던 말이었다. 그쪽이란 초정댁 시어머니 친정을 두고 한 말로, 그네의 시어머니는 손가락 셈조차 못하는 아둔한 사람이었고 판서가 난 명문세족이라지만 집안에 좋잖은 유전병이 있었던지 형제 중에도 사람 구실 제대로 못하는 반불출이 둘이나 있었다. 초정댁 시아버지 박광달은 면소에 출타했다 돌아오는 길이면 도수장에 들러 갓 잡은 소 생간과 지라를 구해와 대를 이을 병약한 어린 맏손자 한필이에게 먹이곤 했다. 초정댁은 집안의 솟대로 우뚝했던 헌걸찬 시아버지의 생전 모습을 떠올리자 목이 멘다. 세상 떠나가라 앵앵 울음 울고 이 세상에 태어나면 딱 한번 살다 가는 게 사람 목숨 아녜요. 바보 천치에 제 명이 짧아 요절하면 그만이지만 한세상 살다 보면, 세상 이치가 모두 그렇잖아요. 기회란 오직 한 번뿐이에요. 젊은것들의 사랑 타령도 꽃다운 나이 한 시절이고, 농사도 여름 한철이요, 사업도 불같이 일어날 한때라지만, 집안을 일으켜 세우는 일만은 그런 것과 달라요. 우리 시아버님이야말로 인물 잘난 장부였지요. 말로 치자면 종마로, 빈한한 소작농 출신이었으나 데릴사위로 장가간 덕분에 처가 쪽 논을 마흔댓 마지기나 물려받았고, 그걸 토대로 계속 전답을 사들여 당대에 대지주가 되었으니 근동에서 박광달 주사 전답 안 밟고는 대실마을로 들어갈 수 없다고들 말했지요. 사람은 우선 근본이 똑똑하고 봐야 해요. 곡식 씨앗도 그렇듯이, 인간도 근본이 좋은 종자는 따로 있다니깐요. 참, 자식 만들기도 그렇잖아요. 사내가 시도 때도 없이 종자를 아무리 자주 싸줘도 종자씨가 되는 경우는 오직 한 번이잖아요. 한꺼번에 싸지르는 수천만 마리 올챙이 새끼 중에서도 가장 힘센 한 마리만 태반으로 들어가 암 씨앗을 만나 자식이 된다잖아요. 쌍둥이는 두 마리가 서로 박치기하며 태반에 함께 들어가서 씨가 되겠지만 말이에요. 그러나 밭만 좋으면 뭘 해요. 씨종자가 좋아야지. 말을 하고 보니 자식 낳아보지 않았다는 윤선생한테 내가 미안한 말을 하고 말았네. 자기 말의 재미에 취해 초정댁이 킥킥거리다 머리를 돌린다. 어느새 감쪽같게 흔들의자가 비어 있다. 잠깐 사이 윤선생이 방에서 홀연히 사라졌다. 그럼 내가 여태껏 허깨비를 보고 조곤조곤 지껄였나? 초정댁이 고개를 갸웃한다. 윤선생이 언제 밖으로 나가버렸는지 알 수가 없다. 조금 전까지만도 분명 사진첩을 펼쳐놓고 들여다보며 자기 말을 듣고 있었는데, 씨종자 이야기 끝에 깔깔거리다 보니 연기처럼 슬며시 없어졌다. 나동 병자들에게 전도하러 갔나? 이 여편네는 나가면 나간다고 말을 해야지 꼭 유령처럼 사라져버린다니깐. 허긴 자식 낳아보지 않은 여편네라 자식 얘기가 나오면 듣기가 싫겠지. 자식 낳아보지 않은 여자는 진짜 여자가 아냐. 조물주가 왜 여자를 만들었겠으며, 여자가 없담 인간이 어떻게 번성할 수가 있어. 산고 치르며 자식 낳아봐야 그 자식 귀한 줄을 알고, 산고 끝에 낳은 자식이 어미 눈앞에서 숨 꼴깍 멈추고 저승에 가버리는 걸 보아야 생살 발기발기 찢는 고통이 어떤지를 알게 되지. 인간 덜 된 맹한 자식 키울 때는 또 얼마나 애간장이 녹아나고. 초정댁은 자기 명의로 남아 있는 버들내 논을 물려주겠다는 조건을 달아 초정이한테 얹혀둔 큰아들 한필이를 생각한다. 큰아들 한필이는 마누라를 두 번씩이나 얻었으나 몇 해를 채 못 살아, 첫째 며느리는 돈을 빼내 놈팡이와 눈맞춰 도망가고, 둘째 며느리는 바보 서방과 더 이상 못 살겠다고 집을 나가버린 통에 거기서 난 배다른 손녀딸 둘을 자신이 떠맡아선 길길이 키워내어 시집을 보냈다. 양지가 있으면 응달이 있다고, 그런 게 다 인생살이 아니겠어. 윤선생은 도대체 자식도 안 키워보고 그 나이 되도록 뭘 하고 살았는지 모르겠군. 윤선생은 인생이 과연 어떤 건지, 그 절반도 경험해보지 못한 여편네야. 하기사 공책에 무언가 빼곡히 적는 걸 보면 마음속에 든 말이야 만리장성을 이루겠지. 한 시절에는 몰래 정분 튼 남자를 찍어두고 숨어서 쭐깃한 재미도 봤을 거야. 얌전 빼는 요조숙녀치고 치마폭에 꼬리 안 감춘 여우가 없다는데, 윤선생을 두고 한 말일는지 몰라. 자기 말로는 애초에 결혼은 뜻이 없었고 주 예수님 열심히 믿고 학동들 가르치는 낙으로 이날 이때껏 살아왔다지만, 그 말이야

평생을 선생질로 보낸 예수쟁이들 체면 발린 소리겠고, 어쩌면 남의 서방 그림자 밟으며 첩질하다 몰래 자식을 봤을 수도 있잖아. 본처가 석녀라면 자기가 낳은 자식을 본처한테 빼앗겼을 수도 있지. 아니면 자식 못 둔 집에 팔아버렸을 수도 있고. 한세상 살아오며 세상살이에 요령 피울 줄 모르는 순해빠진 여자도 그동안 숱해 봐왔잖아. 돈 몇 푼에 씨받이를 자청하고선 애만 빼내 넘겨주고 선선히 물러나는 쑥맥이 어디 한둘이었나. 첫 약속과 달리 날이 갈수록 낳은 자식이 눈에 밟혀 울고불고 해도 본처가 뺏은 자식을 보듬고 친엄마를 면회시켜주지 않으니 허구한 날 눈물로 세월 보내던 맹추들. 당차지 못하고 꾀를 쓸 줄 몰라 등신처럼 그렇게 당한 게지. 나 같으면, 나를 꿔다 놓은 보릿자루로 아느냐며 신문에 투서하고 청와대에까지 고발하는 민원 내겠다고, 공갈 쳐서 평생 먹고살 한 재산 톡톡히 우려냈겠어. 곡식이고 사람이고 좋은 씨 받아낼 때도 그래. 이녁 쪽 실속만 차리면 됐지 상대 형편 봐줘 뭘 해. 그도 저도 아니라면 아들은 데릴사윗감으로, 딸은 부엌데기로 줘버렸을는지도 몰라. 내 언젠가 윤선생의 숨긴 내력을 반드시 밝혀낼 테야. 아무리 용의주도하다 해도 늘 차고 다니는 열쇠고리를 깜박 잊고 흘리는 날이 있겠지. 저도 나이가 얼만데 총기가 예전만 같을라고. 열쇠만 쥐면 화장함 열어 일기인지 뭔지, 그 공책을 죄 들춰보고 말 테야. 내 그런 일쯤은 이력이 있잖아. 햇수로 벌써 사십육 년 전 일을 초정댁은 어제 같게 선명히 떠올릴 수 있다. 우씨가 떠오르자 그네는 갑자기 명치가 결리고 등골에 송충이 기어든 듯 근질근질해진다. 평생을 한솥밥 먹고 살 팔자가 아니라면 내가 신고하기를 잘했지. 우씨가 경찰에서 조사를 받던 중 유치장에서 스스로 목을 매달았다니, 그 인생이야 불쌍하지만 그것도 다 제 팔자소관이요. 그 입은 그로써 영원히 봉해져버렸잖아. 낮말은 새가 듣고 밤말은 쥐가 듣는다지만 이 세상에는 알려지지 않고 영원히 감춰지는 비밀이 얼마나 많겠어. 열에 하나나 들켜 드러나지 아홉은 감쪽같이 감춰져선 잊혀지고 말 거야. 비밀을 제가 챙겨선 무덤으로 가져간다는 말이 맞아. 초정댁은 혼잣말을 구시렁거린다. 우씨가 경찰서에 잡혀 들어간 사단으로 대실마을이 발칵 뒤집혔고, 경찰서에서 조사를 받고 나온 구장 아들이 동네 사람들 앞에서 그런 말을 까발렸다고 했다. 우선생이 남파된 고정 간첩이라니. 생각하는 게 우리 촌것들보다 훨씬 앞선 사람이 벽촌에서 뭘 캐내겠다고 간첩질을 해. 또 어떻게 그토록 허술하게 처신할 수 있어? 간첩 잡는 실적 올리면 포상금 받고 영달된다니깐 누군가 포상금이 탐나서 조작한 게 분명해. 매 앞에 장사 없고 털어 먼지 안 나는 사람이 어딨어. 자살? 무작한 매타작질로 죽었을는지도 몰라. 이런 말도 조심해야지. 미친 개처럼 몽둥이 휘둘러 조져대며 코에 걸어 코걸이라 우기면 귀걸이도 코걸이가 되는 세상 아냐. 동네 사람들에게 그렇게 말했다는 구장 아들까지 장터댁이 경찰서에 밀고하지는 않았다. 우씨의 경우와 달랐고, 그럴 필요성이 없었다. 내가 미쳤다고 을씨년스런 그 시절을 떠올리며 빈방을 우두커니 지켜, 하며 초정댁은 경대에 얹힌 태극선 무늬의 부채를 들고 일어선다. 아침부터 기온이 천천히 부풀어오르고 바깥은 매미 울음 소리가 시끄럽다. 올 여름은 유난히 매미 울음이 극성이다. 매미 울음은 수놈이 암놈 부르는 소리인 줄 아는데, 수놈은 해 빠지고 깜깜해져도 쉬지 않고 팔자 좋게, 내 여기 있다며 암놈을 불러댄다. 누가 나더러 매미라더니, 매미 팔자가 오죽 좋아, 하며 초정댁은 마당이 내다보이는 북쪽 창밖을 본다. 나도 한때 암매미 같은 시절이 있었지. 앞섶 차고 오르던 큰 젖통과 빵빵한 방뎅이 흔들고 나슬랑거리고 걸으면 사내들이 내 몸매를 훑어보며 군침깨나 흘렸지. 눈만 한번 흘겨도 사족을 못 써 수매미처럼 쟁쟁거리며 울어댔으니깐. 우씨의 얼굴이 다시 눈앞에 설핏 스친다. 우씨는 처녀 시절 면소 공회당에서 본 악극단 배우나 가수처럼 도시 내음 물씬 풍겨나게 용모가 준수했다. 징병되어 전방에 떨어진 서방이 전사하자 졸지에 전쟁 과부가 된 대실마을의 나잇살 새파란 머리 쪽진 년들이 우씨 앞에서 방뎅이 흔들며 사족을 못 썼으니깐. 그해 늦봄, 장터댁은 우씨와 한 달 남짓 질긴 정분을 나누었다. 통정으로 아랫도리 문을 열자 시도 때도 없이 가랑이 사이가 열불로 달아올랐다. 서른을 갓 넘겨 한창 물이 오른 나이인데 폐병 걸린 서방의 잠자리 농사가 영 시원치 않자 가지밭이나 오이밭만 보아도 금방 아래가 축축해져 절로 거기에 손이 갔던, 울어대는 수매미 품이 그리웠던 시절이었다. 멀리 보이는 아카시나무 숲은 녹음만이 청청할 뿐 미동조차 않는다. 바람 한 점 없고 눈부신 햇살만 퍼부어 내린다. 낮이면 한증막 같게 더위가 찔 터이다. 소나기라도 한줄기 퍼부었으면 좋으련만 기상대 예보로는 늦장마에 태풍이 한두 차례 있을 거라는 통보뿐 밤에도 열대야가 계속되어, 말복을 넘기기가 숨이 차다. 웬일로 오늘은 우씨 그 양반이 앉으나 서나 나타나는지 알 수 없다. 우씨를 밀쳐내자면 또 누구와 쉼 없이 지껄이며 입농사라도 지어야 한다. 초정댁은 오호실에 가보기로 한다. 윤선생이 차관마님 방에 있다면, 남이 열내어서 하는 말을 무시한 채 나간다는 말도 없이 고양이처럼 살그머니 빠져나갈 수 있냐고 한마디 쏘아줄 작정이다. 초정댁은 이 방 저 방을 기웃거리다 오호실 방 안에서 들려오는 산파댁 목소리에 걸음을 멈춘다. 그네는 방으로 들어가기 전 부채로 바람을 내며 빼꼼 열린 방문을 통해 산파댁 말부터 엿듣는다. 산파댁은 보름 전에 입소한 신참으로 전직이 조산원 출신이다. 가동에서는 나이가 젊은 축인 일흔너댓 살로, 출신답게 말솜씨가 야무지다. ……팔일오 해방되기 세 해 전인가, 만주 하루삔에서 말이에요. 그래서 밤중에 보초병에게, 마을에서 산고로 죽어가는 산모가 있다는 연락이 왔다며 가짜 외출증을 내보이구 그 지긋지긋한 지옥에서 빠져나왔죠. 벽돌 담장이 높다랗고 철조망까지 겹으로 쳐진 관동군 칠삼일부대는 만주에서도 악명이 높았죠. 그 부대 특설 감옥에 한번 잡혀 들어가면 살아서 나오는 자가 없었으니깐요. 실험용으로 사람을 요모저모 이용해먹곤, 죽으면 큰 화덕에 처넣어 흔적 없이 화장해버린답니다. 중국 당국이 일본 관동군의 죄악상을 보존한다구 그 감옥을 예전 그대로 남겨둔 걸 텔레비전에서 봤어요. 죄증 진열관을 화면으로 보는 순간, 예전 악몽이 되살아나서…… 산파댁이 괴기담을 들려주듯 긴장 띤 목소리로 말하자, 차관마님이 깜짝 놀라, 뭐라고? 무슨 실험이라 했어? 하고 묻는다. 할머니, 마루타란 말 들어보셨어요? 통나무란 뜻이지요. 사람을 통나무 다루듯 생체실험을 한답니다. 독립운동 한다구 잡아들인 멀쩡한 조선인과 중국인, 만주인, 심지어 쏘련인까지 실험 도구로 삼는 거예요. 페스트 같은 악성 세균을 주사로 체내에 삽입한 후 어떤 증상이 어떻게 나타나느냐, 그 전염병에 걸리면 사람이 얼마를 버티다 죽느냐는 실험을 조선인 간호원으로서 날마다 내 눈으로 보아내는 게 얼마나 끔찍해요. 온몸이 꼬챙이처럼 마르거나 부종과 종기가 생겨 살이 짓물러 터져 마치 나병 말기 꼴로 신음하다 덜컥 숨을 끊는 처참한 장면을 차마 눈뜨고 볼 수 없었답니다. 저는 그길로 무작정 도망쳐 얼음이 꽝꽝 언 강을 건넜고, 지녔던 패물이며 돈을 주고 여염집 헛간의 짐승 사이에서 새우잠을 자가며 해가 뜨는 동쪽으로 무작정 걸었죠. 마차를 얻어 타기두 했지만요. 코, 귀, 발가락에 동상이 박히구 발바닥엔 피멍이 맺혀 절름거리며 겨우 로스케 땅으로 들어갔지요. 배운 도둑질이라고 거기 로스케 군병원에서 다시 간호원 생활을 하다 일본이 망하고 조선 땅두 해방됐다는 소식을 듣고서야 두만강 넘어 환국했어요. 산파댁 말에 차관마님이, 임자 고향이 어딘데? 하고 묻는다. 황해도 은율이라요. 산파댁 사설이 끝났음을 알자 초정댁이 방문을 활짝 열고 방 안을 살핀다. 윤선생은 없고 차관마님이 곱사등이처럼 굽은 몸으로 눈을 깜박이며 산파댁을 보고 있다. 아들이 전직 차관 출신이라 붙여진 택호인 차관마님은 구순을 바라보는 고령이라 거동이 불편하고 정신조차 오락가락하지만 아직 듣는 귀는 밝다. 정신이 흐릴 때는 입 다물고 멍청하게 앉아 있으나 정신이 맑을 때는 아이처럼 뱅긋뱅긋 웃으며 누구의 말이든 머리 끄덕이며 관심 있게 잘 들어준다. 상대가 하는 말의 내용 중 태반은 이해하지 못하면서도 자기를 동무해주는 게 고맙다는 천진스런 표정으로, 뭐라고? 그래서? 어떡해, 하며 상대 말을 되묻거나, 그렇게 됐군, 그 말이 맞아, 흥내도 잘 내네, 하고 맞장구도 쳐준다. 초정댁은 자신이 끼어들 자리를 발견하곤 잘됐다 싶어 방으로 들어간다. 산파댁, 무슨 이야기를 그렇게 속닥속닥 재미나게 하세요? 어디 나도 한자리 끼어들어봅시다. 초정댁이 산파댁 옆에 다가앉는다. 초정댁 입 싸다는 소문을 들었는지 산파댁이 그네를 보더니 마뜩찮은 낯색으로 마지못해 말한다. 왜정 말기 만주에서 겪은 얘기라요. 하도 끔찍해서 평소엔 입에 잘 담지 않았는데 어쩌다 그런 말이 나오게 됐는지 모르겠네요. 그 시절을 돌이켜보면 나부터 열받으니 이 얘긴 다시 꺼내지 말아야지. 산파댁이 아예 입을 봉하겠다고 선언하곤 엉덩이를 뒤로 물린다. 그네는 해방 전 관동군 칠삼일부대에서 간호원으로 근무했던 경험담을 기로원 가동 누구한테든 발설하고 싶어 입이 근질근질했으나 함부로 내뱉기도 무엇하던 참에 말귀 잘 못 알아듣는 차관마님과 자리하게 되자 실컷 읊어대던 참이다. 그렇다고 입 다물고 얌전히 물러설 초정댁이 아니다. 그 시절 만주에서는 왜놈 군대가 독약 주사를 놓아 생사람을 통나무로 만들어 불에 태워버렸다며? 나야 왜정 말기 시골에 들어앉아 살았으니 공출이다, 징용이다 하며 왜놈들이 농사꾼 피고름 짜는 꼴은 봤지만, 독립운동꾼 잡아다 독약 주사 놓는다는 건 소문으로도 못 들었어요. 그러나 일본이 망하고 해방이 되자 세상이 난장판으로 변했잖아요. 반공청년단이다, 빨갱이다, 우다, 좌다 주장하며 끼리끼리 뭉쳐선 꼭 피를 봐야 속 시원하다며 낫이며 몽둥이 들고 쌈질하는 통에 생사람 줄초상 나는 꼴을 숱해 봤잖았나요. 국방군과 순사들은 빨갱이라면 씨종자를 말릴 듯 마구 잡아들여선 총질해서 개 잡듯 죽이고. 우린 올망졸망한 자식들 한창 키울 나이에 그런 세월을 살았고, 육이오전쟁을 겪었잖았소. 그 험한 세월을 산파댁도 겪었지요? 생사람 목숨이 하루살이처럼, 어느 날 저녁밥 잘 먹고 불려 나갔다가 그길로 소식 없이 영 사라진 남정네들이 어디 한둘이었어요. 무법천지 세상이었잖아요. 우리 시댁은 면내에서 내로라하던 땅부자에다 시아버님이 면내에선 알아주던 유지요, 반공청년단 지도위원을 지낸 분이었지요. 그래서 빨간 물든 작인들이 시댁을 불구지원수로 여겨 그놈들 난동질 때문에 집안이 당한 피해가 적잖았답니다. 어휴, 그 시절은 생각만 해도 끔찍해. 뒷산에는 봉화불이 오르고, 강변에는 청년들이 죽창 들고 모여 으싸으싸 하며 무산자 해방이니, 붉은 피 바쳐 계급 어쩌고 투쟁하자느니, 그런 노래를 목청껏 부르고, 횃불 들고 집집마다 돌며 죽일 놈과 살려둘 놈을 가른 후에 쌀가마 재어두고 돈푼깨나 만지는 지주나 관공서 높은 가족이나 경찰 나부랭이 가족은 버들내로 끌고 나가…… 차관마님이 초정댁의 말을 자르고 묻는다. 버들네? 버들네는 나를 키워준 유모야. 우리 형제는 모두 버들네가 키워줬어. 양버들처럼 바람에 날려갈까 겁나는 호리호리한 여편네였지. 동학당인가, 그 난리판에 뛰어든 서방이 집 떠나

아주 소식이 없자 계집애 하나를 데리고 우리 집에 살려고 들어왔어. 어린 우리 형제를 암죽 잣죽 먹여주며 아장아장 걸을 때까지 아기업개 노릇을 했지. 동생들을 그렇게 키우는 걸 내가 봤거던. 셋째동생 신철이가 보통학교에 들어갈 때 무슨 병인가에 걸려 시름시름 앓다 죽었지. 차관마님이 회상에 잠겨 눈 가장자리에 고인 눈곱을 닦는다. 차관마님, 버들내는 아녀자 택호가 아니에요. 내가 살던 대실마을에서 반 마장 나가면 있던 낙동강으로 빠지는 큰 개천 이름이에요. 냇가에 수양버들이 줄줄이 늘어섰고 버들처럼 휘어져 흐른다고 그런 이름이 붙여졌죠. 겨울철엔 깊은 데래야 무릎밖에 안 차지만 여름 장마철엔 물이 불어 사람 키가 넘게 홍수져 소용돌이치며 흘렀어요. 어느 핸가 살래다리가 강물에 떠내려가 친정인 면소 장터목으로 나가는 길이 두절되기도 했고요. 육이오전쟁 전후, 그 버들내에서 숱한 사람이 죽었지요. 군인이며 경찰이 산사람(빨치산)들을 잡아와선 버들내 수양버들에 묶어놓고 총살시키거나, 철사줄로 손발을 묶어 수장시키고, 또 빨갱이 무리는 지주며 우익 끄나풀을 버들내로 끌고 가서 죽창으로 배를 찔러 죽여 강물에 떠내려 보냈지요. 핏물이 강물에 풀어져선 섞여 흐르는 걸 두 눈으로 똑똑히 본 걸요. 초정댁은 한 떼의 장정이 횃불을 앞세워 죽창과 쇠스랑을 들고 시댁에 몰려와, 친일 매국노, 악덕 지주를 처단하자고 고래고래 악을 썼던 전쟁 전 어느 날 밤을 떠올린다. 마을 청장년을 대동아전쟁 총알받이로 내몰고, 처녀들을 정신대에 끌어넣은 박광달을 처단하자! 박광달은 소작인의 고혈을 빨고 고율의 장리 빚을 놓아 전답을 빼앗았다! 박광달은 애국 청장년을 빨갱이로 몰아 경찰에 밀고했다! 그들은 함성을 지르며 터진 봇물처럼 집 안으로 밀려들었다. 대문 밖에서 그런 소란이 있을 때 초정댁 시아버지 박광달은 허겁지겁 뒷담을 넘어 용케 몸을 피했고, 집 안 아래채 방에 장터댁 서방 박영대가 멍청히 앉아 있었으나 그들은 방문만 열어보았을 뿐 그를 보고도 모른 체했다. 영대는 불쌍한 천치 바보 아냐. 그냥 두더라고. 포수 총을 든 수염 거칫한 사내가 그네의 서방을 두고 하던 말을 초정댁은 우사 옆 거름 더미 뒤에 숨어서 콩닥콩닥 뛰는 가슴으로 엿들었다. 아래채와 곳간이 불길에 휩싸였다. 그 당시 주동자들은 그 사단 이후 마을을 떠나 산으로 올라갔으나 남아 있던 몇은 전쟁이 나자 보도연맹 명부에 이름이 올라 있었기에, 그 무덥던 여름 어느 날 순사들에게 끌려 나간 뒤 영원히 고향에 돌아오지 못했다. 나중에 들은 말이지만 버들내로 끌고 가서 총살시키고 수장해버렸다고 했다. 초정댁은 버들내에 걸린 살래다리가 떠오르자 악몽에서 깨어난 듯 그만 입을 닫는다. 그러나 닫은 입이 더는 참을 수 없다는 듯 금방 열린다. 다 있을 수 있는 일 아니에요? 그 시절엔 내남없이 그랬으니깐. 사람을 살리고 죽이는 게 종이 한 장 차이, 맞잖아요? 그날 일진이 좋으면 살아남고 일진이 나쁘면 날벼락으로 죽임을 당한 시절이었지. 시어미한테 태방 맞으면 부엌 아궁이 앞에서 졸던 강아지 발길질하듯, 애꿎게 발길질당한 강아지가 무슨 죄가 있어요. 놀이에 심심해하던 아이들이 아무 뜻도 없이 마당에서 한창 일하는 개미 떼를 장난 삼아 보이는 족족 밟아 죽이듯 말이에요. 생명을 죽였다고 그런 천진한 아이들한테 살인했다고 따질 수는 없잖아요. 맨날 도축장에서 피칠갑하는 도축꾼이나, 복날에 마을 어른들 몸보신한다고 동네 개 잡는 짓도 마찬가지고요. 사람 죽이고 살리는 것도 그 이치와 하나 다를 바 없다니깐. 자기 한 몸 보신하자면 살인인들 대수인가요. 세상 이치가 그렇잖아요, 우리가 당해 보았던 전쟁이 그렇듯이. 우선 내가 살고, 다음은 내 식구부터 보듬어 챙겨야 했으니깐요. 남이야 운수 나쁘게 총알 맞아 가슴팍에 구멍이 뚫리든, 죽창에 가슴 찔려 그 자리서 꼬꾸라지든 말든 무슨 상관이에요. 내 집에 불 안 나면 남으 집 불구경이 오죽 재미있어요? 말이 났으니 하는 말이지만, 내 막내아들 박정필 박사는 징집 적령기가 되자 미국으로 유학 보내 그 무시무시한 군에서 뺐죠. 사람 죽이는 연습하는 군대엔 뭣 때문에 보내 아까운 청춘을 삼 년씩이나 썩여요. 빼낼 구녕이 있으면 그 길을 찾아 재주껏 빼내야지요. 난세를 사는 방법에는 성현군자 말씀이 다 공염불이에요. 우리가 그런 한 시절을 살아왔잖아요. 머리 잘 돌아가는 영리한 사람은 시류를 잘 타고, 책상다리하고 앉아 서책 펴놓고 정치 경제가 어떠느니, 이 세상 꼴이 어떻게 돌아간다느니, 그렇게 공자 왈 맹자 왈 따지던 사람들은 해방과 전쟁 와중에 좌와 우에 부대끼다 시절 잘못 타고난 탓이나 하다 비명횡사했고, 요즘 세상엔 찬밥 신세로 뒷전 차지나 하잖아요. 오늘날 세상 이치가 그래요. 냉수만 마셔 헛배 채우더라도 이쑤시개로 이빨 쑤시며, 오늘 육고기 배 터지게 먹었다고 허풍을 떨어야 남이 인정해주는 세상 아닙니까. 언변 좋아 사기를 치더라도 이 세상은 권세 있고 돈 많은 자가 장땡이잖아요? 그래서 그런지 교회당 뒷전에 앉아 통성기돈가 그걸 좔좔 읊을 때 귀 세워 들어보니, 내 서방 출세시켜서 돈 많이 벌게 해달라, 내 자식 입학시험에 합격시켜달라, 식구 모두 건강하게 해달라, 목사고 교인이고 모두들 그렇게만 읊어쌓데요. 초정댁이 빠르게 지껄이자, 속물이 따로 없군 하듯 산파댁이 힝, 하고 콧숨을 뿜곤 안면을 돌리고 만다. 그 말끝에 초정댁이 입을 닫자 산파댁은 침묵하고, 차관마님이 고개를 끄덕이며 맞장구를 친다. 그래, 그랬어. 옳은 말이야. 맞아. 육이오 때 말이지? 참말로 어려운 시절이었어. 나중에 정승 지낸 내 아들이 그때 새파란 군청 직원이었잖나. 장정들 군에 보내는 가가리(담당 직원)를 맡았는데 자식들 사지로 안 보내려 사방에서 돈을 싸들고 와서 와이로 먹였어. 높은 데 있는 자들은 공갈 협박 또한 얼마나 심했던지…… 그런데 언제 국장 자리에 올라갔던가. 그 자리에서 뇌물 크게 먹다 옷 벗었나 어쨌나? 그네는 그 시절이 끔찍한지 치를 떤다. 입가로 침이 흘러내린다. 차관마님의 말을 초정댁이 받고 나선다. 그럼 차관마님이란 게 지어낸 헛소리시네. 아드님이 국장 자리에서 옷 벗었다면서요? 기로소에 온 여편네들은 모두 풍만 쳐서 반은 깎고 들어야 해. 초정댁 말을 산파댁이 자른다. 어쨌든 우리가 그런저런 험한 세월 다 넘기고 이날 입때까지 살았으니 명 하나는 축복을 받았어요. 초정댁이 산파댁 말에, 아 부럽인가, 그 서양 사람 연세까지는 뭣하고, 우리 모두 더도 말고 백 살은 채우고 죽읍시다. 차관마님이, 네 말 맞다며 머리를 끄덕인다. 암, 그래야지. 벽에 똥칠하더라도 오래 살고 볼 일이야. 미국 들어간 며느리년 돌아올 때까진 내 두 눈 부릅뜨고 살아야지. 제 년이 미국 들랑거리면서 봐둔 놈팡이가 있었는지 자식들 핑계대고 도망쳤으니, 착하디착한 내 아들이 무슨 죄가 있어. 어머니 편안한 데 모시겠다며 날 여기로 보낼 때 어깨 들먹이며 울던 자식인데. 그 자식이 박통 때 내리 관직에 있으며 국록을 먹었잖나. 그런데 아부람이라? 그 사람이 누구니? 서양 사람이라면 미국 사람이니? 차관마님 말에 초정댁이 주위를 둘러본다. 참, 여긴 윤여사가 빠진 자리네. 산파댁, 아까 윤선생과 현대 의학 얘기를 했어요 하곤, 초정댁이 텔레비전 뉴스에서 들은 게놈에 대해 산파댁에게 다시 장황한 설명을 늘어놓는다. 의학 발달이 우리를 그 나이까지 살게 해준다는데 억울하게 빨리 죽을 이유가 어딨어요. 참, 산파댁 만나면 내 이 말 꼭 하려 했어요. 산파댁은 우리보담 아직은 팔팔한 나이이고 사회 경험이 많으니 우리 캄푸타란 기계 두드리는 것 한번 배워봅시다. 검은 글자판을 톡톡 두드리니 앞에 있는 흰 칠판에 글자가 도장처럼 한 자 한 자 톡톡 만들어지더군요. 조물주가 그런 기계를 만들지 않았는데도 참 신기한 요술기계야. 산파댁이 먼저 배워 여기 식구들 가르쳐주면 되잖아요. 아파트촌에 가면 노인들에게 무료로 그걸 배워주는 곳이 있대요. 대학생들이 여름 봉사 활동으로 노인들에게 캄푸타 치는 걸 배워준답디다. 산파댁, 돈궤만한 캄푸타란 기계 봤지요? 그게 바로 요술상자지 뭐예요. 그 작은 기계 속에는 없는 게 없대요. 눈 나쁜 노친네들이야 배울 수도 없겠지만 나야 아직은 그런대로 시력은 괜찮아요. 난 화투장 끝만 쬐금 봐도 금방 패를 읽어요. 이월

매조 쭉정이다, 새 세 마리 창공에 나르면 팔월 열끗이다, 척척 맞혀내지요. 똥광은 돈이라 화투장 그림도 얼마나 멋져요. 첫 패에 똥광이 들어오면 그날은 돈 따는 일진이라요. 노인네들은 화투 즐기면 기억력에도 좋고 노망에도 안 걸린다잖아요. 그래서 기를 쓰고 동전내기라도 하잖아요. 셈이 햇갈리다 보니 핏대 내다 못해 서로 멱살 잡는 싸움질은 질색이지만. 초정댁의 말에 차관마님이 끼어든다. 화투 말이지? 화투 좋아하면 패가망신해. 내 셋째아들이 그래서 재산 다 날리고 눈깔 뒤집혀서 주야장천 술독에 빠져 살더니 에미 앞서 마흔 나이에 객사하지 않았는가. 화투장만 눈에 띄면 난 보는 족족 아궁이에 처넣어. 화투 얘긴 내 앞에서 하지도 마. 내 말 똑똑히 들었지? 차관마님이 버럭 역정을 낸다. 초정댁은 가동 노인들과 어울려 곧잘 동전내기 화투를 치고 추렴한 돈으로 막걸리나 소주를 사다 마시기도 한다. 그네는, 나 이래 봬도 도갓집 딸이라 막걸리는 엔간히 마셔도 취하지 않는다오 하며 사발잔으로 막걸리를 넙죽넙죽 잘도 마셨다. 초정댁 사설에 끼어들까 말까 하던 산파댁이 입 닫고는 참을 수 없다는 듯, 차관마님 쪽을 보고 초정댁 들으라고 휜소리를 한다. 할머니, 생각 좀 해보세요. 지금 이 나이에 컴퓨터 배워 그걸 어따 써먹겠어요? 젊은 애들이나 홀랑 빠져 손가락 장난으로 토닥거리는 기곈데. 컴퓨터 나오구 애들 눈이 아주 나빠졌다지 않아요. 컴퓨터로 게임이란 놀음에두 홈빽 빠져 공부는 아예 작파한다잖아요. 방에서도 안 나오구 아무리 불러도 밥두 안 먹구 그 기계 앞에 붙어앉아 꼬박 밤을 새우는, 그 놀음에 미친 애들도 많대요. 그렇게 날마다 퍼뜩이는 화면만 죽어라구 빠끔히 들여다보니 눈이 나빠질 수밖에요. 요즘 애들 열에 일곱이 모두 안경을 끼잖아요. 어디 우리 젊었을 적엔 노친네들이나 간혹 돋보기를 꼈지 안경 낀 사람이 그리 흔했나요? 산파댁 말에 초정댁이 콧방귀를 뀌며 샐쭉해한다. 이제 보니 사회 활동 오래 한 산파댁이 나보다 더 구식 할멈이네. 에이로픽이나 게이터뽈을 우리가 여기 들어오기 전에는 어디 해본 적이 있었나요? 다 여기 들어와서 새로 사귄 친구들과 어울리다 보니 배운 운동이지. 그 신식 운동도 못해보고 죽은 노친네들만 불쌍치 뭘. 산파댁은 남의 애는 쑥쑥 잘 받아냈을는지 모르지만, 지금 세상이 어떻게 돌아가는지 뭘 모르네. 전선줄도 없이 천 리 밖까지 말이 건너가는 휴대폰 세상 아니냐고요. 캄푸타를 잘 다루게 되면 노망 안 걸리는 데 최고란 말도 테레비에서 못 들어봤나봐. 어제 저녁 테레비 보니깐 머리털 허연 노인들이 모두들 캄푸타 배운다고 난리가 났습디다. 나도 화면을 자세히 봤지만 젊은 선생이 보탄을 톡톡 쳐서 한글로 '천지'란 글자를 만들어놓고 또 다른 보탄을 탁 치니깐 신기하게도 눈이 없는 기계가 한글을 어떻게 읽어냈는지 '天地'란 한자를 불쑥 만들어내데. 참말 신기한 기계야. 그걸 보니깐 캄푸타는 기계가 아니고 영물이란 생각이 듭디다. 사람 말을 알아듣는 똑똑한 장치가 조그만 돈궤 안에 다 들어 있나봐요. '위장병'을 톡톡톡 치면 증상에 따른 약 이름까지 줄줄이 나온다잖아요. 만덕동에 약국이 어디 있냐고 보탄을 톡 치면 약국들 이름과 지도까지 나오고, 여기 앉아서 약방 약사와 병 얘기를 나눌 수 있다니, 캄푸타가 똑똑한 심부름꾼이 아니라 시키는 대로 꼬박꼬박 알아서 처리해주는 영물이 아니고 뭐예요. 캄푸타 선생이 실습을 해 보이자 그걸 들여다보던 노친네들이 그만 놀라서 입이 바소쿠리만큼 벌어지데. 또 뭐라더라? 이말이라던가, 뭐 그런 것도 배워 외국에 있는 자식들과도 돈 한 푼 안 내고 통화도 한대요. 손궤만한 기계를 통해 바다 건너 멀고 먼 나라에 사는 한국 사람과 직접 말을 할 수 있다는 게 신기하지 않아요? 막내아들 박정필 박사 아래 손자가 둘이 있는데 둘 다 지금은 미국에 건너가서 공부를 해요. 이 할멈이 그걸로 손자들과 통화한다면 걔들이 기절초풍할 거예요. 이런 요지경 세상이니 신식 할머니도 세상 돌아가는 형편에 맞춰 그쯤은 알고 살아야 천덕꾸러기가 안 되지. 네 이놈들, 개놈 새끼란 약을 먹었더니 내 나이 백 살까지 너끈히 살겠고, 너들과 이말로 전화하지 않냐고 말하면 걔네들이 놀라 자빠질걸요. 초정댁이 침을 튀기며 말한다. 꿈도 야무지셔 하며, 산파댁이 시큰둥한 표정으로 세탁한 옷 꾸러미를 당긴다. 초정댁은 자기 말끝마다 우거지상판으로 빈정대는 산파댁 말투에 기분이 상한다. 나이도 어린 신참이 시건방지기 짝이 없다. 이 여편네를 초장에 길들여놓지 않으면 앞으로 사사건건 자기 말길을 앞질러 막으며 사람 찜 쪄 먹겠다고 덤빌 게 분명하다. 그네는 이참에 아주 싹수를 꺾어버려야 한다고 옥니를 앙다문다. 산파댁, 듣자 하니 육이오전쟁 때 군복 입고 전쟁터 누비며 간호병 했다면서요? 북에서 내려온 괴뢰군 편 간호병이었어요, 아님 대한민국 쪽 간호병이었나요? 가족을 빨갱이 땅에 남겨두고 육이오전쟁 때 홀몸으로 내려온 건 아니겠죠? 초정댁이 옴팡눈으로 산파댁을 쏘아보며, 세균 주사 얘기할 때 그네처럼 목소리를 낮추어 음험하게 묻는다. 그 말에 산파댁 입술이 파르르 떨리더니 도끼눈으로 초정댁을 마주 본다. 아니, 대관절 누가 그럽디까? 전쟁 때 내가 간호병 했다구 누가 그래요? 듣자 하니, 이녁이 못하는 소리가 없군. 대봐요, 누가 그런 말 했어요? 대보라니깐! 산파댁이 초정댁에게 삿대질까지 하며 따지고 든다. 왜들 이래? 제발 싸우지 마. 난 싸우는 꼴 못 봐. 며느리가 사사건건 아들한테 대들더니 자식들 있는 미국으로 들어가지 않았겠나. 나까지 여기로 들어왔으니 집안이 풍비박산됐지. 돈 재어두고 살면 뭘 해. 가정이 화목해야 돼. 정승까지 한 자식놈도 환갑 넘긴 나이에 불쌍한 신세가 됐어. 파출부가 끼니며 빨래를 해결해준다지만 어디 마누라만큼 살뜰하게 살펴줄까. 홀아비가 따로 없어. 홀아비 신세가 과부 신세보다 불쌍하다는 건 너들도 알지? 엉절거리는 차관마님 머리가 벼이삭처럼 꺾어진다. 산파댁의 거센 항의에 초정댁이 찔끔해하며, 누구에게 들었다기보다 가동에 그런 말이 돌데. 어디 나만 아는가. 다들 그렇게 쑥덕거리는 소문이 나돌기에 뚫린 귀가 있으니 나도 들었지. 모두들 간호원 여편네 과거가 수상하다고. 초정댁이 거짓말을 둘러댄다. 산파댁이 입소한 이튿날, 오호실 신참은 어떤 분이에요? 하고 그네가 사무장 김씨에게 묻자, 간호사 출신인데 전쟁 통에 피난 나와 난민들이 많이 정착한 청학동에서 조산원을 오래 한 모양이라고 했다. 산파댁이 윗녘 말을 쓰고 고향이 이북이라 하자, 그 몇 가지 단서로 그네는 산파댁에게 넘겨짚기 유도 질문을 한 것이다. 서먹해진 분위기에 차관마님이 다른 말로 끼어든다. 아침상에 나온 콩자반은 여물어서 못 먹겠더라. 노인들 밥상에 콩자반이 나오다니. 새우젓으로 간한 계란 반숙은 좋았는데. 너들은 배가 안 고파? 난 왜 이렇게 허기져. 그 말에 초정댁이 빠져나갈 구멍을 발견했다는 듯 차관마님 쪽으로 돌아앉는다. 허기사 그래요. 요즘에는 주방이 우리들 반찬에 너무 신경을 안 써. 수입 고기일망정 사흘거리로 밥상에 갈비찜은 아니더라도 불고기 한 접시씩은 올려줘야 하잖아요. 늙은이에게는 육류가 좋잖고, 이가 시원찮아 고기를 못 씹으니 소화에도 지장이 있다고 그럴싸하게 둘러대는 게 말이나 돼. 늙은이라고 식충이처럼 왜 밥과 나물 반찬만 내놔. 우리가 어디 외양간에 매인 손가? 그렇게 풀만 먹으라는 법이 어딨어. 고기를 먹어야 힘을 쓰지. 이러다간 누웠던 자리에서 기운이 없어 일어나지도 못할 날이 올 거야. 우리가 여기에 바친 돈이 얼만데. 그 돈이면 너른 집에서 식모 두고 편안히 살 수 있잖아요. 마님, 그렇잖아요? 초정댁의 말에 차관마님이, 그렇고말고 하며 맞장구를 친다. 분김을 삭인 산파댁이 또 심드렁히 초정댁 말을 받고 나서는데, 숫제 차관마님 쪽으로 틀어 앉아 말한다. 여기 들어오니 오늘은 무슨 반찬 만들어 먹을까, 그릇 씻을 걱정 안해서 좋습니다. 밥도 적당히 질구 찬두 노인식치곤 이 정도면 상급이지요. 먹구 난 뒤 귀찮은 설거지두 아예 할 필요 없구. 모든 게 너무 편리해 내가 말년에 호강을 하는구나 하는 생각이 들구, 호텔이 따로 없어요. 아침에 멸치 다시다 국물에 마늘 푼 미역국은 좋습디다. 쇠고기두 몇 점 떴던데요. 간도 입에 맞구.

할머니, 노인들에겐 미역국이 몸에 좋답니다. 산파댁 말에 차관 마님은, 그렇고말고 하며 또 맞장구를 친다. 초정댁은, 누가 산파 질 안했달까봐 미역국 타령은, 하고 구시렁거리며 차관마님에게 잘 보이려 경쟁하듯 아양 섞인 목소리로 말한다. 마님, 아침 자신 지가 얼만데 벌써 배가 고파요? 배고프다는 말 자주 하면 노망들었다고 나동으로 쫓아버려요. 나동이 저승길 넘어서는 문턱이란 건 알고 계시지요? 여기처럼 제 쓰는 방이 따로 없고 병원같이 여럿이 함께 침대 생활을 해야 돼요. 거긴 하루 한 끼는 죽 한 공기씩 주니, 반찬 따져 뭘 하겠어요. 나동은 구청에서 운영하니깐 공무원 놈들이 주방과 짜고 운영비를 떼어먹는지, 치매 걸려 모른다고 목숨 겨우 연명할 정도로만 먹여요. 그러나 가동은 반찬이 시원찮아도 식충이 되라고 밥은 많이 주잖아요. 여기가 노친네들 걸신들리게 하는 데는 아니니 진득이 기다리세요. 점심 먹으러 오시라는 종소리가 들리면 식당으로 가서 차려진 음식 먹으면 됩니다. 그러고 보니 오호실은 주전부릿감도 눈에 안 띄네. 쪼코레또는 물론 없겠고, 입이 심심해 튀밥이라도 있음 좀 집어 먹으려 했더니. 초정댁이 부채를 흔들며 엉덩이를 일으킨다. 그네는 방을 나서며 세탁한 내의를 개고 있는 산파댁을 흘겨보더니 아직도 풀리지 않는 분이 남아 한마디 쏘아준다. 캄푸타 안 배우겠다면 할 수 없지 뭐. 턱밑에 바치는 진수성찬 밥상도 쳐다보지 않고 돌아앉으면 저만 손해지, 암. 만물박사 사무장하고나 말을 나눠봐야지. 그 양반은 캄푸타에 대해서도 박살 거야. 나도 캄푸타 제법 다룰 줄 알게 되면 정필이한테 그거 한 대 사달래야지.

초정댁이 낭창한 걸음으로 오호실을 나선다. 이봐요! 하고 산파댁이 초정댁을 불렀으나, 그네는 못 들은 체 복도를 걷는다. 초정댁은 창을 통해 바깥을 내다본다. 마당이 텅 비었고 따가운 햇살 아래 더위가 자글자글 끓는다. 매미 울음 소리가 귀 따갑다. 이달 들고부터 남녀가 어울려 아침저녁으로 하던 게이트볼도 날씨가 너무 더워 한 달을 쉬기로 했다. 괴뢰군 간호병이었던 산파댁 과거지사를 내가 반드시 캐내고 말 테야. 테레비에 나온 빨갱이 장기수 복역자들처럼 그 여편네도 감옥 생활을 수월찮게 겪었을걸. 감옥에서 풀려나와 간호원도 할 수 없게 되자 빈민촌에 기어들어 선 조산원 간판도 못 내건 채 암암리에 병원에 갈 형편 못 되는 밑구멍 째지게 가난한 집 애들이나 받아주며 입에 풀칠했겠지. 초정댁은 삼호실 자기 처소에 들러 화장대 앞에 앉는다. 식전에 세수 마치고 했던 화장발이 아직은 살아 있다. 얼굴과 목을 파운데이션으로 먹이고, 초승달 꼴로 눈썹 그리고, 볼에 핑크색 연지를 입힌다. 루주 바른 입술 모양은 그런대로 선명하다. 루주를 겹으로 바르다간 손이 떨려 환칠하는 꼴이 될까봐 그만둔다. 그네는 화장대 서랍에서 샤넬 향수병을 꺼내어 목에 두 방울을 점찍는다. 향긋한 방향이 흠씬 코에 스민다. 한여사가 쓰다 남긴 향수이다. 그네는 핸드백에서 막내아들 명함을 꺼내어 모시적삼 주머니에 꽂곤 부채를 할랑거려 바람을 내며 가동 입구에 있는 사무실로 간다. 창구를 들여다보니 다른 사무원은 보이지 않고 사무장 김씨만이 책상에 무슨 책인가 펼쳐놓고 턱에 손을 괴고 있다. 초정댁이 문을 살그머니 열고 사무실로 들어선다. 김씨 등 뒤에서 그네가, 박식한 사무장님 하고 애교 섞어 불렀으나 상대는 대답이 없다. 눈도 좋으셔 무슨 책을 그렇게 정신 놓고 보고 있어요? 초정댁 말에 김씨가 고개를 번쩍 들고 돋보기 너머로 그네를 보며 눈을 끔뻑인다. 눈동자가 개개 풀렸다. 아니, 자다 깬 상판이네. 수위실은 도둑 지키라고 뒀는데 대낮에 도둑이 들어와도 모르겠네. 새신랑도 아니면서 어젯밤에 뭘 했기에 아침부터 그렇게 정신 놓고 말뚝잠을 자요? 노친네들 모아놓고 밤새 푼돈 따먹자고 나이롱뽕 쳤나? 그네가 명랑하게 말하며 옆자리 곽씨 의자를 당겨 앉는다. 책 내용이 하도 딱딱해서 내가 잠시 졸았나보군. 김씨가 펼쳐놓은 책장을 덮는다. 『노년기의 정신 관리』란 책이다. 핑계 없는 무덤이 없다더니, 누가 책벌레 아니랄까봐. 그 나이에 고등고시 준비해요? 초정댁은 부채로 바람을 내어 자기 체취가 김씨 쪽으로 건너가게 한다. 조금 전에 뿌린 향수 내음이 김씨 코에도 기분 좋게 스칠 터이다. 김씨가 목줄에 건 돋보기안경을 벗는다. 머리가 띵하군. 한밤에도 기온이 떨어질 줄 모르니 한증막 속에서 어디 잠이나 제대로 잘 수가 있어야지. 모기향을 피웠는데 그놈들도 그 정도에는 인이 박였는지 죽어라고 덤벼들고. 그런데 이건 모기향내가 아니네? 이게 무슨 향기야. 아주 근사한 향긴데 그래. 별세한 한여사 생각이 나는군. 한여사한테서 늘 그런 향이 났거든. 김씨가 기지개를 켜곤 초정댁을 본다. 사무장 상판 보자 하니 내 이제 짐작이 가는군. 떡 치는 재미가 얼마나 좋은지 땀으로 멱을 감아도 날 새는 줄 모른다더니, 간밤에 젊은 애들처럼 그렇고 그런 테이푸라도 빌려 본 게로군요. 신체 근사한 청춘 남녀가 짐승처럼 요상스레 거시기 하는 야한 테이푸 말이오. 초정댁이 주름 잡힌 눈으로 눈웃음을 친다. 초정댁 말은 언제 들어도 조청 같아. 혈기 방자한 청춘 남녀가 한여름밤에 떡을 친다? 오랜만에 들어보는 화끈한 소리구먼. 초정댁은 포르노 비디오를 보긴 봤소? 김씨가 땀이 진득이 밴 이마를 손수건으로 닦으며 묻는다. 우리 막내 정필이가 미국서 박사 공부할 때 며느리 해산 구완해주러 비행기 타고 그 대국에도 가봤지요. 그때 양요리도 실컷 먹었고. 말은 못 알아들었지만 미국 테레비가 밤중엔 그런 영화도 자주 틀어줍디다. 엉덩짝 대박만한 알몸에 큰 젖통 드러내고 거시기 하는 장면도 자주 나오던데 그래요. 그걸 홀딱 빠져 보느라고 나도 밤잠 설치기가 여러 날이었어요. 그네의 말에 김씨가, 입만 살아 읊어대니 낯간지러워 못 듣겠네 하며 계면쩍은 미소를 띤다. 그 말에 초정댁이 한술 더 뜬다. 김씨, 이런 삼복엔 시원한 물가에 모깃불 피워놓고 찬물 속에 들어앉아 서로 몸 씻어주고 어른다면 금상첨화겠지요? 그네의 낭창한 말에 김씨가, 늙으면 입에만 양기가 남는다더니 지금 제정신으로 하는 소리요? 하며 놀라 묻는다. 누가 학자 출신 아니랄까봐 좀스럽긴. 청춘 남녀 못잖게 입으로라도 양기를 폼푸질해야 스트레스 안 받고 건강에도 좋대요. 초정댁이 곱게 눈을 흘기곤 속달거리는 목소리로 은근짜를 뗀다. 우리가 만약 스무 살만 젊었어도 말이에요, 강변에 솥 걸어놓고 황구 목살에 넓적다리 푹 삶아 탁배기 안주 삼아 막장에 찍어 먹어가며 시원한 물가에서 서로 얼러 흥부 박 타듯 밀었다 당겼다 하면 천당이나 극락이 따로 없을걸요. 그네가 말을 뺄고 보니, 장맛비가 퍼붓던 밤 버들내 강변 빈 원두막 아래에서 가졌던 이씨와의 살섞음이 떠올라 제풀에 흠칫 어깨를 떤다. 김씨에게 무심코 뱉은 농말 밑바닥, 그 축축한 습지엔 아직도 그 시절의 욕정이 꾸물대고 있는지도 몰랐다. 젊었을 그 시절, 빗속에서 비에 흠뻑 젖은 채 치렀던 격렬한 정사였고, 이씨와의 그런 뻑적지근함은 그것으로 마지막이었다. 초정댁은 그 격정이 다시 살아나 갑자기 심장이 뛰고 숨길이 가빠진다. 왜 그래요? 어디 불편한 데라도 있어요? 얼굴이 벌겋게 상기된 그네를 보고 김씨가 묻는다. 초정댁이 숨길을 가라앉히고 평상심을 회복한다. 말이 났으니 하는 말인데, 사무장한테 한마디 물어봅시다. 아닌 말로, 한 달에 한 번쯤이라도 새벽녘에 양물이 꼬챙이 될 때가 있긴 해요? 초정댁이 김씨 불두덩에 눈을 주며 묻는다. 그네는 부채로 가리어 고드러져 있을 거기를 불끈 쥐어보고 싶은 마음이지만 참는다. 문지방 넘을 힘만 남았어도 남자는 거시기가 된다는 말도 못 들었나요? 대성 공자께서 어떻게 태어났는지 아세요? 부친 숙량흘이 칠순 연세에 낳은 자식인데도 공자 키가 구 척이 넘었다지 않소. 내 나이 숙량흘보다 몇 살 위긴 하지만. 미국 영화배우 앤서니 퀸이란 작자 아시오? 그 배우가 내 나이에 자식을 봤다고, 해외 토픽에 자식 안고 찍은 사진이 실렸습디다. 김씨 말에, 누가 만물박사님 아니랄까봐 갖다 붙이긴, 퀸이란 배우 말고 김씨가 그게 가능한지 어떤지를 내가 묻지 않소, 하며 초정댁이 눈을 흘긴다. 나이가 나인지라 연장을 써먹지 못했으니 아무와는 잘 안 되겠지요. 초정댁이 이십 년쯤 젊었다면 어찌 될는지 모를까. 그

건 그렇고, 이녁의 햇볕 들지 않는 그 공구는 이제 잔뜩 녹이 슬어 조청을 찍어 발라도 힘들걸. 단내 맡고 개미나 몰려들까. 자기 육담이 너무 심했나 싶고 누가 듣는 사람이 없지, 하듯 김씨가 문께를 본다. 누가 할 말 누가 하네. 고드러진 연장이 어디 구멍 팔 힘이나 남았겠어요. 구멍 찾는 데는 차라리 뱀장어나 미꾸라지를 쓰는 게 낫겠지. 여자 조갑지는 처녀 적부터 주름이 잡혔으니 더 늙지도 않고 아무리 나이를 먹어도 생겨먹은 그대로지만, 남자 연장이란 애들이 쪽쪽 빨아먹는 얼음과자 하드 신세란 걸 아셔야지. 하드나 개는 속에 뼈나 있어 마지막까지 꼿꼿하지, 남자 연장은 가는 세월 따라 초처럼 녹아버리잖아요. 그런데 김씨, 솔직히 말해봐요. 마누라 별세한 지 세월이 제법 되는 줄 아는데 그 후에 거시기 세탁 제대로 해본 적이 있어요? 해봤담 언제, 몇 살짜리와 해봤소? 초정댁이 속달거리며 묻는다. 초정댁, 못 먹을 걸 먹고 나왔나, 비아그라라던가 그런 약을 먹었나, 아침부터 왜 이러슈. 초정댁한테 그런 말 발설했다간 가동에 금세 소문이 좍악 퍼지게. 말이 나왔으니 아침부터 한번 맞짱 떠봅시다. 그래, 성능 좋은 신형 세탁기로 세탁해봤다면 이녁이 어쩌겠소? 김씨가 짐짓 빙그레 웃는다. 말솜씨 하나는 번드레하네. 손빨래도 힘들 텐데 그 연세에 어느 골 빈 여자가 세탁해주겠다고 자원봉사 나서겠어요. 티프도 듬뿍 주잖을 좀팽이 영감한테 말이오. 초정댁은 김씨 외 남자 원생들과도 허물없이 낄낄대며 진한 육담을 주고받았다. 그때, 전화벨이 신경질적으로 울린다. 김씨가 전화를 받는다. 형준인가? 그래, 삼촌은 자알 있다. 책 읽고, 뭐 늘 그렇게 보내지. 기로원도 별일은 없고. 건설 사업에 바쁠 텐데 뭘 그래 틈을 내겠다고. 문안인사 안 와도 돼. 심심하면 내가 연락할게. 우린 독서로 맺어진 평생 동지 아닌가. 그래, 그래, 알았다. 전화해 주어 고맙다. 건강에 조심하지만 그게 어디 뜻대로 되겠어. 갑년 나이에 너도 너무 무리하지 마. 알았다. 전화 끊겠다. 김씨가 전화를 끊는다. 한맥기로원 이사장인 모양이죠? 초정댁이 묻는다. 장조카가 자식 열보다 낫소. 자기도 사업에 바쁠 텐데 수시로 이렇게 삼촌한테 문안 전화를 내어주니. 김씨 말에 초정댁이, 효자로 따지자면 우리 막내아들 박정필 박사 정도는 되는 모양이구려 한다. 그건 그렇고, 궁금한 게 있어 사무장한테 묻겠는데, 최근에 입소한 오호실 산파댁 말이에요, 그 여편네가 육이오전쟁 끝나고 나서 감옥살이 오래 한 거 김씨는 몰라요? 초정댁이 넘겨짚는다. 본인이 그런 말 합디까? 아니면 누구한테 들었어요? 김씨 표정이 뻣뻣해진다. 그는 손수건으로 목덜미의 땀을 훔치곤 바닥에 놓인 선풍기의 작동 단추를 누른다. 아침부터 병든 병아리처럼 꼬박꼬박 졸고 앉았으니 벽창호가 따로 없으시군요. 사무장으 임무가 여기 들어와 사는 노친네들이 과거에는 무얼 했나 하는, 신분 파악과 가족 신상 조사에 있잖아요? 물론 과거에 중병을 앓았다면 그 병력도 캐내어야겠지만. 광대댁이 양갈보 출신에 귀부인 행세한 것도 몰랐으니 대충 알쪼요. 광대댁이 화장을 떡칠해서 아파트에 사는 노망들린 주책쟁이 영감 만나러 어린이놀이터에 자주 행차할 때 진작 알아봤어야지. 산파댁이 해방 전 만주에서 독침 주사로 생사람 잡았다는 악명 높은 일본군 부대에서 간호병 했다는 말은 장본인이 나발 불고 다녔으니 들었을 테죠? 초정댁이 부채로 바람을 내며 넌지시 묻는다. 일제 때 만주에서 처음 간호사 생활을 시작했다는 말은 신원 보증인으로 나선 청학동 어머니회 회장한테 들었어요. 입소할 때 신상카드를 기록하며 연고자란에는 자식들이나 친척이 아닌, 청학동 동장과 그 동네 어머니회 회장 이름을 기입했더군요. 그래서 평생 간호사와 조산원 하며 사고무친하게 살아왔다고만 짐작했지요. 그러잖아도 궁금해서 기회가 있으면 지나가는 말로라도 이력을 물어보려 하긴 했지만…… 그런데, 초정댁이 어떻게 최여사의 그런 자세한 이력까지? 김씨가 눈을 깜박이며 초정댁을 빠끔히 바라본다. 그봐요. 전쟁 때 북에 가족을 두고 괴뢰군 간호병으로 내려왔다 전선에서 생포되어 오래 감옥살이하고 나와선 청학동으로 숨어들어 독수공방하며 산파 노릇 했으니 남한에 가족 나부랭인들 어딨겠어요. 나이 들어서 애 받아내기가 힘들자 그동안 푼푼이 모아서 챙겨두었던 돈으로 마지막 여생을 여기서 보내자고 입소한 게 뻔하잖아요. 초정댁의 말을 듣던 김씨의 경직된 표정이 그제서야 풀어진다. 그게 그렇게 됐군 하며, 한 차례 너털웃음 끝에 김씨가 말을 잇는다. 역시 초정댁은 사람 보는 안목이 면도날 이상으로 날카로우셔. 민완형사나 사설탐정 저리 가라 하누만. 사람을 한번 척 보곤 과거지사를 어떻게 그토록 점쟁이처럼 용하게 꿰뚫어요? 평생에 걸쳐 제법 책을 읽는다고 읽어왔지만 난 최여사를 두고 거기까지 생각은 못해봤는데. 초정댁이 최여사를 주인공으로 소설 한 편을 써도 꽤 재미있겠는걸. 스토리가 파란만장한 곡절이 있으니 책으로 나오면 제법 잘 팔리겠어요. 그러나 초정댁이 최 여사에 관해 너무 넘겨짚는 게 아닐까. 김씨가 한 차례 초정댁을 치켜세우더니 냉담한 표정으로 머리를 흔든다. 해방이 되자 북지에서 고향 찾아 돌아왔다면 황해도 어디라든가, 이북 땅 거기서 경험을 살려 병원의 간호원으로 있었을 테고, 전쟁이 터지자 괴뢰군 간호병으로 달랑 뽑히는 건 당연지사잖아요. 내 말이 어디 이치에 안 맞는 소린가요? 전쟁 때 전선에서 이쪽 편에 생포되지 않았다면 가족이 있는 이북으로 진작 넘어갔지 왜 사고무친으로 남한 땅에서 여태 살아왔겠어요. 초정댁 말에 김씨가 머리를 주억거리며, 내 한번 넌지시 물어 자세한 내막을 알아보겠다고 말한다. 다시 전화벨이 울린다. 김씨가 전화를 받는다. 가동 팔호요? 그렇다면 따님 되시는군요. 예, 예, 현주아 할머님 말씀이시죠? 건강하게 잘 계십니다. 며느리가 효부라고 다른 분들에게 자랑도 자주 하시지요. 식사도 잘하시고, 아침 저녁 기온이 떨어질 때면 산책도 더러 나다닙니다. 잠깐만 기다려주세요. 방에 계시는지 산책 나가셨는지 모르겠네요. 김씨가 교환용 전화기의 버튼을 눌러 팔호실과 접속시키고, 저쪽에서 전화를 받자 송수화기를 내려놓는다. 한맥기로원을 개설한 다섯 해 전에는 호실마다 별도 전화를 가설해주었으나 입주자들이 밤낮없이 전화통에 붙어 살다시피 가족들에게 전화질을 해대고, 했던 말을 되풀이해가며 한 번 통화에 평균 십오 분을 넘게 쓰자, 삼 개월 만에 전화를 교환용으로 바꿔버렸다. 달마다 호실로 날아드는 전화요금 청구서를 한방 같이 쓰는 둘 혹은 셋이 분담하는 데도 잡음이 많았던 것이다. 사무장님, 내 막내아들 박정필 박사 면회 온 지 달포는 됐지요? 초정댁이 적삼 주머니에서 아들 명함을 꺼내며 묻는다. 박교수 말씀이죠? 그러고 보니 요즘은 통 전화가 없었구먼요. 김씨의 대답에, 오랜만에 전화 한 통 내봐야지 하며 초정댁이 전화기를 당기더니 명함을 김씨에게 건네주며 자랑스럽게, 잔글씨가 당최 안 보여서, 학교 연구실 전화번호 좀 불러줘봐요 한다. 명함에는 동아시아경제연구소 소장, 경전대학교 경상학부 교수, 경제학 박사 박정필이란 직함이 박혀 있다. 한 회선은 통화 중이지만 설치된 회선이 세 개라 김씨가 삼번을 누르라고 말하자, 초정댁이 불러주는 숫자를 중얼거려가며 수전증 있는 손가락으로 버튼을 천천히 찍어 누른다. 학교 교환이 나오자 초정댁이 아들 이름을 댄다. 방학 중에는 연구실에 안 나온다고요? 초정댁이 맥없이 전화기를 귀에서 떼더니, 심드렁한 목소리로 명함에 있는 아들집 전화번호를 불러달라고 김씨에게 말한다. 이번에는 통화가 된다. 나다. 양로원에 처박아둔 네 시어미야. 나 아직 죽지 않고 팔팔하게 살아 있어. 내 목소리 들으니 징글징글해? 이렇게 펄펄 살아 있는데 내가 왜 죽니? 유언장 다시 고쳐 쓸 때까지 맑은 정신으로 살아야지. 초정댁은 막내며느리한테 전화질 시작부터가 비아냥거림이다. 미국 애들은 잘 있냐? 방학이라 한국에 나왔다고? 그럼 이 할미한테 면회는 왜 안 와? 그 새끼들은 내 핏줄 안 받았고? 여기가 어디 감옥손가, 아니면 소록도라도 돼? 다 늙어빠진 할미는 안중에도 없다 이 말이지? 모처럼 귀국해 개들도, 뭐라고? 스카이줄이 빡빡하다고? 바쁘다는 말 아냐. 아무리 바빠도 그렇지, 첫애는 내가 미국까지 들어가 석 달이나 키워주지 않았느냐. 그런데 아비는 어찌 됐어? 학교에도 안 나온다더군. 또 외국에 나간 건 아니고? 자식들 왔다고 바빠서 면회 올 짬을 못 낸다? 알쪼다. 어미한테 전화조차 낼 시간도 없다냐? 어제까지 효자가 오늘은 불효한다더니, 개도 마음이 차츰 변하는구나. 너도 그렇지. 서방이 못 온담 너라도 한 달에 한 번씩은 시어미 찾아 들러야 하잖아. 용돈 떨어진 지 오래고, 쪼코레또며 미제 아스필링도 다 떨어졌어. 친정어미가 아니라 시어미를 여기 처박아뒀으니 죽었는지 살았는지 신경도 안 쓰인다 이 말 아냐? 뭐라고? 앵무샌가, 바쁘단 말은 입에 달았군. 나도 네만한 나이 때는 바빴어. 그러나 자식을 여섯이나 낳아 세 자식을 길길이 키웠다. 아무리 바쁘기로서니 한 달에 한 번 시어미 면회 올 짬도 없냐? 내하고 한방 쓰는 윤선생 자식들은 생등심이며 양념갈비 재어갖고 일주일마다 찾아와 휴대용 가스판을 정원 잔디밭에 펼쳐놓고, 건강하게 오래 사시라고 늘어지게 대접하고 간다. 어제도 그 자리에 끼여 고기 몇 점 얻어먹었다만. 생각할수록 요즘 너들 하는 행실이 마음에 안 들어. 뭐라고? 밀양 올케? 밀양보다야 너들이 가까이 살잖나. 차 가지고 오면 삼십 분이면 될 텐데. 너 정말 그렇게 나오기야? 그런 것 따질 만큼 나잇살 처먹었으니 이제 자기 주장 세우겠다 이 말 아닌가. 오냐, 네 잘났다. 그래, 네 말은 다 이치에 맞는 소리고, 시어미 말은 노망난 늙은이 잔소리란 말이지? 정필이가 내겐 어떤 자식인데. 내가 어떻게 낳았고, 어떻게 키웠는데. 누가 뭐래도 어느 자식보다도 잘난 자식이 막내 정필이다.

자식 셋을 젖 뗄 때 다 잃고, 애지중지 그 자식 하나 보고 키워낸 이 어미의 타던 속을 넌 몰라. 자식은 키울 때 정이라더니, 정필이도 예전과는 달라졌고. 너들도 자식 길길이 키워보라고. 시어미 여기다 처넣어놓고 너들끼리 잘 처먹고 잘 살아봐. 대실마을엔 아직도 내 명의로 금싸라기 같은 땅이 남아 있는 줄 알지? 버들내 논이 농공단지로 수용된다는 소식을 초정이한테 들었어. 개도 이 어미를 닮아 좀 똑똑하냐. 초정이가 몸져누운 제 오라비를 맡아 똥오줌을 받아내고 있으니 내 마음이 그쪽으로 기울 수밖에. 땅 보상금 나오면 두고 봐. 분하고 서러워 네 눈에 피눈물 나올걸. 물론 우리 집안 씨종자 될 덩실한 아들 둘 둔 네 공을 내 모르는 바 아니야. 그런데 너들 하는 꼴 보자니 요즘 내 마음이 조금씩 틀어져. 이 시어미가 아직은 사리 분별력이 있고 정신 상태가 또록해. 그만 전화 끊어라. 너하곤 더 얘기할 필요가 없어. 보내준 용돈 잘 받았다고 초정이한테 따로 전화 내서 인사라도 차려야지. 며느리한테 당한 억울한 사정도 하소연할 겸 말이야. 초정이 생일이 이번 달인데 안부도 물어야겠다. 개 낳던 삼복더위 때 생각하면 지금도 이가 얼얼해. 여식애 셋 잃고 유일하게 구한 똑똑한 딸애 아닌가. 요즘 세상에 딸이라고 유산 못 받으란 법이 어딨어. 제 오라비까지 맡아 수발하고 있는데 말이야. 뭐라고? 생활비를 대지 않느냐고? 꼴랑 사십만 원 매월 입금시킨다고 버들내 땅이 너들 차지라고 생각하면 오산이야. 김칫국부터 덜렁 마시지 마. 시어미가 퍼붓는 악담이 아니야. 그래, 그렇다. 이제 네가 바른말 하는구먼. 섭섭하게 생각지 말라니? 너도 아침부터 기분 잡쳤겠지만 너들이 먼저 이 어미 기분 건드렸으니 나도 그렇게 나올 수밖에. 면회는커녕 전화질조차 뜸한 너들에게 내가 섭섭한 마음 먹는 건 당연하잖아. 나는 한다면 하는 사람인 줄 알지? 보통 할머니로 보면 큰코 다쳐. 내 말 알아들었지? 너들이 부모를 그렇게 대하면 너들이야말로 이 다음에 그 잘난 자식들로부터 고려장 안 당하나 두고 보라고…… 초정댁의 잔소리가 쉼 없이 이어진다. 전화에 대고 짱짱한 목소리로 호통을 치는 그네의 전화질을 들으며, 참말 대단하시네, 시어머니 영을 톡톡히 세우누만 하고 감탄하던 김씨는 초정댁 통화가 십오 분을 넘어서자 머리를 설레설레 흔든다. 그는 돋보기를 끼고 읽던 책을 펼쳐 다시 읽기 시작한다. 초정댁의 통화는 이십 분이 흘러서야 끝이 난다. 산파댁 그년한테 오지게 당해 오늘은 일진이 나쁘다 싶더니 며느리년까지 시어미 골을 질러. 우리 정필이는 공부밖에 모르고 천성이 착한데 여우 같은 며느리년이 아들 어미 사이 정 떼놓으려 농간질을 해. 두고 보라고. 누가 이기나 보자. 초정댁이 분김을 못 참아 씩씩거리더니, 아이구 골이야, 아스필링도 떨어졌는데 머릿골이 지끈지끈 쑤시네 하며 이마를 짚는다. 아따, 대단하십니다. 여기 사는 여사님들 중 며느리 앞에서 영을 크게 세우기로는 초정댁이 둘째간다면 서럽겠구려. 내 전에도 말했지만 초정댁 앞에선 변호사도 밥줄 걱정하겠습니다. 김씨가 초정댁을 치사한 뒤, 어떻게 그 연세까지 자식 앞으로 재산을 넘기지 않고 자기 앞으로 챙겨뒀어요? 상속세가 무섭지도 않나봐, 하며 놀란다. 나라가 상속세로 절반을 뜯어가면 어때요? 부모가 자식들 조르는 대로 있는 돈 없는 재산 깡그리 자식 앞으로 일찍 넘겨준 뒤 노년에 자식들로부터 거지처럼 냉대받는 꼴을 어디 한두 번 봤어요? 열에 열 지닌 돈과 재산을 죽기 전에 자식 위해 깡그리 쓴대도, 나만은 그렇게 못해요. 육이오전쟁 전까지만도 버들내 천변에 시댁 땅 안 밟고 살래다리 건너다닌 사람이 없었으니깐. 전쟁 전 토지개혁 때 많이 털렸다지만 서방 대신 내가 나서서 전답을 따로 챙겨둘 만큼 부지런히 챙겨뒀고, 그 땅 쪼개가며 세 자식 남부럽잖게 키웠다오. 남은 논마지기는 내 숨 꼴깍 넘어갈 때까지 어느 자식에게도 그 재산을, 네 앞으로 넘겨준다는 언질은 안 줘요. 그래야만 그 재산에 눈독 들여 어미를 찾아온다니깐요. 열 길 땅 파봐야 어디 십 원 한 닢 줍나요? 부모 재산 물려받기 위해 늘그막에 수발 조금 드는 체하는 짓, 그렇게 쉽게 돈 버는 방법이 또 어딨어요. 이 늙은이한테도 꿍심이 있거들랑요. 내 죽는 날까지 인감도장 뿔끈 쥐고 있어야지. 초정댁의 목소리가 자만심에 꽉 차 있다. 도대체 초정댁 앞으로 된 논이 얼마나 돼요? 요즘 시세로 치자면? 김씨가 묻는다. 왜, 그 재산 탐나요? 내 명의로 된 버들내 논 이천 평은 진짜 금싸라기 땅이에요. 도시 근교 농공단지로 수용될 거라는 소문이 나돌아 값이 천정부지로 올랐다지 뭐예요. 토지공사에 수용이 되더라도 삼사억 원은 너끈하게 받아 줄 거래요. 보자 하니 사무장 이 양반, 잘못 사귀다간 그 땅 노려 손목도 잡기 전에 혼인신고부터 하자고 덤비겠네. 이 나이에 혼인신고라니? 혼인신고 잉크 마르기 전에 사망신고할 나이에 말이오. 초정댁이 목젖 보이게 깔깔깔깔 웃어젖힌다. 참말로 초정댁은 그 연

세에 보통 여자가 아니셔. 혹시 부군이 살아생전에 세무사 아니
셨나요? 김씨 말에 초정댁이 부채로 바람을 내며 의자에서 일어
선다. 김씨, 두고 봐요. 막내아들 박정필 박사가 며칠 안에 제 여
편네 데리고 갈비 양념에 재어서 슬슬 기며 나타날 테니. 내 말
새겨 들었다면 우리 초정이 앞서서 안 오고 못 배길걸. 김씨, 그
날 우리 갈비찜 안주로 술 한잔 거나하게 합시다. 초정댁이 자리
를 뜨자 김씨가, 여기서 쓴 전화비는 안 내요? 이십 분은 너끈히
썼는데? 하고 묻는다. 좀스럽긴, 꼴랑 시내통화 시간 좀 끌었기
로서니 전화비 떼어먹을까봐, 하며 초정댁이 곱게 눈을 흘기곤
돌아서서 나실나실 걷는다.

2

장터댁을 반듯이 눕혀놓은 자세에서 시작해, 옆으로 돌려서,
세운 두 다리를 양 어깨에 걸쳐선 밀며, 계간(鷄姦)으로 뒤쪽에서,
이씨는 힘자랑하듯이 무지막지하게 그네를 아주 녹초로 만들었
다. 두 몸이 칡덩굴처럼 엉겨, 절정으로 치닫는 여자의 교성과 사
내의 거친 숨소리가 장단을 맞추었다. 어둠 속, 뇌성을 동반한 장
대비가 줄기차게 퍼부었다. 원두막 아래 맨땅은 알몸의 남녀가
뒹구느라 진흙밭이 되었다. 한 차례 교합을 끝내자 사내의 등판
과 어깨에서 김이 피어났다. 이씨는 장터댁을 덜렁 안아들어 개
울로 가선 물 가장자리 부드러운 모래톱에 그네를 내려놓았다.

버들내로 빠지는 지류였다. 열음(熱淫)으로 달아오른 남녀의 몸을 빗줄기와 가녘의 찰랑대는 물이 시원하게 식혀주었다. 남녀는 다시 한 몸으로 엉겼다. 깔린 장터댁이 두 다리로 사내의 아랫도리를 감고 팔을 목에 걸어 당겼다. 이씨가 열심히 방아질을 하자 그네가 목을 젖히고 숨넘어가는 소리로 감창을 내질렀다. 절정의 한고비를 넘기자 그제야 장터댁 몸이 털 뽑힌 암탉 꼴로 널브러졌다. 이서방, 이젠 됐어. 가져온 술이나 먹자고. 떡도 싸왔어. 난 이 길로 면소 친정에 내처 가버리면 될 테니깐. 시댁에도 그렇게 말하고 나왔어. 장터댁이 숨차하며 말했다. 친정으로 가다니? 그럼 약속이 틀리잖소. 이씨가 불퉁댔다. 어디 오늘만 날인가. 내가 언제 오늘 꼭 대실을 뜨자고 약속했어? 너무 그렇게 성급한 마음을 먹지 말라고. 부뚜막의 소금도 집어넣어야 간이 맞는다는 말도 있잖아. 안 그래, 이서방? 장터댁이 물렁해진 사내의 연장을 손아귀에 잡고 어르며 코맹맹이 소리로 말했다. 그렇다면 땅문서와 패물을 챙겨 나오지 않았단 말이오? 일진이 안 좋았어. 오늘만 날이 아니라고 말했잖아. 장터댁이 얼렀다. 그렇다면, 그래도 좋소. 이 길로 줄행랑 놓읍시다. 대실만 나서면 이젠 우리 둘만의 세상 아니오. 부산에 나가보면, 맨몸으로 사지를 빠져나온 피난민도 산꼭대기에 판잣집 엮어선 안 굶고 산다잖소. 몸 튼튼한 우린데 굶어 죽으란 법은 없겠지. 지난달에 다녀간 수길이가 광복동 길거리에서 드럼통으로 풀빵장사를 한다던데, 고향 와서 집안 식구 죄다 고무신 한 켤레씩 안긴 걸 보면 벌이가 그럭저럭 되는 모양이라. 내 그동안 여투어두었던 쌈짓돈을 챙겨 나왔으니 대처로 나가면 살길이 트일 거요. 이씨가 그녀의 귓불에 더운 김을 뿜으며 말했다. 보는 눈이 많아 일진도 안 좋았지만, 비가 이렇게 퍼붓는데 종이문서를 어디다 숨겨서 나와? 친정집 주막 문은 지난달에 닫아버렸고, 친정엄마가 오늘낼하신다잖아. 그 급한 성질 내미 좀 누그러뜨려봐. 오늘은 참으라니깐. 친정 다녀와서 날씨 좋은 날 우리 다시 기회를 보자고. 온몸에 신열이 빠져 나가니 한기 드네. 뭐라도 걸치고 접사리라도 덮어써야겠어. 장터댁이 가랑이 벌리고 물을 끼얹어 사추리를 씻으며 말했다. 그녀는 아직도 쾌락의 미진이 스멀거리는 질 안, 사내의 남은 정액을 손가락으로 훑어 씻어냈다. 한 차례 뇌성이 치고 번개가 쪼개져 내렸다. 장터댁, 자꾸 그렇게 꽁무니 빼기요? 이젠 더 미룰 수가 없는데…… 오늘은 내가 참지. 그러나 며칠 안으로 결정을 안 낸다면 동네방네 소문 다 내고 말 거요. 장터댁이 면상에 똥칠당하고 대실에서 쫓겨나든 말든, 그거야 내 알 바 아니오. 내 말 허튼소리로 듣지 마시오. 물방앗간 뒤 보리밭에서 우훈장과 붙어먹은 거 하며, 나하고 사통했다고 동네방네 나발 불고선, 나 혼자서라도 대실을 떠나고 말 거요! 이씨가 내뱉었다. 이씨 협박에 장터댁은 조금 전 쾌락이 십 리만큼 달아나고 심장이 덜컹 내려앉았다. 우훈장까지 들먹이자 눈앞이 아찔했다. 밤낮으로 기침을 쏟던 서방이 피를 토하고부터는 기동조차 여의치가 않자, 갖은 약을 다 써도 효험이 없었다. 새벽에도 양물이 기운 세울 줄 모르는 사내한테는 빚 놓지 말라는 말대로, 서방 연장도 한 해 전부터 가뭄에 고드러진 고추가 되고 말았다. 스스로 색을 밝히는 체질이기도 했지만 잠자리에 들어 온몸이 불덩이처럼 달아오를 때 그네는 서방의 연장을 아무리 세우려 애써보아도 소용이 없었다. 그즈음, 아래채 객방에 자리를 튼 이가 과객 우씨였다. 마흔 중반의 우씨를 두고 대실리의 전쟁 과부들 사이에서, 우훈장과 잠자리 한번 같이해봤으면 원이 없겠다는 우스갯소리가 돌았다. 우씨는 헌칠한 키에 이목구비가 훤했다. 용모만 빼어난 게 아니라 일본에서 공부해서 대학까지 나왔고 동서고금 학문에 달통한 학식 많은 양반이란 소문이 자자했다. 시댁에 유전병이 있는지, 종자가 열성(劣性)인지, 첫아들 한필이는 제 아비를 닮아 다섯 살이 되어도 똥오줌조차 가릴 줄 몰랐고 머리가 아둔했다. 밤에 달을 보고 해가 밝다 말했고, 어른에게도 토씨 붙일 줄 몰라 하댓말을 썼다. 짐승은 물론이고 푸나무조차 실한 종자를 얻어 번식시키겠다며 암수가 수정할 때 끼리끼리라도 박 터지게 경쟁을 붙여놓은 게 조물주가 세상을 창조할 때 정한 이치인데, 인간이야말로 좋은 종자를 받아야 후손이 성공한다며, 그네는 우씨를 점찍었다. 남의 손 타기 전에 우씨를 먼저 따먹어 좋은 씨종자를 받기로 작심했다. 장터댁이 그런 음심을 품기는 종자 받기도 소원했지만 밤마다 끓어오르는 욕정을 더 참아낼 수 없어서였다. 병신 서방도 장가를 두 번 갔는데 나라고 샛서방 없으란 법이 어딨어, 하며 그네는 집안 식구들의 눈을 피해 우씨에게 꼬리를 쳤다. 그의 옆을 스칠 때마다, 내일 닷새장날 맞아 면소에 나갈 참인데 필요한 물건이 없느냐, 서방한테 손짓 발짓으로 말 가르치는 데 얼마나 수고가 많으시냐, 혼자 주무시는 잠자리가 어떠시냐며, 밥 속에 생계란을 넣어주고 밥상 볼 때 찬에 신경을 쓰며 은근짜 수작을 걸었다. 그러나 우씨는 눈치 없이 돌부처인 듯 그네에게 점잖게 응대했다. 어디 보자, 열 번 찍어 안 넘어가는 나무가 있냐며 그네는 용심을 부렸다. 온 산의 진달래가 불붙듯 타오르던 이른 봄 어느 날 저녁, 구장댁 사랑방에서 마을 청장년들에게 글을 가르치고 돌아오는 우씨를 돌담 아래에서 기다렸다. 타지에서 찾아온 웬 젊은이가 방앗간 뒤에서 우훈장님을 기다린다며 그를 꾀었다. 그날 밤, 어둠을 빌려 물방앗간 뒤 보리밭에서 그네는 그 앞에서 스스로 치마와 고쟁이를 벗었다. 여자를 모른 채 오래 굶주려온 탓인지 우씨가 조루 증세를 보여 문전만 더럽힌 채 일이 순식간에 끝났으나, 장터댁은 오랜만에 감질나게나마 사내의 체취를 맡을 수 있었다. 한번 물길을 트자 둘은 남의 눈 피해가며 물방앗간 뒤에서 자주 밀회를 가졌으나 생긴 꼴답잖게 우씨의 방중술은 몇 해 전 서방만도 못했고 그 방면에 숙맥인데다 남녀 살 섞는 짓을 별로 즐기지 않는 눈치였다. 그짓을 하면서도 도무지 말이 없었다. 무슨 말이든 말 좀 해보시오. 처자를 어디 두고 대실로 흘러 들어왔소? 그렇게 잼처 물어도 묵묵부답이었다. 우씨는 이 세상 속세 사람과 생판 다른 인물로, 도학자가 아니면 신선의 화신일는지도 몰랐다. 그네는 우씨의 속마음을 알 수 없었고 그의 깊은 침묵이 두려웠다. 차츰 그짓의 뒤끝조차 왜 했나 싶게 후회가 되고 짜증스러웠다. 그날도 보리밭에서 싱겁게 일을 끝내자 장터댁이 우씨에게 따졌다. 임자는 도대체 어디서 뭘 하던, 어떤 사람이오? 고향이 어디고, 어떤 집안 출신이오? 이 촌구석 대실로 들어와 눌러앉은 꿍꿍이 속셈이 뭐예요? 어디 유식한 사람 말 좀 들어봅시다. 장터댁의 속사포 같은 말에도 우씨는 대답 없이 곰방대에 담뱃불을 붙여 물었다. 벙어리가 아닌 다음에야 우리 같은 촌것과는 말이 안 통한다 이 말 아니오? 임자가 그렇게 유식해요? 좆힘도 없는 유식한 양반, 신식 학문 배운 잘난 처와 나 같은 촌년을 견주어 보자면 생판 질이 다른 종자란 그 말이죠? 월동하고 떠난다던 사람이 왜 대실에 눌러앉아, 도대체 뭘 바래요? 대처가 싫어 숨어서 조용히 살고 싶다면 차라리 절간을 찾지 왜 여기로 들어왔어요! 만족하지 못한 성적 욕망에 투기심까지 끓어 장터댁이 소리쳤다. 우씨는 꾸부정한 자세로 우두커니 앉아 푸르스름한 남색 공간에 담배 연기만 날렸다. 그때, 그네는 달빛에 설핏 물레방아 쪽에서 흰옷이 스쳐감을 보았다. 장터댁은 누군가가 둘의 짓을 여태 엿보곤 사라짐을 눈치 챘다. 그네는 한순간에 심장이 덜컹 자궁으로 떨어져내리듯 눈앞이 아찔했다. 이튿날, 아니나 다를까 방앗간 머슴 이씨가 장터댁을 우물터 뒷곁으로 살짝 불러내더니, 우훈장과의 사통 현장을 똑똑히 보았노라고 협박해왔다. 시계추처럼 때가 오면 거르지 않고 있던 경도마저 뚝 끊어져 소원하던 목적도 달성했겠다, 살 맞대봐야 조갈증만 나니 이쯤 해서 우씨와의 관계는 어떻게 청산한다 하더라도, 그네에게 이제는 이씨 입 막을 일이 발등에 떨어진 불이었다. 어차피 엎지른 물이라 쉬운 방법을 택할 수밖에 없었으니, 이씨한테도 못 이긴 체 하늘 보고 누워 가랑이를 벌렸다. 다행히 이씨는 우씨와 달리 연장이 튼실했고 대단한 정력꾼이었다. 자신과 음양의 조화가 딱 들어맞았으니 호박이 넝쿨째 굴러오듯 제대로 걸려든 사내였다. ……이서방, 우씨가 경찰서로 달려 들어간 지 벌써 달포가 다 됐잖아. 그렇게 잡혀간 후 소식조차 묘연한 고자 이름은 왜 자꾸 입에 올려. 그 양반 생각만 해도 모골이 송연한데. 우씨를 식객으로 뒀다고 시아버님이 경찰서로 불려가 열흘 만에 풀려 나온 후 숫제 몸져누웠고. 이서방이야 구장네 사랑에 출입을 안했으니 무관했지만 거기서 글 배운다며 밤 마실 다닌 마을 청장년들도 혼쭐이 났잖아. 우씨 그 양반 때문에 대실이 난리가 난 걸 이서방 눈으로 봤으면서도 왜 그래? 열사흘 전이었다. 장터댁은 지서로 달려가 속옷 속에 숨겨서 가져온 책을 주임 앞에 내밀고 말했다. 우씨가 대실마을에 들어온 게 동장군이 기승을 부리던 대보름 무렵이었으니 벌써 다섯 달이 넘었네요. 낡아빠진 고리짝 같은 트랑크를 새끼줄에 매어 등짐으로 지고 대실로 들어와 처음 찾은 집이 구장댁이었대요. 왜정 시대에 일본까지 건너가 제법 배운 바가 있으니 숙식만 해결해주면 마을 청장년들을 가르치며 여기서 월동을 했음 싶다고 말했대요. 구장으로부터 그 말을 전해 듣고 시아버님이 집도 절도 없는 떠돌이 과객이라면 우리 집 아래채 객방을 내주겠다고 말했대요. 서방이 반불출로 태어났기에 시아버지께서 제 서방 독선생 삼아 삼시 세끼와 잠자리를 해결해줬던 겁니다. 그런 정도만 알았지 제가 외간 남자의 세세한 이력까지 어떻게 꼬치꼬치 알겠어요. 무슨 꿍꿍이 속셈이 있는지 자신으 신상 문제는 누구한테도 털어놓지 않은 인물인지라 마을 사람들도 그 양반으 자세한 이력은 죄 몰라요. 괴뢰군 땅에서 피란 나오다 미국 비행기 폭격에 가족을 잃고는 떠돌이가 된 모양이라는 정도만 알았을까. 일본에서 대학까지 다녔다는 걸 보아 공부는 꽤 했던 모양인데, 모두들 전쟁 때 그렇게 가족을 잃고 홀아비 신세가 된 과객이라고만 추측했지요. 우리 서방 독서생 노릇도 했지만 밤이면 구장댁 사랑방에서 마을 청장년을 모아놓곤 긴 사설도 조목조목 늘어놓아, 젊은이들이 받들어 모시며 우선생이라 공대했지요. 동네 아낙네들은 그냥 우훈장, 우씨라고 불렀죠. 장터댁 말에 지서 주임이 머리를 주억거리더니 그네가 내놓은 낡은 책 책장을 펼쳤다. 마을 청장년을 앉혀두고 그 양반이 했던 말은 어떤 내용이었대요? 수상한 말로 청년들을 꾄다는 소린 못 들었나요? 이를테면 이승만 대통령을 비방한다든가, 큰 고을마다 오일장이 서는 자유주의 나라에 살면서, 먹고살 모든 걸 나누어준다는 사회주의가 어떻다거나, 그런 말 하더라는 소리는 못 들었어요? 주임 말에 그네가 도리질했다. 집에 들어앉은 아녀자가 그런 걸 어떻게 알겠어요. 주임님이 하는 말도 못 알아듣겠는걸요. 그런 양반이 낯선 동네 사람들 앞에서 흉중에 있는 말 다 까발리겠어요? 자기 말을 귀 솔깃하게 들어주는 청년을 만나면 자기와 생각이 같은 편 만들겠다고 꾀겠지요. 그런 사람한테나 시국이며 정치 얘기를 하는지는 모르지만, 저는 집에 들어앉은 아녀자라 그 양반한테 뭘 배운 게 없었으니 무슨 소리로 청년들을 꼬셨는지 모를 수밖에요. 주임이, 고향이 이북 땅이란 건 사실이냐고 장터댁에게 물었다. 장본인이 과거지사를 말하지 않으니 알 수야 없지만 말씨가 윗녘이라 마을 사람들은 다들 그렇게 짐작했지요.

전쟁 통에 북에서 피란 내려온 떠돌이가 남한 땅에 어디 한둘이에요? 작년, 재작년, 우리 면소 장터목에서만도 그런 거렁뱅이 같은 피난민을 숱해 보아온걸요. 장거리에 거적집 엮고 남으 집에 일품 팔거나 비럭질로 연명하던 난민들 말이에요. 그런 윗녘 사람들을 삼팔따라지들이라고 해쌌데요. 장터댁 말에 주임이, 서울을 비롯해서 경기도 쪽 사람들도 윗녘 말을 쓰잖느냐고 반문했다. 글쎄, 우리야 우물 안 개구리라 그저 그런가 보다고 여기지 그쪽 사람들 이력이야 자세히 알 길이 없죠. 어쨌든 우씨 그 양반 수상한 점이 많으니 제가 이렇게 신고하는 게 아니에요. 우씨를 잡아들여 지서에서 조사를 해보면 알겠지만, 대실로 몰래 들어온 수상한 인물인 점만은 틀림없어요. 장터댁이 가슴에 손을 얹고 어깨 들먹이며 된숨을 내쉬었다. 딱 집어내어 수상한 점이라면? 주임이 날카로운 눈초리로 장터댁을 쏘아보았다. 여기 들어올 때부텀 가슴이 활랑거리고 숨이 찬데 저한테 뭘 그렇게 꼬치꼬치 캐물어요. 신고한 사람까지 잡는 꼴 보겠네. 그 책이 분명 빨갱이들이 보는 책 맞잖아요? 그 사람이 가진 낡아빠진 트랑크에 감춰져 있었으니깐요. 늘 열쇠로 잠가놓는 그 트랑크 열쇠를 어제 제가 몰래 빼냈죠. 제가 촌 여편네긴 하나 소싯적에 야간 공민학교를 나와 글을 깨쳤기에 책을 훑어봤죠. 그 책엔 자본제 사회니, 공산 사회니, 그런 말이 여러 군데 나오던데요. 그런 말들은 빨갱이들이나 쓰는 어려운 말이잖아요. 트랑크에는 그 책 말고도 두툼한 책이 여러 권 있습다. 미군 비행기 폭격에 가족이 죽었다는 말도 대국을 은연 중에 비방하는 소리 아니에요? 주임님이 그 양반을 잡아들여서 직접 추단해보면 다 드러날 겁니다. 어쨌든 신고했으니 전 그만 가봐야겠어요. 막차 놓치면 면소 친정에서 자고 내일 아침에 대실로 들어가야 해요. 면소에서 대실까지가 시오 리 길인데, 아녀자가 어떻게 홀몸으로 첩첩한 산을 넘어 밤길을 걷겠어요. 의심 안 살리면 오늘 밤에 꼭 시댁으로 들어가야 돼요. 그리고 다시 한번 당부하겠는데, 내가 신고했다고 그 양반이나 시댁 집안 식구, 대실마을에는 절대 발설하면 안 돼요. 그 약속만은 꼭 지켜줘야 해요. 신고한 애국 시민 신상은 경찰이 잘 보호해주고, 그 비밀을 절대 보장해준다는 말을 장터에서 듣고 신고하는 거니깐요. 내가 뭐 보상금 탐이 나서 신고한다면 오산이에요. 나라에서 가상타며 상금 주면 마다할 리야 없겠지만, 돈에 환장한 여편네는 아니에요. 우리 시댁이 어떤 집안이란 건 주임님도 아시잖아요. 우리 집안이 빨갱이들한테 모질게 당했으니 대통령께서 늘 말씀하신 멸공정신 애국심에서 제가 신고한 거고, 이 비밀만은 절대 보장해주셔야 해요. 장터댁은 치마귀를 모두고 의자에서 일어났다. 잠시만, 하고 형사가 제지하자, 막차 시간이 바쁘다며 그네는 황황히 경찰서를 나섰다. ……제발 우씨와의 관계만은 마을에 소문내지 말아달라고. 그 조건 딱 하나로 내가 애걸복걸해가며 이서방한테 못해준 게 뭐가 있어? 임자 해달라는 대로 다 해줬는데도 그렇게 막가는 소리해대면 돼? 대실 몰래 빠져나가는 것 두고 너무 졸갑증 내지 마. 내게도 그럴 만한 시간과 기회를 줘야지. 이서방은 홀아비라 불알 두 쪽 차고 나서면 그만이지만 내게는 서방에다 딸린 자식들이 있잖아. 시집와서 생고생

하며 있는 정 없는 정 심어가며 살아온 세월이 얼만데. 연장도 못 쓰는 폐병쟁이 서방은 그렇다 치고, 내 배 가르고 나온 자식을 맵게 끊고 보따리 싸기가 그렇게 쉬운 일은 아냐. 장터댁이 이씨에게 애간장 녹게 통사정을 하곤 이를 앙다물었다. 이씨는 장마 져 버들내 물이 불 때만을 기다려온 결심을, 오늘이야말로 결판을 내기로 마음 굳게 먹었다. 장터댁은 쏟아지는 비를 피해 원두막 밑으로 들어서자 기둥에 걸어둔 적삼과 고쟁이로 알몸부터 가렸다. 매미가 따로 없군. 늘 똑같은 소리 아냐. 장터댁, 남의 눈 피해가며 재미나 실컷 보자는 꿍꿍이속 맞지? 우훈장 연장이 고드러진 수세미니, 굵은 옥수수 자루 같은 내 연장 맛이 좋다 이거 아냐? 씨팔, 뱀장어처럼 정 이렇게 미끄럽게 빠져나가기야? 임자가 죽고 사는 건 내 말 한마디에 달렸어! 이씨의 땡고함에 초정댁이 번쩍 눈을 뜬다. 진땀으로 온몸이 젖었고 등줄기로 소름이 훑는다. 근래에 없이 황홀했고, 한편으로 으스스했던 꿈이다. 머리가 어찔거리고 마른 혀가 돌덩이처럼 굳은 듯 얼얼하다. 방 안은 붉은 조명등이 희미하다. 바깥은 주룩주룩 내리는 빗소리만 들린다. 벌써 이틀째 내리는 늦가을 비다. 비 탓에 그해 여름 억수로 쏟아지던 장마철의 그 어지러운 꿈을 꾸었나? 아니면, 윤선생이 옛 제자들과 함께 금강산 관광 여행에 나선 뒤라 방을 혼자 쓰니 그런 몹쓸 꿈을 꾸었나 하는 생각이 든다. 비록 꿈속이었지만 그 옛적의 펄펄 끓던 정욕이 생시같이 생생하게 느껴진다. 그놈의 큰 연장이 힘차게 들랑거리느라 질 안도 오랜만에 단비를 맞은 듯 촉촉한 느낌이다. 몸을 일으키려 하자 무릎 관절과 허리에서 뚝, 하고 뼈마디 꺾이는 소리가 나더니 바늘로 찌르는 듯한 통증이 온다. 그네는 아이구 하고 비명을 지르며 겨우 일어나 앉는다. 엉금엉금 기어가 문 옆 형광등 스위치를 올리고 벽시계를 본다. 새벽 두시가 넘었다. 식당에서 텔레비전 연속극 재방송을 보고 돌아와 잠자리에 들었으니 밤 열한시경이었을 것이다. 세 시간 못 되게 잠을 잔 셈이다. 손가락 끝과 발가락 끝에 찌르르한 전기가 온다. 두통이 있고 손발이 저린 점으로 보아 혈관의 피돌기가 시원찮은 느낌이다. 머리와 손발 끝에 퍼져 있는 실핏줄에 모래 같은 게 끼여 혈류를 방해하고 있음이 분명하다. 날마다 아스피린을 한 알씩 먹으면 혈관 막히는 뇌졸중에는 그만이라는데, 그 약이 떨어졌다. 아스피린을 복용하지 않은 탓인지도 모른다. 막내아들과 며느리 소행이 더욱 괘씸하다. 가을 들고 아들이 면회를 한 차례 왔으나 용돈과 내의, 초콜릿만 몇 통 가져왔을 뿐 깜박 잊었다며 그 약은 사오지 않았다. 며느리는 그렇게 여름철에 다녀가고는 전화 한 통 없었다. 방학이 끝나 미국으로 돌아가는 손자들 데려다주려 동행한다더니, 거기 아스피린과 식품영양제 사서 귀국했는지 어쨌는지 알 길이 없다. 너들이 먼저 전화 걸기 전에 어디 내가 전화질 먼저 하나 두고 봐, 하고 앙심을 먹은 게 결과적으로 자신만 손해를 보고 있는 셈이다. 이럴 땐 한잔 술이 보약보다 낫다는 말을 누누이 들었고, 그네는 체험적으로 알고 있다. 식당으로 가서 냉장고를 뒤져보기로 한다. 화투 치며 먹다 남긴 막걸리통이나 소주병이 있을는지 모른다. 술이 위장을 데우면 실핏줄이 길을 트고 편안한 잠이 올 것만 같다. 초정댁은 벽을 짚고 겨우 일어나 화장실로 들어간다. 세면대 앞에서 거울에 비친 자신의 모습을 본다. 물들인 검정 머리칼이 푸스스하고 겹진 이마 주름 아래 새알 집처럼 쪼글쪼글 홈을 파고 들어앉은 옴파한 눈이 쥐 눈처럼 반들거린다. 제 어미 뺑덕어멈을 닮아 금실이 초롱한 눈은 언제 보아도 총기가 찰찰 넘쳐. 총기라니요, 내 눈에는 살모사 눈깔처럼 독기가 넘치는데요? 어찌 보면 그렇기도 해. 끓는 성정을 잘 다스려야지, 금실이 눈을 보면 섬쩍해요. 장차 큰일을 낼 팔자 같아요. 그네가 시집가기 전 처녀 적에 안방마님과 침모가 자기를 두고 그런 말 하는 소리를 엿들었다. 초정댁은 두 사람 말을 평생 동안 잊은 적이 없었다. 장터목만이 아니라 면내에서 알아주는 부자로 도갓집을 당대에 일으키기는 사람 좋은 모주꾼인 주인어른이 아니라 안방마님이라 했다. 안방마님은 집 안에 들어앉았어도 세상 문리를 꿰뚫는 영안을 가졌다고들 말을 했다. 드난 식구까지 포함하여 많은 가솔을 위엄 있게 다스렸고 서방에게는, 거래는 이렇게 트고 외상 거래는 이런 방법을 써라, 그 사람 말은 너무 믿지 말고 일을 이렇게 처리하라는 따위를 낱낱이 일러주었다. 그네는 마님의 그 안목을 따라가보겠다고 무진 애를 썼으나 늘 역부족이었다. 그런데 침모란 여편네는 용한 점쟁이처럼 사람 보는 눈썰미가 밝았다. 침모 말이 귀에 거슬려 그네를 모함해 집에서 내쫓을 궁리를 했는데, 이를 이루지 못한 채 자기가 먼저 대갓집을 떠나 시집가버렸다. 인중에까지 겹주름이 져 마귀할멈처럼 폭삭 늙어버린 자신의 얼굴이 보기 싫어 초정댁은 잠옷과 팬티를 한꺼번에 까 내리고 변기에 앉는다. 아래로 손을 넣어 삳을 쓸어본다. 가시랭이 같은 터럭만 닿지, 흥분은 꿈속에서만 느꼈을 뿐 거기가 역시 메마르다. 한 시절엔 창호지를 뚫을 만큼 세찼던 오줌 줄기도 힘발 없이 변기에 쭈르르 떨어지고 뒤끝조차 개운하지가 않다. 옷을 올리자 미진했던 몇 방울 오줌이 새삼스레 흘러나와 팬티를 적신다. 골이 파이는 어질증에 그네는 안전대를 잡는다. 방을 나선 그네는 조명등이 희미한 복도의 벽을 짚어가며 식당 쪽으로 걷는다. 거쳐 가다 보니 웬일로 오호실 방문이 열려 있으나 방 안을 들여다보기도 귀찮다. 초정댁은 닫힌 식당 문을 살그머니 민다. 어머머머! 그네가 소스라쳐 놀라며 고함을 흘린다. 희미한 조명등 아래, 한밤중인 그 시간, 식탁 앞에 호호백발의 늙은이가 앉아 있었던 것이다. 등이 굽은 채 옹크려 앉은 사람 모습이 무덤에서 나온 듯 섬뜩했는데, 다른 누가 아닌 차관마님이었다. 전기밥통을 앞에 두고 손으로 밥을 집어내어 먹던 차관마님도 놀란 눈길을 초정댁에게 보낸다. 하바주에 도두도 아이며 바, 바브르 자시다이. 마니이, 어데 바에 저녀 바브 자셔자여? 초정댁이 떠듬떠듬 말하곤 문 옆에 설치된 스위치를 누른다. 식당 안이 환해진다. 네 하는 말이 왜 그래? 지금 무슨 말을 하고 있어? 차관마님이 입가에 붙은 밥알을 떼며 초정댁에게 묻는다. 내 마아 어더에서? 아무러지도 아으데어? 초정댁이 고개를 갸우뚱한다. 그네는 차관마님이 실성을 했나 싶다. 멀쩡한 사람의 하는 말을 알아들을 수 없다니. 사무장까지, 초정댁은 변호사 뺨치게 말을 잘한다고 했는데, 자기 말을 알아들을 수 없다면 차관마님 귀가 이상해졌다고 볼 수밖에 없다. 너 정말 왜 그래? 오늘 낮에는 멀쩡했는데 그새 혀짜래기 소리를 하다니. 젖먹이 애들 하는 말도 아니고. 그건 그렇고, 내가 언제 밥 먹는 거 봤어? 며칠 전에 밥 먹곤 처음 먹는 밥이야. 여기 사람들이 밥 안 주고 날 굶겨 죽이려고 작정했어. 그러니 내가 이렇게 손수 찾아 먹을 수밖에. 며느리 먼첨 죽는 거 보고 나서 난 백 살까지는 살아야 하니깐. 차관마님은 밥통 안의 밥을 손으로 한 움큼 떠서 입 안으로 쑤셔 넣는다. 쪼그라진 입 주위에 밥풀이 붙는다. 초정댁은 차관마님이 제정신이 아니라고 판단한다. 내일 아침 사무장에게 말해 차관마님을 나동으로 옮기라는 귀띔을 하기로 한다. 저기 바소 고, 고드 배노기 마저이지 소이 데게서. 여기 수저 이 이자아. 자아 어으시 매, 매바으 무스 마스로, 소, 소으로 자수시 다이. 초정댁은 대형 냉장고 문을 당긴다. 손아귀에 힘이 빠져 두 손으로 당기자 겨우 열린다. 도라지무침과 콩나물무침이 눈에 띄어 그 그릇을 식탁으로 옮긴다. 도라지무침을 담은 사기그릇이 바닥에 떨어져 쟁그랑 깨어진다. 나물무침이 흩어진다. 산파댁 너도 어린애가 다 됐군. 배고파서 살짝 빠져나온 거 맞지? 예전에 고아를 데려와 부엌데기로 키웠는데 개가 밤마다 부엌에 나가 밥을 훔쳐 먹어. 고아원에서 얼마나 굶었던지. 꼭 그 계집아이 같아. 자, 나하고 같이 먹어. 오랜만에 밥 먹으니 밥맛이 꿀맛이야. 오라고, 같이 먹자고. 차관마님이 수저통에서 숟가락을 뽑아 초정댁에게 넘겨준다. 저 배 아이 고바. 하도 자이 오지 아아서 머다 나므 수르 이나고. 초정댁이 힘들게 말하며, 자기 말을 새겨듣자니 자신의 귀에도 그 말이 이상하게 들린다. 남의 목소리 같고 발음이 아퀴 지어 똑똑 떨어지지 않는다. 혀를 놀려본다. 혀가 동그랗게 말려 돌덩이처럼 굳은 느낌이다. 순간적으로 오래전에 죽은 서방이 눈앞에 스친다. 서방은 병약했고, 모자라는 큰아들 한필이를 끔찍이 귀여워해 늘 옆에 두거나 안고 살았다. 임자, 한필이가 나처럼 안 되게 책임지고 잘 키워줘. 한필이를 안고 어르며 자기를 보던 서방의 순한 눈은 분명 그런 말을 하고 있었다. 내가 죽은 서방 귀신에 씌었나? 내가 왜 이래. 내가 말을 잘 하지 못하다니. 그렇게 잘 놀던 멀쩡한 내 혀가 왜 이 지경이 됐지? 초정댁은 눈앞이 캄캄하다. 마니, 내 마이 저어 이사하오? 초정댁이 냉장고 문을 열다 돌아보며 묻는다. 이상하다말다. 아기 말 배우듯, 말더듬이 같다니깐. 내가 어디 말 같잖은 말 하는 거 봤는가. 당최 무슨 소린지 알아들을 수가 없어. 차관마님 말에 초정댁이 틀니로 혀를 잘근잘근 씹어본다. 분명 혀가 굳었고 잘 놀지 않는다. 날이 밝는 대로 소명종합병원의 기로원 전담 의사를 불러달라고 사무장한테 말해야겠다고 다짐한다. 냉장고에는 반쯤 마시다 남은 소주병이 눈에 띈다. 조금 전 도라지나물 그릇을 떨어뜨렸기에 그네가 이번에는 두 손으로 소주병부터 옮기고 다음으로 눈에 띄는 물잔을 나른다. 잔을 쥔 손끝이 저릿하고 발가락 끝도 따끔거린다. 여자가 술은 왜 먹어. 먹으면 취하잖아? 밥은 챙겨 먹어도 술은 절대 먹지 마. 셋째아들이 술 좋아하다 중독자 되어 날마다 헬렐레 늘어져 지내다가 제 목숨 제가 끊은 셈이지. 그 애가 하도 술을 좋아하기에 내가 집 안에는 술병을 두지 않았어. 어들어들 떨며 젓가락으로 콩나물무침을 힘들게 집어올리는 차관마님 말에 초정댁은 대답 없이 근심에 싸인 얼굴로 남은 소주를 물컵에 붓는다. 손이 떨려 술이 쿨렁대며 스테인리스 잔에 떨어진다. 수전증 증세가 전보다 훨씬 심해졌다. 푸새를 소금에 절이듯 혀를 술로 절이면 굳은 혀가 풀릴지 모른다. 그네는 쓴 소주를 탕약 먹듯 두 모금으로 나누어 잔을 비워낸다. 목구멍이 홧홧하고 머리로 술기운이 설핏 뻗어 오른다. 도갓집에서 자라서 처녀 적부터 술맛을 알았지만 그네는 여태껏 술을 맛으로 먹어본 적은 없었다. 마시고 난 뒤 취기가 알딸딸하게 오르면 기분이 좋았고 그 기분으로 서방을 꼬드겨 방사를 하면 흥부 박 타듯 절로 흥이 났다. 바 다 자서으미 바에 가자어. 모시다 드리게. 초정댁은 자신의 굳은 혀가 아직도 풀리지 않았음을 안다. 그네는 차관마님을 부축하여 식당을 나선다. 차관마님은 피리 불듯 방귀를 연방 빌빌거리며, 그렇게 굶고 살아도 배가 안 고프냐고 묻는다. 초정댁은 내가 이제 죽을병에 걸린 게 아닌가 하는 낙담으로 대꾸할 기분이 아니다. 초정댁이 차관마님을 오호실로 데려다주니 산파댁이 얕게 코 고는 소리가 들린다. 초정댁은 방문 닫아주는 것도 잊고 허둥거리며 삼호실 자기 거처로 돌아온다. 텅 빈 방 안이 괴이쩍다. 윤선생이 없는 탓이다. 그네는 빨리 잠에 들 요량으로 얼른 잠자리에 파고든다. 얼큰한 취기가 곧 잠을 불러올 듯싶은데 따르는 빗소리만 귀를 팔 뿐 쉬 잠이 오지 않는다. 이 빗속에 무슨 놈의 금강산 구경이라고. 금강산도 식후경이란 말이 있잖아. 꼴이 비 맞은 쥐새끼가 따로 없을걸. 초정댁은 윤선생 일행의 방북 여행을 비웃으며 혀를 부드럽게 푸느라 연방 침을 발라 혀를 굴려본다. 푹 자고 나면 정상대로 회복되겠거니 하고 마음에 안심을 심기도 한다. 바깥의 가을비 듣는 소리가 줄기차게 귓전에 넘쳐오자 심사가 더욱 어지럽다. 버들내의 콸콸 쏟아 붓던 물줄기가 자신을 덮칠 듯 감은 눈 앞에 흙탕물로 넘쳐온다. 방을 혼자 쓰다 보니 마음이 싱숭생숭해져 버들내가 자꾸 눈앞에 어른거리고, 꿈속에서 너무 기분을 내다 혀까지 어둔해진 모양이라고, 그네는 자신을 탓한다. 어지러운 취기가 몰려온다. 네모난 천장이 각을 세워 빙그르르 맴을 돈다. 이러다 자는 잠에 송장이 되는 게 아닐까 겁이 난다. 그렇게 죽을 수는 없어. 죽더라도 유언장은 작성해놓고 죽어야지. 아니야. 난 백 살까지는 살아야 해. 십 년을 더 버텨내면 백이십 살까지도 살 수 있다는데, 기껏 일흔아홉 살에 저승길로 떠나다니. 천당에 계신 예수님께 죄 많은 여종을 구원해달라며 회개했으니 나는 자동으로 천당에 가게 되겠지. 그러나 죽을 때도 안 됐는데 무슨 천당 타령까지. 윤선생이라면 몰라도 난 천당 갈 때는 아직 멀었고 절대 빨리 안 죽어. 혀는 몰라도 총기는 아직도 초롱한데 이렇게 죽을 수는 없어. 자고 나면 혀가 어제 낮처럼 멀쩡해질 거야. 그래, 잠이나 자고 봐야지. 어서 자야 해. 그네가 속말을 고시랑거린다. 잠시 뒤 중얼거림조차 취기에 말려들고 혼곤한 잠에 빠진다. ……이서방, 날 저 살래다리만 건네주고 마실로 돌아가요. 저 물소리 들어봐, 홍수가 졌네. 물이 너무 불어 다리가 떠내려갈까봐 겁나. 장터댁이 접사리를 둘러쓰며 이씨에게 말했다. 이씨가 게트림을 하는 것으로 보아 엔간히 취기가 동한 모양이라고 판단했다. 이씨가 건네주는 술에 자신도

깜북 취했으나 정신만은 또록했다. 비가 이렇게 쏘, 쏟아지는데 임자는 정말 면소로 나갈려고? 이씨의 혀가 말려 올라가 발음이 샌다. 먹어서는 안 될 뭘 먹었는지 토사곽란 끝에 처가 죽고 더욱 억병이 된 이씨에게 장터댁이 갖은 아양을 떨어가며 전내기에 막 소주 탄 술을 한 되 넘이 퍼먹였으니 아무리 모주꾼이라도 안 취할 리 없었다. 친정엄마가 오늘낼한다 했잖아. 오죽 급하면 대실로 들어오는 우체부 편에 쪽지까지 전했을까. 난 친정으로 가고, 이서방도 방앗간으로 돌아가야지. 이젠 여기를 뜨자고. 이 빗속에 누가 훔쳐볼는지도 몰라. 이서방, 많이 취했어. 들어가 잠이나 자. 오늘 허리 힘까지 너무 많이 썼잖아. 장터댁이 이씨를 일으켜 세웠다. 접사리를 쓴 장터댁과 삿갓 쓴 이씨는 두 몸이 한 몸으로 얽혀 개울을 끼고 깜깜한 둑길을 따라 비틀대며 버들내로 걸었다. 그네는 한 손으로 이씨 허리를 두르고 한 손에 조롱박 담은 빈 술주전자를 든 채 깜깜한 주위를 둘러보았다. 장대비 퍼붓는 깜깜한 밤중이라 들녘에 사람 기척이 있을 리 없다. 짐승새끼 한 마리 밖으로 나다닐 것 같지 않다. 설령 이 밤중에 누가 엿본다 해도 접사리와 삿갓으로 얼굴을 가렸으니 누구인지 알아볼 리 없었다. 보, 보름 장날 도정한 보, 보릿가마 내러 면소 장에 나가는데 그, 그날 아주 떠날 준비해서 자, 장으로 나와요. 강남으로 제, 제비 떠나듯 부산으로 훨훨 주, 줄행랑 놓자고. 혀 꼬부라진 소리로 이씨가 말했다. 무슨 말인지 알았어. 그땐 꼭 그렇게 하도록 힘쓸게. 무슨 말인지 알아들었다고. 그러니 오늘은 그쯤 해둬. 술 취한 개란 말도 있잖아. 술 취해서 뭘 그렇게 소 여물 씹듯 꼬치꼬치 따져. 이서방 믿고 나설 테니. 내 반드시 약속 지키겠어. 내 말 이젠 믿겠지? 장터댁이 이씨를 구슬렸다. 물이 엄청나게 불어난 버들내는 가녘의 갈대 무성한 자갈밭까지 덮쳐 강의 폭이 사십 미터나 되게 폭을 활짝 넓혔다. 어둠 속에 희미하게 드러나는 살래다리가 거센 물살에 실려갈 듯 가느다란 간짓대에 의지해 간동간동 위태롭게 버티고 있었다. 살래다리란 강물에 지겟다리 꼴의 나무기둥을 두 팔 간격으로 세워 연결한 뒤 그 위에 널판을 깔고 짚과 흙으로 덮어 바닥을 다진, 난간이 없는 다리였다. 사람과 집짐승의 내왕이나 가능할까, 우마차가 지나기에는 폭이 좁았고 물 위를 받친 기둥이 장작개비 굵기밖에 되지 않았다. 다리 난간이 없다 보니 나란히 걷기에는 떨어질까 위태로웠다. 이씨가 앞서고 장터댁이 가쁜 숨을 몰아쉬며 그 뒤를 바짝 따랐다. 걸음이 갈지자로 온전치 못한데도 이씨는 용케 균형을 잡아 다리 위를 건들거리며 잘도 걸었다. 다리 가운데쯤 오자 장터댁은 설핏 다리 아래를 내려다보았다. 어둠 속에 황톳물이 광포하게 소용돌이치며 흘렀다. 뿌리째 뽑힌 나무가 떠내려오다 다리 기둥에 걸렸다. 초정댁은 진저리치며 이빨 앙다물고 된숨길을 가다듬었다. 지금이 맞춤한 지점으로, 일을 더 미룰 수 없다고 마음을 다잡았다. 그네는 목구멍까지 차오르는 숨길을 가누며 이서방, 하고 앞장선 사내를 불렀다. 콸콸대는 물소리에 이씨가 장터댁 말을 미처 듣지 못한 채 어뜩비뜩 걸어갔다. 이서방, 나 좀 봐! 하고 그네는 자신도 모르는 사이에 어깨에 힘을 주며 악을 썼다. 그 어떤 열기가 머리끝으로 치받치고 온몸이 폭발해버릴 듯 힘이 위로 뻗쳤다.

주전자를 불끈 쥔 손이 떨리더니 눈앞에 불꽃이 튀었다. 뭐, 뭐라고? 하며 이씨가 비틀대며 돌아서는 순간, 장터댁은 손에 쥔 주전자로 사내의 가슴팍을 힘껏 밀었다. 아이쿠, 하는 비명이 터지고 이씨 두 팔이 허공에서 버둥거려 몸이 균형을 잃었다. 그 순간을 놓치지 않고 그네는 그의 옆구리를 주전자째 다시 밀어 내쳤다. 이씨의 자태가 순간적으로 주전자와 함께 다리 아래로 떨어졌다. 그네는 다리 끝에 털버덕 주저앉아 가쁜 어깨숨을 쉬며 이씨가 사라진 굽이치는 흙탕물을 내려다보았다. 이씨의 손끝과 주전자가 소용돌이치는 흙탕물 위에 잠시 희미하게 나타났다 금방 사라지곤, 사내의 모습은 간데없었다. 강물에 멀리 실려가버려 흔적조차 없었다. 장터댁은 굽이치는 흙탕물을 내려다보며 쫑알거렸다. 내가 왜 너를 따라나서. 내가 미쳤다고 알거지 신세인 널 따라 대처로 나가? 어림없는 수작 말아. 내가 그렇게 골 빈 여편네가 아냐! 실컷 재미 봤음 됐지 공갈까지 쳐! 내가 누군데 네 공갈에 넘어갈까봐. 그래서 널 감쪽같이 없애버리기로 작정했지. 널 살려뒀단 있는 말 없는 말 보태 평생 나를 뒤따라다니며 괴롭힐 게 뻔하잖아. 어림없지. 네 개수작에 호락호락 넘어갈 내가 아니라고! 너가 물고기 밥이 되어 어느 어부 그물에 걸려 대처 부잣집 밥상에 오르든 말든 내 알 바 아니야. 장터댁은 목구멍을 채우는 숨길을 가라앉히며 벌떡 일어났다. 그네는 아무 일도 없었다는 듯 서둘러 다리를 건너, 그길로 면소 장터목의 문을 닫은 친정집 주막으로 갔다. 장터댁은 가까스로 친정엄마의 임종을 볼 수 있었다. 그네가 친정엄마 장례를 치르고 시댁으로 돌아오기는 그로부터 아흐레 뒤였다. 장마가 그쳐 물이 준 살래다리를 건너오며 그네는 강물을 지긋이 내려다보았다. 아흐레 전과 달리 강폭은 예전대로 돌아가 강물은 아무 일도 없었다는 듯 뿌연 색깔로 굽이굽이 흘렀고, 자신의 마음 또한 평탄해진 강물처럼 평온을 되찾았다. 소용돌이를 이루던 황톳물이 언제였나 싶게 그치고 꼬리 흔들며 노니는 송사리 떼까지 얼비쳐 보일 듯했다. 한사코 치맛자락을 잡고 늘어지며 부산으로 내빼자고 악을 쓰던 악귀 같은 사내를 영원히 떨쳐낸 홀가분함이었다. 이씨는 영원히 이 지상에서 사라져버렸다고 쾌재를 불렀다. 햇살 쨍쨍한 천변 아래쪽 징검다리 부근에는 물고기를 잡느라고 소쿠리를 든 아이들만이 첨벙대고 설치며 카랑한 목소리로 뭐라고 외쳐댔다. 장터댁이 시댁으로 돌아오니 대실마을에는 홀연히 사라져버린 이씨에 대한 뒷소문이 구구했다. 그네가 짐작한 대로, 지겟짐을 지더라도 대처에 나가 살겠다더니 지난 장마 때 아무도 모르게 훌훌 떠난 모양이라고 대실 사람들이 쑤군거렸다. 버들내를 거쳐 낙동강 하류 구포다리 어름쯤에 불어터져 얼굴조차 뭉개진 이씨의 시체가 인양되었더라도 전쟁 치르며 하고많은 시체를 보아왔기에 거기 사람들은 시신 임자를 수소문하지도 않았을 것이다. 춤지를 털다 불어터진 쌈짓돈이나 챙겼을 터였다. 장터댁은 다시 버들내 살래다리를 찾았다. 그네는 다리 아래 강물을 내려다보고 쫑알거렸다. 내가 살인을 했다고? 웃기고 자빠졌네. 난 아무 죄가 없어. 서방 있고 자식 둔 아녀자를 협박한 그 자식이 죽일 놈이지. 애시당초부터 그럴 마음도 없었지만, 내가 왜 서방과 자식 버리고 백

수건달을 따라 낯선 대처로 나서. 그놈 따라 내가 만약 대처로 도망질 갔다면 자식새끼 둘과 자궁 속에 터를 잡은 자식 또한 어떻게 되었겠어. 밤낮없이 배꼽 맞춰 절구질이야 물리도록 하겠지만 낯선 객지에서 내 신세는 또 어떻게 됐게. 장터댁이 다리 아래를 내려다보며 나직이 안도의 숨을 쉬는 순간, 갑자기 사내의 얼굴이 살래다리 물 아래서 불쑥 솟아올랐다. 에그머니나! 혼비백산한 그네가 물에서 솟아오른 얼굴을 보니 이씨가 아니라 방구석에 박혀 운신조차 힘든 해골 다 된 서방 얼굴이었다. 천하에 몹쓸 악독한 년! 네년이 방앗간 이서방의 주둥이를 봉하겠다고 술 깝북 처먹여선 여기에서 밀어쳐 죽였지. 난 다 알아. 방구석에 들어앉았어도 다 알고말고. 천벌 받을 년! 선량하고 과묵한 우훈장을 후려내더니 사통한 죄를 감출 요량으로 네년이 경찰서에 고자질했잖아. 결국 그 선비를 네년이 죽게 만들었어. 그 일로 아버지와 마을 청년들이 경찰서로, 방첩대로 불려 다니며 얼마나 고초를 겪었어! 얼굴이 퉁퉁 불어터진 서방이 천둥 치듯 내질렀다. 순간, 그네는 우씨 사건으로 경찰서에서 고초를 당하고 나와 다리를 절게 되고 위장병까지 얻어 바깥출입이 여의치 않았던 시아버지가 떠올랐다. 경찰서에서 풀려 나온 뒤 박광달은 그렇게 시름시름 앓다 이태를 겨우 넘겨선 숨을 거두었는데, 말년에는 첫돌 지난지 다섯 달 된 부정한 씨앗 손자 정필이를 무릎에 앉혀, 아이가 수염 당기며 할비, 할비 하고 방글거리며 노는 재롱을 끔찍이도 귀여워했다. 죽기 전 어느 날, 박광달은 며느리를 불러 앉히고 당부했다. 종손인 영대가 폐병으로 작년에 죽고…… 설령 살았대도 제 자식 챙길 위인이 못 되었으니 며늘아기, 네가 사람 구실 못 하는 불쌍한 손자 한필이를 잘 보살펴줘. 다행히도 정필이는 돌을 넘기자 말을 트고 똑똑해 장래의 싹수가 보이니 집안 대 이을 헌걸찬 남아 장부로 키워주고. 이제 이 집안의 재산과 후대는 며늘아기 네 손 하나에 달렸으니 종부로서 막중한 책임감을 한시도 잊지 말 것이며…… 시아버지의 그 당부 말이 끝내 유언이 되고 말았다. 초정댁이 깜짝 놀라 눈을 뜬다. 심장이 바늘로 찌르듯 아파 숨조차 제대로 쉴 수가 없다. 눈앞은 깜깜한 어둠만 들이찼는데, 무수한 별이 명멸한다. 정신이 몽롱하다. 사람이 죽을 때 이런 과정을 거쳐 숨이 끊어지겠거니 싶다. 숨이 막힌 괴로움으로 버둥거리기 잠시, 콧숨부터 터지더니 겨우 숨길이 제 길을 찾는다. 죽음 직전에서 살아남는 쪽으로 한고비를 넘긴 듯 가슴 통증이 차츰 가라앉자 숨쉬기가 수월해진다. 아버님, 저는 아버님의 그 말씀을 좇아 이날 이때까지 박씨 집안 종부로서의 사명을 다했습니다. 아버님이 집안을 일으키셨듯, 저는 시아버님 말씀대로 종부로서 제게 맡겨진 일을 완수하겠다는 일념으로 평생을 바쳤습니다. 제가 겪어온 굽이굽이 인생길이 얼마나 슬픔과 한숨으로 철철 넘쳤는지 아버님은 모르실 거예요. 천치바보 한필이를 제가 어떻게 거두었으며, 한필이가 낳은 배다른 손녀딸 둘을 길길이 키워선 출가시킨 것하며, 정필이를 미국 유학까지 보낸 구구절절한 사연은 나만 알지 세상천지에 아무도 몰라요. 그 긴 세월 동안 돌아앉아 장마철에 넘치던 버들내 강물만큼 쏟아낸 눈물의 사연을 아버님은 모르실 거예요. 초정댁이 시아버지를 떠올리며 어들어들 떨며 흐르는 눈물을 닦는다. 병신 서방과 앞서 보낸 딸 셋과 썩은 고목이 된 한필의 모습이 눈앞에서 어룽진다. 이제 일어나야지 하고 초정댁이 안간힘을 썼으나 쥐가 내린 손발을 꼼짝할 수가 없고 몸은 부대처럼 널브러져 말을 듣지 않는다. 술기운은 완전히 달아났는데 입 안이 소태처럼 쓰고 갈증이 심하다. 유여어사, 나 무르 조 주오. 나르 어더게 조 이르겨서느…… 초정댁이 모깃소리만큼 말을 낸다. 아구창이 삐꺽거리고 욱신대 그런 소리조차 더 내기가 힘들다. 소리쳤는데도 방 안에는 아무 반응이 없다. 괴이적적하다. 그제야 삼호실엔 자신뿐임을 안다. 그네는 이럴 때 이용하라고 설치된 비상 벨이 있다는 것조차 깜박 잊어버린다. 눈앞의 어둠 속에 명멸하던 별들이 사라지자, 엉덩이가 축축함이 느껴진다. 오줌을 싸고 말았다. 요실금이 있어 시도 때도 없이 오줌을 지리긴 했으나 밑이 온통 축축한 걸 보아 이번은 질펀하게 싸버리고 말았다. 일어나야지, 일어나 아랫도리부터 씻고 옷을 갈아입어야지. 마음은 뻔한데 몸이 영 말을 듣지 않는다. 이런 경우는 전례가 없었다. 초정댁은 몸에 마비 증세가 온 걸까 싶어 눈물 괸 눈부터 깜박거려본다. 저울추라도 얹힌 듯 눈두덩이 무겁다. 일어나기 위해선 마음부터 안정시킬 필요가 있다. 심호흡을 한다. 뜨끔하게 무언가 가슴팍을 찌른다. 숨길을 낮추며 손가락과 발가락을 꼼지락거려본다. 겨우 움직인다. 손과 발에 쥐가 풀리기는 그로부터 십여 분이 지나서다. 손발을 만져보니 한겨울 한데에 내놓은 듯 차다. 그네는 겨우 몸을 일으킨다. 술을 먹은 탓인지 배가 살살 아프다. 엉금엉금 기어가 화장실로 들어가 타일 바닥에 퍼더버리고 앉는다. 속옷과 팬티를 벗는다. 오줌과 함께 물찌똥까지 싸버렸다. 냄새가 지독할 텐데 코가 어떻게 됐는지 그 구린내조차 맡을 수가 없다. 잠결에 똥까지 싸는 늙은이가 되어버리다니. 초정댁은 절망감에 정신이 아득하다. 침대에 눕혀져 나동으로 실려가는 자신의 모습이 보인다. 난 안 가. 나동으로 갈 수 없어. 난 아직 노망들지 않았다고. 난 정신이 말짱해. 몸 닦고 빨래를 해야지. 그네가 입속말로 부르짖는다. 온몸에 진땀이 솟는다. 손아귀 힘이 빠져나갔는지 그네는 수도꼭지를 틀 수 없다. 바가지의 물을 몇 차례 엎질러가며, 욕탕의 찬물을 대야에 퍼낸다. 초정댁은 아랫도리를 대충 씻는다. 그 일을 마치는 데도 중노동이나 한 듯 진땀이 나고 온몸이 파김치가 된다. 그네는 똥 싼 속옷을 빨아야 한다는 생각도 그새 깜빡 잊고 앉은걸음으로 화장실에서 나온다. 온몸에 한기가 든다. 옷장 열어 내의 찾아 입을 기력조차 없다. 요때기를 들치고 요 밑으로 파고든다. 방바닥은 따뜻한데 요가 축축하다. 딱딱한 방바닥에 뼈가 배긴다. 초정댁은 날이 샐 동안 잠을 청하기로 한다. 잠결에 똥오줌을 싸다니, 윤선생이 방을 비웠기에 망정이지 그 깔끔한 여편네 앞에서 무슨 망신이었을까 싶다. 왜 똥오줌을 쌌을까? 빗소리가 물 흐르듯 베개 가로 파고든다. 꿈속 장면을 잊고 다시 잠을 청하려 무진 애를 썼으나 심장은 계속 콩콩대고 정신은 더욱 말똥해진다. 몸을 돌려 누워가며, 떠오르는 잡념을 끊으려 갖은 노력을 해보았으나 헛수고다. 초정댁은 애써 잠을 청해보았으나 한 시간을 넘겨도 잠에 들지 못한다. 비가 그쳤는지 귀가 먹어버렸는지, 빗소리가 들리지 않는다. 바깥이 희뿌염히 밝아올 동안 종내 잠에 들지 못한 그네는 이렇게 밍기적대고 있을 게 아니라 기동을 하기로 한다. 산송장처럼 누워서만 배겨낼 수 없으니 어떡하든 움직여야 살아남을 수 있다. 사무장에게 자기 혀가 돌덩이처럼 굳어 말을 제대로 할 수 없으니 병원으로 데려가든 의사를 부르든 어떻게 해달라고 말해야 한다. 김씨가 말을 알아듣지 못한다면 필담이라도 해야 한다. 필담조차 제대로 되는지 알 수 없다. 손마디가 굳어 글자를 쓸 수 없을지도 모른다. 식당에선 컵까지 떨구지 않았나. 몸뚱이는 천근만근이고 머릿속은 지끈지끈 쑤시는데 도무지 몸을 움직일 수 없다.

3

늦가을 햇살이 따뜻하다. 바람이 소슬하게 불고 고추잠자리들이 맑은 공간에 맴을 돌며 노닌다. 기로원 정원 잔디밭도 금잔디가 되었다. 잔디밭 한쪽 비치파라솔 아래 야외용 간이식탁을 둘러싸고 초정댁과 그네의 막내아들 박정필 교수, 며느리 하여사, 사무장 김씨가 둘러앉았다. 식탁에 놓인 휴대용 가스판의 철판에는 양념한 불고기가 자글자글 익고 있다. 하여사가 나무젓가락으로 고기를 뒤집으며, 어머님 상추쌈에 싸서 고기 많이 드세요 하고 권한다. 두툼한 스웨터를 입고 휠체어에 앉아 있는 초정댁은 며느리 말을 못 들은 체 먼산바라기를 하며 입을 다물고 있다. 그네는 코스모스 꽃들이 한들거리는 울타리 너머 야산에 눈을 준다. 멀리 아카시나무 숲과 메타세쿼이아 숲은 낙엽이 져 벗어버린 가지가 앙상하다. 아카시나무 숲과 메타세쿼이아 숲이 임립한 한쪽은 토목공사가 한창이다. 나무는 베어졌고 불도저가 언덕을 까뭉개며 평지 작업을 하고 있다. 예쁘장한 전원주택 한 채가 지어질 모양이다. 아카시나무 숲을 보자 초정댁은 한여사가 떠오른다. 한밤중에 무엇이 씌어 양갈보 출신 광대댁이 저 아카시나무 숲까지 기어가선 가랑이 사이에 손가락 박고 혼절했을까, 하는 생각이 든다. 내가 이씨나 우씨를 꿈속에서 보았듯, 광대댁도 이승에서 연을 맺었던 그런 사내 악귀를 보았을까? 눈감기 전에는 잊으려 해도 잊을 수 없는 악귀 혼령이 광대댁을 그리로 불러냈을까? 어찌 됐든 광대댁은 그날 이후 치매 증세를 보였고, 나동으로 옮겨가더니 끝내 꼿꼿한 송장이 되어 화장장으로 떠났다. 사무장 김씨 말로는 광대댁이, 나 죽으면 화장해서 수몰된 고향 땅 저수지에 뼛가루를 뿌려달라는 유언을 남겼다고 했다. 조카란 이가, 이모님 유언대로 그렇게 하겠다며 유골 항아리를 가져갔다 했다. 초정댁은 체머리를 떤다. 누비 통치마 무릎에 얹힌 두 손도 잘게 떨린다. 어머니가 어떡하시다 이 지경이 되셨어요? 변호사라는 소리를 들었을 정도로 말씀 한번 똑 떨어지게 잘하시던 분인데. 박교수가 사무장 김씨에게 묻는다. 강단 있으신 여장부라 몸은 불편하셔도 정신은 지금도 멀쩡하다고 봐요. 내가 보기엔 초정댁이 말씀을 못하시는 게 아니라 안하시는 거지요. 받침 없이 사용하는 말에다 떠듬거리기까지 하니 지기 말을 남이 잘 알아듣지 못한다는 걸 이미 아시고는 아예 입을 봉해버린 겁니다. 이렇게 거동이 불편한데도 한사코 나동에는 안 옮겨가시겠다고 고집을 부리잖아요. 그저껜가, 휠체어를 밀고 사무실에 와선 대뜸 책상 위의 볼펜을 집더니 메모지를 당겨선 손을 덜덜 떨며, 내 정신은 안죽 말따. 나동에는 즐대로 안 간데이, 몬 간다! 하고 씁디다. 감탄부호까지 정확히 찍더니 볼펜을 놓으시더군요. 치매에 걸렸다면 어디 그런 고집을 부릴 수가 있겠어요. 가동과 나동이 어떻게 다른가를 구별할 줄도 모를 테니깐요. 그런데 함께 방을 쓰는 자치회장 윤선생이 초정댁 대소변을 받아내느라 애를 먹지요. 윤회장이 한방 함께 쓴 정리로 그 뒤치다꺼리를 자진해서 맡으시니 오죽 훌륭한 분입니까. 그것도 다 어머님이 말년에 누릴 복을 타고나신 거지요. 조금 있다 시간이 나면 윤회장님께 고맙다는 인사나 하고 가십시오. 그러나 그분도 연세가 드셔서 보기가 딱합니다. 어떻게 시간제 간병인을 한 사람 뒀으면 좋으련만…… 김씨가 박교수의 눈치를 살피며 잠시 말을 끊었다. 상대가 군기침만 할 뿐 대답이 없자 말을 잇는다. 나동에 가면 간병인에다 자원봉사자들이 도와주긴 하지요. 김씨 말에 초정댁이 속말로 맞장구를 친다. 그래, 김씨 말이 맞아. 나는 나동에 안 가. 젊은 의사 말이, 조심만 하면 조만간 예전의 반만큼은 회복될 수 있대. 내가 왜 나동에 가. 이렇게 정신이 멀쩡한데. 그네가 뻣뻣하게 굳은 얼굴로 아들을 멀거니 건너다본다. 박교수는 이마가 조금 벗겨졌고 콧날이 우뚝하다. 전체적으로 길둥그란 준수한 용모다. 너야말로 이 세상 어느 자식보다 잘생기고 머리 좋잖아. 대학 졸업할 때까지 일등만 도맡았지. 미국으로 유학 가 다섯 해 만에 박사 학위를 땄고. 초정댁 입가에 미소가 떠오른다. 아버지는 태어날 때부터 귀먹보에 벙어리여서 평생 온전한 사람 구실을 못하셨다는데, 어머니도 노년에야 아버지를 닮으시나. 박교수가 고개를 갸우뚱하며 혼잣말을 한다. 돌아가실 임시에 아버님이 통 말씀을 안하셨어요? 하여사가 서방을 보고 묻는다. 그네는 시아버님이 서방 돌이 되기 전에 폐가 나빠 별세했다는 말을 서방과 시댁 식구로부터 들었다. 초정댁이 며느리를 보며 눈을 흘긴다. 죽을 때가 되면 말문을 닫는다고? 시어미 앞에서 한다는 말이 고작 그거냐. 대학 공부까지 했다는 년이 뚫린 구멍이라고 뱉어내는 소리하고는. 나는 아직 죽을 때가 안 됐어. 백 살 생일상 받을 때까진 청청하게 살 거야. 두고 기다려봐, 내 말이 어디 틀리는가. 그렇게 말해주고 싶지만, 그네는 며느리한테 대차게 그런 말을 쏘아붙일 수가 없다. 김씨가 잘 짚었듯, 떠듬거리며 말하는 꼴을 자식과 며느리 앞에서 보이기 싫다. 아버지가 돌아가시기 전 한동안은 실어증에 걸리셨나봐. 나도 자라서 들은 말이지만. 박교수가 처에게 어물쩍 대답한다. 그는 처에게, 여태 아버지가 듣기는커녕 말도 하지 못한 중증 복합장애인이었다는 말은 하지 않았다. 결혼 전 연애 시절부터 아버지에게 그런 장애가 있었다는 가문의 흉을 애써 밝힐 필요가 없었던 것이다. 자신이 첫돌도 되기 전에 아버지가 별세하셨으니 그 생전 모습이 기억에 남아 있지 않았고, 자신 역시 아버지가 귀먹보에 벙어리였다는 사실은 그게 사실일수록 잊고 싶었다. 그래, 네 아비는 벙어리였어. 두 살 적인가, 홍역을 된통

치러 애가 비실비실하자 네 할아버지가 무슨 보약인가를 먹였는데, 그 탕약을 먹고 열이 다시 펄펄 끓어 며칠 동안 사경을 헤매다 겨우 살아났다지 아마. 그때 귀가 아주 갔나봐. 조금만 멀리 떨어져도 사람을 못 알아보는 약시가 됐고. 당달봉사는 아니었으니 눈은 그렇다 치고, 그 귀에 소리란 소리는 아무것도 들리지 않는 절벽이라 자연 벙어리가 될 수밖에. 네 아빈 진짜 벙어리였어. 그러니 내가 네 아비와 의사소통을 하느라 요즘 테레비에도 나오는 수화인지 뭔지 그런 손놀림을 정식으로 배우진 않았다만 둘이서만 통하는 손시늉을 정해 서로의 말뜻을 전했지. 그러나 그것도 신통치가 않았어. 씨종자가 나빴는지 네 아빈 태어날 때부터 머리가 맹했어. 그런 아이를 정박아라고 한다든가, 하여간 사람이 한참 모자랐으니깐. 좋다는 보약도 네 아빈 체질에 맞지 않았으니 그렇게 귀가 간 거겠지. 그런 네 아비와 평생을 얼굴 맞대고 살다 보니 답답한 내 복장이 터져 나갈 수밖에. 처녀 적도 똑 소리 나게 말 잘한다는 말을 들은 어미인데, 시집오고부터 더욱 수다쟁이가 될 수밖에. 내가 말 잘하는 변호사라도 되어야 네 아비 말할 몫까지 내가 나서서 챙겨줄 수 있잖았겠어. 내 말이 맞지? 초정댁이 자식에게 속엣말을 한다. 네 아비를 만난 것도 내 팔자라면 팔잔데, 귀와 입은 그렇다 치고 머리까지 그렇게 나쁠 줄이야 혼담이 오고 갈 적에는 까맣게 몰랐어. 금실이는 봉창 뒤에 숨어 봉창 구멍을 통해 안방에서 나누는 부모의 말을 엿들었다. ……글쎄 말이에요. 매파 말로는 말더듬이로 띄엄띄엄 말을 한다지만 장에 나온 대실 사람들 말을 들어보니 박광달 어른 외아들은 아주 벙어리래요. 엄마가 말했다. 총각 그 사람, 다른 데는 이상이 없고? 아버지가 침통한 목소리로 물었다. 키도 헌칠한데다 인물은 대실 총각들 중에 제일이래요. 추수 칠천 석 하는 부잣집 아들답게 용모만큼은 훤하답디다. 어지간한 말은 손짓으로 다 통하는데다, 어릴 적에 독선생을 집에 둬 글을 익혔는데 글씨를 써서 서로 의사를 소통한다잖아요. 엄마 말에 아버지가 대답했다. 그 말이 맞다면 그쯤이면 됐지 뭐. 말 잘한다고 어디 공짜로 재물이 생겨? 그 정도 흠이라도 있으니 우리 집에 매파를 보낸 거겠지. 엄마가 아버지 말을 받아 촐싹댔다. 사철 쌀밥 먹고 곳간에 양식 재어두고 사는 부잣집을 사돈으로 두면 금실이 덕에 우리 집도 그 그늘 아래 팔자 필 게 아니에요. 더욱 영대란 그 청년이 딸만 다섯을 둔 박씨 집안에 외동이라니 장차 그 재산이 다 누구한테 가겠어요. 그 말에 아버지는 아무 말이 없었다. 재떨이에 곰방대 재 떠는 소리만 들렸다. 엄마가 말을 이었다. 대실 박부잣집이라면 대지주로 군내에서는 알아주고, 여기 면소에도 그 집안 땅 부쳐먹는 작인들이 여러 가구 있잖아요. 우리 처지에 감히 그런 집안을 어떻게 넘봐요. 보자 하니 들창코 조군이 금실이한테 수작을 거는 모양이던데 그 녀석은 쪽박 찰 만큼 집안이 없는데, 다 기껏 막걸리통 배달꾼 아니에요? 그런 녀석한테 금실이 줬단 자식 싸질러놓아야 머슴살이나 부잣집 아기업개밖에 더 되겠어요? 엄마의 말에 아버지가 중얼거렸다. 달산 아래 밭 다섯 뙈기에, 버들내 천변 논 두 마지기라…… 엄마가 아버지의 중얼거림을 받았다. 박광달 그 어른이 우리 금실이를 먼발치로 봤고 면소에 와서 귀동냥도 한 결과 똑똑하고 반반한 색싯감이라고 아주 좋게 본 모양입니다. 내가 매파한테, 우리 금실이가 그만하면 용모도 빠지지 않고 공민학교를 우수한 성적으로 졸업해 한글에 한문까지 다 읽고 쓰는 똑 떨어지는 처녀란 말은 들었겠죠, 이런 일등 처녀를 벙어리와 짝지어주려면 논밭만 아니라 지참금도 얼마 내놓으셔야 된다고 똑 부러지게 말했지요. 엄마 말에 아버지가 헛웃음을 웃었다. 도갓집 행랑아범 처지에 딸 넘겨주며 지참금까지? 임자가 부뚜막에 먼저 오르는구먼. 그건 그렇고, 금실이가 그런 남자한테 시집가겠다고 선선히 나설까? 아버지의 말이 바닥에 떨어질세라 엄마가 날름 받았다. 이 양반이 무슨 소리를 해요. 박광달 어른도 참판댁에 데릴사위로 들어갔대요. 고명딸이 한참 모자라는 반편이라 참판어른이 소작 집안 출신의 똑똑한 사위를 봤다지 뭐예요. 그래서 헌걸찬 박광달 어른이 간택됐대요. 박광달 어른을 데릴사위로 들인 덕에 그 집안 살림이 불길 같게 일어났다니…… 이번 혼사일은 나한테 일단 맡겨봐요. 내가 어떡하든 금실이 마음을 그쪽으로 돌려세울 테니깐요. 지참금 얻어내면 우리도 도갓집 행랑살이 접고 장터목에다 주막이라도 냅시다. 당신은 타낸 논밭뙈기로 농사짓고, 술장사는 내가 소매 걷어붙이고 나서서 할 테니깐요. 내가 누구예요? 호가 난 뺑덕어멈이잖아요. 우리도 남 밑에서 행랑살이하며 평생을 쥐여만 살 게 아니라 딸 덕에 주인 행세하며 떵떵거리고 한번 살아봐야지요. 엄마의 말을 듣고 금실이는 활랑거리는 가슴을 한 손으로 누른 채 황망히 봉창 앞을 떠났다. 그때 엄마 말이 백번 맞았어. 그런 좋은 혼처 자리가 나섰는데 내가 왜 불알 두 쪽만 찬 들창코 조가한테 시집을 가. 애걸복걸 매달리는 조가를 내가 딱 잘라 뿌리쳤지. 너랑 혼례 올리느니 차라리 서까래에 목을 매겠다고. 곰보 째보면 어떻고 벙어리면 어때. 말 잘하는 서방 됐다 소박 맞는 것보다야 말 못하는 서방 핑계 대어 매사를 내 주장대로 사는 게 얼마나 편해. 도갓집 마님처럼 집안 가솔을 호령하며 부리고, 시댁 재산 넉넉하니 줄줄이 자식 낳아 잘 먹이고 잘 키워 훗날 공부시킬 때 일본에 유학이라도 왜 못 보내. 그렇게 앙심 먹고 내가 엄마 말을 못 이긴 체 받아들여 대실 박씨 집안 병신 총각의 청혼을 승낙했지. 부모님께 한 재산 준다면 박부잣집 아들한테 시집가겠다고. 그래서 면소에서 시오 리 들어앉은 대실마을로 시집이라고 가보니 네 아비란 작자는 듣지도 말하지도 못하는 병신이야. 방문 열고 앉았어도 대문간에 들어오는 사람을 잘 알아보지도 못하고. 헬렌 칼러라든가, 그 양색시 여편네보다야 조금 나은 병신인데, 그쯤이야 알고 갔으니 참고 살 수는 있었지. 그런데 이건 어찌된 심판인지 머리까지 아주 돌대가리였어. 남이 학교 갈 나이에 독선생을 서너 해 두어 따로 공부를 시켰다는 말은 맞는데, 아무리 가르쳐도 도무지 머리가 따라가주지 않으니 포기했겠지. 하나를 더하면 둘이란 건 몰라도 더하기가 뭐고 빼기가 뭔지는 알아야지. 숫자는 그렇고 조선글만 해도, 맹추 두고 글을 가르치는 격이었다니 쯔쯔. 열일곱 살에 내가 시집이라고 가니 한글로 괴발개발 제 이름 석 자를 쓰는데, 박영대를 바어도라고 쓰잖아. 하도 기가 막혀 말이 안 나오더구나. 거기다 시집가서 알고 보니 너 아빈 초혼이 아니었어. 이태 전에 장가를 갔는데 신부가 보름 만에 보따리 싸서 친정으로 아주 가버렸다더군. 대실 사람들한테 양식 풀어 쉬쉬하며 입을 막았으니 우리 부모만 아니라 면소 장터 사람들조차 감쪽같이 속았지. 첫날밤, 서방이 두 손 맞잡고 눈물 그렁한 눈으로 입을 꼼지락거리는데, 내 짐작키로 이런 말을 하는 것 같았어. 색시, 미안하오. 제발 나를 버리지 마오. 내 귀와 입과 눈이 되어 해로하며 살아주오. 그래서 내가 머리 끄덕여 그러마고 했지. 그렇게 박부잣집 재산 보고 막상 시집이라고 갔으나 서방 마주 보고 앉은 하루하루가 내게는 지옥 같을 수밖에. 알아든든 못 알아든든 난 네 아버지 앞에서 눈물 콧물을 한 대야씩 받아낼 정도로 울며, 허구한 날 제비새끼처럼 재재거렸지. 그렇게 떠들고 나면 슬픔으로 가득 찼던 내 마음이 웬만큼은 풀어져. 그러니 복장 터져 죽고만 싶은 층층의 내 시집살이 시작이 어땠겠어. 한밤이면 돌아누워 옹크리고 자는 척하는데 한숨에 눈물만 쏟아지니 기가 꽉 막혀서…… 거기에 바보 한필이를 낳고 연이어 두 여식을 잃고 다시 본 초정이가 다섯 살을 넘기자 얘는 명이 길겠구나 싶었지. 다행히도 다른 애들만큼 똑똑한 걸 보고, 그때서야 내가 이를 앙다물었다. 줄줄이 나라비 선 시누이들 간섭 내치고 서방 몫 재산을 철저히 확보하자고 결심을 했어. 틈만 나면, 애들 아비가 성치 못한 사람이니 유산을 몽땅 챙겨 받아야 한다고 근동 시댁 어른들 앞에서 눈물로 하소연했지. 강물처럼 넘쳐난 이 어미의 슬픔으로 삭인 세월을 너들은 몰라. 죽었다 깨어난대도 박복한 이 어미으 설움을 너들이 알 리가 없지…… 초정댁의 쪼그락진 입이 곧 울음을 터뜨릴 듯 삐죽거린다. 날씨도 좋겠다, 그럼 식구끼리 오붓이 말씀 나누십시오. 박교수님은 가실 때 사무실에 잠시 들러주시고. 계산할 게 좀 있으니깐요. 사무장 김씨가 자리를 뜬다. 박교수가 김씨에게 그러겠다며 일어서서 배웅치레를 한다. 김씨가 자리를 비우자 하여사가 서방과 시어머니 눈치를 살피며 조심스럽게 말을 꺼낸다. 밀양 형님이 그러시던데, 어머님 앞으로 된 버들내 논 있잖습니까. 자기가 모시는 시아주버님 몫이니 그 논은 절대 넘보지 말라고…… 박교수가 처의 말을 자르고 나선다. 여보, 지금 그런 말 하게 됐어? 말씀은 안하시지만 어머니 총기는 아직도 여전하셔. 다른 건 몰라도 어머니 눈동자 좀 보라고. 초롱초롱 빛나잖아. 우리가 여태껏 여기 생활비를 대고 있는데다 내가 명색 제사 모실 장남인데, 사리가 명석한 분이 어련히 알아서 판단하실까. 박교수가 처를 나무란다. 제가 어디 안할 소리 해요? 친정집도 도와준다는 게 한계가 있고 대학교수 봉급으론 아이 둘 미국 학자금을 댈 수 없으니 어머니의 가진 재산을 보태달라는 게 뭐가 어때서요? 확실한 다짐을 받아둬야 해요. 환율이 자꾸 떨어지니 매달 송금액이 우리 능력으로선 이제 한계에 도달했어요. 그러니 어머님의 남은 재산은 우리 몫으로 살아 생전에 확답을 받아서 챙겨놔야지요. 딸들은 출가시켰고 몸져누우신 시아주버님이 그 땅 차지해 어디다 쓰시겠어요? 밀양 형님은 또 어떤 분이에요. 착하고 무던한 분이라면 내가 말도 안해요. 세 내어 식당이라고 하신다지만 자기네 처지도 빠듯한데, 시아주버님 모시고 있는 속셈이야말로 뻔하잖아요. 바로 버들내 논 욕심 때문 아닙니까. 그러니 제 말이 이번 기회에 변호사를 불러 어머님 유언장 공증서라도 만들어둬야 한다 이겁니다. 어머님이 그 논은 우리한테 넘겨준다고 지난여름 면회 때 분명하게 약속하셨담서요? 하여사가 서방을 보고 조리 있게 따지고 든다. 초정댁이 풍기 있는 손을 내저으며 자, 자마 하더니 김씨가 떠난 자리의 탁자 한쪽을 어덜어덜 떨며 손가락질한다. 박교수가 깎아놓은 사과를 포크로 찍어 어머니께 넘겨주자, 초정댁이 술병을 가리킨다. 박교수가 영문을 몰라하며 술병을 어머니께 넘겨준다. 초정댁이 덜덜 떨며 빈 잔에 술을 친다. 말하지 않아도 알아. 버들내 논 너들 달라 이거지? 반풍수로 육순 가까이 살다 이제 중풍까지 들어 도륙될 개집 옆 헛간방에 누워 죽을 날만 기다리는 한필이한테 그 논 물려주지 말고 너들 몫으로 챙기겠다는 소리 아냐. 오갈 데 없는 병신 오라비 거둬주면 내가 버들내 논 너 주겠다고 초정이한테 언질이야 넌지시 했지. 그런 미끼 없이 초정이가 운신 못해 똥오줌까지 받아내야 하는 병든 오라비를 맡겠어? 그런데 내가 왜 초정이한테 그 논을 넘겨. 갠 그래도 밀양 근교에서 도사견 사육하고 개장국집 내어서 자식들 키우며 그럭저럭 먹고는 살잖아. 내가 누군데 출가외인인 초정이 꿍심을 모르겠어. 지난 시절, 우씨를 보더라고. 우씨 학문이 아무리 하늘처럼 높다 해도 난 그 과묵한 사내의 불알을 조물락거려 실속 챙기는 요리를 해냈잖아. 정작 벙어리도 아닌데 꼭 쓸 말 외 입 꿰물고 사는 사내의 씨종자나 받으면 됐지, 내가 학식 많은 그 사내와 배 맞추고 살 팔자는 아니었어. 내 판단은 정확했고, 그래서 그 양반 입을 영원히 밀봉

하는 방법을 내가 찾아낸 게지. 우씨가 지금껏 살았더라도 난 그 자에게, 사실 정필이가 어떤 사연으로 낳게 된 자식이라고 이실 직고할 필요가 없어. 정필이는 결단코 박씨 집안 씨앗이니깐. 그래서 오늘의 너들이 떳떳하지 않냐. 버들내 논? 그 논은 응당 너들 차지야. 미국에서 공부하는 손자들을 봐서라도 그 논 판 돈은 너들에게 주고말고. 내게는 정필이가 어떤 자식인데. 텃밭이 나빠도 한참 나쁜 박씨 가문을 유일하게 살려낸 씨종자가 아니냐고. 그 아래 종자들도 집안의 기둥뿌리가 되겠다고 미국에서 착실히 공부하고 있고. 나야말로 변호사 불러 그 땅 정필이한테 주겠다는 유언장을 작성할 테야. 아직도 내게 그만한 총기는 남아 있어. 말을 못하면 글을 써서라도 그렇게 할 테야. 그러나 내 한마디 더 하자면, 너나 며느리나 이 점은 분명히 명심해둬. 내 눈감을 때까지는 절대 버들내 논 너들 앞으로 넘기지 않아. 어림없다. 내 눈감을 날까지 싫으나 좋으나 너들이 여기 내 생활비 다달이 입금시킬 테고, 한 달이 멀다 하고 쪼코레또며 아스필링에 고깃근 사들고 여기로 찾아오게 하는 방법을 내가 알고 있으니깐. 초정댁이 어덜어덜 떨며 술잔을 든다. 어머니, 술 그렇게 자셔도 됩니까? 박교수가 목을 빼고 묻는다. 절대 말은 안할 테야. 명색 변호사로 호가 난 난데 자식 앞에서 말 더듬는 꼴을 보여서야 어미로서 무슨 영이 서겠니. 술? 내 술 마시는 거 처음 봤냐. 한두 잔이야 약이지. 한두 잔 마신다고 숨넘어가진 않아. 초정댁은 유독 검은 동자가 반짝이는 아들의 눈과, 준수한 콧날과, 갸름한 턱을 보며 우씨를 떠올린다. 얼굴 중 그 부분은 누가 뭐래도 제 아비를 닮았고, 준수하다. 그러나 넌 절대 우가가 아니야. 어디까지나 박가라고. 박광달 어른이 네 할아버지야. 세상 사람이 다 몰라도 나만은 그 비밀을 알아. 내가 누군지, 어떤 여편네인지, 내가 잘 아니깐. 한마디로 말해서, 나는 나를 안다.

나는 두려워요
나는 두려워요

1

 계절이 바뀌는 절기로 낮과 밤의 기온 차가 심했던 2월 하순, 감기에 걸린 윤선생은 날수가 지나자 몸살까지 겹쳐 보름 넘게 앓았다. 그런 중에도 낮 동안은 몸을 움직여 바깥출입은 삼가고 실내에서만 여기저기 얼굴을 내밀며 사부작댔으나 잠자리에 들면 온몸이 으스스해지고 뼈마디가 쑤셨다. 밤이면 미열이 있어 온몸이 진땀으로 젖었다. 미열은 방 안을 채운 가습기의 증기와 함께 늘 의식을 혼미하게 했다. 생시와 과거 사이에서, 구약과 신약 말씀의 갈피에서 이 생각 저 생각에 이끌려 다니다 어렵사리 혼곤한 잠에 빠져들었다. 주님, 이제 저를 안식의 그 처소로 불러 주옵소서. 이 땅에서의 삶에는 지쳤습니다. 하나님의 나라, 주님이 계신 곳에 제가 들 수 있을는지요? 저를 받아주신다면 영혼이나마 그 처소로 가고 싶습니다. 윤선생은 잠들기 전에 그렇게 기원했다. 한밤중 잠결에도 한두 번은 느닷없이 기침이 터졌다. 자다 깨어나 연달아 터지는 기침을 쏟다 보면 온몸이 식은땀으로 젖고 육신이 요 아래로 잦아들 듯 풀어졌다. 누워 있는 방 안이 돌개바람에 휩싸여 곤두박질치며 허공을 떠다녔다. 어지러워 눈을 감으면 눈앞에 환상이 나타나곤 했다. 자신에게도 죽음의 때가 가까워진 탓인지 예수가 형장으로 끌려가는 장면이 자주 보였다. 실재하지 않는 그 세계가 그네에게는 마치 목격자로서 경험한 듯 생생하게 재현되었다. 예수가 무거운 십자가 형틀을 메고 성문을 향해 골목길을 빠져나갔다. 다른 죄수 둘과 함께 걷는 예수가 무거운 형틀을 감당 못해 탈진이 되어 허덕거리자 병사는 호통을 치며 채찍으로 매질을 했다. 예수는 허기와 피로에 지쳐 몇 걸음을 내딛지도 못한 채 연방 무릎이 꺾어졌다. 이렇게 힘을 못 쓰는 놈이 자칭 유대의 왕이라니. 헐떡이는 예수를 보다 못해 병사가 구경꾼 하나에게 예수가 어깨에 진 형틀을 함께 지게 했다. 시골에서 올라와 우연히 그 현장을 지나며 구경하던 시몬이 병사의 명령을 받자 엉겁결에 예수를 도왔다. 성문을 벗어나 언덕길을 오르자 한낮의 태양은 불타듯 내리쬐어 예수는 기진맥진한 채 비비적거렸다. 예수가 땀과 눈물에 찌든 얼굴을 들어 도움을 더 구하는 듯 주위를 둘러보았다. 둘러선 많은 군중 속에 제자들 모습은 하나도 보이지 않았다. 하늘나라로 들어갈 그날까지 자기를 따르겠다고 맹세했던 제자들은 예수처럼 자기도 형틀을 지게 될까봐 겁을 먹곤 이미 성문 밖을 빠져나가고 없었다. 예수는 두 손과 포개진 발등에 못이 박힌 채 십자가 형틀에 높다랗게 매달렸다. 예수의 처형 장면을 보러 따라온 제사장, 서기관, 장로들이 예수를 향해, 자칭 네가 유대의 왕이라니 지금 십자가에서 내려온다면 우리가 너를 그렇게 믿겠다며 조롱했다. 구경꾼들도 예수에게, 네가 하나님의 아들이라고? 그렇다면 하나님이 너를 구원하겠지 하며 조소와 야유를 퍼부었다. 군중의 조롱과 비웃는 함성으로 형장이 장바닥 같게 시끄러웠다. 예수는 육신의 고통이 너무 혹심해 대답할 기력조차 없어 머리만 모로 떨구고 있었다. 의식은 점점 희미해져갔다. 옆에 같은 형틀에 매달린 죄수가, 당신이 진정 메시아라면 당신 자신과 우리를 구해주시오 하고 말했으나, 이 지경을 당하게 되니 예수는 다만 무력한 죄인일 뿐 그럴 능력이 없었다. 잠시 뒤, 예수의 입에서 가느다란 중얼거림이 흘러나왔다. 아버지여, 이 사람들을 사하여주옵소서. 저희는 자기가 하는 짓을 알지 못합니다…… 윤선생은 눈을 떴다. 고통에 찬 핏기 없는 예수의 모습이 사라진 대신 당신은 슬픔에 찬 눈길로 자기를 내려다볼 뿐 아무 말도 하지 않았다. 주님, 이제 저는 이 세상에서 살 만큼 살지 않았습니까. 더 어디에 쓰실 데도 없지 않습니까. 육신은 쇠하였고 정신마저 혼미합니다. 머릿속의 부드러운 융기를 바늘로 찌르는 듯한 통증과 어질머리를 앓으며 그네가 어리광 부리듯 예수께 말했다. 이승의 삶에서 언젠가 마지막으로 한 번 주님이, 이제 이 땅을 떠날 때가 되었다며 점지해줄 때가 있고, 이번이 그런 기회라면 순종해야지. 그네의 생각이 그러한 만큼 마음이 담담했다. 소리를 죽이려 손수건으로 입을 가리고 기침을 할 때면 잠귀 밝은 옆자리 최여사가 기척을 내었다. 최여

나는 두려워요 175

사는 간헐적으로 이어지는 윤선생의 기침 소리를 듣다못해 자리 털고 일어나 형광등을 밝혔다. 그네는 식은땀에 젖은 윤선생의 이마를 짚어보곤 수건을 찬물에 적셔와 이마에 얹어주었다. 최여사, 저기 성경책에서 구약 이사야 오십삼장을 찾아서 좀 읽어줘요. 윤선생이 헐떡이며 말했다. 최여사가 성경책의 이사야 오십삼장을 읽었다. ……그는 멸시를 받아서 사람에게 싫어 버린 바 되었으며 간고를 많이 겪었으며 질고를 아는지라, 마치 사람들에게 얼굴을 가리우고 보이지 않음을 받은 자 같아서 멸시를 당하였고, 우리도 그를 귀히 여기지 아니하였도다. 그는 실로 우리의 질고를 지고 우리의 슬픔을 당하였거늘, 우리는 생각하기를 그는 징벌을 받아서 하나님에게 맞으며 고난을 당한다 하였노라. 그가 찔림은 우리의 허물이요 그가 상함은 우리의 죄악으로 인함이라. 그가 징계를 받음으로 우리가 평화를 누리고 그가 채찍에 맞음으로 우리가 나음을 입었도다…… 그 말씀이 위로가 되었는지 윤선생의 숨길이 고르게 가라앉자 최여사는 성경 읽기를 멈추고 보온통의 보리차를 권하며, 아무래도 내일은 병원을 꼭 찾아야겠다고 말했다. 그러나 눈을 감은 윤선생은 대답이 없었다. 날이 밝아 윤선생이 자리에서 일어나 기동을 하자 최여사가 자주 하는 소리를 되풀이했다. 우리가 비싼 돈 내고 여기 들어온 이유가 뭡니까. 아프면 얼른 의사를 부를 수 있고 돈 안 내고 치료를 받을 수 있잖아요. 최여사의 그런 말에도 그네는, 뻔히 아는 병인 감기 몸살인데 의원을 찾아 무얼 하냐며, 최여사가 약국에서 조제해준 봉지 약만 때맞추어 먹었다. 그네는 팔십 평생에 걸쳐 몇 차례 병원에 입원한 적이 있었다. 애린원 일에서 손을 떼고 물러난 계기가 되기도 했지만, 신장이 좋지 않아 한 달 동안 입원한 게 병원 신세를 가장 길게 진 경우였다. 애린원에서 원생들 뒤치다꺼리에 너무 애를 쓴 과로가 원인이었다. 진주시 변두리에 있는 애린원은 휴전이 되던 해 가을, 회갑을 넘긴 나이로 제2의 고향에서 뼈를 묻겠다며 다시 한국으로 나온 제임스 목사가 거리의 행려병자와 고아를 돌보려고 설립한 사회복지시설이었다. 윤선생이 요실금 증세가 악화되고 손과 발에 부기가 심해 입원 치료를 받기가 1996년으로, 그녀의 나이 칠십육 세였다. 윤여은 선생이 입원했다는 소식이 알려지자 경남 일대에 흩어져 살던 옛 제자들이 병문안차 진주로 모여들었고, 그때 제자들에 의해 '윤여은 선생을 기리는 모임(윤기모)'이 발기되었다. 선생님이 애린원에 그대로 계시면 평소 몸을 아끼지 않는 근면성으로 미루어 또 무리를 하실 게 분명하므로 이제야말로 아예 현역에서 은퇴시켜 여생을 편안히 보내게 하자는 데 그들이 의견을 모았다. 마침 부산에 거주하던 윤기모 운영위원 심경수가 사설 양로원인 기로원 가동을 추천해서, 홀홀단신인 은사님을 그곳에 모시기로 했다. 평소에도 윤여사와 교분이 있던 허환이 마침 의사직에서 은퇴한 참이라 윤기모 회장으로 선출되었다. 윤선생의 가르침을 받은 바 있는 옛 제자들을 상대로 곧 모금운동이 벌어졌다. 청빈하게 산 선생이 자신의 모든 재산을 애린원에 희사했음을 뒤늦게 알자 제자들이 너도나도 모금운동에 적극 나서서 목표액 일억오천만 원이 보름만에 초과 달성되었다. 윤선생은 병원에서 퇴원하자 애린원에 그대로 남기를 바랐으나 윤기모 회원들은 정양을 위해서라도 이제는 쉬실 연세가 되셨다며 선생을 기로원으로 모셨던 것이다. 몸속에 잠복하여 스멀대던 몸살 바이러스가 슬며시 퇴각하여 윤선생이 기력을 회복하기는 3월 중순에 들어서였다. 그네는 핼쑥한 모습으로 기로원을 나서서 바깥나들이를 시작했다. 윤선생이 고랑고랑 앓으며 실내에서만 지낸 스무 날 사이 바깥은 봄이 찾아왔다. 겨우내 바랜 갈색으로 침잠해 있던 들과, 가까이에 있는 언덕과 언덕 너머 산마루가 어느새, 나 이제 긴 잠에서 깨어났어 하듯 밝은 봄 색깔로 바뀌어 있었다. 칠순을 넘기고부터 허리가 꼬부장해져 아담한 체구가 더욱 작아진 윤선생이 뒷짐 지고 아장아장 아침 산책에 나선 지 오늘이 엿새째다. 오늘은 토요일이고 내일은 주일이다. 하룻밤 자고 나와 보면 산천은 어제와는 다르게 색깔을 조금씩 바꾸어갔다. 계절의 순환은 자연의 변화를 통해 알 수 있지만 그 비밀의 순간순간을 자로 재듯 눈금으로 확인할 수는 없다. 3월 하순, 바람에는 아직도 찬기가 섞였는데 들길을 나선 윤선생은 따뜻한 봄이 저 먼 남쪽에서부터 바다를 건너 이 남도에 푸른 씨앗을 뿌리며 상륙했음을 본다. 밤이면 퇴각하지 않은 추위가 창밖에서 서성거리고 아침녘의 대기는 한기가 느껴지는데, 따뜻한 햇살이 대기를 밝게 어루만지기 시작하는 시간 그네가 오솔길을 걸으면 천지의 기운이 봄을 부르고 있음을 마음으로 느낀다. 몸도 대기의 그런 변화를 아는지 몸살을 떨친 그네는 요즘 들어 요실금 증상이 숙지막해졌고 소변도 한결 시원하게 보게 되어, 기력을 많이 회복했다. 봄이 오면 고목 가지에도 새잎이 나듯이 사람의 몸은 새로 날 잎이 없으나 나무의 동화작용처럼 몸속의 피돌기가 원활해진 느낌이다. 윤선생이 오솔길을 걸으며 길섶에 눈을 주면 딱딱하게 굳었던 흙이 봄의 입김에 녹아 부드럽게 부풀어 있음을 본다. 부드러운 흙을 뚫고 식물의 싹이 연약한 잎과 줄기를 내밀어 따스한 햇살을 쬐며 바람에 가벼이 떤다. 저 연약한 줄기가 어떻게 굳은 땅을 뚫고 올라왔을까? 그 모습이 너무 연약해서 가련하고 앙증맞았다. 그러나 땅에 박힌 씨앗이나 여러해살이풀의 뿌리는 흙을 뚫어 싹을 땅 밖으로 밀어내고 줄기의 물관부를 통해 자양분을 운반하여 고사시키려 덤비는 추위와 맞서며 오히려 성장을 더욱 촉진시킨다. 비록 연약하지만 그 생명을 창조주 하나님이 사랑하기 때문이라고 그네는 믿는다. 겉은 연약해 보일지라도 속이 생명력으로 꽉 차 있기에 넘어지지 않는다는 말씀이 그네는 새싹을 보면 절로 수긍이 간다. 기로원 울타리 따라 심어진 개나리는 샛노란 꽃을 피웠다. 개나리가 겨울의 혹한을 이기고 살아나 잎 피우기 전에 순도 높은 노란 색깔의 꽃을 촘촘히 피워냄이야말로 경이롭다. 지난 시절 학생들에게 생명의 탄생과 성장, 번식과 죽음을 가르칠 때 자연 현상은 과학적 증명만으로 설명할 수 없는 신비에 싸여 있다는 보충 설명도 해주었다. 그 신비성은 성경의 말씀 그대로 하나님의 오묘한 섭리로 돌릴 수밖에 없고, 그네는 이를 한번도 의심해본 적 없다. 윤선생이 길섶을 살피니 민들레, 쑥, 명아주, 피나물, 산괴불주머니가 벌써 줄기를 세워 키를 키우고 있다. 냉이는 줄기가 한 뼘 넘게 자라 여린 잎이 햇빛을 받으며 파르르 떤다. 그네에게 그 떨림은 바람을 타서가 아니라 생명의 충일, 또는 성장의 꿋꿋한 몸짓 같아 보인다. 냉이의 어린잎을 나물로 무쳐 먹으면 봄의 미각을 맛볼 수 있다. 그네의 유아기부터 60년대 중반까지 이 땅에는 춘궁기가 있었다. 그 시절 이 나라 전 인구의 칠 할 넘던 농민들은 냉이순이나 쑥을 뜯어 멀건 죽에 풀어 끓여 먹었다. 윤선생의 고향은 경남 진양군 내동면 면사무소 소재지인 유수리였다. 진주와 인접한 유수리는 신작로도 나 있고 기차도 다니는 교통이 편리한 고장이었다. 유수리에서 진주시까지는 이십오 리 거리였고 기차를 타고 내동터널이란 기차굴을 지나면 이십여 분 만에 진주역에 도착할 수 있었다. 남으로 수태골 골짜기를 빠져 훤히 트인 들길로 십 리 남짓 나가면 선진만 안쪽 구산 포구에 닿을 수 있었다. 집 뒤란 서른 평 남짓한 텃밭만이 집안 소유였을 뿐, 가난한 소작농의 넷째로 태어난 그네는 어릴 적 봄철이면 식구가 어김없이 냉이죽과 쑥국으로 허기를 면했다. 그네는 송기를 벗기려 나선 오라버니를 따라 수태골 골짜기로도 숱해 들어가보았다. 언덕 위 솔수펑에 서서 남쪽으로 눈을 주면 농번기를 피해 일품 팔러 갯가로 나간 엄마가 있는 구산 포구가 멀리로 보였다. 양식감을 보태려고 엄마는 엄동에도 조개며 꼬막 까기 일감을 찾아 포구로 나갔다. 아이고, 그놈의 마파람이 얼마나 드센지 오금조차 제대로 안 떨어져, 하며 엄마는 허연 입김을 뿜으며 해풍에 얼어 시퍼렇게 갈라 터진 뺨으로 마당에 들어서곤 했다. 윤선생이 진주사범학교를 졸업하고 일제 말기 1939년부터 교직에 나서자, 다달이 교사 급료를 받았기에 춘궁기를 모르고 넘길 수 있었다. 그러나 그네 역시 그 절기에는 도시락을 여러 개 싸가 점심 도시락을 가져오지 않은 학동들과 함께 먹었고, 저녁 한 끼는 반드시 죽으로 때웠다. 예수가 천대 받는 자의 곤궁한 삶에 연민의 정을 쏟아 그들에게 지극한 애정을 쏟았기에 그네도 이를 본받아 그 하는 행실이 신랑에게 예쁘게 보이려는 신부처럼, 냉이순이며 쑥을 넣고 끓인 쌀알보다 푸성귀 건더기가 더 많은 죽을 상식했다. 한 시절, 모두들 보리 익을 5월까지 허리띠 졸라매고 힘들게 살았지, 하다 그네는 아찔한 현기증으로 자신도 모르게 무릎을 꿇어 주저앉고 만다. 눈을 감고 어깨숨을 토해내자 옆구리에 뜨끔한 둔통이 오고 등골로 진땀이 솟는다. 내가 왜 이러지, 정말 갈 때가 되었나. 주님, 이 세상 떠날 날까지 저를 붙들어주옵소서. 윤선생의 입에서 절로 하소연이 터진다. 순간, 그해 여름이 떠오른다. 아무데서나 홑적삼과 고쟁이마저 벗어버리고 서방을 살려내라며 울부짖던 엄마 모습이었다. 1950년 여름이야말로 평생 지울 수 없는 악몽이지만, 근년에 들어 입가에 절로 미소가 떠오르는 추억을 떠올릴 때도 그 장면이 불쑥 끼어들어 숨길을 가쁘게 한다. 이렇게 사느니 차라리 죽어버리고 말지 싶을 정도의 아픔과 슬픔도 시간이 지나면 끓는 물이 잦듯 삭아지고, 영원히 간직했으면 싶은 소중한 사연도 새겨지기에 사람들은 살아갈 힘을 얻는다. 그러나 생의 저물녘에 당도한 늙은이들에겐 까마득히 잊어버렸던 악몽조차 어느 순간 느닷없이 떠올라 머릿속이 혼란스럽고 심장이 뛴다. 노쇠해지면 인간은 병 끝에 죽음을 맞지만 이렇게 죽음이 찾아오는구나 하는 전율을 느낄 때, 흐려지는 기억은 대체로 두 가지 환상을 맞는다는 말을 사경에서 헤매다 깨어난 애린원 식구를 통해 들은 적이 있었다. 악몽으로 남았던 과거의 기억이 죽음과 맞물려 설핏 스치거나, 잊혀지지 않는 어느 시절의 아름다웠던 기억이 순간적으로 떠올랐다 사라진다는 것이다. 다른 말로 죄와 연관된 기억이거나 선과 연관된 기억일 터였다. 그런데 홀연히 떠오르는 두 가지 기억 중 한 가지를 자의로 선택할 수 없다는 데 죽음의 운명이 있다. 인간이 종교를 갖는다는 것은 그 양자택일을 신에게 맡김으로써 마음의 평안을 얻는 데 있다고 믿으며 그네 또한 그런 죽음을 소원한다. 윤여사는 후들거리는 다리로 한동안 주저앉아 있다 엄마의 환영이 사라지자 겨우 정신을 수습하고 눈을 뜬다. 바람결에 떨고 있는 황새냉이순이 흐릿한 시야에 들어온다. 황새냉이순은 잎자루 끝에 깃 모양의 쌍떡잎이 달려 있다. 이제 열흘쯤 지나면 온 산에 진달래가 분홍 꽃을 피우듯 황새냉이도 줄기 꼭대기에 작은 흰 꽃을 피울 것이다. 봄철의 풀이 그렇듯, 아이들도 그렇다. 아이들은 자고 나면 얼마만큼씩 자란다. 그러나 신체의 어느 부위가 어떻게 자라는지는 알 수 없고 눈에 띄지도 않는다. 윤선생이 교직에서 떠난 지는 이십 년 세월이 흘렀는데, 지나간 교사 시절, 새 학기에 새 반 담임을 맡은 뒤 한 학년이 바뀔 일 년 사이 아이들은 어느새 한 뼘씩은 키가 커버리곤 했다. 네가 언제 이렇게 자랐니 하며 아이의 머리통을 쓰다듬어준 기억이 들풀을 보자 새롭게 회상된다. 윤선생은 천천히 몸을 일으킨다. 그래, 식물의 싹은 그 여리고 순결함이 아이들과 닮았지. 잠자고 나면 눈에는 안 띄지만 조금씩 자라. 윤선생은 오솔길을 걸으며 멀리로 눈길을 보낸다. 하늘은 높고 푸르다. 무슨 새인가 멀리에서 창공을 유연한 날갯짓으로 난다. 왜가리인가? 왜가리란 별명이 붙었던 강선생이 후딱 떠오른다. 이제 기억에도 가물가물한, 홀쭉한 키와 여위고 갸름한 모습만이 아스라이 잡힌다. 아직 살아 있다면 그도 오래전에 현역에서 은퇴했을 것이다. 둥글고 부드럽던 목소리도 녹이 슬어 갈라졌겠지. 아직 살아 있다면 한여사처럼 추억 속의 아름다운 음악이나 들으며 노년을 보낼까. 강선생이 홀연히 학교를 떠난 뒤 그를 다시 만날 수 있었다면, 밀항선을 타기로 결심한 구체적인 이유를 묻고 싶었으나 그를 다시 본 적이 없었기에 실현되지 않았다. 그런데 저 새가 왜가리일 리가 없어. 왜가리는 여름새가 아닌가. 왜가리는 보리가 키대로 자라야 이 땅으로 날아오는 철새인데 벌써 나타났을 리가 없지. 비행기인가? 윤선생은 침침한 눈을 비비며 하늘을 나는 까만 물체를 본다. 그제야 그네는 그 새가 월동을 위해 남하한 겨울새 솔개임을 알아본다. 들녘과 야산이 운무 같은 봄기운에 싸여 자우룩하다. 바랜 갈색 사이사이로 며칠 전보다 훨씬 선명하게 푸른 기가 돈다. 또 며칠이 지나면 들과 산은 푸나무의 새잎과 줄기가 조금 더 자란 만큼, 주위를 더욱 푸른색으로 야금야금 점령해갈 것이다. 윤 선생은 새벽 다섯시면 잠자리에서 일어나 아침식사 전까지는 성경 읽기와 묵상, 세면과 빨래, 방 청소로 보내고 아침밥을 먹고 나면 삼십 분 정도 기로원을 나서서 들길을 산책하는 게 일과이다. 아파트촌으로 난 길이 아닌 아카시나무 숲이 있는 언덕 아랫길을 천천히 걷다 갔던 길을 되돌아온다. 그네처럼 새벽이 아닌 아침밥을 먹고 나서 산책에 나서는 노인도 여럿이 있다. 그들은 함께 걸으며 자신의 건강 증세와 떨어져 사는 자식을 두고 말을 나누기도 한다. 쓰잘 데 없는 생각에 골몰해서 지팡이 짚은 꾸부정한 자세로 혼자 걷는 노인도 있다. 윤선생은 한방 쓰는 최여사와 함께 산책에 나서기도 하지만 주로 혼자 걷는 셈이다. 한 달 전에는 팔순의 황노인이 아파트 쪽으로 혼자 새벽산책을 나갔다가 길을 잃어 한바탕 야단법석을 떤 끝에, 파출소에서 겨우 찾았다는 연락이 오기도 했다. 그 사단 이후 기로원 측에서는 울타리 밖은 가능한 여럿이 나서기를 권유한다. 아카시나무들을 쳐내어 계단을 만들고 메타세쿼이아 숲이 베어진 언덕 한쪽에는 전원주택 한 채가 완공 단계에 이르렀다. 아카시나무는 그렇지만 노랗게 물드는 메타세쿼이아의 침엽수 단풍이 아름다운 저 나무숲을 베어내버리다니. 윤선생은 마음이 아프다. 지난해 가을에 착공하여 뼈대를 올린 뒤 겨울 한철은 쉬더니 3월 들어 공사를 재개하여 내부 단장을 마친 모양이다. 아침부터 인부들이 포크레인을 동원하여 정원 공사를 벌이고 건물 벽의 페인트칠이 한창이다. 윤선생은 멀찍감치 서서 산뜻한 새 집을 조망한다. 정원수로 심은 소나무 사이 흰 벽에 빨간 지붕이 그림 속의 집 같게 예쁘장하다. 완공에 이른 숲속의 양옥을 보자 그네는 어릴 적 마을 뒤 언덕바지에 있던 선교사 사택이 생각난다. 한 사람의 생을 동아줄로 비유할 때, 자신이 지금 기로원에서 그 동아줄의 끝마디쯤을 잡고 있다면 지나온 삶의 동아줄 저 앞쪽, 생의 출발점에는 선교사 사택이 자리 잡고 있는 셈이다. 사람이 한평생을 살다 보면 몇 차례 생의 전환점이 될 전기를 맞게 되는 법인데 그네에게는 미국인 선교사 사택이, 출발점을 알리는 깃발처럼 또렷이 나부낀다. 윤선생의 머릿속에 각인된 첫 그림으로 떠오르는 한 장의 풍경은, 언덕 위 첨탑 있는 벽돌집 교회와 거기서 대숲 오솔길을 거쳐 가면 나오는 붉은 기와 올린 통나무집 선교사 사택이다. 1920년은 기미년 삼일만세운동 이듬해였다. 그해 여은이 태어났고, 머나먼 동양 일본국 식민지 반도 땅에 선교사로 나온 제임스 목사 일가가 유수리에 정착해 교회와 사택을 지은 해이기도 하다. 그 점도 인연이라면 이 세상에 흔치 않은 인연인 셈이었다. 선교사네 일가가 조선으로 나오지 않고 다른 나라를 택할 수 있었고, 조선으로 나왔더라도 유수리가 아닌 다른 곳을 선교 장소로 삼아 정착할 수도 있었다. 하필이면 경상도 남녘 땅 갯벌 가까운 유수리 일대를 기독교 선교의 장소로 택했다는 점은, 여은을 주님의 말씀 세계로 인도하겠다는 하나님의 예정된 섭리로 해석할 수밖에 없었다. 여은이 사물의 이치를 터득해가는 나이에 이르자, 어떻게 하면 허기진 배를 채울까 하는 궁리와 째보라고 놀려대는 동네 아이들에 맞서 힘겹게 버티는 하루하루가 지겨웠다. 어린아이답지 않게 부모가 왜 나를 낳았을까 하는 우울증에 시달리던 그녀의 눈에 언덕 위 예배당과 선교사 사택은 금단의 성역이었다. 그네가 교직 발령을 받아 고향을 떠난 뒤에도 이따끔 그 풍경을 그려보면 창공에 맑게 퍼져나가던 풍금 소리가 귓가를 조곤조곤 두드리곤 했다. 지금도 그 시절을 회상할 때면 찬송가를 비롯하여 「메기의 추억」이나 「켄터키 옛집」「보리수」「울밑에 선 봉선화」 따위의 선율에 실려, 지금 잡고 있는 동아줄의 저 끝쪽 소녀 시절로 한달음에 달려가게 했다. 그 회상의 길목은 천상에서 내려오는 햇살, 바람, 눈, 비를 비롯해 천둥, 번개, 비바람을 헤치며 걸어온 팍팍한 황톳길이기도 했다. 인간의 종교적 심성은 사람이 태어날 때 이미 유전자 속에 그 깊이와 옅음이 정해지는 것일까. 마음 안에 숨어 있던 신에 대한 불가사의한 의문이 종교와 맞닥뜨리면 신앙심이 불꽃같이 타오르는 사람이 있는 반면, 종교적 심성이 애초부터 옅은데다 세상을 실증적 논리로만 따지는 사고에 익숙한 사람은 종교에 대해 일정한 거리를 두고 냉소적 태도를 보이기도 한다. 윤선생을 두고 말하면 나면서부터 선천성 언청이이듯 태어날 때 이미, 내가 너를 내 여식으로 선택하겠다고 예수가 고기 잡듯 그물을 쳤음이 맞는 말인지 몰랐다. 처음 만난 사람은 윤선생과 자리를 같이하면 그네가 그 길에 순종하기 위해 얼마나 많은 고빗사위 길을 거쳐왔는가를 미처 깨닫지 못한 채, 차분한 몸가짐과 조용한 말씨를 통해 그네의 종교적 품성만 한아름 받아들인다. 그러나 윤선생의 어릴 적은 지금과 달리 뭇 사람의 지청구에 오기로써 맞선 길들여지지 않은 망아지였다. 사람은 평생 동안 몇 번 바뀐다는 말이 있듯 어릴 적에 여은은 째보라고 놀리는 사내애들과 싸움질도 마다하지 않아 생채기를 달고 다녔다. 한 마을에 시집 못 간 여은의 이모가 살고 있었다. 정례이모는 여은의 외가 조부모가 일찍 세상을 떠나 박주사 집 아기업개로 들어갔는데 어릴 적에 앓은 홍진으로 얼굴이 심하게 얽은 곰보였다. 과년한 처녀로 성장할 동안 정례이모는 박주사 집에서 식모로 살았는데 마음씨가 곱고 예수를 열심히 믿었다. 손수 뜨개질을 해 여은의 형제에게는 털조끼를, 형부에게는 귀가리개 달린 모자와 장갑을 만들어주기도 했다. 정례이모는 여은네 집으로 놀러 오면 친정 언니를 상대로 예수 전도를 했으나, 송정댁은 호구가 급해 예수 믿을 시간이 없다고 들은 척도 않았다. 정례이모는 어린 여은에게 눈길을 돌렸다. 예수님을 믿으면 서, 성령으로 병자를 낫게 해준대. 내 얽은 얼굴을 마, 말끔하게 해주시고 째보인 네 이, 인중도 예수님이 꾸, 꿰매주실 거야. 정례이모는 부끄럼을 잘 탔고 말더듬이였다. 이모, 성령이 뭔데 그렇게도 용해요? 여은이 묻자 정례이모가 말했다. 예수님이 죽은 나, 나사로를 보고, 나사로야 나오라 하고 부르시니 나사로가 사, 살아났다잖아. 네가 예수님을 여, 열심히 섬기고 기도로 간청하면 예수님이 니, 네 입을 보고, 내가 개, 깨끗이 꾸, 꿰매주마 하실 거야. 그럼 찌, 찢어진 살이 감쪽같이 붙게 돼. 여은은 이모 말이 긴가민가하면서도 귀가 솔깃했다. 여은이 입은 토끼 입/까치가 쪼았나 새앙쥐가 갉았나/째보는 시집도 못 간대…… 아이들이 노래 삼아 놀리는 말이 그렇게 싫을 수 없던 여은이 정례이모를 따라 서양인이 운영하던 예배당에 처음 가본 날은 일곱 살 나던 해 초여름이었다. 여은이 이모 손에 끌려 어둑신한 예배당 안으로 들어서니 가마니를 깐 땅바닥에 남녀로 나뉘어 앉아 있는 신자 수는 마흔 명 남짓했다. 유수리나 이웃 마을에서 온 대체로 고질병을 앓고 있는 병자이거나 육신이 멀쩡하지 못한 병신들이었다. 속병을 앓는 사람은 겉으로 쉽게 표가 나지 않았으나 다리를 절거나, 앉은뱅이거나, 곰배팔이거나, 당달봉사거나, 온몸에 종기가 심해 고름이 흐르는 사람이 수두룩했다. 멀쩡한 사람들은 여은의 집처럼 살림살이가 찢어지게 가난한 소작농들이었다. 여은이 치를 떨며 회당 바깥으로 도망치려 하자 정례이모가 팔을 잡았다. 하, 한 시간만 참으면 돼. 여은아, 저, 저기 봐. 이장님과 그 아들 며, 며느님에, 학교 선생님도 나와 이, 있잖아. 여은이 앞쪽 자리를 보니 정말 이장 가족과 유수보통학교 선생 내외가 앉아 있었다. 그들은 병자나 병신이 아니었고 살림살이가 반반한 집안이었다. 여은은 이모 말대로 한 시간만 참기로 했다. 찬송가 합창이 떠들썩한 가운데 여은의 눈에 먼저 띈 것은 강대상 뒤쪽에 높다랗게 걸린 십자 형틀에 못 박힌 한 서양 남자의 형상이었다. 알몸이다시피 한 앙상한 몰골의 조각상은 강대상 양쪽에 켜진 촛불 빛을 받아 그 형체가 뚜렷했고, 여은의 눈에는 살아 있는 사람을 형틀에 매단 듯 끔찍했다. 가시관을 쓰고 머리를 한쪽으로 늘어뜨린 남자의 옆구리와 두 손바닥과 발에는 피가 흐르고 있어 절에서 본 음전한 부처상과는 아주 다른 모습이었다. 저분이 바로 구, 구세주 예수님이란다. 이모가 말했다. 저런 꼴로 죽은 벌거숭이 서양 남자를 어른들이 섬기다니. 정말 저분을 열심히 섬기면 병이 낫고 병신을 면할 수 있을까. 여은은 의심이 들었으나 그런 기적을 보고 싶다는 두려운 호기심도 있었다. 그녀는 예배 시간 동안 풍금 소리와 찬송가는 듣기에 좋았으나 갈릴리 지방을 돌아다닌 예수의 전도 여행을 설교하는 서양 선교사의 어눌한 말은 도대체 무슨 내용인지 이해가 되지 않았다. 매사에 호기심 많던 여은이 앞자리로 살금살금 무릎걸음을 해서 예수상을 뚫어지게 보고 제자리로 돌아오자 이모가, 예수님은 하나님의 아들로 이 세상에 오셔서 많은 병자와 병신을 고쳐주고 우리의 죄를 대신해 저렇게 죽으셨다고 조그만 소리로 말했다. 그날, 집으로 돌아오는 길에 여은은, 죽은 자를 살리고 병자를 고쳐주었다는 예수가 자기는 왜 그 꼴로 죽었어 하고 빈정댔다. 십자 형틀에 매달린 예수가 섬쩍지근해 다시는 교회에 가지 않기로 다짐했다. 여은아, 내가 너의 입을 고쳐주마, 나를 만나러 다시 예배당으로 오너라 하고 예수가 속삭여올지라도 그 꾐을 믿지 않을 터였다. 그런데 며칠이 지나는 사이 마음에, 혹시 아냐 예수를 믿으면 째보를 감쪽같게 고쳐줄는지도 모르지 않는가란 생각이 슬며시 들었다. 다음 주일 낮참에 정례이모가 예배당에 가자고 부르러 왔을 때 여은은, 이모나 가요, 난 안 갈 테야요 하고 거절했다. 오늘 너를 아동반에 이, 입교시켜주려 하는데 와, 왜 안 가겠다는 거지? 이모가 물었다. 난 안 가요. 왠지 가기 싫어요. 이모님이나 예수 열심히 믿어 숭숭한 낯짝을 고쳐보세요. 그렇게 된담 저도 예수를 믿을게요. 여은이 돌아섰다. 이모가 다시 권했으나 여은이 안 가겠다고 버티자 하는 수 없다는 듯 걸음을 돌렸다. 이모의 뒷자태가 고샅길에서 멀어지자 여은의 눈앞에 슬픈 모습으로 무엇인가 간절히 하소연하는 듯한, 우묵하게 들어앉은 예수란 자의 눈동자가 떠올랐다. 어린 딸아, 내가 너를 여태 찾았다. 나를 다시 만나러 오렴. 내가 찢어진 네 입술을 고쳐주마. 예수의 처연한 눈빛이 그렇게 말하는 듯했다. 이모님, 같이 가요. 나도 예배당에

갈게요. 여은은 예수의 그 말에 끌리기라도 하듯 이모를 쫓아갔다. 운명이 그녀를 부르는 순간이었다. 그때 만약 예수의 목소리를 듣지 못했다면? 그때 만약 그 부름을 듣고도 아주 돌아서버렸다면? 뒷날, 윤선생이 그런 가설을 세워보기도 수천 번은 되었을 것이다. 나는 예수를 만나지 못한 채 세상의 일반 사람들이 그렇듯 언청이로 살며 세속적인 희로애락의 세월을 보냈겠지. 혼인할 나이에 이르러 품 팔아 모은 돈이 있었다면 언청이 수술은 했을는지 몰라. 종교를 갖지 않은 사람의 소박한 삶도 소중할 테지만 자신은 어쨌든 그 갈림길에서 정례이모의 전도로 그리스도인이 되었다. 그날부터 여은은 주일마다 예배당에 나갔다. 마치 장날 장터마당에 놀이 자리 벌인 남사당패의 갖가지 재주에 홀리듯 예수란 서양 남자가 부리는 마술에 현혹된 아이가 된 것이다. 예배당에는 열댓 명으로 조직된 아동반이 따로 있었고 보통학교에 다니는 애는 이장 손자와 유수보통학교 선생 아들딸뿐이었다. 가난한 소작농 자녀 중에는 소아마비로 팔다리를 탈탈 터는 아이, 곰보에 째보도 섞여 있었다. 송정댁은 마을 입구에 있는 몇 아름 되는 느티나무 옆 성황단이나 집 안 장독대 앞에 촛대와 함께 모셔둔 조앙신 위패에 찬물 한 사발 떠다놓고 비손을 했지만, 윤서방은 그런 것조차 믿지 않았다. 그러다 보니 여은의 부모는 계집애로서 집에 할 일이 많은데 두어 시간을 예배당에서 얼쩡거리다 돌아오는 딸애를 곱게 볼 리 없었다. 서양 예수가 곰보 째보를 고쳐준다고? 당나귀도 다 웃겠다. 송정댁도 코웃음을 쳤다. 아무리 붙잡아도 난 예배당에 갈 테야요. 예배당에 나가면 학교처럼 공부도 가르쳐줘요. 그녀는 예배당에서 달콤한 알사탕도 더러 얻어먹는다는 말은 하지 않았다. 두 오라버니도 보통학교에 갈 처지가 못 되는 집안 형편인데, 학교란 계집애인 자기에게는 오르지 못할 나무였다. 유수리에서 보통학교에 다니는 여자애는 손가락으로 꼽을 정도였다. 예배당이고, 불당이고, 성황단이고 다 꼴 보기 싫다. 그까짓 것들 믿는다고 밥을 줘 땅뙈기를 줘. 미친 지랄들이지. 남강의 범람으로 을유년(1909년) 대흉년이 들었을 때 네 살 난 첫아들을 기근으로 굶어 죽게 한 죄 밑이라 윤서방은, 다시 예배당에 나갔단 다리몽둥이를 꺾어놓겠다고 딸애에게 호통을 쳤다. 부모가 아무리 반대를 해도 여은은 주일만 되면 무엇에 씐 듯 놓아 먹이는 망아지마냥 예배당으로 줄행랑을 놓았다. 여은아, 제사 때 조상님께 절도 못하게 하는 예배당엔 왜 가. 그러니깐 사람들이 예수교를 비천한 쌍놈과 병신들이 믿는 서양교라잖아. 이웃집 숙이가 말했다. 그래도 난 예배당에 가는 게 좋아. 언젠가는 예수님이 내 입도 고쳐주신대. 여은이 으스대며 말하자, 숙이가 예배당에는 가더라도 서양 마귀네 집 쪽으론 절대 가면 안 된다고 말했다. 사나운 누렁이가 지키고 있어. 거기다, 넌 못 봤니? 마귀네 집에는 노랑머리에 눈알이 파랗고 코가 갈고리같이 생긴 마귀할멈이 살잖니. 병들어 잘 걷지 못하는데 사람 고기를 먹어야 낫는 병이래. 그것도 야들야들한 어린애를 말야. 가마솥에다 푹 고아 먹을 애를 찾고 있단다. 숙이가 어디서 주워들었는지 어깨까지 오소소 떨며 호들갑을 떨었다. 사람이 사람을 어떻게 잡아먹니. 말 같잖은 소린 하지도 마. 그런 엉터리 말에 누가 속을 줄 알고. 예배당에 가니 재미있는 얘기 해주고 예수님 믿으면 병든 사람이며 병신을 모두 고쳐준대. 여은이 선교사네 서양 할머니를 직접 보기는 무척 더웠던 주일 낮 예배를 마친 뒤였다. 예배당 정문을 나서자 어디선가 아련히 풍금 소리가 들렸다. 사택 쪽이었다. 그러잖아도 사택에 사는 선교사네 가족이 궁금하던 참이라 그녀는 숙이 했던 말도 잊은 채 발걸음이 그쪽으로 옮겨졌다. 여은은 통대로 엮은 낮은 대문 앞에서 멍청히 풍금 소리를 듣고 있었다. 뭉게구름이 떠 있는 하늘에 감미로운 선율이 퍼져나갔다. 여은은 살그머니 대문을 밀었다. 문은 잠겨 있지 않았다. 현관 앞에 마루가 깔렸고 지붕은 등나무 이파리로 덮여 있었다. 등나무 그늘 아래 의자를 내놓고 서양 할머니가 앉아 합죽선으로 바람을 내다 여은을 보았다. 의자 다리에는 활처럼 휘어진 발이 달려 있어 의자가 제풀에 흔들거렸다. 여은이 처음 보는 색다른 의자였다. 의자 앞쪽에 수건이 떨어져 있었다. 노랑머리에 눈동자가 파랗고 갈고리코를 한 할머니였다. 아이를 잡아먹어야 서양 할머니 병이 낫는다는 숙이 말이 떠올랐으나 설마 저 할머니가 그러랴 싶었다. 할머니가 부채짓으로 여은을 불렀다. 아해야, 이리 온. 할머니가 힘없는 목소리로 말했다. 검버섯이 핀 할머니의 얼굴과 손은 주름살로 파였고 마른 얼굴에 병기가 있었다. 여은은 할머니 쪽으로 다가갔다. 아해야, 예수님 믿으니? 윗입술 한쪽이 코밑까지 찢어져 잇몸이 훤히 보이는 여은의 입을 보며 할머니가 물었다. 서양 할머니가 자기 입을 말끄러미 보자 여은은 기분이 상해 아무 말도 하지 않았다. 아해야, 그 수건을 주워다

오. 할머니 손가락질에 여은은 의자 앞에 떨어진 수건을 집어 할머니께 드렸다. 서양 할머니, 이모가 그러던데 예수교 믿으면 예수님이 제 입을 고쳐준댔어요. 그 말 정말이에요? 여은이 손으로 입을 가리며 물었다. 그래, 그리스도가 고쳐줘. 할머니가 수건으로 주름진 목덜미의 땀을 닦으며 머리를 끄덕였다. 그 말 믿어도 돼요? 여은이 다시 물었다. 그래. 그리스도는 느응치 못할 일 없어. 내 말 믿어요. 그때 현관문이 열리고 선교사네 집안일을 돕는 사천댁이 나왔다. 안에 들어가. 내 양과자 주마. 나 도와다고. 과자를 준다는 말에 여은은 아주머니와 함께 양쪽에서 할머니를 부축하여 집 안으로 들어갔다. 거실에는 보통학교 상급반에 다닐 만한 금발의 서양 소녀가 풍금을 치고 있다 여은을 보더니 고갯짓으로 인사를 했다. 엘리자벳이 경성에서 공부하다 방학이라 부모님 뵈러 왔다고 사천댁이 말했다. 그날, 여은은 선교사네 사택에서 속에 팥고물이 든 말랑한 빵과 깨물면 바삭바삭 부서져 입 안에서 금방 녹는 과자를 얻어먹었다. 떡이나 엿과 다른, 처음 먹어본 주전부리였다. 여은은 심심해하는 할머니를 상대로 마을 사람들과 집안 식구며, 동무들과 공기놀이, 냇가 물놀이 따위의 이야기를 부산 떨며 들려주었다. 톡톡한 아해구나. 우리 집 놀러 와 내 동무 해. 내가 빵과 과자 주마. 할머니가 말했다. 그날 이후 여은은 예수님이 언청이를 고쳐준다는 말과 먹을거리 얻어먹는 재미에 틈만 나면 선교사 사택으로 놀러 갔다. 서양인 목사 내외는 주일을 뺀 평일에는 진주와 인근 마을에 전도를 겸한 심방을 나가 집에 없는 날이 많았다. 여은은 마리아란 할머니의 말벗이 되어주며 거동이 불편한 그네의 잔심부름을 하거나 부채를 부쳐주기도 했고, 할머니로부터 성경과 예수에 관한 많은 일화를 들었다. 여은이 선교사네 사택에서 생활하게 되기는 엘리자벳이 경성으로 올라간 뒤 가을로 접어들어서였다. 제임스 목사가 여은이네 집으로 찾아와 송정댁에게, 한 달에 보리쌀 두 말을 주는 조건으로 여은을 먹이고 재워주며 집안 심부름하는 아이로 쓰겠다는 제안을 했던 것이다. 여은이를 부산 예수병원으로 데려가 언청이 수술도 해주겠다는 목사 사모의 말에 송정댁은 눈이 번쩍 뜨였다. 별 쓸모 없던 딸애가 양식벌이가 되고 째보를 고쳐주기까지 한다니 그네가 흥감해했음이 당연했다. 일제 관헌의 탄압으로 그 명맥이 지하로 이어지던 적농(赤農, 적색노동조합) 유수리 이책을 맡고 있던 윤서방은 그날도 조합일로 해종일 진주에 나갔다 땅거미 질 무렵에야 돌아와 처의 말을 듣곤, 노랑내 나는 서양인 집 종년으로? 하고 구시렁거리더니, 딸애를 팔 수 없다고 딱 잘랐다. 팔다니요? 째보를 고쳐주고 집에도 자주 보내준댔어요. 우리 여은이 밥벌이에 나서는데 임자가 왜 막고 나서요? 한 달에 그 양식이 얼만데. 임자가 조합일로 나다니니 소작붙이 땅마저 빼앗긴 마당에 째보 큰애 잡아먹고 처자식마저 말라비틀어져 죽는 꼴 보고 싶어 얼토당토않은 어깃장을 세워요? 정례가 예배당에 나가는 걸 난 막지 않았다오. 제 좋아 믿고 싶으면 믿는 거지 뭐. 송정댁이 서방과 맞섰다. 조합일에 관여하여 진주경찰서 감방에서 두 차례 구류까지 살고 나온 뒤 부치던 박주사 전답마저 남의 손에 넘어가자, 열네 살 난 큰아들은 선진만 갯벌 김밭에 고용살이로 내보냈고 열 살배기 둘째 사내애마저 제 입 살라고 노첨지네 꼴머슴으로 보낸 처지였다. 서양 예수쟁이 집에서 종노릇 하든 말든 가난이 죄라며, 윤서방이 마지못해 딸애를 선교사네 집에 보내기로 했다. 며칠 뒤 여은은 간단한 옷 보통이를 꾸려 제임스 목사 사모를 따라나섰다. 여은에게는 부엌 옆에 달린 골방 한 칸이 주어졌다. 이튿날부터 여은이 한 일은 거동이 불편한 마리아 할머니의 시중이었다. 예배당 관리며 청소를 하는 종지기 가족이 예배당 곁채에 따로 살고 있었으므로, 여은은 사천댁을 도와 사택 청소일을 거들고 등사한 전도지 따위를 나누어주러 마을로 심부름을 다니기도 했다. 이듬해 봄, 제임스 목사는 여은을 양딸로 삼아 유수보통학교에 입학시켜주었는데, 입학 전에 여은을 미국 예수교 교단이 운영하던 부산 예수병원으로 데려가 언청이 수술을 해주었다. 수술한 티로 인중 옆에 상처 자국이듯 금이 그어졌으나 거울을 본 여은은 멀쩡해진 자기 입이 신기하기만 했다. 그제야 여은은 정례이모 말이나 마리아 할머니가 한 말이 거짓말이 아니었음을 알았다. 제임스 목사님의 도움이긴 했으나 교회에 나가게 되니 찢어진 입이 감쪽같게 꿰매진 것이다. 예수님은 사, 살아 계시지 않기에 서, 성령으로 목사님을 통해 너 입을 고, 고쳐주셨어. 정례이모 말이 맞았다. 바로 목사님이 예수님의 대행자였으니 말이다. 마리아 할머니가 별세하기는 그로부터 세 해 뒤, 여은이 보통학교 삼학년 때였다. 여은아, 넌 어른이 되면 전도에 앞장서고 세상 사람을 사랑으로 섬기는 그리스도의 딸이 되어야 해. 마리아 할머니가 주님의 부름을 받아 돌아가시기 이틀 전, 여은의 손을 잡고 그런 말을 했다. 이제 내 영혼은 주님의 나라로 간다. 이 세상에 와서 내 생애는 예수 그리스도의 가호 아래 영생의 소망을 얻었고, 물 설고 낯선 조선 땅에 나와서도 주님이 지켜주셨기에 늘 감사와 기쁨의 나날이었다. 여기 모인 이들은 그리스도가 가르친 생명의 말씀대로 이웃 사랑을 실천하며, 의에 주리고 가난하고 병든 자를 섬기며, 그리스도의 복음을 땅 끝까지 전하거라. 숨을 거두기 전 마리아 할머니는 침상에 둘러선 가족과 집안 사람들에게 영어로 이 말을 유언으로 남겼다. 여은은 믿음이 강한 자의 편안한 임종을 처음 목격하고 감복했다. 마리아 할머니는 목사 아들 내외를 따라 머나먼 한국 땅에 와서 말년에는 병으로 고생하셨지. 그러나 그 어려움조차 하나님의 영광으로 돌리셨고 이방의 땅에서 당하는 고난을 주님이 내리신 영광의 면류관으로 여기셨지. 저도 그런 확신에 찬 믿음 속에 살게 해주옵소서. 윤선생은 걸음을 멈추고 잠시 묵도를 한다. 그러고 보니 병환에 든 마리아 할머니를 만났을 때 그분 연세가 지금 내 나이였고 그로부터 세 해를 더 사셨군. 윤선생이 마리아 할머니의 임종 장면을 떠올리며 아직도 잎이 나지 않은 아카시나무 숲 사이로 난 길을 걷자니 삼호실을 함께 썼던 한여사가 생각난다. 한 사람이 자연사로서 죽음을 맞기까지의 생애를 정리해볼 때, 마리아 할머니와 한여사는 이승에 와서 각각 다른 길의 삶을 살고 갔다. 한여사 역시 이 아카시나무 숲길을 좋아해 산책을 즐겼고 아카시꽃이 만개할 절기면 점심 도시락을 지참하고 나가 아카시나무 그늘 아래에서 분분이 낙화하는 티밥 같은 흰 꽃잎을 보며 한나절을 보내기도 했다. 그런 한여사를 볼 때마다 윤선생은 즐겨 듣던 가곡이나 오페라 아리아와 함께 노년기의 외로움을 묵묵히 견뎌내던 그네의 모습에 마음이 저렸다. 한여사는 나이 들어서까지 여성으로서의 품위를 외양에 두고 열심히 자기 외모를 가꿨던, 기로원 입소 이후 특별히 기억에 남는 사람이었다. 그네는 젊은 시절에 겪었던 정신대의 악몽과 기지촌 주변에서 살았던 어두운 과거를 끊임없이 걸러내는 삶으로 자신의 노년을 채우고 갔다. 한여사는 종교를 갖지 않았다. 그러나 예수께서 갈릴리 지방의 버림받은 사람들을 특별히 사랑하셨고 자기 몸을 팔아 생계를 유지하는 여성들에게도 무거운 짐 진 자의 수고를 내가 들어주겠다고 위로하셨다. 그러므로 한여사가 비록 주님을 섬기지는 않았으나 그 영혼은 마리아 할머니처럼 지금 하늘나라 축복의 자리에 있을 터이다. 윤여사는 삼십 분 정도의 산책을 끝내면 기로원 가동 자치위원들과 가동의 현안을 상의하거나, 나동에 들러 병석에 있는 노인들을 자원봉사 호스피스들과 함께 돌보며 말벗이 되어주거나 나직하나 분명한 목소리로 성경을 읽어주기도 한다. 오후는 자기 시간을 가져 대체로 삼호실에서 독서와 제자들 편지에 답장 쓰기와 야생초 돌보기로 보낸다. 윤선생이 가동 삼호실로 돌아오니 최여사가 진홍색 털실로 목도리를 뜨개질하고 있다. 윤선생은 더듬는 말로 찬송가를 부르며 뜨개질하던 정례이모가 문득 떠올라 마음이 아프다. 허환이란 제자분한테서 전화가 왔어요. 산책 나갔다니깐 다시 전화를 내겠답디다. 최여사가 말한다. 산파댁 최여사가 오호실에서 삼호실로 옮겨오기는 두 달 전이었다.

그네는 기로원 가동에 입소해 차관마님과 함께 오호실을 썼으나 차관마님이 폭식증으로 급성 위궤양을 일으킨데다 사람을 식별하지 못하고 헛소리를 해대는 치매 증세를 보여 나동으로 옮겨간 지가, 초정댁의 돌연한 사망이 있고 일주일 뒤였다. 최여사는 차관마님이 나동으로 옮아가 오호실을 혼자 쓰게 되자 마침 초정댁이 죽어 혼자 방을 쓰게 된 삼호실의 윤선생과 합방을 했다. 말년에야 그리스도를 영접한 초정댁의 죽음을 통해서도 윤여사는 마리아 할머니처럼 축복받은 인생의 마지막 순간을 확인할 수 있었다. 윤선생이 아침에 깨어나보니 옆자리 초정댁이 미라처럼 반듯이 꼼짝 않고 누워 있었다. 이상한 예감이 들어 자는 이의 얼굴을 살펴보니 살아 있는 자의 깊은 잠이 아니었다. 눈을 감고 편안한 표정인데 얼굴 피부가 푸르죽죽했으며 숨쉬는 기척이 없었다. 윤선생이 그네를 흔들어보니 몸이 굳어 있었다. 그네는 초정댁이 밤사이 어느 시간에 숨이 끊어졌는지조차 알 수 없었다. 그 전날, 저녁밥 잘 먹고 텔레비전 연속극 보기를 거쳐 아홉시 뉴스를 시청하고 와서 곧 잠자리에 들었는데 그 잠이 영원히 깨어날 수 없는 잠이 되고 말았던 것이다. 초정댁이 한동안은 혼자 대소변을 못 보고 언어 장애가 있었지만 정신만은 또록했다. 벙어리 서방을 만나 네 혀가 심히 고생했으니 말년에는 내가 네 혀를 쉬게 해주마고 주님이 점지하셨는지 모르지만, 그네의 마지막은 고통 없이 생을 마친 복받은 죽음이었다. 그 죽음을 확인하자 윤선생은 나도 사망의 고통 없이 맑은 정신으로 살다가 자는 잠에 이승을 떠나면 얼마나 좋을까 하고 부러워했을 정도였다. 그러나 태어남이 본인의 뜻과 상관없듯, 자살이라면 몰라도 죽음의 시간과 방법은 장본인이 선택할 수 없다. 초정댁은 조만간 닥칠 자신의 그런 죽음을 예감이라도 한 듯 그렇게 숨지기 보름쯤 전, 삼호실에서 휠체어를 밀고 나갔다. 한참 뒤에 사무장 김씨가 삼호실에 전화를 내어, 윤회장에게 사무실로 잠시 와달라고 말했다. 윤선생이 사무실로 들어서자 김씨가 말했다. 회장님, 초정댁이 유언장을 만들었다는데 여기에다 회장님과 제가 증언 서명을 해달라는군요. 변호사를 불러 합법적인 유언장을 작성하시래도 머리를 저으시며 우리 두 사람이 증언 서명을 해달라고 종이에 쓰더군요. 금고를 가리키며 유언장을 거기에 보관했다 당신 별세 후에 가족에게 공개하랍니다. 김씨가 말할 동안도 초정댁은 예의 옴팍눈을 반짝이며 입을 다문 채 침묵하고 있었다. 수다스럽게 말이 많았던 초정댁이 아예 입을 봉하게 되기는 지난 늦가을 뇌졸중으로 혀짤배기 말을 하게 되고부터였으니 새삼스러운 일이 아니었으나 유언장 작성은 뜻밖이었다. 사무장 김씨가 윤선생 앞에 내민 초정댁의 유언장 내용이 이러했다. ―김달분(녀) 유은자ㅇ. 내 죽거드라ㅇ 내아퍼로대ㄴ 버들내논마지기 2천5배펴ㅇ을 막네이아드르 박정필 교수박사한데 주고 토ㅇ장에 드른 돈으로 장래치라서 대실마르 슨산에 무더다고. 이 유은자ㅇ은 내가 직저ㅂ으로 쓰ㄴ거시이께 한필이 초정이 이유다라서 따지지르 마르거라. 에미가 오래새ㅇ가코 작저ㅇ해으이께. 김달분이 필. 이름 뒤에는 모지 인주가 찍혀 있었다. 그 유언장은 초정댁의 자필이었고, 한방을 쓰며 관찰해온 바로 그때까지 그네의 정신은 온전했기에 윤선생은 체머리 떠는 초정댁이 보는 앞에서 아래에다 서명을 하고 모지에 인주를 묻혀 유언장에 찍었다. 그리고 보름 뒤, 초정댁은 거짓말 같게 이승을 떠나버렸다. 차관마님이 한방 쓰는 최여사조차 알아보지를 못해 누구시냐고 올림말을 쓰고, 마귀년이 미국으로 갔다느니, 아들이 죽었는데 왜 그 장례를 나 몰래 치르느냐고 따져, 최여사가 사무장과 의논 끝에 차관마님을 나동으로 옮긴 날은, 사무실에서 초정댁 가족이 유산 문제로 언쟁질을 벌인 날이기도 했다. 사망 소식을 듣고 달려온 가족 앞에 김씨가 초정댁 유언장을 공개하자, 버들내 논을 상속받게 된 막내아들 박정필 박사는 사필귀정이란 듯 묵묵부답이었으나, 밀양에서 온 초정댁의 딸은 유언장이 상속법 취지에 어긋날뿐더러 변호사 공증이 없으니 무효라며 따지고 들었다. 말다툼은 끝내 올케와 시누이 사이로 번졌고, 시신을 앞에 두고 고소를 하네 어쩌네 하는 험악한 분위기로 옮아갔다. 윤선생에게 허환으로부터 다시 전화가 걸려오기는 오전 열시 반경이다. 저 허환입니다. 선생님, 감기에 드셨다더니 요즘은 경과가 어떠세요? 허환이 전화로 묻는다. 이젠 다 나았습니다. 아침 산책도 나다니고요. 방금 산책 나갔다 오는 길이에요. 들에는 어느새 봄이 왔더군요. 윤선생이 밝은 목소리로 대답한다. 그네는 교사 시절에 수업 중에는 물론이고 사적으로 만나도 학생들에게 꼭 존댓말을 썼다. 지난주에 애린원을 다녀왔지요. 하룻밤을 묵으면서 원생들 병 상담도 해주었습니다. 선생님이 고경률 군을 후계자로 잘 뽑으셨어요. 원생들로부터 존경받을 정도로 열성을 다하는 게 한눈에 보여요. 어머니 잘 계시냐고 안부 묻습니다. 자주 찾아뵙지 못하니 자식 된 도리를 못해 죄송하다고요. 허환의 말에 윤선생은 목이 메어, 고맙다는 말만 한다. 한 달에 한 번씩은 애린원에 꼭 간다고 했는데 지난달은 내 몸이 여의치 못해 못 가고 말았습니다. 대신 경률이가 여기를 다녀가긴 했지만. 저는 여기서 올해를 무사히 넘기면 내년에는 애린원으로 들어갈까 해요. 제임스 목사님 뒤따라 거기서 마지막을 보내야지요. 그보다도 허박사님이 진주까지 먼 길 마다 않고 늘 그렇게 원생들 진료를 해주시니 그 고마움을 어떻게 갚아야 할지…… 윤선생이 말끝을 죽인다. 여쭐 말은 다름이 아니라, 주말인데다 오늘 날씨가 쾌청하군요. 그래서 제자 몇이 선생님 모시고 다대포 쪽으로 드라이브 나가서 점심 같이 하자는데, 선생님은 어떠세요? 허환이 묻는다. 제가 끼면 폐가 될 것 같네요. 윤선생은 제자들이 자기에게 신경을 쓰느라 좋은 분위기를 깰 것 같아 사양한다. 늙은이가 청하는 대로 아무 자리에나 불쑥불쑥 끼면 천덕꾸러기가 되고 외로움만 더 타게 됨을 그네는 알고 있다. 산책 중에 갑자기 뇌수를 때린 현기증으로 잠시 주저앉았고 옆구리에 둔통이 있었다는 말은 차마 할 수 없다. 별다른 안건이 있어 모이는 게 아닙니다. 경수가 선생님 모시고 바람 쐬자는 제안을 했기에 제가 전화를 올렸습니다. 여섯 명이 방문할 텐데, 사양하셔도 우리들이 쳐들어갈 겁니다. 웃음 끝에 뱉는 제자의 말에 윤선생은, 제가 따라나서도 부담이 안 된다면 그렇게 해요 하고 마지못해 승낙한다. 열한시 반까지 차를 가지고 모시러 가겠다고 말하곤 허환이 전화를 끊는다. 약속 시간에 맞추어 승용차 두 대가 기로원 가동에 도착한다. 허환과 심경수는 해방 전에 졸업한 김해시 진영읍 진영보통학교 동기이고, 둘을 태우고 검정색 승용차를 운전해서 온 곽기동은 해방 후에 학교를 졸업했는데 둘보다 오 년 아래다. 셋 모두 현역에서 은퇴한 머리칼 허연 노인들이다. 흰 머리칼을 바람결에 날리며 다리를 조금 저는 바싹 마른 허환은 바바리코트를 걸쳤고, 뚱뚱한 심경수는 개량 한복을, 이마가 벗겨져 납작모자를 쓴 곽기동은 점퍼 차림이다. 뒤이어 흰색 승용차를 타고 온 셋은 허환 패보다 훨씬 아래 세대로 나이가 들쭉날쭉하다. 체크 무늬의 홈스펀을 입은 방도식은 쉰 후반이고, 여위었으나 강단이 있어 보이는 반코트 차림의 김문호는 쉰 중반, 차를 운전하고 온 검정 투피스에 진홍 머플러를 모양 있게 싸맨 진경희는 유일한 홍일점으로 마흔 후반이다. 셋은 윤여사의 고향이요 그네의 모교인 진양군 유수보통학교 선후배 사이이다. 윤선생이 고향에서 교편을 잡기는 태평양전쟁 종전 전인 1943년 진영 대창보통학교에서 치안유지법 저촉으로 교사직에서 물러나 이태를 쉰 뒤 팔일오해방을 맞고였다. 1945년 그해 겨울, 그네는 도교육청을 찾아가 복직원을 제출했다. 담당 국장은, 조국 해방으로 새 나라를 맞아 일본인 교사들이 빠져나간 통에 도내 국민학교마다 선생이 태부족한 형편인데 윤선생 같은 분이야말로 일순위 적격자라며, 선생께서는 경남 지방 어느 학교에 지원하겠냐고 물었다. 윤여은은 자신이 졸업한 모교에서 학동들을 가르치고 싶다고 말해, 이듬해 봄부터 모교 교단에 섰다. 해방 이듬해부터 육이오전쟁 동안은 유수국민학교 교사들 사이에도 패거리를 지어

좌다 우다 하며 갈등이 심했다. 윤선생 아버지 윤서방은 해방이 되자 건준(건국준비위원회) 산하 인민위원회 이책을 거쳐 1946년 가을 '추수 봉기' 때 진주 시내를 누볐던 시위대에 선두에 나서서 참가하는 등 사회노동당 유수리 책임자로 동분서주했다. 그러나 그녀는 어느 편도 기웃거리지 않고 교사로서의 직분에만 충실했고, 예수꾼으로서의 소임을 다했다. 구태여 편을 가르자면 그네는 미국 선교사의 양녀로 성장했고 일상어로서 생활 영어가 어느 정도 가능했으니 우익 쪽에 발을 걸친 셈이었다. 모처럼 바깥 나들이라 춘추용 쥐색 반코트에 검정 바지를 입고 기로원 가동 출입문이 내다보이는 사무실에서 대기하던 윤선생이 제자 여섯을 맞는다. 다달이 꼬박꼬박 생활비를 보내주시고, 이렇게 자주 찾아와주시기까지 하니 고맙고 반갑습니다만 늘 미안해서…… 윤선생이 제자들에게 공손히 절을 하며 면구해한다. 어디 우리가 보냅니까. 윤기모 통장에서 온라인으로 자동 출금되는데요. 허환이 말한다. 이들 여섯은 모두 부산에 거주하는 윤선생의 제자로 윤기모 발기에 앞장선 열성 회원들이다. 그들은 결혼을 않고 평생을 홀로 산 그네를 마치 육친이듯 섬겨 한 달에 한 번꼴로 은사를 찾아와 말벗이 되어주었다. 진경희가 옛 스승을 자기 차 뒷자리로 모신다. 승용차 두 대는, 두 차 사이에 신호등이 바뀌어 떨어지더라도 다대포해수욕장 입구에서 만나기로 약속하고 기로원을 떠난다. 주말이라 그런지 김해공항으로 빠지는 차들이 도로를 메웠다. 곽기동이 모는 승용차의 꼬리를 놓친 진경희 차가 가까스로 만덕터널로 들어선다. 방도식이, 기제사가 있어 유수리를 다녀왔다며 빠르게 도시화해가는 고향 풍경을 이야기하다 차가 터널 안으로 들어서자 입을 닫는다. 기차든 승용차든 차가 터널을 통과할 때면 윤선생은 습관적으로 눈을 감고는 주여, 저의 죄를 용서하옵소서 하고 입속말로 기도부터 드린다. 차가 터널을 벗어날 동안 그녀는 숨길에서조차 통증을 느낄 만큼 마음이 괴롭고 아파오는데, 한편으로 자신의 살아온 삶을 돌아보는 반성의 기회로 삼아왔다. 그런 습관이 생긴 것은 진주사범학교 사학년에 진급했던 해의 일 때문이었다. 한 학년 두 개 반의 유수보통학교 시절 여섯 해를 남녀 합쳐 성적이 일, 이등을 다투던 여은이 남학생도 붙기가 어렵다는 진주사범학교에 합격하자, 친부모보다도 양부모였던 제임스 목사 부부가 하나님의 은총이라며 더 기뻐했다. 윤여은이 사범학교를 지망하기는 제임스 목사가 일조를 했으니, 목사는 여성이 가사에만 매여 평생을 보내는 조선의 오랜 가부장적 관습을 떨치고 앞으로는 여성도 직업을 가져 남녀 동등권을 실현해야 하며 예수님도 남녀는 평등하다고 말씀하셨다고 했다. 목사의 말에 윤여은이 어린 소견이지만 정말 그래야 되겠다고 다짐했던 것이다. 윤여은은 유수리에서 진주까지 이십오 리 길을 타박타박 걸어 통학했으니 낮이 짧은 계절에는 선교사 사택에서 새벽밥 먹고 나서서 학교 수업이 끝나 유수리에 돌아오면 저녁별이 돋곤 했다. 고학년으로 올라가자 편도 세 시간 가까이 걸리는 시간을 절약하기 위해 그녀는 기차로 통학을 시작했다. 기차 통학은 도보 두 시간 사십여 분을 이십여 분으로 단축시켜주었다. 여자 나이 열일곱이라면 꽃봉오리가 첫 개화를 맞기 위해 꽃잎을 벌리려는 때였다. 윤여은은 처녀로 성숙했어도 아이적 그대로 활달했다. 귀염성스런 용모에 총명하고, 예의 바르고, 누구에게나 붙임성이 있어 목사 가족을 비롯한 유수예배당 교인들로부터 사랑을 받았다. 그러나 한편, 서양 목사 집에서 몸종 노릇하다 째보를 면하고, 계집애가 콧대 높은 학교까지 다니게 됐으니 앞날 팔자가 험할 거라는 시기를 받기도 했다. 윤여은은 하나님이 창조한 이 아름다운 세상이 자신을 위해 존재하는 듯 느껴져, 희망찬 미래에 대한 환상으로 들떠 있었다. 제임스 목사의 권유대로 사범학교를 졸업한 뒤 미국 유학길에 올라 신학대학에 적을 두느냐, 복사꽃 피는 조그만 시골 학교에서 아이들을 가르치느냐 하는 행복한 고민에 마음이 부풀기도 했다. 그해 늦봄, 윤여은은 통학하는 기차에서 한 남학생을 만났다. 다솔사역에서 기차 통학으로 진주상업학교에 다니던 학생이었는데, 찻간에서 만날 때마다 동그란 안경 너머로 그녀를 보는 눈빛이 예사롭지 않았다. 눌러쓴 모자 아래 그녀를 보는 큰 눈이 늘 무언가 간절한 하소연을 담고 있었다. 그는 찻간에서 윤여은을 넋 놓고 훔쳐보다 시선이 마주치면 헬쑥한 얼굴이 붉게 상기되어 눈길을 떨어뜨리곤 했다. 어느 날, 윤여은이 등교길에 진주역 승강장에 내려서자 그가 얼른 그녀의 교복 상의 호주머니에 무엇인가를 꽂곤 달아났다. 이름까지 어떻게 알았는지, 윤여은 님의 아리따운 모습을 꿈속에서까지 그리워하다 못해 외로운 사슴처럼 몇 날 며칠 밤을 잠 못 이루었다는, 당시에도 학생들 사이에 유행하던 감상투의 연애편지였다. 내가 아직 언청이였다면 그 남학생이 편지질을 했을까 하는 생각이 설핏 스쳤으나 그녀는 편지를 읽은 뒤 찢어버리고 모른 체했다. 윤여은이 이상적인 남성상을 상상으로 그려볼 때 사각모 쓰고 망토 자락 날리는 일본 유학생이나 백마 타고 올 늠름한 기사는 아니더라도 제임스 목사님처럼 이목구비 반듯하고 지성적이며 진실한 그리스도인이어야 한다고 어렴풋이나마 마음에 심어왔는데, 선입관으로도 그 남학생의 인상은 거기에 못 미쳤다. 아니, 그리움으로 남성상을 상상만 했지 설령 이상적인 남자가 나타난대도 현실적으로 사랑과 결혼은 먼 훗날의 일이며, 이따금 그런 환상에 젖는 것조차 당시로선 죄악이라 여겨졌다. 이성을 두고 아지랑이 같은 그리움에 젖어들 때면 홀연히 놀라 마음에 부정한 악귀가 끼어들지 않고 학업에만 충실하게 해달라며 기도로 악귀를 몰아냈다. 그래서 등하교 때 기찻간에 그 남학생이 눈에 띄면 다른 칸으로 옮겨 자리를 피하곤 했다. 기찻간에 다른 여학생이 있으면 남학생을 따돌리는 방편으로 이런저런 이야기라도 나누련만 30년대 후반인 당시 시골에서 기차로 통학하던 여학생은 쌀에 뉘만큼도 찾기 힘들었다. 오늘은 그 남학생을 안 만났다 싶어 그녀가 바뀌는 풍경 따라 나무마다 색색의 꽃이 핀 차창을 내다보며 달콤한 상념에 젖어 있을 때면 언제 어디에서 나타났는지 그가 다가왔다. 그의 구애는 끈질겼고 차츰 적극성을 띠기 시작했다. 부담 갖지 마시고 이 편지 꼭 좀 읽어주세요. 그는 수줍어하며 얼른 편지를 주고 갔다. 윤여은은 그 편지를 받지 않았다. 그러면 그는 그녀의 무릎 위나 책 보퉁이에 편지를 끼우고 부리나케 자리를 떴다. 윤여은은 그가 준 편지를 읽지도 않고 찢어버렸다. 유수역에서 내려 선교사네 사택으로 돌아올 때면 짓궂은 사내 녀석들이, 째보 아가씨 신학문 배우고 오는 길이오? 하고 놀리거나, 더러 쌍소리를 하며 치근대기도 했지만 그녀는 아무 반응을 보이지 않고 묵묵히 길만 걸었다. 지난 2월엔 아직 낮이 짧아 유수역에서 선교사 사택으로 돌아올 때 땅거미가 내렸는데 끈질기게 바짝 뒤따라오는 사내가 있어 혼겁을 먹은 적이 있었다. 매서운 눈매로 기찻간에서부터 윤여은을 힐끔거린 몸집이 큰 젊은이였다. 그녀가 속옷이 땀에 젖은 채 뛰다시피 해 선교사 사택 언덕길로 꺾어 들자, 그는 아무렇지도 않게 수태골 골짜기로 내처 걸어갔다. 갯가 구산으로 제 갈 길을 가는 모양이었는데 그녀가 지레 혼겁을 먹었던 것이다. 봄비가 내리던 날이었다. 윤여은이 수업을 마치고 저녁 기차편에 유수로 돌아오던 참이었다. 앉을 자리가 없어 의자 등받이에 허리를 기대고 차창 밖을 내다보았다. 봄비에 과수원의 사과꽃과 배꽃이 지고 있어 그녀의 마음이 울적하고 산란했다. 물 설고 낯선 미국 땅에서 신학 공부를 하고 온다 해도 여자가 목회자로 강대상에 설 수 없으니 나라 잃은 아이들을 깨우쳐주고 그 애들을 그리스도의 자녀로 양육시킴이 더 낫지 않을까, 그녀는 그런 생각을 곱씹었다. 훗날 교단에 서게 된다면, 오늘같이 봄비 오는 날은 지우산 받쳐 들고 자기가 맡은 반 애의 눈망울을 그리며 철길 따라 한없이 걷고 싶다는 상념에 잠겨 있을 때였다. 저, 미, 믿읍니다. 잠시 시간 좀 내어주시면…… 윤여은이 놀라 눈길을 돌리니 그 남학생이었다. 눌러쓴 모자 아래 동태안경 뒤쪽의 큰 눈이 물기에 젖어 있었다. 윤여은은 몸을 피할 요량으로 얼른 옆 칸으로 종종걸음쳤다. 객차와 객차 사이를 건널 때였다. 기차가 기적 소리도 요란하게 갑자기 터널 속으로 들어섰다. 사방이 깜깜해져버리는 순간, 뒤쪽에서 남학생이 그녀의 팔을 낚아챘다. 제가 유, 유수역에서 내리겠습니다. 어떻게, 제발 시간 좀…… 열차가 선로 위로 치닫는 굉음과 객차 승강구 문이 열렸는지 석탄내와 몰아쳐 오는 바람 소리에 섞여 남학생의 고함 소리가 그녀의 귀에는 어둠 속에서 들리는 사탄의 울부짖음 같았다. 터널 속이 아니었다 해도 윤여은은 숨이 차서 아무 말도 할 수 없었을 것이다. 어쨌든 불결하게만 느껴지는 남학생의 손부터 떨쳐내고 봐야 했다. 순간적인 판단이지만 손을 잡힌 것만으로도 순결의 한 부분이 훼손되는 듯 느껴졌다. 그녀는 들고 있던 책 보퉁이로 그의 팔을 내리쳤다. 머릿속이 혼란스러워 그가 다시 자기 팔을 잡았는지 어쨌는지 모르지만, 그의 손이 떨어졌다 싶자 그녀는 부리나케 건너편 객차 문을 밀치고 들어섰다. 다음 순간, 귀를 찢는 굉음 속에 남학생의 외마디 비명이 잠시 귓가에 스쳤다. 기차가 굴을 빠져나오고 뛰던 숨길이 진정되자, 눈앞에서 사라져버린 그 남학생이 어떻게 되었을지 걱정되었다. 다시 여은을 잡으려다 그녀가 밀쳐버리는 바람에 그의 다리가 접질러졌는지, 아니면 비에 젖은 바닥이라 미끄러졌는지, 어쨌든 그 순간 그는 문이 열린 승강구 밖으로 떨어졌음이 분명했다. 구르는 쇠바퀴에 깔려 죽었다? 활동사진처럼 빠르게 스쳐가는 한 장면이 떠오르자 정신이 아득했다. 쇠뭉치로 머리를 내리치는 듯한 죄책감이 일거에 혼을 뽑았다. 그날, 윤여은은 비에 흠씬 젖은 채 어떻게 선교사 사택으로 돌아왔는지 모를 정도로 제정신이 아니었다. 그녀는 예배당에서 밤을 새워, 나의 죄를 어떡하느냐며 십자가에 못 박힌 예수상 앞에서 눈물로 통회했다. 그녀는 당장이라도 일본인 순사가 집이나 학교로 자기를 체포하러 오리란 불안감으로 전전긍긍했다. 그러나 그런 일은 일어나지 않았고, 달리는 기차에서 떨어진 그 남학생이 죽었는지 살았는지 알 수조차 없었으나, 제발 죽지 않고 살아 있기를 빌었다. 그가 살아만 있다면 그의 연인은 될 수 없어도 그를 전도하여 그리스도를 영접케 해주고 오빠라 부르며 사귈 수는 있을 것 같았다. 그가 다니는 상업학교 앞을 서성이며 그날 기차에서 떨어진 민우란 학생이 어떻게 되었느냐고 묻고 싶었으나, 낯선 남학생에게 말을 붙이기가 주저되었다. 주님, 제 발로 지서에 찾아가 제가 그를 밀어버린 죄를 자백해야 할까요, 이 비밀을 숨기고 있어도 될까요? 그녀는 갈등에 시달리며 주님께 매달렸다. 순사가 입초 선 유수지서 앞까지 몇 차례나 갔으나 차마 지서 안으로 들어설 용기가 나지 않았다. 사실 그 나이까지 윤여은은 그리스도 품속에서 살긴 했으나 당신을 통해 거듭나는 삶을 살고 있지는 않았다. 공부 틈틈이 성경을 읽으며 그 말씀을 마음에 새겼고, 기도로 하루의 삶을 그리스도께 고백하며 반성했고, 경건한 마음으로 예배를 보았고, 예배당의 청년회 활동에도 즐겁게 참여했다. 그러나 하나님이 이삭을 제물로 바치라고 아브라함에게 말씀한, 그런 고난과 절망을 통해 하나님은 인간을 구원하신다는 깨달음을 절실하게 느껴본 적은 없었다. 어떤 의미에선 종교 활동은 생활의 한 부분이란 타성에 젖어 교회당 문턱이나 넘나든, 겉보기에만 신실한 교인이었다. 기차에서의 그런 사건이 있고 일주일이 지나는 사이 윤여은의 신변에는 아무 일도 일어나지 않았으나 그 사건은 그녀로 하여금 처음 당해보는 죄에 대한 공포심, 한없이 쏟아지는 회개의 눈물, 자신의 오만에 따른 참회를 통해 그리스도 앞에 진심으로 무릎 꿇고 통사정하며, 저를 어찌하오리까, 한량없는 사랑으로 제 죄를 용서해달라고 매달리는, 신앙의 변화를 가져왔다. 그녀는 자수의 기회마저 놓쳤다는 죄책감에 시달려 기차 통학이 괴로웠고, 특히 기차가 나동터널을 통과하는 삼십 초 정도는 숨조차 제대로 쉴 수 없을 만큼 마음이 타듯 아팠다. 그녀의 얼굴에서 미소가 사라지고 고뇌 어린 서늘한 기운이 감돌았으며 재잘대던 말수가 줄어버렸다. 여은아, 너 요새 무, 무슨 고민이 있니? 한방을 쓰던 정례이모가 물었다. 이모는 이태 전 재취 자리가 나서 고향으로 돌아간 사천댁을 대신해 박주사 집 고공살이를 그만두고 선교사 집 식모 겸 사찰로 들어와 있었다. 졸업을 앞두니 공부할 게 밀려서…… 윤여은이 어물쩍 말했으나 정례이모에게도 자신의 비밀을 털어놓을 수 없었다. 그녀의 그런 변화를 제임스 목사 부부는 사춘기 특유의 정신적 방황으로 받아들였다. 사건이 있고 열흘쯤 지난 어느 날, 윤여은은 등교길 기찻간에서 옆자리의 중절모 쓴 중년치와 갓 쓴 노인이 나누는 대화를 엿들을 수 있었다. 쯔쯔, 기어코 숨을 거두었다더구먼. 마산까지 가서 일본인 양의에게도 보였다지. 용하다고 소문이 나서 진주 사람들까지 몰려드는 황의원도 결국 자기 자식은 못 살려냈어. 머리 좋은 아까운 자식을 그렇게 잃고 말다니. 노인장이 수염을 쓸어내리며 말했다. 다리뼈는 그렇다 치고 갈비뼈가 몇 개나 나갔다던데 무슨 재주로 살려내요. 민우가 그나마 여지껏 목숨이라도 부지한 게 황의원이 특별 처방을 쓴 덕분이겠지요. 그런데 민우가, 혼자 승강구 손잡이를 잡고 바람을 쐬다 열차가 굴로 들어서자 갑자기 숨이 막혀 한 손으로 입을 막다 실수로 떨어졌다고 우긴다는데, 그게 미심쩍다 이 말입니다. 허긴 비가 오던 날이라 손잡이가 미끄럽긴 했겠으나 비 오는 날 왜 난간에 서 있었는지, 곧 굴이 나설 줄 알았을 텐데…… 친구와 장난치다 떨어질 수도 있었겠고, 민우를 미워하던 같은 반 애가 열차가 굴속으로 들어서자 민우를 밀어버릴 수도 있잖았겠습니까. 아닌 말로 일본인 학생이 조선인 학생을 시기해 장난삼아 그런 짓을 할 수도 있으니깐요. 그런데 다 개가 굴속에서 떨어지는 걸 아무도 본 사람이 없다니…… 중년치가 말했다. 진경희가 모는 승용차가 낙동강 강변 도로를 타고 남쪽으로 빠진다. 은행나무 가로수는 아직도 부름켜조차 생기지 않았는데 강변에 선 버드나무는 연초록색으로 치장을 입혀가고 있다. 차가 을숙도 낙동강 하구둑 어름에 오자 차창 밖은 철새 떼들이 장관을 이루고 있다. 겨울을 한반도에서 나고 시베리아 툰드라 지대로 올라갈 겨울새들, 남방 더운 지방에서 올라온 여름새들, 한반도를 거쳐 남북으로 이동하는 나그네새들이 삼각주에서 함께 어울려 날개를 손질하거나 낮게 날아 터를 옮겨 앉기도 한다. 새 떼들의 우짖음이 시끄럽다. 닷새에 한 번씩 서는 시골 장터가 따로 없네요. 방도식이 차창 밖 새 떼들의 소란을 내다

보며 말한다. 세무사인 그는 동래구청 앞에 개인 사무실을 내고 있다. 바다 건너 먼 길 떠나기에 앞서 서로 집안 안부 묻고 그러겠죠. 진경희가 말을 받는다. 선생님, 생각나십니까. 어느 해 가을 추석 절기에 시옷자로 줄지어 나는 기러기 떼를 보시며 하신 말씀 말입니다. 누가 일러주거나 훈련시키지 않아도 기러기들은 열 맞춘 생도들처럼 저렇게 가지런히 띠를 만들어 앞서거나 뒤처지지 않고 일정한 속도로 날지 않느냐, 우주만물을 창조하신 하나님의 섭리가 얼마나 오묘하냐고요. 달이 좋던 만추에 밤 예배를 마치고 나오며 교회 마당에서 우리들 모아놓고 기러기 떼를 가리키며 하셨던 그 말씀이 여태껏 잊혀지지 않아요. 전문대학 사무국장인 김문호는 유수교회 아동반에서 세례를 받은 뒤 신실한 신자가 되어 지금은 교회 장로 직분을 맡고 있다. 그네는 오랜 교직 생활 동안 김문호를 비롯한 많은 학생을 기독교인으로 입교시켰다. 윤선생이 처음 교단에 섰을 때는 수업 중에도 기독교 전도에 열을 올려 불교를 믿는 학부모로부터, 우리나라는 엄연히 종교의 자유가 있는데 선생이 수업 시간에 특정 종교를 선전해서야 되느냐는 항의를 받기도 했다. 그러나 윤선생은 그런 항의에 개의치 않았다. 윤선생님, 또 학부모님 투서가 들어왔어요. 수업 시간에는 가능한 종교 문제는 언급하지 마세요. 교장 선생의 그런 충고가 있어도 윤선생은 알겠다고만 말하곤 수업 중 틈틈이 여러 고등종교 중에서도 기독교가 우월함을 강조했다. 자신이 교사가 되기로 작정했을 때 학생을 가르치는 목적만큼 선교 또한 비중이 컸고, 정의, 사랑, 순결, 정직, 겸손 등 인간의 심성을 바른 쪽으로 가꾸는 데 기독교가 큰 역할을 한다고 확신했기 때문이었다. 그런 윤선생이 타종교에 대한 고정관념을 바꾸게 된 결정적인 계기는 휴전 후 재입국한 제임스 목사의 노력 덕분에 폭격으로 파괴된 유수교회와 선교사 사택이 신축된 1957년 세밑이었다. 갑자기 추위가 닥쳐 기온이 영하로 뚝 떨어진 날이었다. 엄마, 스님이 동냥 나왔네요. 화롯불에 밤을 굽던 경률이 방문을 열어보곤 말했다. 집을 잘못 찾아오셨어요. 우린 불교를 안 믿고 예수님을 믿으니 다른 집에 가보세요. 경률이 말하곤 방문을 닫았다. 고경률의 부모는 유수리 출신으로 삼천포에서 수거한 건어물을 내륙 지방의 점포에 도매로 넘기는 건어물 위탁상을 했는데 장삿길 나섰던 트럭이 빙판길에 미끄러져 차가 남강에 추락해 운전사와 고군 부모가 함께 익사하고 말았다. 졸지에 고아가 된 고군은 당시 유수국민학교 이학년이었다. 결손가정 아이를 맡아 여러 차례 양엄마 노릇을 해본 그녀는 고군을 집으로 데려와 거두었던 것이다. 교회 아동반 아이들에게 크리스마스 선물로 나누어줄 털장갑을 뜨개질하던 윤선생이 경률에게, 찾아온 손님을 그렇게 박절하게 대하면 되냐고 말하며 얼른 방문을 열었다. 잠시만 기다리세요. 제가 우리 양식을 조금 나누어드릴게요. 윤선생은 부엌으로 들어가 쌀독에서 표주박으로 쌀을 반 되쯤 퍼내어, 그때까지 목탁을 치며 염불을 숭얼거리는 시주승 앞으로 다가갔다. 개털모자를 쓴 시주승은 허연 입김을 뿜으며 떨고 섰는데 며칠을 세수조차 하지 않았는지 우락부락하게 생긴 얼굴은 땟물이 흘렀고 구레나룻에는 고드름이 맺혀 있었다. 나이조차 짐작이 안 가는 험상궂은 얼굴이었다. 그가 메고 있던 걸낭을 벗더니 윤선생이 넘겨주는 보시를 받아 담았다. 추운데 고생이 많다고 윤선생이 말하자, 시주승은 합장하여 머리를 조아리며 관세음보살을 읊조렸다. 여러 군데를 덧대어 기운데다 땟국에 전 누더기 장삼자락을 펄럭이며 시주승이 골목길로 나서는데, 그는 다리를 심하게 절고 있었다. 윤선생은 불교 경전도 읽어보았기에 미신을 제외한 기성 종교를 대놓고 비난하지는 않았으나 왠지 그 시주승이 승적 있는 스님으로 보이지 않았다. 걸립패에서 떨어져 나온 돌중이 아닐까 의심쩍었다. 전쟁이 끝난 지 몇 해 되지 않은 당시만 해도 제 한 몸 간수조차 힘들어 걸식으로 연명하는 부랑자, 불구자, 고아, 각설이패, 상이군인이 도시와 시골을 가리지 않고 길바닥에 널려 있었다. 크리스마스이브를 교회에서 철야로 보낸 뒤, 크리스마스를 맞아 윤선생이 경률을 데리고 진주시 변두리에 있는 애린원을 찾았다가 시내로 들어오던 저물녘이었다. 들길을 걷던 경률이, 저 사람이 그날 우리 집에 동냥 왔던 그 스님 아니에요? 하며 물었다. 윤선생이 앞쪽을 보니 저만큼 걷고 있는 시주승은 틀림없이 며칠 전 집에 왔던 그 스님이었다. 그는 절뚝거리는 걸음에 남루한 장삼을 걸쳤고 묵직한 걸낭을 메고 있었다. 이 근방은 절이 없는데 시내에 숙소가 있는 모양이지 하며, 그네는 역시 그가 가짜 스님이라고 짐작했다. 시주승은 남강으로 빠지는 개천까지 오자 큰길에서 틀어 다리가 걸린 오솔길로 걸었다. 그는 둑길을 버리고 다리 아래로 내려갔다. 윤선생이 걸음을 멈추고 그쪽을 보았다. 짙어오는 어둠 건너 어슴푸레한 저쪽, 물이 마른 다리 아래 자갈밭 한쪽에는 다리 기둥을 지주 삼아 헌 가마니로 벽을 친 거적집이 있었다. 경률아, 우리 저기 저 스님이 사는 집에 한 번 가보자. 저런 거적집에서 겨울을 어떻게 나나 싶어 그녀는 경률의 손을 잡고 걸음을 빨리했다. 이 추운 겨울에 냉돌 거적집 안에서 동냥 얻어 돌아올 가장을 기다릴 가련한 식구들 모습이 눈앞에 어렸다. 그녀는 유수로 돌아갈 버스비만 남기고 지갑에 있는 돈을 다 털어 그들 식구 앞에 내놓으리라 마음먹었다. 윤선생은 다리 아래 움집 앞에 서자 핸드백 속의 손지갑에서 돈을 꺼내 손에 쥐었다. 계세요, 하며 그네는 살그머니 가마니문을 들쳤다. 가운데 나무 기둥에 호롱불이 걸려 있고 그 아래 상자종이를 깐 바닥에는 물경 열 명에 가까운 거지 꼴의 사람들이 얼굴만 빼꼼 내놓은 채 누더기를 둘러쓰고 옹크리고 앉았거나 누워 있었다. 그들 앞에는 빈 양재기와 숟가락이 하나씩 놓였고 조금 전에 들어선 시주승이 시내 식당에서 얻어왔는지 함지에서 짬밥을 퍼내고 있었다. 거지 몰골의 그들은 모두 중늙은이 사내들이었다. 풍기로 온몸을 심하게 떠는 자, 두 다리가 없는 앉은뱅이, 한쪽 눈이 애꾸인 곱사등이에, 누운 채 입가로 침을 흘리는 늙은이는 눈조차 못 뜨는 장님이었다. 그 가련한 몰골들이 끼얹어오는 악취와 함께 윤선생을 놀라게 했다. 그녀는 화등잔처럼 쏘아보는 그들의 놀란 눈길을 감당할 수 없었다. 얼마 안 되는 돈이지만 보태어 쓰세요. 그네는 손에 쥔 돈을 바닥에 놓고 황급히 거적집을 나섰다. 바깥에서 오도카니 서서 기다리던 경률을 이끌고 총총히 다리 아래를 떠나자 뒤쪽에서 시주승의 우렁한 말소리가 들렸다.

부처님의 한량없는 자비를 앙원하나이다…… 다리 위로 올라선 윤선생은 부끄러움으로 숨조차 제대로 쉴 수 없었고, 이십대 중반 성 프란체스코 전기를 읽었을 때의 감동이 눈앞에서 재현되는 것 같아 흐르는 눈물을 참을 수 없었다. 눈물은 스님을 두고 엉뚱한 짐작에 사로잡혔던 데 대한 참회의 마음과, 숨은 선행을 엿본 데서 오는 희열이 뒤섞인 혼란스러움 그 자체였다. 그 뒤부터 윤선생은 수업 중에 종교가 일상생활에 어떤 역할을 하느냐는 이야기는 해도, 여러 종교 중에 기독교만 보란 듯이 선교하지 않았다. 윤선생은 자신이 그리스도인의 모범을 보임으로써 주위 사람들이 세상을 올바르게 사는 길을 자연스럽게 본받도록 조신하게 행동했다. 충북 음성군의 무극천 다리 아래 거적집을 엮고 구걸해 온 음식으로 어려운 사람들을 헌신적으로 구휼하던 최귀동 베드로의 선행을 1976년 신문기사를 통해 접했을 때도 그녀는 깨달은 바가 컸다. 너희가 여기 내 형제 중에 지극히 작은 자 하나에게 한 것이 내게 한 것이라는 예수 말씀의 숨은 실천자들은 종교를 초월해서 이 세상 어느 곳이나 제 발로 응달진 곳에 찾아들어 사랑의 불을 지피고 있었다. 부끄러움이 그녀를 엄습하자 전도는 자연 소극적일 수밖에 없었고, 예수를 전도할 때도 내가 이런 말을 스스럼없이 할 수 있는 말씀의 실천자로서 '믿음의 씨종자'인가를 되물으면, 마음 한 귀퉁이에 쥐가 나는 저림을 겪곤 했다.

김군과 기러기 떼를 보며 그런 이야기를 나눴던 기억이 나는군요. 윤선생이 시주승의 생각을 떨치며 말한다. 선생님이 내건 급훈은 한결같았지요. '서로 사랑하라', 기억들 나시지요? 진경희가 여럿을 둘러보며 말한다. 아니야. 우리 적에는 그냥 '사랑'이란 두 자였어. 방도식이 정정한다. 진집사는 유수국민학교 몇 회 졸업인가요? 윤선생이 묻는다. 삼십팔 회였어요. 그래서 남학생들은 삼자를 빼고 뒤의 숫자를 욕 삼아 부르곤 했지요. 진경희가 깔깔거리며 웃는다. 교직에 처음 몸담았을 땐 급훈을 한자로 사랑애(愛) 자로 정했다가, 해방 후부터 한글로 '사랑'이라 붙였고, 진집사가 국민학교에 다녔던 그즈음부터는 급훈이 너무 간단하다는 말이 있어 사랑을 풀어서 실천하라는 뜻으로 그렇게 썼지요. 윤선생은 한떼의 중부리도요가 개활지에서 날아오르는 것을 본다. 작은 몸집이지만 북으로 나는 날갯짓이 힘차다. 도요새는 오백만년 전 신생대부터 이 지구상에 살아온 나그네새다. 봄가을로 시베리아에서 남양까지 일만 킬로미터를 무리 지어 이동한다. 누가 가르쳐주지 않았는데도 철따라 그 먼 길을 이동하며 무공 천지에 길을 뚫는 행로야말로 선험적이다. 유전인자에 태생지의 기억을 간직하고 있는 연어가 수만 킬로미터를 여행한 끝에 모태의 강을 찾아 돌아와 알을 낳고 죽는 것과 같다. 차창을 닫아놓았는데도 도요새 떼의 날개 치는 소리가 아이들의 손뼉 치는 소리처럼 윤선생의 귀에 선하다. 부리와 다리가 긴 도요새를 보자, 이제 기억에도 가물가물한 강선생의 모습이 떠오른다. 중부전선 어름에서 밀고 밀리는 전쟁을 삼 년째 끌고 있던 1953년 6월 하순, 장맛비가 시름겹게 내리다 그쳐 오랜만에 구름 사이로 푸른 하늘이 엿보이던 날 오후였다. 상급반 아이들이 하다 만 듯한 천막교실 청소를 마치고 돌아갔건만 운동장에는 아직 귀가하지 않은 학생들이 여기저기 무리 지어 놀고 있었고 개중에는 피난민 아이들도 섞여 있었다. 윤선생이 퇴근을 하려고 책상 위를 정리할 때, 밀짚모자를 벗어 든 맨숭머리에 허름한 반팔 작업복을 입은 키가 큰 사내가 긴 목을 꾸부정히 낮추고 문 열린 교무실로 들어섰다. 홀쭉하게 여위어 마치 왜가리 같은 젊은이였다. 교무실이래야 루핑 올린 지붕에 판자로 얼기설기 지은 임시 건물이었는데, 선생들도 얼추 퇴근한 뒤라 그는 문과 가까이에 자리한 윤선생을 보자 수줍어하는 목소리로 교장 선생을 찾았다. 억양이 윗녘 평안도 말씨였다. 갸름한 얼굴에 긴 목의 목울대가 유독 도드라졌으나 눈매가 선량해 뵈는 젊은이였다. 마침 교감 선생이 퇴근을 하지 않은 채 잡음 많은 라디오에 귀를 기울이며 중부전선 전황을 듣고 있다가, 무슨 용무로 그러시냐고 물었다. 이 학교에 혹시 음악 가르칠 선생이 필요하지 않은지, 임시라도 좋으니 일자리를 알아보고 싶다고 그는 눈길을 깔고 밀짚모자를 손에서 굴리며 말했다. 중학교를 찾아가보셔야지 국민학교는 따로 전공 선생을 두지 않는 줄 모르시냐고 교감이 퉁바리를 놓았다. 마산에서 이쪽으로 오며 여러 학교를 들러봤습니다만 마땅한 일자리가 없어서…… 중학교 음악선생 전력이 있으니 임시 교사로라도 일하게만 해주면 학생들을 성의껏 가르치겠습니다. 숙식만 해결되면 소사일도 마다하지 않겠구요. 젊은이가 공손히 말했다. 예나 지금이나 초등학교는 담임이 전 과목을 가르치지만 음악 과목만은 음치에 가까운 선생도 있게 마련이라 음악에 소양이 있는 선생이 교실을 바꾸어 가르치기도 했기에, 교장 재량으로 음악 전공자를 임시

교사로 채용하는 경우가 더러 있었다. 전쟁이 났던 1950년 여름, 진주 지방은 치열한 공방전으로 교사가 불에 타버린 뒤 그때까지 신축을 못해 바닥에 가마니를 깐 천막에서 학생을 가르쳤다. 한편, 1950년 9월에 진주 지방이 수복된 뒤 학교가 다시 문을 열었으나 피난을 떠났다 돌아오지 않은 사람도 있고, 전쟁 통에 행방불명된 이들도 있어 교사 수급에 적잖은 어려움을 겪고 있기도 했다. 무슨 생각이 들었던지 교감은, 교장 선생이 퇴근했으니 내일 학교로 나와 교장 선생과 의논해보자고 말했다. 고맙습니다. 그럼 내일 다시 들르지요. 그는 예의 바르게 절을 하고 교무실을 나갔다. 이튿날 삼교시가 시작될 때쯤 그는 학교로 다시 찾아왔다. 윤선생은 수업 시간이라 보지 못했지만 그는 교장 선생을 면담하고 돌아간 모양이었다. 임시 교사 장선생이 여름방학 시작되면 식구들 챙겨 서울로 올라간다니 삼학년 일반 담임이 비게 되잖아요. 그 자리를 염두에 뒀는지 교장 선생이 그분에게 연습 삼아 노래를 청해봤대요. 오랫동안 목을 놓아서 어떨지 모르겠다고 하더니,「옛날의 금잔디」를 바리톤으로 썩 잘 부르더랍니다. 전쟁 전에 신의주에서 고등중학교 음악선생으로 교편을 잡았다더군요. 윤선생 옆자리 백선생이 어제 교무실에 들른 젊은이를 두고 한 말이었다. 그는 얼마 전 거제도 포로수용소에서 반공포로로 석방된 이만칠천여 명 중 한 사람이었다. 며칠 뒤부터 강선생은 학교 임시 음악교사로 일하게 되었다. 왜가리란 별명이 붙은 강선생은 학교에 한 대 있던 풍금마저 전쟁 통에 교사와 함께 소실되었으나 숙직실 옆에 마련한 천막 음악실에서 학생들을 가르치기 시작했다. 강선생은 쉬는 시간에도 음악실에 남아 있었고 더러 교무실에 들러도 통 말이 없는 조용한 사람이었다. 그는 남한의 국민학생용 음악책 내용을 금방 익혀 성실하게 학생을 지도했고 숙직실에서 손수 밥을 끓여 먹으며 숙직까지 도맡았다. 윤선생이 점심시간에 더러 천막 음악실 옆을 지나칠 때면 우물 옆 능수버들 아래 의자를 내놓고 앉아 하염없이 상념에 젖은 채, 늪지에 한 다리로 서 있는 왜가리를 연상케 하는 그의 외로운 모습을 보곤 했다. 강선생님, 고향 생각 하는 모양이지요? 하고 윤선생이 물으면 그는 수줍게 미소만 띨 뿐 대답을 입속에서 우물거렸다. 어느 날 방과 후, 이제 앙상한 벽돌 더미만 남긴 채 사라져버린 언덕 위 예배당과 선교사 사택이 있던 자리를 강선생이 넋놓고 보고 있었다. 사람들은 입으로 평화와 사랑을 떠들 때도 손으로는 끊임없이 평화와 사랑을 깨부술 쟁투와 증오의 칼을 갈고, 하나님은 그런 인간의 탐욕을 알기에 그 죄를 사하여주려고 그리스도를 지상에 보내셨다는 유수교회 젊은 전도사의 지난 주일 설교를 그녀는 음미했다. 교회가 있는 언덕바지는 녹음 짙은 숲에 가려 임시 예배실로 쓰는 천막은 보이지 않았다. 강선생 옆을 지나치던 윤선생이, 전쟁 터졌던 그해 여름까지 저 언덕에 벽돌집 예배당과 통나무집 선교사 사택이 있었고, 그곳은 자신의 어린 시절 추억이 간직된 장소라고 말했다. 잘 알지요. 전쟁이 나던 해 9월 초순 2사단 주력 부대가 퇴각하던 길에 인민군 중대 병력이 그 예배당에서 하룻밤을 묵었지요. 그런데 그 사실을 어떻게 알았는지 그날 밤 비행기 공습으로 중대원 태반이 목숨을 잃었습니다. 기독교 국가인 미국이 예배당까지 폭격할 줄은 미처 몰랐지요. 저는 겨우 목숨을 건졌습니다만 유수역 부근 전투에서 그만 포로로 잡혔죠. 그래서 거제도 수용소에서 석방되자 꼭 여기로 다시 와보고 싶었습니다. 강선생 말에 윤선생은 정례이모의 날벼락 맞은 죽음이 떠올랐다. 예배당이 폭격당한 바로 그날인가봐요. 새벽기도를 하루도 거르지 않던 예배당 사찰이 제 이모님이었어요. 선교사네 가족이 떠나버린 사택을 홀로 지키던 이모님도 그 폭격에 그만…… 정례이모는 참예수꾼으로 누구보다도 열심히 주님을 섬겼으나 그때까지 얼굴의 고침을 받는 기적은 일어나지 않았고 마흔 중반까지 결혼도 못한 채 예배당과 선교사댁 안팎의 궂은일을 도맡아 했다. 하늘나라 어디에 쓰시려는지 그런 착한 사람을 주님은 매정하게 이 땅에서 떠나게 했던 것이다. 강선생이 역이 있는 쪽으로 눈길을 돌리더니, 전쟁 전에도 이 학교에 계셨다고 들었는데 윤선생님도 피난을 갔다 왔습니까? 하고 물었다. 피난을 못 가고 진주에 있던 의무대 간호사로 일했지요. 그렇게 뽑혀가지 않았담 저도 폭격이 있던 날 밤 선교사 사택에 남아있었을는지 모르죠. 그네는 목젖이 아려왔다. 전쟁이 터졌던 그해 7월 중순, 인민군이 대전을 점령하고 파죽지세로 남하하자 제임스 목사 가족은 부산으로 피난을 떠났다. 윤선생이 텅 빈 선교사 사택의 짐을 정리하던 저녁 무렵, 송정댁이 달려왔다. 조금 전에 저녁밥을 먹다 네 아버지가 치안대에 끌려갔어. 전쟁 전 좌쪽 일했던 게 빌미가 됐는지…… 윤서방은 그길로 진주로 끌려가 진주 장대국민학교에 수용되었다가 거기에 모인 다른 장정들과 함께 트럭에 태워져 사천 외각 갯가로 옮겨져 수장당했다. 푸석한 조밥 먹다 숟가락 놓은 채 끌려나간 지 나흘 만이었고, 굴비 다발처럼 서로 손발이 묶인 시신들이 선진 앞바다에 떠오르기가 닷새 뒤였다. 허리 뒤로 젖힌 손목에 철사줄로 두셋씩 연결하여 바다에 처넣었다잖아. 물에 떠오른 시신에는 눈이고 입이고, 심지어 똥구멍까지 구멍이란 구멍에는 문어며 낙지가 빨판을 대어 달라붙어 있었다니…… 딸 앞에 퍼질러앉자 혼이 빠진 듯 그 말을 주절거린 뒤, 송정댁이 갑자기 적삼을 활활 벗고 늘어진 젖통을 내보이더니 앙가슴을 치며 외쳤다. 네 아비가 뭘 잘못했다고 그토록 처참하게 죽여. 차라리 내 가슴에 비수를 꽂아라! 대명천지에 내 빨가벗고 물어보자, 네 아비한테 무슨 죄가 있었냐고. 애옥살이 가난이 하도 지긋지긋해 작인들끼리 뭉쳐 굶지 않고 살 수 있는 세상 만들어보자는 게 죄였어? 그걸 죄라고 따진 놈들이 누구냐. 똑똑한 여은아, 네가 말해봐. 네 아비가 무슨 죽을죄를 지었는지 너가 말해보라고! 정례와 네가 하도 간청해 나도 예수 믿었더니 예수 귀신이 네 아비를 잡아먹었어! 송정댁은 입에 거품을 물고 뒤로 자빠지더니 실신하고 말았다. 하루 반나절 만에 깨어나자 송정댁은 그때부터 실성기를 보였다. 아무데서나 옷을 훌훌 벗곤, 껍데기 홀랑 벗고 대명천지에 물어보자, 우리 서방 죄가 무엇이냐고 대들며 누구나 붙잡고 울먹였다. 8월 초, 유수리에 인민군 부대가 들어왔다. 방학 중이라 학교가 문을 닫았으므로 윤선생은 노력봉사에 동원되어 진주도립병원에 주둔해 있던 인민군 의무대의 보조간호원으로 나서야 했다. 그해 여름, 낙동강 방어선을 사이에 두고 경남 서부 지방은 전투가 치열했다. 창녕, 남지, 진동으로 잇는 접전선에서 쌍방의 밀고 밀리는 육탄전이 한 달 넘게 계속되었다. 엄청난 수의 부상병이 후방 진주로 밀려들었다. 북에서 내려온 인민군은 물론 점령지 각지에서 소집된 의용군까지 합쳐 병원은 복도까지 부상병으로 초만원이었고 하루 평균 수십 구의 시체가 매장지로 떠났다. 윤선생은 아군 적군을 따지기 전 예수의 가르침대로 부상병 치료를 위해 밤낮 헌신적으로 일했다. 연합군의 인천상륙작전을 기점으로 9월에 들어서자 인민군 2사단이 맡았던 서부전선은 물량을 앞세운 유엔군과 국군의 반격으로 밀리기 시작했다. 진주 일대가 국군에 의해 수복되자 곧이어 대대적인 부역자 색출 작업이 시작되었다. 인공 치하 간호원으로 일했던 윤선생도 유수리 지서를 거쳐 진주경찰서로 끌려갔다. 그녀는 보름여 감방 생활을 하며 혹독한 심문으로 고초를 당했다. 악질 형사 하나는 그녀를 고쟁이 하나만 걸치게 한 채 옷을 벗겨 심문하며 아비 윤서방의 좌익운동 행적과 그녀가 진주 의무대에서 인민군에 협조한 죄질을 따졌다. 사흘째 잠을 재우지 않아 그녀는 수면 부족에다 사흘째 금식을 하고 있었기에 손가락만 건드려도 넘어질 만큼 영육이 만신창이였다. 선생 출신이라 봐줬더니 이년이 거짓말만 둘러대! 형사가 알가슴을 쥐어박자 졸고 있던 그네는 의자에서 나가떨어졌다. 가물가물하는 의식에 고쟁이가 벗겨지고 남자의 몸이 자기 몸 위에 실리는 걸 그녀는 어렴풋이 느낄 수 있었다. 주님, 저를 구해주옵소서. 입에서 절로 가느다란 비명이 흘러나왔으나 그네는 그를 밀쳐낼 힘이 없었다. 순간, 동족은 물론 당신이 사랑했던 제자들로부터도 버림받고 아무런 이적도 보여주지 못한 채 무력한 존재로 처형당한 예수의 고통에 찬 슬픈 모습이 떠올랐다. 욥과 예레미아도 그런 수난을 당했으나 그들은 하나님을 의심치 않았다. 예수의 목소리가 들렸으나 그녀는, 내가 욥이나 예레미아가 아니지 않느냐는 생각에 주님의 그 말에 실망했다. 나를 어찌 버리시나이까…… 그녀는 체념했다. 문이 열리는 소리가 들렸다. 너 뭐 하는 짓이야! 동료 형사가 실내로 들어선 것이다. 뒷날, 윤선생은 그 위기의 순간을 회상할 때 주님 말씀에 실망한 자신의 순간적 판단이 부끄러웠고, 주님은 인간으로서의 능력이 한계에 달한 결정적인 순간에 역사하심을 마음 깊이 깨달았다. 유수국민학교 학생 학부모와 유수교회 교인들은 윤선생이 수감 생활을 겪자 경찰서 마당까지 몰려갔다. '모범적인 선생이요 진실한 기독교인'이란 그들의 탄원이 주효했고, 이런 업보도 하나님의 뜻이라면 그리스도께서 나를 부를 그날까지 금식하겠다며 열흘 동안 버틴 끝에 탈진 상태에 이르자, 그녀는 재판에 회부되지 않고 간신히 풀려났다. 만산에 단풍이 지던 절기, 그네가 이십오 리 길을 지친거리며 걸어 집으로 돌아오니 그사이 아버지를 잃은 뒤 실성기를 보였던 어머니는 알몸으로 우물에 투신해 죽었고, 구산 포구 김밭 일을 하다 국군에 입대한 첫째 오라버니는 전사했고, 아래 오라버니는 인민군 의용대로 끌려나간 뒤 소식이 묘연했다. 딸과 친정 동생의 권유로 송정댁도 제임스 목사로부터 세례를 받아 믿음의 식구가 된 모녀는 가족의 평안을 위해 한목소리로 기도했건만 집안은 일거에 풍비박산이 나고 말았다. 윤선생은 욥기와 예레미아서를 숙독하며 마음에 위안을 얻고자 했으나 하나님이 두렵다는 생각을 떨쳐버릴 수 없었다. 집안의 그런 수난에도 만약 하나님의 작정하신 뜻이 있다면 그 하나님은 자비로운 분이 아니라 무서운 징벌관이 아닐 수 없었다. 가을에 들자 천막 교실로 학교가 문을 열었다. 윤선생은 다시 교단에 섰다. 제임스 목사 가족은 전황이 급박하자 피난지 부산에서 미국으로 돌아갔다. 태평양전쟁이 발발한 1941년 1월 조선총독부의 미국인 강제 퇴거 조치로 조선 땅을 떠났다 해방 직후에 다시 나왔으니, 타의에 의한 두 번째 출국이었다. 고향으로 돌아간 제임스 목사는 그곳 여러 교회를 돌며 전쟁의 고통에 시달리는 한국 교인을 돕는 모금운동에 백방으로 뛰었고, 윤선생과 편지 왕래도 있어 유수교회 교인을 돕는 구호품과 성금을 보내왔다. 휴전협정이 진행 중이니 휴전이 되는 대로 한국으로 다시 나가겠다고 제임스 목사가 편지해오자, 윤선생은 사정이 허락한다면 학교와 교회에 쓸 풍금 두 대를 지원해달라는 답신을 보냈다. 제임스 목사가 미8군 물자 지원부의 지인에게 부탁해서 학교에 풍금 한 대가 도착하기는 여름방학이 끝날 무렵이었다. 가을 학기로 접어들자 서울로 떠난 장선생을 대신해 강선생이 삼학년 일반 담임을 맡았고, 천막 음악실에서는 풍금 소리에 맞춘 학생들의 합창이 울려 퍼졌다. 방과 후에도 강선생은 음악실에 혼자 남아 풍금을 치며 노래를 부르곤 했다. 슈베르트의 「겨울 나그네」 「로렐라이 언덕」, 오페라의 빼어난 아리아가 교무실까지 들려올 때면 윤선생은 전쟁의 악몽을 떨치고 그

노랫소리에 취해 꿈 많던 어린 시절 선교사 집 추억에 잠기곤 했다. 어느 날 방과 후 교무실에 강선생과 둘만이 남게 되자, 윤선생은 그와 대화의 기회를 갖게 되었다. 강선생은 스물일곱 살로 미혼이었고 고향 신의주에는 부모와 형제 셋이 있다고 했다. 전쟁이 터진 그해 6월 초, 그는 인민군 문예대로 입대해선 전라도 지방을 거쳐 하동 어름까지 왔을 때 문예대가 해체되어 소총원으로 편입되었다는 것이다. 강선생님은 가족이 있는 북으로 돌아가지 않고 왜 남한 땅에서 살기로 했어요? 윤선생이 물었다. 전 아무래도 체질적으로 부르주아인가봐요. 물론 지금 제 형편이야 프롤레타리아지만…… 제 말뜻은, 아무 가진 것 없으니 정신적으로 말입니다. 북에 있을 때 몸으로 부딪히는 생활은 그럭저럭 그 체제에 맞춰낼 수 있었지만 마음이 말입니다. 왠지 마음이 그 새로운 체제를 받아들이기가 그렇게 힘들 수 없었어요. 마음에서 마치 밀물이 밀려오듯, 이게 아니지 않느냐란 거부반응에 늘 괴로워했으니깐요. 강선생의 대답이 뜻밖이었다. 윤선생은 평안북도 지방이 선교 초기부터 기독교가 착실히 기반을 닦았음을 알고 있었기에, 그런 마음에 종교적 신념도 작용했느냐고 묻자, 그는 미소 띠며 머리를 저었다. 기독교는 인민의 아편이요 제국주의의 무기라는 북의 선전을 곧이곧대로 믿지는 않지만 어쩐지 아직까지는…… 강선생이 자신 없는 목소리로 말꼬리를 흐렸다. 어쨌든 공산주의 체제가 마음에 맞지 않았다면 전쟁 중에 남한측에 귀순할 기회도 있었을 텐데요? 윤선생이 다시 물었다. 여러 차례 그런 결심을 했지만 용기가 없어서요. 결단을 내리면 실천에 옮겨야 하는데 성격이 소심한 탓인지 마음으로는 그렇게 해야 한다면서도…… 강선생이 얼굴을 붉혔다. 윤선생은 문득 그의 수줍어하는 표정 위로 유수리에서 진주로 기차편에 통학하던 시절 황민우라는 남학생의 모습이 스쳐감을 보았다. 인공 치하 때 간호원으로 일했다고 수복 후 고초를 겪었다는 말을 들었습니다. 그때 당한 상첩니까? 강선생이 윤선생의 입을 보며 물었다. 아, 예…… 그네는 얼굴을 붉히며 어물거렸다. 유수리 출신이 아닌, 눈썰미 있는 타지 사람이 더러 윤선생의 언청이 수술 자국을 보며 그렇게 물은 적이 있었지만 그네는 한번도 이를 사실대로 말해준 적이 없었다. 윤선생이 해방 후 고향의 모교 교사로 부임해 온 뒤 유수리 사람들은 그네가 어릴 적엔 언청이였음을 화젯거리로 삼지 않는 불문율을 은연중 지켜주었다. 강선생과의 대화가 깊어질수록 윤선생의 마음 한 귀퉁이에 차츰 그가 온기를 품고 터를 잡기 시작했다. 윤선생은 평생을 독신으로 살겠다는 확고한 신념을 가진 것은 아니었다. 주위의 권유로 두 차례 맞선을 봤지만 상대가 내키지 않은데다 해방과 전쟁 사이의 혼란기를 교사와 교회 봉사로 훌쩍 넘겨버려 서른셋의 노처녀가 되어버린 그녀에게, 그렇다고 연하의 강선생이 연인으로 마음에 터를 잡은 것은 아니었다. 그네로서는 여태껏 보아온 남성 중에서 강선생의 맑은 심성과 예술적 감수성을 갖춘 조용한 성품이 마음에 들었던 것이다. 가을이 깊어가자 윤선생은 강선생이 주말마다 읍내를 떠나 어디론가 다녀오고 있음을 눈치 챘다. 11월 하순, 강선생은 교장에게 임시 교사직을 그만둬야겠다고 사표를 냈다. 윤선생은 그 사실을 그가 유수리를 떠난 뒤 알게 되었다. 열흘 전인가, 장터 주막에서 강선생과 술을 한잔했는데 외로움 탓인지 남한 사회 적응에 무척 힘들어합니다. 거제도 수용소에서의 좌우익 린치 사건에서 곤욕 치른 얘기를 할 땐 겁에 질린 목소리가 반쯤 숨이 넘어가더군요. 직접 보여주진 않았지만 온몸이 그때 당한 삿매질과 칼질로 흉터투성이라니, 고초를 엔간히 당했나봅니다. 주말이면 통영으로 나다닌 걸 보아 아마 거기서 일본으로 들어가는 밀항선을 탔나봐요. 통영이 일본 밀항선 거점이라 좌익 했던 사람이 암암리에 많이들 도일(渡日)한다고 들었어요. 백선생이 말했다. 강선생이 일본으로 밀항을 했다는 백선생의 말을 그녀는 도무지 믿을 수가 없었다. 강선생과 여러 차례 대화를 나누었지만 그는 그런 자신의 심경을 지나가는 말투로도 비치지 않았고, 그네 또한 짐작조차 못했던 것이다. 포로수용소에서 남한 정착을 작정하여 석방되고 보니 남한의 시장경제 자유사회가 생각하던 만큼 살기 좋은 세상이 아니란 투의 발언을 흘린 적도 없었다. 겁이 많고 소심해 귀순 기회마저 놓쳤다는 그가 밀항선을 탈 용기를 내다니. 밀항선이 비싼 뱃삯 받고 도망자들을 태워선 밤바다를 실컷 돌아다니다 한국 땅 해안 아무데나 부려놓곤 일본 땅에 도착했다고 속인다는 소문도 익히 들었을 텐데 그런 용기를 내다니. 일본에서 성악 공부를 더 해보기로 작심했을까. 아니면 일본을 거쳐 가족이 있는 북으로 갈 계획을 세운 걸까. 그도 아니라면 갈등과 전쟁으로 피바다가 된 이 땅이 싫어 평화의 낯선 땅을 찾아 떠났는지도 몰랐다. 열 길 물속은 알아도 한 길 사람 마음은 알 수 없다는 말이 있듯, 사람 마음은 그 속으로 들어가보지 않곤 알 수 없는 거구나 하는 전율만을 윤선생은 차갑게 곱씹었다. 마음 한 귀퉁이에 온기로 자리했던 그곳에 포탄이라도 떨어진 듯 충격을 받은 그녀는 한 달여 시간이 지나자 어렴풋이나마 강선생에 대한 감정이, 바로 그런 마음의 온기가 이성에 대한 사랑의 감정이 아니었을까 하는 생각이 들었다. 그러자 윤선생은 사람이 무서워졌다. 대개 사람들은 자기가 좋아하는 세상일에서 행복을 찾고, 하나님이 시킨 일에는 곤경이 따르는 법이지만, 그네는 후자에 의지함이 자신의 길임을 깨쳤다. 그러기에 바울, 스데반, 야고보, 베드로, 폴리캅을 비롯한 초대 교회 시대의 많은 그리스도인들과, 가깝게는 우리나라의 천주교 박해 때 천주교인들이 배교를 거부하고 담대하게 형극의 순교를 택했던 것이다. 그네가 예수를 영적으로 모셔 그분의 평생 신부가 되기로 마음으로 서약하기가 그즈음부터였다. 안정된 직장이 있기에 독립된 생활을 할 수 있다는 점 외에도, 네 살 때 영양실조로 죽었다는 큰오라버니도 언청이 조짐을 보였다는데 선천성 언청이는 유전이 된다는 학설도 은연중 그네를 홀로 서게 하는 구실이 되었다. 진경희가 운전한 승용차가 다대포해수욕장 입구 횟집이 즐비한 먹자거리에 도착한다. 먼저 도착하여 차에서 내려 기다리던 일행이 윤선생을 맞는다. 선생님, 시장하시죠. 기동군이 잘 아는 횟집이 있답니다. 거기로 가시죠. 심경수가 말한다. 바닷바람이 차가워 윤선생은 손수건으로 입을 막고 쪼작걸음으로 일행을 따른다. 진경희가 윤선생 팔짱을 끼어 부축하곤, 선생님, 바닷바람이 차지요. 감기 덧

나실라 한다. 그네는 건축업을 하던 남편과 사별한 뒤 광복동 유명 백화점의 화장품 매장을 운영하여 자리를 잡자 여러 백화점에 직영점을 낸 여장부로 교회 집사이다. 선생님과 팔짱 끼고 이렇게 나란히 걸으니 선생님이 참으로 아담하시구나 하는 생각이 드네요. 예전엔 선생님이 키가 크고 우러러보였는데. 진경희가 말한다. 제가 여자치고 큰 축에 끼이지도 않지만 나이가 들면 키가 줄고 살이 빠진대요. 윤선생 말에 앞서 걷던 방도식이 진경희를 돌아보며 핀잔을 놓는다. 진집사는 '눈높이'란 말도 못 들었나. 우리가 국민학교 시절엔 키가 작았으니 선생님을 모두 올려다보았을 수밖에. 윤선생님은 키보다 마음이 엄청 크신 분이라 우리가 더 우러러봤겠지. 일행 일곱은 횟집 '일출'의 바다가 훤히 보이는 이층 창가에 자리 잡는다. 부산에서는 발이 넓은 곽기동이 수족관으로 가서 물속에서 노니는 도다리, 감성돔, 우럭 따위의 활어를 손가락으로 지목한다. 그는 자동차 정비공장을 자영하다 맏아들에게 물려주고 노후를 여유 있게 보내고 있다. 선생님, 가덕도에서는 몇 년을 근무하고 퇴직을 하셨죠? 윤선생이 바다 건너 서쪽으로 치우쳐 있는 가덕도 쪽에 눈길을 보내자, 심경수가 그 심경을 헤아려 묻는다. 육 년간이었습니다. 애린원 일을 해야겠기에 정년을 다섯 해 앞당겨 퇴직할 동안 쭉 일학년만 담임했어요. 어린 천사 같은 햇병아리들을 맡아 가정 생활, 사회 생활, 좋은 습관 길들이기를 하나하나 깨우쳐주는 게 그렇게 즐거울 수가 없었어요. 윤선생은 망연히 가덕도를 바라본다. 새 학기가 되어 반이 바뀌면 첫날 첫 시간의 선생님 말씀은 늘 한결같았어. 남에게 피해를 주는 사람이 아닌, 도움을 주는 사람이 되라고. 남을 먼저 배려하는 생활습관이 공부 잘하는 것보다 더 중요하다고 강조하셨지. 김문호가 말하자 여럿이 나서서, 남에게 도움을 주고 기쁨을 주는 사례가 무엇임을 윤선생의 당시 말을 대신해서 읊어댄다. 몸이 불편한 노인이나 동무를 도와주기, 떨어진 휴지를 줍고 아무데나 침을 안 뱉기, 혼자 큰 소리로 떠들어 남에게 피해를 주어서는 안 된다는 따위가 화제에 오른다. 윤선생은 제자들이 나누는 말을 못 들은 채 창밖으로 기류를 타고 나는 갈매기들을 넋 놓고 바라본다. 갈매기들이 마치 따뜻한 봄볕에 햇병아리들이 삐악거리며 종종걸음으로 달려오는 모습으로 환치되더니, 장다리꽃, 메밀꽃 핀 들녘으로 봄 소풍 나선 아이들의 밝은 얼굴이 그네의 눈앞에 어린다. 재작년 가을운동회 때 그네는 그곳 성북초등학교 동창회 초청으로 모처럼 만에 학교에 들러 예전에 가르친 많은 제자들을 만날 수 있었다. 코흘리개였던 그들도 이제 의젓한 청년으로 성장해 있었다. 사금파리처럼 부서져 내리는 햇살 건너 가덕도는 해안선과 능선이 운무에 싸여 흐릿하다. 윤선생은 1946년부터 1968년까지 모교인 유수국민학교에 근무하다 진양군 내 국민학교 두 곳을 거치며 일곱 해를 근무했다. 1975년, 교단에 투신한 지 서른여섯 해째 쉰다섯 살 때, 교감이나 교장이 되기 위한 연수교육을 한사코 기피해온 윤선생에게 모범교사로서 오랜 교직 경력의 공헌을 인정하여 경남 도교육청에서 뒤늦게 교장 임명 발령을 내었다. 윤선생은 도교육청에 건의서를 제출하여 낙도나 작은 분교의 평교사를 지원했다. 외딴섬에서 아이들을 가르치고 그곳에 교회가 없다면 젊은 목사를 청빙해와 자신이 개척 교회를 세우고 주민들을 위해 봉사하기로 마음먹었다. 교장직을 마다하고 평교사를 지원한 그네의 겸손은 당시 화제가 되어 지방 신문에 기사화되기도 했다. 그렇게 부임한 학교가 외딴섬이 아닌 가덕도 성북국민학교였다. 나름이 아가씨가 먼저 밑반찬으로 상차림을 하더니, 푸짐한 생선회를 두 접시로 나누어 나른다. 기사는 빼고 소주 한잔해야지. 선생님, 우리 술 한잔해도 되겠지요? 도자기 공방을 운영하며 도예공 양성도 하고 있는 심경수가 물수건으로 꺼칠한 손을 닦으며 묻는다. 자네, 말 순서가 틀렸어. 선생님께 먼저 여쭙고 술 주문을 내든지 해야지. 허환이 친구에게 한소리 한다. 누가 뭐랍니까. 그러나 이제 나이도 웬만하니 건강 생각해서 술은 적당히 드세요. 무안을 당한 심경수에게 그네가 말한다. 심경수가 나름이에게 소주 한 병에 플라스틱통들이 오렌지 주스를 청한다. 선생님, 회 많이 드세요. 노년일수록 신선한 고단백질을 섭취해야 한대요. 진경희가 말하곤 문득 생각이 났는지, 갑작스레 별세한 한여사님을 보더라도 노년의 건강은 선생님이 직접 하루하루 체크를 해야 한다고 말한다. 한여사는 그녀의 광복동 화장품 가게 단골손님이었다. 윤선생, 허환, 김문호에 차를 운전해 온 곽기동과 진경희는 주스잔을 받고, 심경수와 방도식은 소주잔을 받는다. 평신도지만 명색이 교회 나간다는 사람이 술잔 든 사람들과 건배하기가 뭣하구먼. 그러나 건배는 해야지. 우리의 영원한 사표 윤선생님의 무병장수를 위해 건배! 허환이 소주잔을 들고 말한다. 상추잎에 초장 찍은 우럭회를 얹으며 곽기동이 말문을 연다. 보름쯤 됐나, 집안 혼사가 있어 모처럼 진영에 들렀죠. 가는 날이 장날이라고, 장 구경하며 난전에서 얼큰한 쇠고기국밥에 막걸리도 걸쳤죠. 대파 숭숭 썰어 넣은 삼천 원짜리 국밥 맛은 예전과 진배없습디다. 국밥집 아줌마 말로는 장날이 따로 없대요. 아직도 시골인 가술장이라면 몰라도 진영은 무싯날에도 상설 시장이 선다니깐요. 고층 아파트가 쭉쭉 치솟는 걸 보아도 진영이 예전 진영이 아닙디다. 읍내 중심지 땅값이 평당 오백이 넘는대요. 우리가 학교에 다닐 적에 닷새장 서는 날이면 대단했잖아요. 콩 서너 되에 달걀 서너 꾸러미 팔아 애들 학용품이며 석유 한 됫박 사겠다고 십 리 이십 리 길 멀다 않고 장에 나오곤 했지요. 그 말을 선배인 심경수가 받는다. 곽군 자넨 해방 후에 학교를 졸업했으니 그렇게 크게 서는 장 구경을 했지. 우리가 학교 다닌 일제 말기엔 농촌 생활이 하도 쪼들렸기에 장이 제대로 서지도 않았어. 사고팔 게 있어야지. 장바닥엔 징병이다, 징용이다 하며 객지 떠날 장정들과, 따라 나온 가족들 울음으로 장터가 눈물 바다가 됐지. 허박사, 안 그런가? 심경수 말에 곽기동이 불퉁해한다. 저도 입학은 해방 전에 했어요. 일학년 때 윤선생님이 담임을 맡으셨고 이태 후에 학교를 쉬게 되셨죠. 심경수가 알았다고 손사래를 치며 웃곤, 선생님이 학교 떠나신 게 우리가 졸업한 이듬해였지요? 하고 묻는다. 해방될 때까지 이태를 쉬었죠. 윤선생이 담임한 허환과 심경수가 1942년 졸업생이니, 그때 그네 나이 스물세 살 때였다. 이듬해, 추석을 앞둔 날 예년처럼 육학년 담임을 맡아 반 애들에게 성묘에 관한 설명 끝에, 왜 가정

마다 조상님 섬기기가 중요하냐는 말이 입에 올랐고 단일 민족으로서 조선인의 특별한 조상 숭모 정신은 기려 마땅하다고 말했다. 곁들여 이스라엘 민족이 비록 국가가 없으나 하나님의 아들 다윗의 자손이란 자부심으로 민족 정통성을 이어온 그들의 조상 숭모 정신이야말로 본받을 만하다고 덧붙였다. 이튿날, 반 애들 중 한 학생의 고자질로 윤선생은 수업 중에 순사에게 연행되어 지서로 불려갔다. 이튿날로 그녀는 김해경찰서로 이송되어 보름 동안 구류를 산 끝에 약식재판에 회부되어, 동맹국인 독일이 증오하는 유대인을 옹호했고 조선 독립을 암암리에 선동했다는 죄목으로 교사직에서 파면되었다. 저도 한마디 추억담을 말할게요, 하며 진경희가 말문을 연다. 삼학년으로 올라가 낯선 교실에 앉아 우리 반 담임선생은 어떤 분이실까 하고 조마조마하게 기다리는데 윤선생님이 출석부를 들고 척 들어서자 모두들 숨을 죽였죠. 진경희의 말에, 와 하고 환호성 지르며 박수를 친 게 아니고? 하며 방도식이 묻는다. 윤선생님은 옛날얘기도 잘 안해주고 농담도 안하는 엄격한 선생님이란 소문이 났잖았습니까. 복도를 뛰어가다 맞은편에서 오는 애와 부딪히면 선생님은 반드시 뛰는 애를 불러 세워 남을 배려하지 않은 뜀박질을 꾸짖었으니깐요. 그런데 첫 용의검사를 하곤 반 애들 생각이 확 바뀌었죠. 진경희 말에 방도식이 맞장구를 친다. 맞아. 우리가 학교 다닐 땐 한 달에 두 번씩 용의검사가 있었지. 때꼽 긴 양손을 가지런히 내놓고 검사를 받았는데 손을 자주 씻지 않아 손등이 누룽지가 되고 심지어 쩍쩍 갈라터진 녀석은 물론, 손톱 긴 녀석들도 선생님 회초리깨나 맞았지. 방도식 말에, 다른 선생님은 교탁에 회초리를 얹어두었지만 윤선생님만은 회초리가 없었어. 선생님한테 종아리나 손바닥을 맞아본 학생은 없을걸, 하고 허환이 말한다. 진집사, 용의검사 때 선생님이 손톱 깎아주신 얘기 하려는 거 아니오? 우리 때도 그랬으니깐. 김문호가 아는 체한다. 그래요. 용의검사를 하고 난 뒤 그날 공부를 끝내고 선생님이 학생들 이름을 부르시곤 불린 학생은 남으라고 말씀하시데요. 용의검사를 할 때 특별히 지적을 안하셨기에 열예닐곱 명이 영문도 모른 채 남았죠. 선생님이 데운 물 두 바께쓰를 양손에 들고 오시더니 그 물을 세숫대야 여러 개에 나누어, 남은 학생들에게 모두 손을 담가 때를 불리라고 말씀합디다. 그리곤 뽀드득뽀드득 가지 소리가 나도록 학생들 손을 손수 씻겨주곤 손톱깎개로 손톱을 깎아주시는 게 아니겠어요. 마치 주님께서 제자들에게 그렇게 하셨듯. 진경희의 말에 곽기동이, 진집사는 박통 초기 시절 학교에 다녔지요? 하고 묻는다. 그때가 아마 박정희 씨가 군복 벗고 대통령에 당선된 해일 거라고 진경희가 말한다. 그 시절엔 그래도 읍내 제법 사는 집엔 미제 손톱깎개가 나돌았지. 우리 적엔 엄마나 누나가 가위로 손톱을 깎아주었는데 그놈의 무딘 가윗날로 손톱을 깎다 보면 어떤 땐 너무 싹둑 깎아 손톱이 자랄 한동안까지는 생손가락을 앓곤 했어. 학교에선 자주 용의검사하곤 회초리 맞지, 집에선 손톱 깎자며 어른들이 날이 무딘 큰 가위를 들고 덤벼들지, 고문이 따로 없었다고 곽기동이 말하자, 한바탕 웃음판이 터진다. 윤선생도 제자들의 재담을 들으며 버릇대로 입을 가리고 웃는다. 선배님들은 국민학교 다닐 때 수박이나 참외, 밀 서리해 먹은 개구쟁이들 없었나요? 김문호가 묻는다. 친구 핑계 대게, 그럼 자기는 안해먹었단 소린가? 심경수가 되묻는다. 저도 친구 따라 서리할 때 끼긴 했지만 주인한테 잡힌 적은 없었지요. 김문호 말에, 장로님께서 이제야 옛적 죄를 참회하는구먼 하고 방도식이 음전케 말한다. 지금도 잊혀지지 않아요. 윤선생님이 담임하실 때 우리 반에 홍동시라는 애가 있었어요. 별명이 홍시였는데, 애가 동네 애들과 남의 밀밭에 들어가선 밀 서리해서 알불에 그슬리다 홍시만 주인한테 잡혔지 뭡니까. 이튿날 학교로 통고가 오자 방과 후 선생님이 홍시를 데리고 밀밭 주인을 찾아가 학생을 잘못 가르쳐 죄송하다며 사죄하시고 선생님이 서리해서 베어진 밀밭에 홍시 대신 무릎 꿇어 한 시간 벌을 서시고, 홍시에게는 한 시간 동안 꼴을 한 짐 베라는 일감을 맡겼지 뭐예요. 김문호의 옛적 일화를 듣자 윤선생은 홍동시란 학생 얼굴은 떠오르지 않는데 지금도 그 이름이 잊혀지지 않는 표한돌이란 학생이 생각나 가슴이 뜨끔하다. 표군은 진경희보다 학년이 몇 해 아래였는데 집안에서 응석덩이로 자란 탓인지 덜렁이였고 수업 시간에도 호작질과 장난이 심했다. 부모는 시장통 어귀에서 담배포를 겸한 잡화점을 열고 있었다. 표군이 그해 여름 외밭 서리를 하다 주인에게 잡혀 학교로 연락이 와서 그때도 윤선생은 표군을 데리고 외밭 주인을 찾아가 원두막 아래에서 한 시간 대신 벌을 서고 표군에게는 외밭의 잡초를 뽑게 했다. 표군이 선생님이 시키는 말을 듣지 않고 빈둥거리자 그네가 오랜만에 하댓말로 영을 세워 엄하게 꾸짖었다. 남의 물건을 훔쳤으니 비록 장난 삼아 저질렀다지만 외 서리도 도둑질이고 도둑질은 죄 중에도 큰 죄다. 일을 하지 않는 자는 먹지도 말라고 성현께서 가르쳤는데 너는 큰 죄를 짓고도 전혀 그 잘못을 뉘우치지 않고 게으름을 피우잖냐. 그러니 선생님이 내일도 방과 후 너 대신 여기로 와서 한 시간 벌을 서겠다. 그런 일이 있고 며칠 뒤 토요일, 하굣길에 표군은 동무들과 어울려 저수지에서 멱을 감다 다른 동무들은 물놀이를 잘하고 나왔는데 그 애만이 익사하고 말았다. 연락을 받고 윤선생이 저수지로 달려가니 표군 엄마가 거적 덮인 아들 시신 앞에서 땅을 치며 통곡을 쏟고 있었다. 한돌이가 선생님께서 자기를 대신해 이틀 동안 벌을 서셨다며, 앞으로는 착한 어린이가 되어 공부를 열심히 하겠다고 눈물을 글썽이며 뉘우치더니, 걔가 죽음 귀신이 씌어 부모 앞에 처음으로 그렇게 착한 말을 했나…… 삼대독자를 잃고 머리를 산발한 채 애통해하던 표군 엄마 모습이 지금도 윤선생 눈에 선하다. 그 뒤, 표군 엄마는 송정댁처럼 아무데서나 헛것이 보이는지, 내 아들이 저기서 온다며 헛소리를 했다. 표군 아버지는 잡화점 장사일도 팽개친 채 술만 억병으로 마시더니 그해 겨울 진주로 나갔다 술에 취해 돌아오다 신작로에서 쓰러져 동사하고 말았다. 실성기가 있던 표군 엄마 역시 이듬해 자리보전하다 숨을 거두었다. 그런 과정을 지켜보며 윤선생은 남의 물건은 겨자씨 하나도 손을 대서는 안 된다는 정직성을 철저히 가르치지 못함으로써 표군을 사망에 이르게 하지 않았나 하는 자책감에 시달렸다. 한편으로 올곧게 살아온 평범한 한 가정의 급격한 몰락을 지켜보며 인간사를 내려다보는 하나님의 뜻이 어디에 있는지, 그분이 인간에게 역사하는 의미가 무엇인지에 대해 숙고하지 않을 수 없었다. 유대 땅을 넘어 그리스도의 복음을 유럽에 처음 전파한 바울이 전도 여행 목적지로 정한 스페인으로 가는 길에 로마에 잠시 들렀다 그곳에서 체포되어 순교하게 되었으니, 인간의 계획과 하나님의 계획이 얼마나 다른가를 그네가 깨닫기도 그때였다. 선생님, 어디 편찮으십니까? 젓가락을 놓고 한 손으로 이마를 짚는 윤선생을 보고 허환이 묻는다. 아니, 괜찮아요. 현기증이 조금 있어서…… 사실 윤선생은 눈앞에 뭇 별이 보이는 어질증으로 잠시 눈을 감는다. 온몸에 가벼운 경련이 물살처럼 일자 옆구리에 뜨끔한 둔통이 오고 뜬금없이 찾아온 요실금으로 오줌이 팬티를 적심을 느낀다. 제자들의 성의로 차려진 음식상이지만 무얼 더 먹지는 못할 것 같다. 옆에 앉은 허환이 선생의 손을 잡고 다독거리며 말한다. 선생님이 건강하게 오래오래 사셔야지요. 선생님은 제게 영원한 어머님이십니다. 잠자리에서 눈을 뜨면 선생님 건강 지켜주십사고 기도부터 드리지요. 허환의 말에 윤선생이 수줍게 웃는다. 허박사님 기도 덕분에 제가 이렇게 오래 살고 건강하잖아요. 윤선생 말에, 윤기모 회장이라서가 아니라 허박사만큼 끔찍이도 윤선생님을 생각하는 제자가 없지, 지극 정성이라니깐, 하고 심경수가 덕담을 한다. 친구의 말에 허환이, 이 세상에 태어나면 사람과 사람의 관계에 하나님께서 특별한 인연을 맺어주신다며 옛 일화 한 자락을 풀어놓는다. 허환이 윤기모 회장으로 뽑혔을 때 인사말에 삽입한 말이기도 했다. 하계에서 산 넘고 개울 건너 시오 리 길을 다리 절며 학교에 다닐 때 선생님은 내게 늘 용기를 주시고 보릿고개 때는 도시락을 여러 개 준비해 오셔서 나처럼 점심을 굶는 반 애들에게 나누어주셨지. 졸업을 앞두고 반 애들에게 선생님께서 장래 희망을 물으시자, 나는 의사가 되어 나처럼 몸이 불편한 사람들을 돕고 싶다고 말했잖았나. 선생님이 그 말을 기억하셨다가 천둥지기 몇 마지기에 여섯 식구가 목을 매는 하계골 우리 집까지 찾아오셔서, 환이가 이제 글을 깨쳤으니 보통학교 졸업으로 충분하다는 부모님을 설득하여 나를 마산공립중학교에 입학시켜주셨어. 졸업할 때까지 납입금을 보태주시기까지 했으니 그런 은공을 살아생전 잊으면 짐승만도 못한 인간 아냐? 허환의 말에 음식상 주위 분위기가 숙연해진다.

2

어머니, 접니다. 경률입니다. 무테안경 낀 중년치가 병실로 들어선다. 고군 왔군, 하며 병상을 지키던 허환이 뒤로 물러선다. 침상에 누운 윤선생이 가늘게 눈을 뜨고 다가선 고경률을 본다. 링거 주삿바늘이 꽂힌 그네의 손이 경련을 일으킨다. 애린원은 잘, 되지? 나 이제, 애린원으로, 돌아가야 하는데, 경률아, 나를 거기로 데려, 가줘. 윤선생의 느린 말이 모깃소리만큼 약하다. 목소리만이 아니라 한 달 사이 얼굴도 야위었고 안색이 창백하다. 그러믄요. 애린원은 아무런 어려움이 없습니다. 어머니 말씀대로 여기서 퇴원하면 애린원으로 모셔야지요. 고경률이 윤선생을 내려다보며 눈물 괸 눈을 슴벅인다. 너야말로, 믿음의 아들로, 겸손하고, 헌신적이니 주님께서…… 윤선생이 말을 맺지 못하고 미간을 찡그린다. 옆구리에서 시작된 통증이 온몸으로 번져 그네는 더 말을 이을 수 없다. 아파. 너무, 고통스러워. 내게 이토록, 몹쓸 병이 찾아오다니. 주님의 뜻이, 어디에 계시기에…… 그네가 입속말로 중얼거린다. 윤선생의 상태를 살피던 허환이 담당의를 만나러 발소리 죽여 실내를 나선다. 윤선생은 1981년 2월로 가덕도 성북국민학교에서 퇴직하자 진주시 변두리에 있는 애린원으로 들어갔다. 당시는 전두환 정권이 막 들어선 어수선한 시국이라 애린원은 시 보조금과 후원회 성금이 끊겨 운영에 어려움을 겪고 있었다. 급료가 체불되자 상주하던 의사와 간호사는 물론 종업원들마저 하나둘 떠나버려 애린원은 문을 닫아야 할 형편이었고, 그 시절만도 모두들 제 앞가림이 바빠 자원봉사자를 구하기가 힘들었다. 일흔 명이 넘는 애린원 식구가 의료 혜택을 받지 못해 병든 채 앓으며 주린 배로 지내야 할 처지에 놓이자 윤선생은 정년퇴직 후에나 애린원 일을 보려던 계획을 단념하고 다섯 해를 앞당겨 교직에서 물러났던 것이다. 가진 재물은 하나님 사업에 쓰려 내가 잠시 맡아둔 돈이라 여겼기에, 그네는 그동안 여러 복지단체나 어려운 이웃에게 기부한 돈 외 저축해둔 예금과 퇴직금을 털어 애린원 재건에 앞장섰다. 마산시청 사회복지과에 근무하던 양자 고경률이 어머니를 돕겠다며 사표를 내고 애린원으로 들어왔다. 신앙심이 좋았던 고군은 윤선생의 정신을 이어받아 평생을 빈자를 위해 봉사하겠다며 대학에서 사회복지학을 전공한 뒤 사회복지 전담 공무원으로 봉사했고, 처와 자녀 둘을 두고 있었다. 제가 어머니를 편케 모셔야 하는데 애린원에서 수고만 하시다 과로 끝에 입원하시고…… 어머니를 기로원으로 떠나보내고 몇 날 며칠을…… 고경률의 말이 목구멍에 잠기더니 손수건으로 눈물을 훔친다. 입을 벌리고 가쁜 숨을 쉬던 윤선생은 통증이 심해서 말할 기력이 없다. 눈을 감았는데 눈꺼풀이 떨리고 시트에 얹힌 손이 경련을 일으킨다. 이 무서운 통증이여, 육신의 질고에서 이렇게 헤매다니. 의사 선생님, 제발 이쯤에서 제 숨이 스스로 끊어지게 그냥 놔두세요. 너무 고통스러워서 숨쉬기가 괴롭습니다. 저는 이제 제 할 일을 다 마치지 않았습니까. 이 땅에 더 살아 있어야 할 가치가 없는 늙은이입니다. 주님, 저를 거두어주십시오. 주님께서 십자가에 못 박혔을 때도 이런 참기 어려운 고통이 찾아왔겠지요. 저희 죄를 알지 못하는 뭇 사람을 사랑으로 용서하시고, 저희가 당할 고통을 대신 당하시며, 나를 어찌 버리시나이까, 나의 영혼을 하나님께 맡긴다고 말씀하셨지요. 주님, 이제 저도 육신의 고통 끝에 이 세상과 이별할 날이 왔나봅니다. 주님은 메시아이시니 몸은 비록 죽더라도 이 여식의 영혼을 구원해주소서…… 그네의 의식이 참을 수 없는 육신의 고통으로 까라진다. 예수? 예수 잘 믿어서 그렇게 쩔쩔매며 허둥대냐? 네 마지막 꼴이 가관이다. 나와 한돌이는 그렇게 죽지 않았어. 폐 속까지 물이 차자 육신의 고통이 아닌 순간적인 공포로 혼비백산되곤 까무러쳤으니, 이승을 떠난 그후로는 나도 몰라. 편안한 죽음이 찾아왔겠지. 너도 봤지? 초정댁의 죽음을. 그 여편네는 살아생전 그렇게 흉측한 죄를 지었으나 입원도 하지 않았고 고통도 없이 자는 잠에 곱게 죽었다고. 귀에 익은 목소리인데 윤선생이 사방을 둘러보아도 어둠 속에 사람의 형체는 보이지 않는다. 우주는 영겁의 어둠에 잠겼다. 선교사? 그 양코쟁이들이야말로 예수 이름을 미끼로 이 땅에 들어와 집 안에 여럿 몸종을 두어 제 식구 몸 편케 하고, 사악한 양놈 장사꾼 패거리의 동패가 되어 온갖 박래품을 풀어먹이는 것은 물론이고 금광, 석유, 담배, 설탕 이권에까지 껴붙었지 않았냐. 외국으로부터 싸구려 천을 마구 들여와 이 나라 아녀자의 베틀질을 멈추게 했고. 제임스 그놈은 시골에 떨어졌다 보니 그런 짓까지는 하지 않았으나 착하디착한 처제가 시집도 못 가고 그놈 집에서 식모살이를 하다 미국놈 폭탄 세례에 개죽음당한 꼴을 너도 눈 똑똑히 뜨고 봤지? 열성으로 예수 믿은 말로가 그렇게 비참했어. 네가 그 집에 팔려갔을 때 내 이미 그 싹수를 알아봤다. 시집 한번 못 가보고 자식조차 못 낳아보고 무엇 하러 이 나이까지 살아? 애들을 가르쳤다고? 그 애들이 커서 나라를 어떤 꼴로 만들였어? 권세와 재물만 신주처럼 떠받드는 오늘날 천민자본주의 황금만능 세상을 만들지 않았느냐. 그러니 이 나라 교육자란 놈들도 잘난 체 낯짝 쳐들고 나설 게 없어. 이 나이까지 살아온 네 명(命)도 이제는 다했나봐. 잠시 후는 껍질이며 오장육부가 불에 타는 고통 끝에 숨 끊게 될 테니. 말끝에 껄껄거리는 홍소를 듣자 그제야 윤선생은 그 목소리의 임자가 누구인지 안다. 아버지는 여태껏 뭘 잘못 알고 있어요. 그건 편견이고 오해예요. 그렇지가 않다니깐요. 그네가 학생들을 가르치듯 아버지를 교화시키려 했으나 여전히 아버지의 실체는 눈앞에 없다. 내 한마디 더 할까. 나도 거기에 포함되지만, 죄 없는 동족을 해방공간과 전쟁 전후 백만 명 넘게 학살한 예수쟁이였던 이승만 영감은 제쳐두고라도, 예수 팔아가며 선교사들에게 꼬리 흔든 고관대작 놈들 행실 보더라고. 전쟁 터지자 제 자식들 징집 피해 미국으로 빼돌렸다 휴전이 되자 불러들여 영어 나부랭이 읊을 줄 안다고 높은 자리에 앉혀 순박한 인민을 능멸한 꼴이라니…… 윤선생은 그 빈정거림을 더 들을 수 없다. 아버지가 지옥에서 악령의 교시를 받고 있음이 틀림없다. 아버지, 지금 어디에 계셔요? 거기가 어디예요? 어디에서 그런 말씀을 하세요? 윤선생은 목소리의 실체를 찾아 사방을 두리번거린다. 네 알 바가 아냐. 나는 다만 내 육신이 살았던 이승에 원한이 맺혀 그 땅 산야를 떠도는 유령일 뿐이야. 죽고 나면 내세가 있다느니, 천당이니 지옥이니 하는 헛소리는 신통력으로 잔재주 굴리던 책상물림이 꾸며낸 엄포일 뿐이야. 숨 꼴깍 넘어간 후, 너도 여기 와보면 알지. 여기에는 천당이며 지옥이 없다. 내 그렇게 억울하게 죽어 여기로 오니 그런 곳이 구별되어 있는지조차 아무도 몰라. 육신이 없으니 고통도 없지…… 목소리가 차츰 멀어진다. 윤선생은 아버지가 있는 장소가 지옥과 천당이 없는 곳이라면, 이승에서 한을 많이 쌓았던 영혼만이 모인 내세의 또 다른 장소이리라 짐작한다. 그곳은 유물론자의 거처일 것이다. 아버지에게 예수 말씀을 간곡히 전해 당신을 기독교로 입교시켜 그곳에서 빼내와야 할 책임이 자신에게 있음을 안다. 그네가 아버지의 비뚤어진 생각을 고쳐주려 우주의 광대무변한 어둠 속을 달리며 사방을 살펴보았으나 육신이 없는 탓인지 당신의 실체는 어디에도 없고 영혼이 보일 리 없다. 혈육조차 전도를 못한 죄인이란 자괴감으로 크게 낙담한다. 내가 온 것은 가정을 불화케 함이니 사람의 원수가 자기 집안 식구라는 주님의 말씀이 생각난다. 여은아, 그렇지 않다. 로마의 지배를 받던 당시에는 애젊은 주님을 따르던 무리를 두고 그 식구조차 이교도라 비방하고 배척했기에 주님께서 그렇게 말씀하신 거다. 그리스도께로 돌아오지 않는 식구는 원수가 될지언정 하나님의 품속에서는 모든 이웃이 형제자매이니라. 사랑하는 딸아, 나를 보라. 내가 믿음의 식구를 데리고 한국 땅에 나와서 하나님 사업을 하기가 햇수로 쉰다섯 해, 나는 내 생애의 삼분의 이를 이국땅에서 보냈고, 이 땅을 내 안식처로 삼았다. 나는 이 땅에서 그리스도가 내게 주신 소명을 다하고 하늘나라로 왔다. 이 땅에서 산 쉰다섯 해의 내 삶은 모자람도 넘침도 없었다. 병든 자를 돌보았고, 육신이 주린 자를 구제하기에 힘썼고, 그리스도의 말씀으로 영혼이 목마른 자를 채워주는 데 일생을 바쳤으니 나야말로 주님의 말씀대로 승리하는 삶을 살았다. 홀연히 우렁차게 들리는 제임스 목사의 말에 아버지가 끼어든다. 저 자기도취에 빠진 교만한 언사를 들어보라고. 어디 저만 잘났고 저만 그런 일을 했나? 생명 가진 만물을 사랑하는 정신은 예수 그자만의 주장이 아냐. 인간이 태어날 때부터 육신의 유전인자 속에는 이기심과 함께 이타심도 숨겨져 있어. 육신이 고통당하는 가련한 인간을 사랑해

계급 없는 평등 세상을 만들고 그들을 구휼하려 나섰던 사람들은 도대체 누군데? 그 일에 신명을 바쳐 제명껏 못 살고 압제자 총칼에 처형당하거나 쫓기던 끝에 외로운 촉루가 된 실천가들이 어디 한둘이었냐? 말이 났으니 내 한마디만 더 하마. 평생 예수가 시킨 대로 살았다고 자부하며, 내 신앙심이 어떠냐고 은근히 뽐낸 너나 제임스 목사의 심보도 그 속내를 들여다보면 명예욕의 소치야. 교인들이 침 튀기며 존경하네 어쩝네 하고 아양을 떨어, 믿는 자는 복을 받는다, 천국이 저희 것이다 하며 앵무새처럼 지껄여도 빈자에게 진정 돌아온 게 뭐냐? 정신의 기갈을 채워준다고? 너와 그 자식들은 주리고 병들지 않은 상태이니 그런 말을 천연덕스레 지껄이지 않았느냐. 하복부의 모든 장기를 도마에 올려 난도질하듯 진통이 너무 격심해 윤선생은 두 사람의 실랑이질을 말릴 기력이 없다. ……나는 일평생 주님이 맡기신 사역에 헌신하며, 그 일을 맡겨주시니 오직 감사할 뿐이라며 내 믿음과 정성을 다 바쳤다. 사랑하는 내 딸아, 너도 그렇게 살아온 참다운 그리스도인이었다. 내 주님을 뵈오면 지상에서 평생 주님만을 섬기고 그 말씀을 실천한 아름다운 딸이 있었음을 꼭 전하마. 너의 이름이 여기 명부에 기록되어 있느니라. 제임스 목사가 천당이란 말은 하지 않았지만 주님이 계신 곳에 있다니 그곳이 하나님의 나라일 거라고 윤선생은 확신한다. 목사님, 저도 곧 이 땅을 떠날 거예요. 목사님 내외분과 마리아 할머니, 정례이모가 계신 그곳에 저도 가고 싶어요. 저를 어서 불러주세요. 윤선생이 진통을 참으며 목사의 말을 좇으며 허둥댄다. 제임스 목사는 1974년 여든

넷의 연세로 애린원에서 숨을 거두었다. 그 임종을 지킨 제임스 목사의 사모는 화장한 남편의 유해를 애린원 뒷동산에 묻고 뼈 몇 조각을 품고선 미국으로 돌아갔다. 고향인 보스턴에서 사모가 별세했다는 소식이 애린원에는 이태 뒤 전해졌다. 문 여닫는 소리가 들린다. 어머니는 제임스 목사님이 임종한 애린원에서 마지막 여생을 보내시겠다고 늘 소원하셨어요. 평소에도 강단이 있으신 분이라 생을 쉽게 체념하시지 않으실 겁니다. 고통이 조금 숙지막해지면 진통제를 써서 안정을 시킨 후 애린원으로 옮기심이…… 고경률이 계속 병실을 지키는 허환에게 말한다. 당분간은 관찰을 요한데. 투석요법도 병행해야 하니 지금으로선 퇴원 시기를 말할 수가 없다고 담당의사가 말했어. 허환이 대답한다. 전화벨 소리가 울린다. 허환입니다. 경수, 자넨가? 자꾸 전화질만 해대면 뭘 해. 저녁때 나와 교대하자고. 회원명부 주소록 찾아 연락해야 하고. 아무래도 조를 짜서 선생님을 지켜야 할 것 같아. 윤선생 귓가에 그런 대화와 전화벨 소리가 흐릿하게 들린다. 다시 병실문 여닫는 소리가 들린다. 캔서가 전이돼서…… 간과 여타 장기에까지…… 진통이 대단할 텐데 용케 잘 견디시니…… 누구인가 말하자, 의사 선생 저 좀 봅시다 하는 허환의 말이 희미해진다. 병실에 있던 사람들 발소리가 멀어진다. 문 닫는 소리에 이어, 목탁 두드리는 소리가 윤선생 귀에 단조롭게 들린다. 시주승의 험상궂은 거칠한 얼굴이 어둠 속에 나타난다. 누더기를 둘러쓴 여러 병자와 불구자들의 퀭한 눈이 스쳐간다. 스님이 왜 갑자기 찾아오셨어요? 윤선생이 깜짝 놀라 눈을 뜬다. 실내가 조용하고 그 스님의 모습이 간데없다. 시주승이 자신의 통증을 치유하고 갔는지 옆구리가 둔통으로 얼얼할 뿐 숨이 막힐 정도의 고통은 없다. 뜻밖에도 오래전 그 다리 아래 거적집에서 본 충격적인 장면을 순간적으로 다시 본 셈이다. 진통 속에서 어렴풋이나마 깨어 있는 상태로 스님의 행적을 보았는지, 깜박 잠이 들어 꿈속에서 그때 그 장면이 재현되었는지 알 수 없다. 그렇게 찔러대던 하복부의 통증이 고빗사위를 넘겼는지 한결 가셨다. 숨을 쉴 만하다. 시간이 얼마쯤 흘렀는지, 그동안 잠을 잤는지, 몽혼한 상태로 깨어 있었는지조차 가늠이 되지 않는다. 자신도 성치 못한 몸으로 구걸해서 장애인 행려자들을 돌보던 그 스님이 왜 갑자기 나타났는지 이상한 생각이 든다. 시주승의 영혼이 서로가 믿는 종교를 초월해서, 이 세상에 태어난 참된 뜻을 깨달았다면 부끄럽지 않게 살라고 잠재의식 속에서나마 끊임없이 간섭해온 게 아닐까 하는 그런 생각이 든다. 불행한 네 이웃을 돌보라는 예수의 말씀을 한시도 잊은 적 없지만 자신이 실천한 사랑의 방법이야말로 그 시주승에 비하면 비바람 없는 온실 속에서의 농사짓기였다.

윤선생 눈이 다시 감기더니 비몽사몽으로 빠져든다. 저는 세상 사람들 앞에 교사로서의 품위를 보이려 위선이란 옷을 입고, 모범으로 꾸미며, 내 몸 상하지 않고 살아왔습니다. 주님을 섬긴다고 멸시당했거나 수난과 박해를 겪은 적 없습니다. 정의와 자유와 사랑만이 넘치는 하나님의 나라를 이 땅에 건설하려 비바람 맞으며 앞에 나서본 적도 없습니다. 그런데도 저 같은 죄인이 주님이 계신 하늘나라에 들 수 있을까요? 윤선생이 묻자, 고개를 떨군 시주승이 얼굴을 든다. 그 얼굴은 뜻밖에도 땀이 핏방울처럼 맺힌 예수의 모습이다. 표정이 괴로움으로 일그러졌다. 내 마음이 심히 고민하여 죽게 되었으니 내가 무슨 말을 해야 할까. 여은아, 너는 잠들지 말고 깨어 있으라. 예수가 말한다. 주님, 잠들지 않을게요. 주님 곁에서 깨어 있을게요. 예수의 말씀에 윤선생은 행복에 겨워 눈을 뜬다. 그네는 흐릿한 의식으로 보았던 주님을 향해 안간힘을 쓰며 외친다. 베드로처럼, 잠들지 않고, 깨, 깨어 있을게요! 병실 문이 열린다. 기로원 가동의 같은 방을 쓰는 최여사가 들국화 한 다발을 들고 들어선다. 회장님, 안녕하세요? 기로원의 모든 분들이 회장님이 어서 쾌유하셔서 돌아오시기를 손꼽아 기다리셔요. 통증이 심하시다던데 어떠세요? 윤선생이 환영을 떨치며 온몸을 떤다. 이 꽃은 회장님이 가꾸시던 들국화가 아니에요. 오는 길에 꽃집에서 사온걸요. 최여사가 들국화 다발을 시트에 놓는다. 묽은 눈을 빠꼼하게 뜬 윤선생 입가에 미소가 번진다. 향, 향기가 곱기도, 해라 하더니, 이렇게 자주, 찾아와주시니, 고마워서…… 하고 윤선생이 조그맣게 말한다. 회장님, 요즘이 단풍 절기예요. 날씨도 너무 맑고 앞산 단풍이 얼마나 고운지요. 어서 쾌차하셔서 퇴원하시면 아침 산책도 나가셔야죠. 최여사가 말한다. 윤선생은 해설피 미소만 띠며 천천히 머리를 젓는다. 퇴원하게 되더라도, 기로원으로, 다시 돌아가기는, 어려울 것 같아요. 모두 쉬쉬하지만, 전 알아요. 신장의 암이 저, 전이 된 것 같아요. 이제 살날이 얼마 남지, 않았겠지요. 오래전부터, 신장이, 좋지 않았으니깐요. 그래서, 오늘도 의사 선생님께, 애린원으로 가겠다고, 언제쯤 퇴원이 가능하냐고, 여쭈었지요. 그곳에서, 생을 마치고 싶다고요. 윤선생이 쉬어가며 힘들게 말한다. 최여사가 실내를 둘러보곤 아무도 없음을 알자 목소리를 낮추어 속삭인다. 회장님, 제가 귀띔했던 말 기억하시죠? 오십년 가을부터 오십이년 여름까지 첩첩한 지리산으로 숨어들어 이태를 보냈다는 얘기 말입니다. 형제봉 골짜기에서 우리 분주대가 토벌군과 맞붙어 절반이 사살당하자 빠져나갈 퇴로조차 막혀 투항하고 말았지요. 저는 벼랑에서 뛰어내리다 발목을 접질려 걷지도 못하는 처지였구요. 지리산 산채에 해방구를 설정하고 한때 이만이 넘던 우리 병력이 국방군에 겹겹이 포위되어, 굶어 죽거나 얼어 죽거나 총에 맞아 죽거나 투항해버렸지요. 다들 그렇게 죽어갔으나 사람의 목숨이란 모질기도 하데요. 살아야겠다는 최후의 의지력마저 상실했을 때도, 죽음이 비켜갈 자리라면 비천한 목숨이나마 숨을 붙여 살아남게 됩디다. 영점칠 평짜리 감방에서 십칠 년을 견뎌낼 수 있었던 힘도, 여기까지 버텨왔으니 살아야겠다, 여기서 살아남아 세상 사람들 속에 섞여 살 날이 반드시 올 거다, 하는 확신을 가졌기에 바깥 세상으로 나올 수가 있었지요. 회유책도 지독했고, 어쨌든 바깥 세상으로 나가겠다고 전향서를 쓰긴 했지만…… 그러니 회장님도 숨 끊어질 그때까지는 절대 체념 마시고 힘을 내세요. 포기하시면 안 돼요. 제가 옆에서 힘이 되어 줄게요. 최여사의 말에 윤선생 얼굴이 환하게 펴지며, 고맙다고 거푸 말한다. 인공 치하 때 자신이 진주 의무대의 간호원으로 근무할 때, 최여사는 전투부대 구급소에서 포탄과 총알 사이를 누벘고 부상병을 후송하며 진주 의무대에도 두 차례나 들렀다 했건만 그때 윤선생은 최여사를 만나지 못했다. 제비꽃, 애기똥풀, 꽃다지는 늦가을이나 겨울에 꽃을 피운다 했지요? 제가 선생님 대신 야생화 화분들을 잘 돌보고 있는데 정말 꽃을 피울 준비를 하는지 몇 화분은 꽃대가 섰어요. 들국화는 노란 꽃을 활짝 피웠구요. 들국화를 보니 지리산에서 고난의 투쟁을 하던 그 시절이 자꾸만 생각나서…… 오십일년 그해 가을, 노고단 일대의 갈대밭이며 화개면으로 빠지는 빗점 골짜기에 핀 들국 무리가 얼마나 아름답던지. 기로원으로 들어오기 전 가을에, 출옥한 장기수 몇 분과 함께 우리가 한 세월을 보냈던 그 일대를 둘러보았죠. 그런데 이상합니다. 점심으로 산채비빔밥 한 그릇을 포식했는데 빗점 골짜기를 오르자 너무너무 허기가 느껴지데요. 뱃속은 가득한데 갑자기 배가 고파 걸음이 잘 떼어지지 않습니다. 며칠을 밥풀 한 알도 못 삼킨 듯 웬 허기가 몰려오는지. 의식이 오십년 그 시절로 돌아가자 당시 너무나 굶주려, 정신적인 허기가 맹렬한 식욕을 자극했나봐요. 김밥이라도 챙겨서 나섰다면 몇 인분이라도 먹어치울 수 있을 것 같았으니깐요. 삶에 대한 의지력도 그렇다고 봐요. 육신보다는 정신이 우위에 있잖아요? 정신력이 강해질 때 육체의 질병도 어느 정도 다스려지지요. 최여사의 말에 윤선생이 고개를 젓는다. 말씀은 고, 고마운데 전 이제, 그, 그만 살았으면, 싶어요. 주님이 계신, 하늘나라로 어서 가, 가기를, 날마다 기도드리고, 있어요. 문이 열린다. 허환과 심경수가 심각한 얼굴로 병실로 들어선다.

3

바깥은 비바람이 세차다. 늦가을 비가 이틀째 내려 갈잎나무의 마지막 낙엽을 떨구고 대지를 촉촉이 적신다. 침상에 누운 윤선생은 통증이 너무 심해 연방 구역질하듯 숨을 몰아쉰다. 진통제를 쓰지 말라고 한사코 거절하시더니…… 당신 스스로 이런 고통을 당하시겠다는 뜻이겠지요. 고경률이 윤선생을 내려다보며 안타까운 듯 속엣말을 한다. 양극 전류가 마주쳐 장기 곳곳을 쑤시며 불꽃을 튀기는데 몸은 송장인 듯 움직일 수 없어 그네는 기진맥진 상태이다. 주님, 주님은 분명 심판하는 재판관이 아니시죠? 우리가 이 세상을 떠나면 죄 있는 자와 죄 없는 자를 갈라 지옥과 천당으로 나누어 보내는 그런 심판을 하시지는 않죠? 주님은 세상 사람들로부터 버림받은 자와 멸시당한 자를 사랑하셨잖아요. 그들을 앞에 두고 이 세상에 죄짓지 않은 자 없다고, 그래도 너희들은 가진 게 없으므로 착하다고 말씀하셨지요? 세상 사람 모두가 죄인이기에, 그래서 죄인을 섬기러 오신 당신이 대속하여 저희가 지은 죄를 씻어 구원해주신다고 약속하시지 않았습니까. 형제가 네게 죄를 범하면 일흔 번씩 일곱 번이라도 용서해주라고 주님이 말씀하셨기에, 이 세상에서 어떠한 악행을 저지른 자도 지극한 사랑으로 품으셔서 그를 회개시키고 그 눈물을 통해 그 죄를 씻어주시겠지요. 만약 주님께서 우리의 죄를 심판하신다면 저는 너무 두려워 주님 앞에 나설 수가 없습니다. 윤선생이 예수의 발밑에 무릎 꿇어 당신의 얼굴을 올려다보며 애원한다. 예수의 머리 주위로 은은한 광채가 떠돌아 눈이 부셔 그 표정을 볼 수가 없고, 당신은 아무 말이 없다. 주님, 저를 가련하게, 여기신다면, 이 고통을, 거둬주세요! 고통 없이, 어서, 데려가줘요! 윤선생은 아픔을 더 참을 수 없어 힘껏 외친다. 그 외침조차 목구멍에서 막혀 밖으로 숨소리처럼 흘러나올 뿐이다. 혼절하듯 그네의 몸이 늘어진다. 엄마, 제발 진정 좀 해봐요. 제 말을 들어보세요. 고경률이 고린도후서의 한 부분을 읽기 시작한다. 우리가 환난을 받는 것도 너희의 위로와 구원을 위함이요…… 이 위로가 너희 속에 역사하여 우리가 받는 것 같은 고난을 너희도 견디게 하느니라…… 윤선생은 목소리만으로는 그가 누구인지, 남자인지 여자인지 구별이 안 된다. 나를, 애린원으로, 그곳으로 데, 데려다줘요. 거, 거기서 마지막을…… 모든 장기는, 기, 기증하고, 화장해서, 뼈, 뼈 몇 조각을, 목사님 무덤 옆에…… 윤선생의 어눌한 말을 허환이 받는다. 선생님, 여기는 애린원입니다. 선생님 뜻대로 병원에서 퇴원해서 애린원으로 오신 지 닷새쨉니다. 선생님 소망대로 다 해드릴 테니 염려 마세요. 윤선생의 침상을 지키느라 간밤을 거의 뜬눈으로 새운 그의 얼굴이 푸석하다. 윤선생은 더 말이 없고 마른 입술만 달싹거릴 뿐 온몸의 경련이 가라앉지 않는다. 대추처럼 쪼그락진 얼굴이 땀으로 질펀하다. 고경률이 어머니 얼굴의 땀을 닦아준다. 허환이 홑이불을 걷고 윤여사의 환자복 단추를 벗겨 가슴을 드러낸다. 그네의 늘어진 납작한 젖에 달린 젖꼭지가 성숙하지 않은 소녀처럼 오디보다 작다. 허환이 목에 걸고 있던 청진기로 윤선생 심장의 진동을 엿듣는다. 고경률이 허환을 본다. 두 눈이 의미심장하게 마주치자, 허환이 고개를 젓는다. 봐요, 하늘나라는 사철 꽃이 지지 않는 아름다운 동산이 맞아요? 그곳이 아무리 낙원이라 해도 육신이 거하는 곳이 아니잖아요. 그러니 궁궐 같은 집에서 비단옷에 금은보화를 걸치고 날마다 진수성찬을 먹지는 않겠지요? 가난한 영혼들이 모여 사이좋게 오순도순 살겠지요? 마음이 가난한 자의 낙원인 그곳에는 전쟁이나 분쟁이 없겠죠. 정의와 평화와 사랑만이 강물처럼 넘치는 영혼의 안식처가 분명 맞죠? 그런데 아무런 고민 없는 안식처라면 모든 영혼은 게으름뱅이가 되잖아요. 그곳에는 주님의 능력으로 모두 고침을 받아 여기처럼 버림받은 영혼과 장애가 있는 영혼이 없겠지요. 거기서 제 영혼은 무슨 일을 하게 됩니까? 윤선생 질문에 대답하는 자가 없다. 예수의 모습도 사라지고 보이지 않는다. 어둠 속의 침묵이 두려워 그네는 눈을 뜬다. 눈앞에 사람의 모습이 얼비쳐 보인다. 그리스도가 계신, 하늘나라로, 그 문 앞에서, 심판을, 받게 된다면…… 저도 드, 들어갈 수, 있을까요? 불에 달군 쇠로 오장육부를 지지는 듯한 진통에 윤선생이 얼굴을 찡그리고 헉헉대며 묻는다. 선생님은 틀림없이 예수 그리스도가 계신 하늘나라로 가실 겁니다. 선생님 같은 분이 그곳에 못 가신다면 이 세상에는 아무도 그곳에 갈 수 있는 사람이 없지요. 허환이 윤선생의 환자복 가슴팍을 여미어주며 말하자, 그네의 찡그린 얼굴이 조금 펴지더니 눈을 감는다. 그런데 왜 이렇게 고통스러워요? 초정댁은 자는 잠에 편안히 세상을 떠났는데, 저에게는 왜 이렇게 격심한 고통을 주시나요? 차관 할머니나 한여사처럼 차라리 고통조차 알지 못하는 치매는 오지 않고, 생살 찢는 이런 고통을 주시다니. 저는 하나님이 선택하신 의인 욥이나 예레미아가 아닌 평범한 늙은이잖습니까. 교황권이 하늘을 찌르던 중세 시대에 세속과 단절된 수도원에 은거하며 오직 주님만 바라보고 평생 성처녀로 보냈던 수녀도 부지기수였겠죠. 그러나 저는 그 시대를 살지 않았고, 오늘의 세상 속에 섞여 살지 않느냐고 주님께 투정도 했지요. 그런 어리광도 죄가 됩니까? 언청이를 고쳐준다는 말에 혹해 예배당에 나가게 되었다고, 그 이기심을 징계하십니까? 한때 사탄의 유혹에 넘어가 주님을 멀리하다 통회로 회개하고 돌아온 거듭남이 없었다고 채찍을 내리십니까? 제임스 목사님의 양녀가 된 후로는 삶의 질고에서 헤맨 바 없었고, 주리거나 몹쓸 병으로 죽음의 문턱을 넘나든 적 없었고, 영육의 어느 하나가 장애의 불편을 겪지도 않았다고 이러십니까? 성령의 힘으로 언청이를 면했는데 이를 시침 떼며, 사람 앞에서 나는 어릴 적에 언청이였다고 고해한 적 없지 않느냐고 꾸짖으십니까? 평생 교직에 몸담아 월급 받고 불편 없이 살았으니 마지막은 병고를 통해 고난을 견디라 하십니까? 주님 말씀만을 지키며 올곧게 살아오기가 너무너무 힘들고 두려웠어요. 이제 그 말씀의 시간대에서 해방되려 했더니 이런 모진 고난을 주시는군요. 주님만은 알고 계시죠. 저는 사범학교에 다닐 때 엉겁결에 한 남학생을 사지로 몰아넣는 죄를 지었습니다. 하늘 아래 영원히 숨겨지는 죄가 없다고 말씀하셨는데 저야말로 한 남자를 젊디젊은 나이에 죽게 한 죄를 평생 숨기고 살았습니다. 그러기에 주님께서는 저에게 이런 죽음의 환란을 주시는군요. 그 남학생은 하늘나라로 갔겠지요. 저의 죄까지 그 남학생이 지고 침묵하며 눈감았으니 주님이 그 선행을 이뻐하셨겠지요. 제가 하늘나라로 간다면 그의 영혼을 만나기가 심히 두렵습니다. 그런데 주님, 한 가지만 더 살짝 말씀드릴게요. 부끄러운 말이지만 저도 여성인데 왜 자식 낳아보고 싶은 마음이 없었겠어요. 젖꼭지 물려 아기 젖 먹이고 아장아장 걷는 모습이 귀여운 줄 저라고 왜 몰랐겠어요. 주님은 많은 제자 속에 싸여 살지 않았냐고 말씀하시겠지요. 그건 그런데, 저라고 왜 육의 욕망이 없었겠습니까. 주님의 말씀 따라 몸의 정욕을 제하려 제가 치러낸 그 많은 밤들을 주님은 가만히 내려다보셨겠지요? 유혹을 이겨내려 아무리 기도해도 혼란스러운 마음이 가라앉지 않아 바늘로 허벅지 살을 찔러가며…… 사춘기 이후 잠자리 들기 전 방문 잠그고, 잠근 방문을 두세 번씩 확인하고…… 이 시대에 평생 순결을 지킨다 함이 얼마나 힘들다는 걸 주님 역시 결혼해보지 않았다고 모른다 말씀하시진 아니할 테지요. 주님, 제 어리광을 받아주세요. 등잔을 들고 주님 오시기를 밤새 기다린 신부의 마음을…… 윤선생이 갑자기 두 손으로 환자복 가슴팍을 헤쳐 펼친다. 죽기 전 실성한 송정댁이 그랬듯 옷을 벗고 싶어하는 몸짓이다. 그 통에 오른손 손등에 연결된 링거관으로 피가 역류한다. 선생님, 왜 이러십니까. 갑갑하신가요? 허환이 놀라 환자복 윗도리를 벗으려는 윤여사의 두 손을 잡는다. 두 손이 억제당하자 그네가 입을 벌리고 흐느낀다. 얼마나 고통스러운지 어제부터는 늘 잠결에도 자주 눈물을 지으십니다. 고경률이 말한다. 허환이 윤선생의 손을 잡고 맥박을 짚는다. 고군, 맥박이 급격히 떨어지는데? 자네, 내가 준 전화번호 명단, 신속히 연락 취하게. 여긴 내가 지킬 테니. 허환의 목소리가 다급하다. 드디어 올 때가 왔음을 알자 고경률이 바깥으로 뛰어나간다. 허환이 청진기를 윤여사의 마른 가슴팍에 대며 선생의 얼굴을 내려다본다. 등불의 심지에 마지막 불꽃이 사위어감을 그는 오랜 경험으로 안다. 평생을 육영과 선교에 바치며 성처녀로 사시다 이렇게 돌아가시다니. 어제까지만 해도 윤선생의 위독 소식을 듣고 그네의 고향 유수리는 물론 진주, 마산, 부산 지방에 흩어져 살던 제자들이 숱해 병문안차 다녀갔다. 그들이 두고 간 많은 꽃다발이 방 안을 채우고 있다. 그렇게 많은 제자를 키운 참스승의 임종을 이제 자기만이 홀로 지킨다고 허환이 깨닫자, 선생께서 너무 외로워 하늘나라에조차 천천히 떠나고 싶어하리라 여겨진다. 허환이 무릎을 꿇고 침상에 얼굴을 기대어, 이 선한 사마리아 여인을 주님이 구원해주십사고 잠시 묵도 드린 뒤 감았던 눈을 뜬다. 침상 건너 창을 통해 내다보이는 바깥은 여전히 비바람이 세차다. 갈잎나무들은 헐벗은 가지로 비바람에 휘둘리기는데 처마 바깥에 심어진 전지된 주목 한 그루만이 바늘잎이 푸르다. 그 옆에 어느 해 선생이 손수 심었다는 높다랗게 선 목련나무도 잎을 다 지웠다. 내년 봄이면 목련은 다시 꽃을 피우련만 선생은 그 꽃을 볼 수 없고, 자기는 선생을 다시 볼 수 없음이 슬프다. 그러나 삶과 죽음을 갈라놓는 이별이란 자연의 냉정한 질서이므로 감상에 젖어 있을 수만은 없다. 허환이 윤선생 얼굴로 처연한 눈길을 돌린다.

그의 눈물 괸 눈에 선생의 얼굴이 어룽진다. 선생의 표정은 주름살이 곱게 펴져 이제 긴 고통에서 놓여나는 평화가 깃들고 있다. 윤선생이 그렇게 지상에서의 최후를 맞는 순간, 그네는 아이들의 해맑은 얼굴을 본다. 반짝이는 눈동자와, 선홍색 뺨과, 환하게 웃는 입이 천진스럽다. 그 얼굴들이 차츰 사라진다. 애들아, 선생님 여기 있어요! 윤선생이 아이들 뒤를 종종걸음친다. 까만 점이 되어 자기 자신의 뒷모습마저 소멸되자, 순백의 흰 공간이 빈자리를 가득 채운다. 그네의 입에서 마지막 신음이 떨어진다. 저, 저, 는,, 주, 님, 을,, 만, 나, 기, 가,, 두, 려, 워, 요……

나는 존재하지 않았다
나는
존재
하지
않았
다

1

 손마디만한 철제 연필깎이를 찾을 수 없다. 책상 앞에 앉으면 눈앞에 보이는 위치인 책상 위 이단 책꽂이 턱에 분명 얹어뒀는데 지우개는 그 자리에 있었으나 그놈은 감쪽같이 없어졌다. 뭘 어디에다 뒀는지, 무슨 일을 하려 나섰는지 돌아서면 잊어버리기 일쑤라 매사가 그렇다. 기로원 가동 사무장직을 작년 말로 그만두고 사무실 옆방 숙직실에서 별동으로 옮겨와 기거한 지가 일곱 달째, 연필깎이와 지우개는 쓰고 나면 늘 그 자리에 뒀고 다시 쓸 때면 둔 위치에 얌전히 얹혀 있었다. 어제만 해도 한 차례 연필을 썼다. 김씨는 방 안 여기저기 얹어둘 만한 데를 찾아보고 화장실은 물론 등긁이 효자손으로 응접의자 밑까지 쓸어보았으나 역시 없다. 자신을 늘 꼼꼼한 좀팽이 여기는 만큼 모든 물건을 제자리에 정돈해두는 버릇에 길들여진 그로서는 연필깎이부터 찾지 않고는 다른 일을 할 수가 없다. 방 청소도 손수 하고 동료 늙은 이들을 방으로 끌어들이지 않았기에 혼자 쓰는 자기 방에 출입하는 자가 달리 없는데, 그놈이 발이 달렸나 하며 십 분 넘게 여기저기를 샅샅이 뒤졌으나 역시 찾을 수가 없다. 슬며시 노여움이 정수리로 치민다. 노인의 특성 중 하나가 별것 아닌 말에도 열등의식의 소산인지 공연히 화를 내는 것인데, 자신은 이럴 때 더 화가 난다. 이런 스트레스가 쌓이면 건강에 좋지 않음을 알고 있지만 이 나이가 되도록 느긋함의 인내를 체득하지 못했으니 딱할 노릇이다. 조금 전 글을 쓸 때도 꼈으나 자주 찾는 게 안경이라 가슴께를 만져보니 돋보기안경은 목줄에 달려 있다. 안경에 줄을 달아 목에 거는 짓거리도 몇 년째 되건만 잠자리에 들 때 목줄로 걸고 있던 안경을 벗어두고선 새벽에 잠이 깨면 어디 뒀나 하고 찾을 때가 한두 번이 아니다. 그는 글씨가 짙게 나오는 4B연필을 고집했는데 하나 흠이 있다면 심이 잘 닳았다. 심이 웬만큼 닳아 글씨가 굵어지면 뾰족하게 갈아서 썼으므로 하루 한두 차례는 연필깎이로 나무껍질을 한 꺼풀 벗기고 심을 갈아야 했다. 그는 연필을 쓸 때 소싯적부터 몽당연필을 볼펜 뚜껑에 끼워 연필이 손마디만큼 남아 손에 쥐기조차 힘들 때까지 사용하는 버릇에 오래 익숙해왔다. 김씨는 연필깎이 찾기를 포기하고 과도로 연필심을 갈기로 한다. 그러나 그 일이 귀찮기도 하려니와 어차피 연필깎이를 찾아놓아야 다음에 쓸 것이기에 어제 쓴 그놈을 어디 뒀나 좀더 따져봐야겠다고 작심한다. 잔디밭의 잡초도 일주일만 놓아두면 무성해지기에 보이는 족족 뿌리째 뽑아버리듯, 건망증 또한 나잇살 따져 으레 그러려니 하고 버려둘 게 아니라 그때그때 문제를 해결하지 않으면 언제 슬며시 치매로 옮겨갈는지 모른다. 강 건너 불구경이 아니다. 형님이 구십 수를 누렸다지만 그렇게 송장으로 마지막을 보낼 바에야 백수를 누리면 뭘 해. 내 한갓 범부로 살아왔으나 임종만은 추한 꼴 안 보이고 최소한의 인간다운 품위는 유지하고 눈을 감아야지. 나는 젊었을 때부터 자살과 안락사를 옹호해왔잖아. 말은 그렇게 했지만 그로서는 품위 있는 죽음을 자의로 선택할 수 없기에 헛기침을 한다. 연필을 깎다 전화를 받았다? 그럼 전화기 옆에 있어야 하는데, 없다. 그때 누가 불러 연필깎이를 들고 바깥으로 나갔다? 그럼 주머니에 넣고 나갔나? 그러면 그렇지, 하고 김씨는 옷걸이에 걸린 겉옷의 주머니마다 뒤져본다. 역시 없다. 김씨는 더 찾기가 짜증나고 울화가 끓어 잡기장 쓰기를 숫제 포기하기로 한다. 이렇게 건망증이 심하니 정말 갈 날이 가까웠나봐. 언젠가 풍자만화에서 본 거지만, 인구 과밀로 폭발 직전에 이른 지구본에서 인간들이 떼밀려 우주 공간으로 추풍낙엽처럼 떨어지듯, 기억을 저장한 두개골 세포덩이에서 낱알 세포가 수없이 떨어지는 환영이 눈앞에 스치더니, 꽃가루가 바람에 날려 흩어진다. 그것마저 사라지자 왼쪽 눈 망막의 절반이 그늘에 가려 눈앞의 사물이 흐릿하다. 현기증이 설핏 온다. 조금 전까지 그는 갤럽연구소 소장 조지 갤럽이 쓴 『불후의 모험』이란 책을 읽고 있었다. 그 책은 내가 곧 죽는다고 깨닫는 순간이나, 뇌사 상태로 현세 바깥 세계를 잠시 다녀온 경험이 있거나, 죽은 후 저승 세계의 존재 여부에 대한 산 자의 의견을 모은 내용이었다. 김씨의 독서도 집중력이 떨어져 읽었던 구절을 한동안 되풀이 읽어도 조금 전에 읽었다는 감이 잡히지 않고, 잡념이 끓어 책 한 쪽을 넘기는 데도 오 분 넘이 시간을 잡아먹는다. 글자가 자주 겹으로 잡히다 보니 새겨 읽느라 눈뿌리가 아프고 허리가 결려 책상 앞에 붙어 앉는 것도 삼십 분을 견뎌내기가 힘들다. 그런 중에도 그는 오랜 습관대로 그 책을 읽다 챙겨둘 만한 구절을 연필로 잡기장에 옮겨 적다 연필심이 닳아 글자가 굵어졌기에 연필깎이를 찾았던 것이다. 김씨가 잡기장 기록을 시작한 지는 1955년 도서관에 신간으로 입하된 한글 번역판 사르트르의 소설 『구토』를 읽고 난 뒤부터였다. 육이오전쟁 와중 조울증의 재발로 고향 부근에서 요양한 뒤 증세가 호전되자 부산시립도서관 사서직에 재취업한 지 삼 년차였고, 일어 번역판에 이어 두번째 읽은 소설이었다. 그는 불면증 치료를 위해서도 집중력이 필요한데, 그 길을 저술 작업으로 해결해보자고 그즈음 '기마민족에서 농경민족으로'란 가제 아래 집필을 시작했다. 남해에서 배편에 이주해온 소수의 남방계가 합류했으나, 우리 민족의 주류는 아시아 북방 내륙에서 이동식 목축 생활을 하다 동남방으로 옮겨와 반도에 정착하여 토지를 경작하며 부족국가를 세웠다는 게 정설이다. 그 이동 과정을 학술 논문이 아닌 설화체 형식으로 써보려 자료를 모으고 관련 서적에서 필요한 부분을 공책에 베낀 게 잡기장 기록의 시작이었다. 강력한 민족주의를 심대로 동이족의 주체성을 펼쳐나갈 의욕은 좋았으나 집필 과정에서 숱한 난관에 부딪혔고, 결과적으로 자신이 그 방면에 부적격자요 집필 자체가 만용이라 자각하자 한 해를 씨름하다 포기하고 말았다. 그러나 그의 잡기장 기록은 그 뒤에도 계속되었다. 그 기록은 독후감 쓰기나 뒷날 되풀이해서 다시 읽으려 괜찮은 구절 베끼기로 이어지다, 북으로 간 처에게 쓰는 부칠 수 없는 편지질, 조롱 속의 다람쥐 바퀴 돌리는 듯한 자잘한 생활 기록, 나중에는 출퇴근 버스비까지 기록하는 금전출납부 구실까지 하게 되었다. 그러니 일기장 또는 비망록이라기보다, 자신이 붙인 말 그대로 쓰잘 데 없는 잡기장이었다. 그러나 그 잡기장은 평생에 걸쳐 그가 직장과 집을 오가며 들고 다닌 낡은 가죽가방에서, 독서 중인 책과 도시락과 함께 가장 요긴한 세 가지 물목이 되었다. 그러나 그 잡기장도 두 차례의 수난을 겪었다. 1962년 5월, 계엄령 발동으로 시립도서관이 당분간 문을 닫게 된 날, 사일구혁명으로 출범한 문민정부가 군사쿠데타로 좌절되자 이에 실망하여 그동안 써온 쉰 권이 넘는 잡기장을 몽땅 불태워버렸다. 일 년을 쉰 뒤에 다시 잡기장을 기록하기 시작해서 십 년 만인 1972년, 10월 유신헌법이 선포된 날에 그동안 써온 잡기장을 또 불태워버렸다. 그렇게 없애버리기는 그해의 7·4남북공동성명 발표가 통일을 내다본 남북 간의 진정한 합의가 아니라 쌍방의 독재 체제를 더욱 견고하게 하는 술수로 이용되었음을 깨닫고 나서였다. 그리고 이태 정도 그 짓거리를 하지 않다 배운 도둑질이라고 다시 기록을 시작해 오늘에 이르렀고, 대학노트로 예순여섯 권째이다. 종이에 문자를 남기기로 말한다면 연필에서부터 펜, 만년필, 볼펜, 타자기를 거쳐 요즘은 컴퓨터가 이를 대신한다지만 김씨는 팔순이 되도록 오로지 연필로 글쓰기를 고집하고 있다. 잡기장 기록을 처음 시작하기로 했을 때는 잉크를 찍어 철필로나 만년필로 쓸 수도 있었으나 필기구 중 가장 흔한 게 연필이라 그쪽을 애용하게 되었다. 손가락에 잉크 안 묻혀도 되고, 잘못 쓰거나 하면 지우개로 지워가며 새로 쓸 수 있어 좋았다. 다른 필기구는 지우고 새로 쓰기에는 연필의 효능을 따라가지 못했고, 컴퓨터는 김씨가 사회에서 은퇴할 무렵부터 학생층을 중심으로 급속히 보급되기 시작한 발명품이기에 그걸 이용하여 잡기장을 채운다는 게 노인으로서는 오히려 불편했다. 컴퓨터가 가정에서까지 상용화되자 책과 문자에 대한 관심이 많던 김씨도 오륙 년 전에 컴퓨터의 간단한 조작법을 익혔다. 그러나 공책에 연필로 글쓰기는 착수에서부터 마침까지가 간단한데 컴퓨터는 켜기부터 쓴 글을 프린트로 뽑기까지의 과정에서 기계 작동이 번거로웠다. '오늘 6호실 김금실 씨가 뇌졸중을 일으켜 나동으로 옮겨갔다. 어제까지 정정하던 분이 하룻밤 사이에 한쪽 손발을 못 쓰게 되고 혀가 굳어 말을 못하게 되다니. 노인의 건강이란 말 그대로 내일을 예측할 수 없다.' 이 정도의 기록을 위해서는 컴퓨터를 작동시켜 이용하기보다 연필 수작업이 얼마나 편리한가. 오륙십년대엔 단일 품종으로 국산 연필 질이 좋지 않았으나 그 뒤부터 연필도 용도나 쓰는 이의 기호에 따라 여러 종류가 나오게 되었지. 코에 대면 향긋한 나무 향기가 오죽 좋아. 그의 생각이 그러했다. 뭘 한다? 김씨는 잡기장을 덮고 잠시 멍해진다. 어느새 연필깎이 찾기를 잊어버리고 울화도 가라앉았으니 건망증이 좋은 점도 있다. 그의 눈길이 책꽂이 위쪽 벽에 머문다. 벽시계 시계침이 오전 10시 41분에 머물러 있다. 그 아래는 스냅 사진들이 액자에 넣어져 빼곡이 걸려 있고 그중 북한에 사는 자식 경준의 가족사진이 큼지막하게 내걸렸다. 지난 2월 말, 제3차 이산가족 상봉 때 김씨가 평양에 가서 아들로부터 받아온 사진 중에서 그 사진만을 확대했다. 그때 경준이 여러 장의 사진을 보여주다 그 사진을 넘겨줄 때, 아버지 만나면 드리려 최근에 사진관에 가서 찍었다고 말했다. 김씨의 유일한 피붙이인 경준 내외가 앞자리 의자에 앉아 있고 장성한 자식 둘에 여식의 약혼자가 뒷줄에 섰다. 겉늙어 보이는 쉰 살 전후의 아들 내외는 물론이고 뒷줄에 선 손자 손녀에, 손녀 사윗감도 자그마한 키에 몸매나 얼굴이 여위어 김씨는 그 사진들만 보면 측은한 생각이 들어 코끝이 찡하게 아린다. 벽에 걸린 스냅 사진들은 아들로부터 받은 사진 외 평양 고려호텔에서 북한의 가족과 상봉할 때의 장면을 찍은 사진들이다. 그 사진들 중에는 1991년에 위장병으로 사망했다는 전처 희옥엄마의 사진 한 장도 섞여 있다. 늦봄인지 처는 고춧대만큼 자란 농장 옥수수밭에서 김을 매다 카메라 쪽으로 얼굴을 돌려 어색하게 웃음 짓는 모습이다. 사진 속 처의 나이가 예순 정도 된 것으로 보아 80년대 초에 찍은 스냅 사진 같은데, 그때 이미 위장이 좋지 않았는지 쪼글쪼글한 얼굴은 광대뼈가 두드러질 정도로 깡말라서 겉늙어 보이는 모습이 애처롭다. 나를 찾아 북으로 넘어간 뒤 저 나이에 이르도록 통일될 그날만 고대하며 아들 하나를 키우고 수절했다니, 내가 죽일 놈이지. 설핏 자궁암으로 죽은 후처 안씨의 얼굴이 떠오른다. 난 임자 부엌데기로 삼십수 년을 허송세월로 살았어요. 당신이 날 석녀인 줄 알고 점찍었으니 월급 안 받는 식모로 당신 수발이나 해주며 이 날 이때까지 산 게지. 후처가 말년에 자주 구시렁거리던 말이었다. 삶이란 그래. 누군 허송세월로 살게 마련 아닌가. 김씨의 대답 역시 그랬다. 안씨는 초혼에서 자식을 못 낳는다고 소박을 맞은 뒤 도서관 구내식당에서 일하다 김씨를 만나선 예식도 없이 한솥밥 먹으며 해로했다. 안씨와 살림을 차리기는 전쟁 나던 해 이후 홀아비로 살아온 김씨 나이 마흔을 앞뒤서였고, 안씨 나이도 그쯤이었다. 적수공권이던 안씨야 나를 만나서 매달 꼬박꼬박 들여놓는 생활비로 한세월을 의식주 걱정 없이 평탄하게 보냈어. 그러나 희옥엄마는 나를 얼마나 원망하고 그리워하며 북녘 땅에서 마흔 해를 힘들게 보냈을까. 1950년 그해 가을, 엄마 등에 업혀 집을 나섰다는 두 살배기 딸애 희옥은 다섯 살에 죽었기에 사진 한 장 남기지 않았다. 암죽 숟가락을 내밀면 홍도색 도톰한 뺨에 제비새끼처럼 입을 벌리던 앙증맞은 희옥의 모습은 스냅 사진틀 어디에도 끼여 있지 않다. 그는 시선을 멍하게 풀어놓은 채 이 여자 저 여자를 떠올리다 벽에 걸린 스냅 사진들이 다시 눈에 박히자, 불현듯 북의 식구가 그립다. 그들이 서울쯤에 산다면 당장 역으로 나가 기차표를 끊어 상경했으면 싶다. 중국 내륙 도시 중경(중칭)에서 다섯 번 넘게 기차를 갈아타고 배곯아가며 열며칠만엔가 구포 본가에 도착했던 해방되던 해 초가을이 떠오른다. 그 시절은 죽음이 눈앞에 늘 어른거렸는데 이 나이까지 살았으니 명 하나는 타고난 셈이다. 김씨는 머리를 설레설레 흔든다. 지금

내 나이로선 북의 가족을 자주 대하며 정 쌓기는 아예 글렀어. 살아생전 유일한 재산인 아파트 처분한 돈이나 그들에게 넘겨줄 수 있다면 그쪽의 가난한 생활에 도움이 되련만. 벽에 걸린 사진들을 보며 그가 되풀이 읊는 잠꼬대 같은 말이다. 그 북쪽 가족 사진들 옆에는 백지에다 크게 써붙인 글귀가 눈에 들어온다. —'칠년 전 어느 날, 그는 의기양양하게 이 서고에 들어왔다. 벽마다 가득 찬 수많은 책에 눈길이 미치자 그는 "인류의 지식이여, 자 이제 그대와 나의 대결이다" 하고 말했다. 그는 맨 오른쪽 끝 첫 서가에 꽂힌 책을 뽑았다. 존경심과 두려움에 설레며, 그러나 확고한 결심으로 첫 쪽을 펼쳤다. 그의 독서는 지금 L까지 와 있다.' 김씨가 사르트르의 소설 『구토』의 한 구절을 베껴 벽에 붙여두기가 특실로 옮겨온 올해 1월 첫날이었다. 주인공이 알파벳순에 따라 부빌도서관의 모든 책을 읽어치우기로 한 지적 탐구욕에 김씨는 일찍이 감복한 바 있었고, '삶이란 지식의 축적으로 요약될 수 없고 그 누구도 삶의 해결책을 제시해주지 않는다'는 주인공의 허무적 인식은 당시 자신의 앞길을 예시하는 데 결정적인 단서를 제공했기에 그 말에 매료되었던 것이다. 이제 방구석에 처박힌 식충이로 전락했으나 젊은 날 한때의 그 결심을 잊지 말자. 청춘이 약여했던 한 시절, 이틀에 한 권꼴로 읽어치우던 독서의 매혹을 되씹으며 오늘의 이 무료한 일상을 견디어내자. 흐려오는 정신, 떨어지는 집중력과 닳아가는 기억력을 조금이라도 늦추는 데는 그 시절을 자주 떠올림이 도움이 될 것이다. 소가 여물 씹듯 기억을 반추하는 것이 오늘의 정신과 몸을 지탱하는 힘이다.

김씨는 그런 마음에서 청년의 모습으로 기억 속에 남아 있는 주인공 로캉탱을 회상했고, 여태껏 외어온 그 책의 첫 구절을 크게 써서 벽에 붙여두었던 것이다. 그가 사르트르의 그 소설을 처음 읽기는 국립 조선도서관학교 2기생으로 일 년 단기 과정을 졸업하고 국립 서울대학교 도서관에 직장을 얻었던 1948년, 스물여섯 살 때였다. 그즈음 그는 우연히 도서관의 문학류 서가에 꽂힌 일어 번역판 『구토』를 읽게 되었다. 청년기의 독서란 어느 분야의 책이든 갈증 나는 지적 욕구에 지혜의 샘과 같은 구실을 하게 마련이지만, 그 난해한 소설을 읽자 사르트르가 마치 자신의 고민을 대변하는 듯하여 정신이 번쩍 들었다. 그 소설과 함께 읽게 된 일어판 『존재와 무』 역시 김씨에겐 충격적이었다. 그 책에서 저자는, '나의 존재 자체는 필연적이 아닌 우연의 소산이고 삶은 늘 부조리의 연속이다. 나의 운명은 신의 섭리나 타인에 의해 결정될 수 없으며 나 자신이 결정해야 한다. 내가 어떻게 살 것인가는 전적으로 내가 결단을 내려야 하며, 그렇게 주어진 자유는 내가 처한 한계상황 속에서 오히려 괴롭고 불안하다. 나는 늘 절망을 껴안고 산다'고 갈파했다. 이어, 사르트르가 『실존주의는 휴머니즘이다』에서 주장한 실천으로서의 현실참여는 그로서는 감당해내기 역부족이었으나, 앞서 설파한 존재론은 마음을 찌르는 말이었다. 그는 사춘기 적부터 가벼운 우울증 증세에 시달려왔다. 강제 징병을 피해 도피한 봉천(선양)과 상해(상하이)에서의 쓰라린 체험 끝에 해방되던 해 귀국하자 그는 정신질환인 조울병 증세로 정신요양소를 거쳐 인적 끊긴 첩첩산중 암자의 대자연 속에서 도를 닦듯 수양도 했고, 건강을 회복하여 속세로 내려와 도서관에 취업하자, 해방 정국이 가져다준 사회적 혼란이 그를 다시 좌절케 했다. 해방공간의 목숨 내건 좌우익의 소모전을 지켜보는 자신의 암담한 심경을 사르트르의 초기 저서가 정확히 짚어내었던 것이다. 대학 도서관에 근무하던 시절, 도서 분류와 목록 작성, 도서 해제를 쓰거나 관심 있는 책을 읽다 창밖으로 눈을 돌리면 좌우로 나누어진 학생들의 성명전과 피 터지는 테러가 정문 앞 광장에서 연일 이어졌다. 이를 방관자로서 구경이나 하는 김씨에게 『구토』는, 내면이란 둥우리에 콕 박혀 책이나 읽으며 한세상을 보내기로 선택한 도서관 사서가 천직이 될 것임을 인식하는 계기가 되었으니, 로캉탱이 자기 분신으로 여겨졌다. 김씨가 두 번째로 『구토』를 읽기는 1955년, 정음사 판본이었다. 하루도 손에서 책을 놓아본 적 없던 그가 그즈음 읽고 공감하기는 『구토』외 몽테뉴의 『수상록』과 마키아벨리의 『군주론』이었다. 그는 몽테뉴의 회의주의에 입각한 유명한 말 '나는 무엇을 알고 있는가?'에 공감했고, 그가 쾌락주의를 설파하기 이전, 극기를 위해 육체적 고통을 무시한다는 스토아 학파의 이론을 실천한 과정이 마음에 닿았다. 한편, 한국사회 전반에서 현실적 이익 앞에 양심, 도덕, 윤리, 정의가 능멸되는 꼴을 보았기에 마키아벨리의 약육강식의 논리, 그의 냉혹한 현실 투시가 설득력 있게 마음에 닿았다. 로캉탱이 도서관에서 드 로르봉 후작에 관한 조사를 하며 역사학에 흥미를 가졌듯, 그가 한국의 난장판 현실에서 등을 돌려 '기마민족에서 농경민족으로'의 집필을 시도하려 엄두를 내기도 그런 독서의 영향임을 부인할 수 없었다. 황혼 나이에 이르러 젊은 한 시절에 공감했던 책에서 희망의 빛줄기를 염원해본다? 희망의 빛줄기라고? 내게 희망의 빛줄기가 비쳐온 그런 한때가 있긴 있었던가? 그는 흐릿한 시선에 스멀거리는 듯한 글자들을 올려다보며 피식 웃는다. 그 글귀와는 특별한 관련이 없지만 별 기대하지 않았던 빛줄기가 느닷없이 찾아온 경우가 없지는 않았다. 이산가족 상봉 신청에서 북한에 가족이 있다는 통보를 적십자사로부터 지난 정초에 받게 되었으니 그 행운이야말로 신청자 칠백 대 일의 경쟁률을 뚫은 특별히 선택된 요행이었고, 희망의 빛줄기가 자신을 비춰온 것만은 사실이었다. 오매불망 그리던 처와 딸은 이미 세상을 떠났으나 뜻밖으로 북한 가족 신청 명단에 이름조차 올리지 않았던, 쉰한 해 동안 한번도 떠올린 적조차 없었던 아들과 손자대까지 상봉하게 되었으니 큰 횡재를 한 것만은 사실이었다. 1951년 유복자로 태어났다는 아들은 이미 중년의 나이에 이르렀고 슬하에 다 자란 남매를 두고 있었다. 연합군에 의해 서울이 수복되기 직전의 혼란 와중에서 가족과 헤어질 때, 그는 처의 임신 사실을 몰랐던 것이다. 그래서 유복자인 아들과 손자 손녀는 난데없이 굴러들어온 복덩어리에 다름아니었다. 굴러 들어온 복이면 뭘 해. 다섯 차례, 모두 합하여 열 시간 동안 그렇게 만나곤 헤어져선 언제 다시 보게 될지 알 수 없는 자식과 손자들 아닌가. 살아 있는 혈육을 그렇게 찔끔 보고 다시는 볼 수 없다는 게 말이나 되는 소리인가? 매어놓는 집짐승도 그러지는 않는데, 세상 어느 나라에 그런 풍속이 있는가? 사형수도 자기가 원한다면 마지막 가족 면회가 허락되지 않는가. 사진을 보는 그의 중얼거림처럼, 이산의 한은 아직도 높은 장벽을 치고 있는지라 헛웃음은 실소에 다름아니다. 김씨는 방구석에 우두커니 박혀 있기가 무료하다. 언제부터인가 외롭다, 고독하다는 느낌이 들면 이는 슬며시 불안으로 옮아가 천천히 심장을 죄어온다. 보이지 않는 어떤 힘이 자신의 숨통을 누르는 것 같은 불안에서 해방되려면 손이 떨려 책장 넘기기에도 실수가 잦지만 책을 펼쳐 들거나 몰두할 수 있는 다른 건수를 찾아 이를 떨쳐내야 한다. 평양 고려호텔에서의 이산가족 상봉 장면을 녹화해둔 비디오테이프를 틀거나 사진첩을 들치기엔 아침부터 무슨 청승인가 싶다. 벌써 더위가 후끈하게 달려들어 목덜미 주름에 땀이 괸다. 지난겨울은 몇십 년 내린 눈의 분량만큼 많은 눈이 내렸고, 추위가 혹심했던 탓인지 올 여름은 5월부터 더위가 찾아와 7월 중순의 날씨는 연일 염천으로 지열을 달군다. 보름 사이 가동의 늙은이 둘이 더위에 지쳐 늘어져 있더니 그 더위를 이기지 못하고 그만 세상을 떠났다. 그는 선풍기를 켰다가 눈앞에 꽃가루가 날자 인공적인 바람이 싫어 선풍기를 꺼버린다. 휴게실로 가서 바둑이나 한판 두기로 한다. 김씨는 부채를 들고 방을 나선다. 그가 숙직실 생활을 청산하고 자재창고 옆 별동으로 옮겨오기도 독서가 유일한 취미인 줄 아는 한맥기로원 이사장인 김형준의 배려가 있었기 때문이다. 연필깎이가 어딨지? 불쑥 떠오른 생각을 떨치며 김씨는 휴게실로 들어선다. 휴게실엔 대형 선풍기가 몸체를 좌우로 흔들며 바람을 내는데, 남녀 합쳐 열두엇이 소일하고 있다. 인간을 포함하여 모든 동물은 늙음 자체가 추하다. 고목처럼 의젓하지 못하니 살아 꼼지락됨이 오히려 욕되어 보인다. 그는 휴게실에 있는 늙은이들의 몰골에 자신을 끼워 넣다 부르르 치를 떤다. 남녀가 섞여 화투판을 벌인 패, 한가하게 잡담을 나누는 패, 장기나 바둑을 두며 실랑이질을 하는 패도 있다. 자칭 아마 2단 노씨는 벌써 바둑판 앞에 앉아 방씨를 상대로 내기바둑을 두고 있다. 내기바둑이래야 한 판에 오백 원짜리다. 방씨는 노씨에게 두 점을 놓고 둔다. 김씨는 의자를 당겨 바둑판 옆에 앉아 중반전에 돌입한 판세를 훑어본다. 대충 보아 백이 우세하다. 노름이란 돈 액수의 많고 적음이 문제가 아니라 관전자의 훈수가 열을 받게 한다. 쯔쯧, 그렇게 두면 되냐며 혼잣말로 한마디를 흘렸다간 상대가 험한 소리를 퍼지르게 마련이라 관전자는 입을 꿰매야 한다. 몇 판째냐고 김씨가 묻자, 둘은 바둑 두기에 골몰해 대답조차 잊고 목을 뺀 채 판만 뚫어지게 내려다본다. 낌새로 보아 한두 판은 더 둘 모양이고, 자기 차례가 돌아올 것 같지 않다. 김씨에게 석 점을 놓고 두는 이씨는 늙은이들이 소일 삼아 부치는 채전에 나갔는지 보이지 않는다. 김씨는 부채를 의자에 놓아둔 채 허리를 치며 의자에서 일어선다. 팔순의 늙은이가 몸의 어딘들 이상이 없으련만 그는 특히 허리가 좋지 않다. 백년의 절반 넘게 의자에 앉아 책과 함께 생활해온 탓이다. 김씨는 사무실에 들러 신문이나 들치기로 하고 복도를 걷는다. 이씨가 텃밭에서 고추를 한 움큼 따서 들고 온다. 고추가 벌써 약이 올랐어. 김씨, 매운맛이 소화를 돕는다는 말 맞지? 이씨가 묻는다. 자극성 강한 음식이 노인들 위장에는 좋지 않다고 김씨가 말한다. 그래도 이건 약 안 친 무공해니 입맛이 당기잖아, 하며 이씨는 식당 쪽으로 팔자걸음을 걷는다. 이씨가 저만큼 멀어지자 김씨는 그와 바둑 한판을 두기로 한 조금 전 생각을 떠올린다. 이젠 머리 싸매고 판을 내려다봐야 할 바둑 두기가 싫어져 변덕이 죽 끓듯 하는 자기 마음이 들여다보인다. 그의 흐릿한 시선에 창밖은 따가운 햇살 아래 하얗게 바래졌고 꽃가루가 분분히 난다. 화단에 심어진 꽃이 붉은 꽃을 피웠다. 봉숭아인가? 꽃대에 촘촘히 핀 작열하듯 타오르는 꽃이 봉숭아 같지 않다. 식물도감에서 화보로 본 그 꽃 이름이 입에 맴돌아 곧 떠오를 듯한데 단어가 잡히지 않는다. 겨우 두 가지 꽃 이름이 떠오른다. 사르비아, 샐비아? 아마 그런 꽃일 것이다. 그 진홍색의 꽃과 함께 가까이 멀리로 잎 무성한 나무 잎새가 불꽃으로 타오른다. 진홍 꽃잎은 몰라도 푸른색 잎새가 불꽃으로 타오르다니. 김씨는 자신의 엉뚱한 연상력에 의아해하다, 그해 여름 비행기 폭격으로 갈가리 찢겨져 튕겨 오르던 푸른 나뭇가지가 검은 연기와 함께 불꽃 혀를 날름대던 장면을 떠올린다. 형님 집 다락에는 빨래판만한 봉창이 남산 쪽으로 나 있었는데 제공권을 장악한 미군 폭격기가 언덕바지 남산동 일대에 시도 때도 없이 말똥 같은 폭탄을 떨구고 기총소사를 해대어, 그럴 적마다 작열하던 햇살 아래 아카시나무며 소나무가 줄기째 솟구쳐 잎사귀들이 불길에 타올랐다. 그해 9월 초던가, 남산 초입에 있던 과학관 석조건물이 미군 별판을 단 비행기 공습에 파괴되어 하루 내내 불타던 광경은 끔찍했어. 육이오전쟁이 있던 그 시절은 생각만 해도 몸서리쳐져.

미친 세월이 따로 없었지. 근년 들어 시도 때도 없이 스치는 기억은 죄 일제 말기와 육이오전쟁 전후 겪었던 일들이다. 젊은 시절은 한 해가 후딱 지나가 세월이 살같이 빨랐고, 그 이후 장년에 들자 세월이 조금 천천히 가서 느린 시간을 살았고, 노년은 참으로 지루한 시간을 보냈는데, 장년과 노년의 기억들은 잘 떠오르지 않는다. 특히 서른몇 해를 한솥밥 먹고 살았던 후처 안씨에 대한 기억보다 예식 올린 뒤 고작 네 해를 함께 산 전처 희옥엄마가 새색시 모습 그대로 불쑥불쑥 자주 나타난다. 나이가 들수록 가까운 기억은 소멸되고 회상은 과거로만 거슬러 올라간다는데 만약 아흔 살이나 백 살까지 살게 된다면 유아기 추억만 남게 되는지 몰라. 그래서 응석부리 아이가 되는 건가. 구순을 훨씬 넘긴 채씨 보라고. 아기 목소리를 흉내 내잖아. 몸이 더 작아져선 태어난 엄마 자궁 속에 다시 들어가게 되는지 몰라. 허긴 나도 그래. 어릴 적 구포 시절, 낙동강 물에 멱감고 고기 잡던 추억이 자주 떠오르는 걸 보면. 아니지, 난 물에 들어가기가 싫어 물에서 노는 애들을 방죽에 앉아 구경했지. 수초가 바람에 쓸렸고, 물고기를 낚아채려 곤두박질치는 새들을 보았어. 김씨는 인간 속에 내장된 기억이란 유전자의 한살이가 어떤 과정을 거쳐 어느 때의 기억부터 망실되는지에 대해 쓴 책 『게놈』을 읽었지만 확실하게 짚이지 않는다. 사무실에서는 김씨 자리를 이어받은 사무장 장씨가 전화를 받고 있다. 그가 연방 예, 예 하고 굽실대는 말투로 보아 기로원 입주자 가족으로부터 온 전화려니 여겨진다. 나도 사무장 때 전화통에 대고 저 꼴로 껍신댔겠지. 그런데 내가 언제부터 그렇게 변해버렸나. 김국장님은 책을 든 부처님이셔. 청렴하고 말이 없는 분이시지. 그러니 청백리상도 받았잖아. 너무 고지식한 게 탈이니 어떤 청탁도 안 통해. 직원 회식 때도 자기 먹은 양만큼 계산을 따로 해서 돈을 내시는 분이니깐. 도서관에서 공무원으로 재직하던 시절 그런 말을 자주 들었다. 누구나 평생을 살다 보면 몇 차례 변한다는 말도 있지만, 자신은 기로원 사무장 일을 보고부터 변해버렸다. 사회로부터 은퇴한 늙은이가 되자 조임이 느슨해져 나사가 풀려버렸는지 늙은이들 사이에 섞여 다변해졌다. 자신이 도덕군자로 자처한 적은 없었지만 젊은 시절엔 수도승을 닮았다느니 대쪽 같은 선비 소리도 들었는데, 기로원으로 온 뒤 입심 좋은 초정댁과 대화를 나눌 때는 책에서 읽은 음담패설도 꽤나 주절거렸다. 그네와 질펀한 육담을 지껄인 뒤나 그네와 반대편에 선 종교적으로 정숙했던 윤회장을 대할 때면, 사무장이랍시고 여기저기 얼굴 내밀고 주접 떤 데 대한 자기모멸을 곱씹어야 했다. 김씨는 목에 건 안경 다리를 귓바퀴로 옮기고 책상 위의 신문을 펼친다. 광우병과 구제역, 일본 역사 교과서 진실 왜곡 기사가 눈에 띈다. 그런데 왼쪽 눈이 이상하다. 뭔가 눈앞에서 자꾸 어른거리고 반쯤 그늘이 생겨 글자가 비 맞은 창밖 풍경처럼 어릿어릿하다. 눈부터 먼저 가다니, 그럼 큰일이지. 무엇보다 책을 못 읽게 되잖아. 김씨는 눈을 씀벅이며 활자를 더듬는다. 원장님, 내일 구청 복지과에서 시찰을 나오겠답니다. 대청소하고, 원생들 옷이라도 깔끔하게 갈아입으라 해야지. 열불 나게 생겼구먼. 전화질을 마친 장씨가 투덜댄다. 그러고 보니 관청에서 온 전화를 받은 모양이다. 나동 시찰이겠지. 김씨의 말에 장씨가, 그쪽은 공무원 별정직으로 원장과 사무장이 있으니 따로 전화를 냈겠지요. 직원이 가동까지 둘러보겠다며 입주자 계약 서류와 장부 일체도 챙겨두라고 말했다는 것이다. 원장님, 여기 잠시 지켜줘요. 자원봉사자들을 불러 모아야지. 장씨가 바깥으로 나가려다 생각난 듯 말한다. 참, 이사장님이 오신다 했어요. 원장님, 점심 드시지 말고 계시래요. 식사 같이 하시겠대요. 이사장이란 한맥기로원 설립자를 지칭하는 말이다. 설립자 김형준은 김씨 장조카로, 부산과 경남 지방에서는 도급 순위 다섯 손가락 안에 드는 한맥건설 주식회사를 삼십여 년 전에 창업했다. 애초엔 교장직에서 정년을 마치는 대로 명석 형님이 여기를 맡기로 했는데 갑자기 자식들 있는 미국으로 들어가신다 하잖아요. 당분간 작은아버지가 원장자리 좀 맡아주세요. 나동 합숙 객실 여덟 개는 구청 직할로 운영하니, 유료 시설인 가동 객실 열세 개만 저희 회사가 맡기로 했어요. 여섯 해 전 양로원 한맥기로원 완공을 앞두고 김형준이 김씨를 찾아와 말했다. 당시 김씨는 시립도서관 총무국장직에서 정년퇴직하자 부산과 경남 일대에 흩어져 있는 한맥도서관을 순회하며 독서지도사 일로 다섯 해를 보낸 뒤, 그 출장도 힘에 달려 가야동 아파트에서 홀아비로 살고 있었다. 언제 자식 기대어 살기로 했나, 다 늙어 이민은 무슨 이민. 내가 난 땅에 죽치고 앉아 그 땅에서 난 음식 먹다 때 되면 죽는 게지. 말 안 통하고 노랑내 나는 양코쟁이들만 득실대는 거기 양로원은 생각만 해도 정나미 떨어져. 김씨가 미국으로 이민 간다는 육촌 조카를 두고 퉁바리를 놓곤, 내 나이 칠순을 넘긴 지가 언젠데 다시 현직에 나서라니. 내 용돈까지 챙겨주는 성의가 고맙지만 눈 더 나빠지기 전까지 난 내 아파트에서 책이나 읽으며 소일하련다. 책도 못 읽게 되면 그때 가서 보자며 김씨가 조카의 청을 뿌리쳤다. 아직 건강하시니 다행인데 혼자 끓여 먹고 사시는 게 외롭지 않으세요? 이러시다 덜컥 급환이라도 생기면 어쩔려고 그러세요. 이거 제가 할 소리 아닙니다만 혼자 사는 노인이 사망한 지 일주일, 열흘 만에 발견된다는 신문기사도 심심찮게 실리잖아요. 기로원에 들어가시면 말벗도 있고, 의식주 문제를 손수 해결하시지 않아도 되고, 위급하면 지정 병원에서 금방 앰뷸런스가 오잖아요. 김형준이 말했다. 듣기 싫어. 날 그런 데 처넣을 생각 마. 내 말년은 내가 알아 책임질 테니. 김씨 거절에 노친네의 강고집은 당장 설득하려 해서는 안 된다는 이치를 아는지, 그는 또 들르겠다며 선선히 돌아갔다. 열흘쯤 뒤, 출근길에 김형준이 다시 가야동 아파트로 찾아왔다. 그는 이제 대놓고 삼촌을 구슬렸다. 말이 노인복지시설 원장이지 아랫사람이 다 해준다는 말에서부터, 작은아버지가 칠순을 넘기신 나이에 이렇게 궁상스레 사시는 걸 보니 제가 마음이 아파 시설 좋은 실버타운으로 모시려는데 웬 고집을 이렇게 부리시냐며 협박조의 말까지 했다. 슬하에 자식 하나 없이, 후처마저 여의고 혼자 빨래하고 밥 끓여 먹으며 살아오기를 몇 년째, 친자식 못지않게 효자 노릇을 해온 조카의 청을 김씨는 더 뿌리칠 수 없었다. 혼자 살다 갑자기 어디 연락할 수조차 없게 수족을 못 쓰는 위급함이 닥치면 어쩌나 하는 생각이 들자 믿는 구석도 없이 무턱대고 고집만 부린다는 게 아이들의 응석부림과 다를 바 없다 싶었다. 그럼 원장은 뭣하고 내가 거기 사무장 일이나 봐주지. 아직은 건강이 괜찮고 그런대로 기억력은 제대로 작동되니깐. 김씨가 마지못해 승낙했다. 원장이나 사무장이나 이름 붙이기 나름이죠. 그럼 일주일 안으로 이삿짐 옮기도록 하세요. 꼭 필요한 책만 가져가시고 나머지 책들은 제가 습기 없는 회사 창고에 잘 보관할게요. 목록을 작성하시다 새로 보실 책이 있으면 관리부 신군한테 전화하세요. 신간도 읽고 싶은 책은 연락해주시고. 기로원이 모든 걸 해결해주니 작은아버지는 옷과 몸만 빠져나가시면 됩니다. 이 아파트는 당분간 세를 놓았다 적당한 시기에 작은아버지가 처분하세요. 하명만 내리시면 제가 조치하겠습니다. 김형준이 큰 짐을 덜었다는 표정으로 낡은 서책이 방과 거실에 첩첩이 쌓여 고물 책방이 되다시피 한 스물다섯 평짜리 아파트를 둘러보며 말하곤 원만하게 타결을 보았다는 듯 일어섰다. 김씨가 자기 방에서 침침한 눈으로 『노자』를 들치고 있던 정오 무렵에 김형준이 기로원으로 찾아와 사무장 장씨를 뒤에 달고 들어선다. 명색 부산과 경남 일대에선 이름이 알려진 건설회사 회장이지만 건축기사 출신답게 정장보다 평상복이나 작업복을 즐겨 입는 그인지라 오늘도 회사 마크가 부착된 반소매 군청색 점퍼를 걸쳤다. 작년으로 갑년을 넘겼는데 은회색 머리칼이 나이를 드러낼 뿐 헌걸찬 체격에 장년의 건강미가 넘친다. 작은아버지는 평생 책을 끼고 살며 동서고금 인문학 관련 서적을 기역부터 히읗까지 탐독하신 줄 아는데 아직도 못다 읽은 책이 있으세요? 하고 묻는 형준의 말에 김씨가, 신간이 날마다 수백 종씩 쏟아져 나오지만 이제는 예전에 읽은 책을 다시 들친다며, 펼쳐놓은 『노자』를 덮는다. 중국 철학을 말한다면 나는 공맹(孔孟)보다 노장(老莊)을 더 좋아했지. 젊은 시절 노자의 자연관인 무위사상(無爲思想)과 독일 관념철학을 접하고 난 후 철학 공부를 해봐야지 하고 마음까지 먹었으니깐. 아직 잔글씨가 잘 보이시니 다행입니다, 하는 조카의 말에 김씨가, 부모님이 이 나이까지 좋은 시력을 물려주신 게 무엇보다 고맙다고 말한다. 아버지도 여든 넘어까지 신문을 보실 정도로 눈이 좋으셨지요. 김형준의 말처럼, 그의 부친 김중걸은 여든넷에 치매에 들어 세 해를 정신이 오락가락한 채 그럭저럭 지냈으나, 마지막 세 해는 가족조차 알아보지 못하고 자리보전하다 아흔 살 생신을 앞두고 전신무력증으로 숨을 놓아버렸다. 선대의 유산과 은행가로서의 안정된 직장 덕에 평생 유복하게 살았고 충분하게 누린 수였다. 부친이 치매로 오래 고생하는 과정을 한집에서 보고 겪었기에 김형준은 그때부터 노인 문제에 특별한 관심을 가졌다. 오백오십 세대가 입주한 온천동 한맥아파트 지구 한 귀퉁이에 양로원 한맥기로원을 지어 나동은 구청에 기증하고 구청이 맡기를 꺼려한 유료 시설체 가동을 한맥건설이 운영하게 된 것도 그가 기업 이익을 사회로 환원하겠다는 모범 기업인이기에 앞서, 그런 각별한 연유가 있었기 때문이다. 그런데 형준아, 내 눈이 이상해. 언제부턴가 왼쪽 눈에 반쯤 그늘이 지고 꽃가루 같은 게 눈앞에서 소요하는구나. 그런 현상이 천천히 진행되어 요즘에야 아무래도 이상하다는 생각이 들어. 그냥 넘겨선 안 될 것 같아, 안과 의사한테 보여얄까봐. 다른 건 몰라도 눈감을 때까지 눈만은 정상적이어야지. 내가 글을 못 읽게 되면 그때는 인생 끝장이야. 형님처럼 기억상실증에 걸리는 치매부터 금방 달려들 걸. 그래도 그게 어디 사람 마음먹은 대로 정해지나. 만약 당달봉사가 된다면 눈앞의 세상을 못 보는 건 운명으로 알고 체념하겠지만...... 김씨가 안경을 벗으며 혼잣말로 쫑얼댄다. 그는 조금 전에도 창문에 물이 흐르는 듯한 얼룩 속에 하늘대는 꽃가루를 보았다. 몸이 열 냥이라면 눈이 아홉 냥이란 말이 있잖아요. 오늘 당장 소명병원에 가도록 합시다. 점심 드신 뒤 제가 병원에 모셔 다드릴게요. 조카의 말에 김씨는 알았다며 오후에 안과에 들르겠다고 말하곤, 그런데 바쁜 몸이 웬일로 이렇게 직접 출두까지? 하며 서 있는 조카를 올려다본다. 작은아버지가 신군한테 창고에 보관된 이 책을 찾아달라고 부탁하셨다면서요? 김형준이 사무용 봉투에 넣어온 책을 문갑에 얹는다. 김씨는 신문의 신간 소개를 통해 읽고 싶은 책이 눈에 띄거나 한맥건설 창고에 맡겨둔 자기 장서 중 다시 들치고 싶은 책이 있으면 찾아서 보내달라고 조카회사 관리부 신군한테 부탁하곤 했다. 그러면 그 책을 택배나 우편으로 보내주곤 하는데 오늘은 형준이 직접 들고 왔다. 김씨가 봉투에서 책을 꺼낸다. 이색의 『목은집(牧隱集)』, 성현의 『용재총화(慵齋叢話)』, 이익의 『성호사설(星湖僿說)』이다. 김씨가 『용재총화』를 들며, 이 책을 삼십대 중반에 읽었나? 재미있게 읽은 기억이 나서 다시 한번 읽고 싶어. 어우동 일화도 나오지, 하며 미소 짓는다. 경준이한테서 소식은 없고요? 하고 김형준이 묻는다. 북경(베이징)을 거쳐 부쳐온 편지야 받았지. 손녀딸애 결혼식을 잘 치렀고, 어서 통일이 되어야 한다는 말, 장군님 배려로 걱정 없이 잘산다는 말을 편지에 담았더군. 평양에 산다면 모를까, 개마고원 아래 원풍인가 어딘가, 그 첩첩산중의 발전소 있는 데서 산다니 가보나마나 산중 생활이야 뻔하겠지. 거기까지 그 돈이 잘 전달됐는지 어쩐지도 알 수가 없고, 아닌 말로 내가 받은 편지가 경준이 자필인지 가짜 편지인지도 모르겠지만 말야. 김씨의 대답이 심드렁하다. 김형준은 삼촌의 부탁을 받고 지난 4월 중국 베이징으로 들어가는 인편을 통해 삼촌의 편지와 미화 천오백 달러를 그곳에 거점을 둔 북한 왕래 연락책 조선족에게 전달했던 것이다. 한정된 숫자이긴 하지만 서신 왕래도 시작되고 했으니 앞으로 면회소가 설치되면 서신 연락은 물론이고 만나기도 한결 쉬워질 테지요, 하며 김형준이 삼촌을 위로한다. 미국 부시 정권이 들어선 후 요즘 남북 관계 돌아가는 꼴을 보면 네 말처럼 쉽게 풀릴 것 같지도 않다는 김씨 말에 김형준이, 점심때 아닙니까, 나가시지요. 오늘 제가 점심 대접하겠습니다 하곤 나설 채비를 한다. 그 말에 우두커니 섰던 장씨가, 원장님, 그러시죠, 모처럼 외출하셔서 맛있는 것 많이 자시고 안과에도 들렀다 오세요, 하며 맞장구를 친다. 장씨는 한맥건설 관리부장으로 정년퇴직을 하자 기로원 사무장으로 자리를 옮겨왔고, 이튿날부터 은퇴한 김씨를 막무가내 원장으로 호칭했다. 김씨가 자신은 원장이 아니라 이제 사무장직도 내놓은 퇴물 늙은이라고 말해도 이사장의 지시가 있었던지, 실질적인 원장은 선생님 아니십니까, 하고 장씨가 엉너리를 친다. 김씨는 구내식당 식사에 물린데다 외식을 안해본 지도 오래라, 이 늙은이를 대접하겠다니 따라나서볼까 하고 구시렁대며 남방셔츠를 걸치고 흰머리칼이 가슬가슬한 머리통에 파나마모자를 얹는다. 병원에 들르시려면 의료보험증 챙기셔야죠. 김형준이 말한다. 참, 그렇군. 하루 다르게 정신이 깜박깜박 가버리니, 하며 김씨는 책상 서랍에서 의료보험증을 꺼내 바지 주머니에 넣는다. 김형준이 방을 나서며, 뭘 자시고 싶냐고 김씨에게 묻는다. 젊은이들은 그렇지 않지만 나이 든 층에게 대접하는 외식이란 어느 때부터인가 한우 고깃집이 아니면 횟집으로 고정되어버렸다. 김씨는 틀니가 욱신거리도록 한우 생등심이나 씹을까 하다 이 더위에 가스불이나 숯불을 차고 앉는다는 게 싫어 생선횟집을 선택한다. 일식요? 위장까지 축 늘어졌을 이 무더위에 날것이 괜찮겠습니까? 육류와 해물이 고루 섞인 영양가 좋은 중국 요리는 어떠세요? 중국식에 서양풍을 가미한 상해요리 잘하는 집을 제가 아는데요. 장유를 써서 만드는 요리가 독특해요. 복도를 걸으며 김형준이 말한다. 조카 말에 김씨는 자신의 상해 시절을 떠올린다. 생각하고 싶지 않은 기억인데 근년 들어 자주 상해에서 보낸 봄부터 여름 한철이 눈앞에 스치곤 한다. 1944년 그해 늦여름, 상해에서 중경까지 지친 몸을 탈것에 싣기도 했지만, 물경 육백 리에 이르는 먼 길 절반 가까이를 도보로 강행군한 경험이야말로 중국 홍군 대장정(大長征)에 비견할 만한 고난의 여행길이었다. 마당에는 더위가 끓고 있다. 김씨는 눈에 부신 햇살이 싫어, 더위는 늙은이를 더욱 지치게 하지 하며 시선을 돌린다. 운전기사가 현관 앞에 대기한 승용차 뒷문을 열어준다. 승용차가 사무장의 배웅을 받으며 기로원 정문을 떠난다. 김형준이 기사에게 좌천동에 있는 중국음식점 '상해반점'으로 가자고 말한다. 에어컨의 작동으로 차 안이 시원하다. 아버지가 조흥은행 부산지점으로 직장을 옮겨 제가 부산중학에 입학한 해에 작은아버지가 제 입학 축하로 동생들 데리고 시내로 나가 학용품을 사주시곤 중국집에 데려가서 자장면 사준 것 기억나세요? 김형준이 묻는다. 넌 내가 옷만 걸친 허수아비로 보이냐? 아직 그 정도 총기는 있어. 암, 기억나고말고. 시내 구경시켜주겠다며 너들 데리고 나와 남포동 번화가 중국집에 들렀잖아. 김씨는 새 교복에 교모 쓴 경준과 단발머리 경희와 경숙의 어릴 적 모습을 떠올린다. 부모가 별세하자 구포 형님네 집에서 나와 도서관과 가까운 부평동 언덕바지에 방 두 칸을 얻어 홀아비로 살던 때라 주말이면 자신이 관계하던 고아원에 주전부리감을 사들고 들러 애들과 놀아주거나 강바람도 쐴 겸 구포 형님 집에 자주 들렀던 시절이었다. 조울증은 이십대를 정점으로 하강 곡선을 긋는다는 통계자료가 말해주듯, 그는 그즈음에 들어서야 무아경에서 일으키는 정신발작증에서 해방되어 비교적 평온한 나날을 보내고 있었다. 남포동이 아니라 세관 있는 부둣가 중앙동이었어요. 작은아버지가 일제 때 동경 유학 시절부터 그 자리에 있었다는, 중국인이 직접 운영하던 유서 깊은 중국집이었죠. 그때 먹은 자장면이 얼마나 맛있던지. 검은 국수가락이 끊어질 틈이 없이 연방 달려올라와 씹을 짬도 없게 줄줄이 목구멍으로 넘어갔으니깐요. 작은아버지가 자장면에 고춧

가루 치고 젓가락으로 면발에 자장을 고루 섞을 때 전 이미 그릇을 절반쯤 해치웠죠. 제가 자장면 맛에 탐해 껄떡이처럼 먹자 작은아버지께서 저에겐 묻지도 않고, 곱빼기를 시켜줄걸 그랬군 하시더니 자장면 한 그릇을 추가로 주문 내셨잖아요. 그때는 날마다 한 끼는 자장면으로 먹었으면 좋겠다 싶을 정도로 꿀맛이었어요. 식욕이 떨어질 땐 그때 먹은 자장면 생각이 나서 동네 중국집을 찾아 옛날자장 한 그릇을 시켜먹곤 하지요. 복도를 걸으며 김형준이 말한다. 머리칼 희끗한 회장님이 동네 중국집서 옛날자장을 먹는다? 허긴 자네는 검소가 몸에 배었으니. 김씨 말에 김형준이, 회사 앞에 손으로 쳐서 직접 국수가락을 뽑는 중국집이 있어 사원들과도 자주 어울린다고 한다. 혀처럼 간사한 게 어딨냐. 식물인간이 되어도 혀는 살아 맛을 안다잖아. 쓴 약을 떠먹여주면 미간을 찡그리니깐. 그러나 너도 입이 고급이 되어 지금은 예전처럼 그런 맛은 안 날걸. 그땐 모두가 허기지게 살던 가난한 시절이었잖아. 중국요리를 두고 이런 말이 있지. 바다에 있는 건 잠수함 빼고, 하늘에 나는 건 비행기 빼고, 육지에 있는 건 기차 빼고, 네 발 달린 건 책걸상 빼고 짱꼴라들은 뭐든지 요리로 만든다고. 그러나 중국 본토에도 자장면은 없다더구먼. 자장면은 중국사람들이 한국에 나와 우리 입맛에 맞게 만든 음식이라지. 해방 전 봉천(선양)에서부터 상해를 거쳐 중경까지, 중국 대륙을 누볐지만 자장면 먹어본 기억은 없어. 김씨는 등받이에 머리를 기대고 눈을 감는다. 하나마나 한 소리를 내가 이렇게 지분거리지 않았는데 말이 많이 늘었어. 말은 않지만 형준이도 속물이 다 된 삼촌을 두고 나이는 어쩔 수 없다며 속으로 혀를 찰걸. 그는 갑자기 그런 자신이 싫어져 이제쯤 세상을 떠날 나이가 되잖았느냐고 따져본다. 김중호가 압록강 건너 중국 땅에 첫발을 딛기는 동경에서 학업을 중도에 꺾고 돌아온 1943년이었다. 그의 부친 김동한은 낙동강 하구 구포에서 큰 제재소를 경영하고 있었다. 경북 북부 지방 청량산 일대의 산판과 계약을 맺어 벌목한 소나무가 낙동강 상류에서 떼를 이루어 하류로 내려오면 이를 구포 어름에서 넘겨받아 제재소에서 목재로 켜서 부산과 마산, 울산 일대의 목재상에 넘겼다. 사업가로서 활동적이었던 김동한은 집안에 판관 하나쯤은 나오기를 바랐다. 그에게는 아들이 둘이었는데, 맏이는 상업학교를 나와 은행원이 되었으니 막내아들에게 그런 기대가 쏠릴 수밖에 없었다. 어릴 적부터 계집아이처럼 말이 없고 겁이 많은 막내의 성격이 마음에 차지 않았으나 늘 책상 앞에 붙어 앉은 덕분인지 공부는 곧잘 했다. 김동한은 막내아들에게 일본 유학을 권하며 법학부 지망을 강력하게 종용했다. 아들이 아버지 말에 시무룩해했다. 법학부를 선택한다고 법관 되기가 쉽지도 않을뿐더러 사람의 죄질을 따지는 직업이 자기 적성에는 맞지 않다고 아들이 반대 의견을 냈다. 그러나 김동한은 그 말을 묵살하고 자식에게 무조건 판관이 되는 코스인 법학만을 고집했다. 김중호는 아버지의 강요에 하는 수 없이 그러겠다고 약속하곤 현해탄을 건넜다. 사춘기로 접어들자 세상만사가 시들해 우울증에 시달렸는데, 『노자』와 『장자』를 읽자 도가(道家)의 세계에 빠져들었다. 때맞추어 접하게 된 독일 관념철학, 특히 쇼펜하우어를 알게 된

게 계기가 되어 그는 와세다대학을 지망해선 문학부의 철학을 전공으로 선택했다. 동경 유학까지 보낸 자식이 전도양양한 법학부 지망을 포기하고 서양의 무슨 개똥철학을 공부한다고 하자 김동한은 학비와 생활비를 끊겠다며 노발대발했다. 송금은 중호의 어머니 양산댁이 지아비 몰래 해주었다. 방학 중에도 그는 고향집으로 돌아가지 않고 동경 하숙방에서 독서삼매로 버티어냈다. 1941년 12월, 일본군의 하와이 진주만 폭격으로 태평양전쟁이 발발하자 시국이 전시체제로 돌입했고 대학도 상아탑이 아니었다. 1943년 여름, 김중호는 학도병 강제 징병을 피할 요량으로 귀국했다. 서울에서 은행원으로 있던 김중걸은 징집 적령기를 넘긴 서른두 살이었고 그 아래로 여식 셋을 거쳐, 막내인 김중호는 징병 적령기인 스물두 살이었다. 그에게는 고향집도 안전한 피신처가 못 되었다. 그해 가을, 독실한 불교 신자였던 양산댁은 막내아들을 친정 땅 통도사 부근의 암자에 당분간 숨게 했다. 화초같이 키워 숫기 없는 그놈을 이 기회에 남아 장부로 만들어야 해. 막내아들을 두고 불만이 많던 김동한은 산림청 부산지청에 부탁해서 만주 봉천행 가짜 출장증 하나를 만들었다. 만주 봉천 서탑가(西塔街)의 이 주소지를 찾으면 황봉필이란 자를 만날 수 있을 게야. 거기로 먼저 들어가 정착한 형이 불러서 봉필이도 들어갔지. 너도 어릴 적에 우리 제재소에서 막일 하던 황가 형제를 봤을걸. 얼마 전에 봉필이한테서 문안 편지가 왔는데 거기서 착실하게 터를 잡았다는구먼. 내가 소개장을 써줄 테니 견문도 넓힐 겸 당분간 황가한테 몸을 의탁하다가 아비가 돌아와도 좋다는 편지를 보내면 지체 없이 귀국해. 김동한은 아들에게 노잣돈과 함께 만주로 들어가면 제법 돈이 될 거라며 양귀비 씨앗 즙액을 말려 환으로 만든 아편을 솜옷에 은밀히 숨겨주었다. 현해탄을 처음 건널 때도 그랬지만 김중호는 막막한 불안 속에 만주 봉천행 기차를 탔다. 봉천으로 들어간 그는 조선의 유망민이 많이 거주하는 서탑가의 황봉필을 찾았다. 나이 마흔 초반인 황씨는 시장통에서 형이 점장인 '송화식당(쑹화쾌관)' 지배인 일을 보고 있었다. 황씨는 옛 주인 아들을 알아보곤, 제재소 막내도련님을 반갑게 맞았다. 식당은 성업 중이라 해만 지면 목로와 다섯 개의 봉놋방이 늘 만원이었다. 식당 뒤쪽은 땔감용 나뭇단과 콩대가 지붕 높이로 쌓였고 그 뒤로 길다랗게 지은 납작한 흙집은 벌집처럼 나눈 방이 열 개나 되는 여관이었다. 김중호는 황씨의 남매 자식 둘과 함께 밤이면 이방 저방을 기웃거리다 빈방을 골라 눈을 붙이거나 식당 봉놋방에서 잠을 청하는 신세가 되었다. 음식과 술을 파는 식당이 몰려든 중국인들로 장사가 잘되고, 마당 건너 여관방이 밤낮없이 객으로 들끓음도 황씨 형제가 아편 장사로 재미를 보기 때문임을 김중호가 눈치 채기에는 며칠이 걸리지 않았다. 여관은 뜨내기 객을 받기도 했으나 아편쟁이들의 소굴로 이용되었고, 떼돈을 버는 그 장사에는 황씨 형이 뒷돈을 풀어놓아 만주국 일본인 관리와 중국인 파락호의 묵인이 있었다. 김중호는 따로 숨겨 보관할 데도 없어 아편환을 황씨에게 넘겼다. 황씨가 환을 받고 깜짝 놀라더니 곧 입이 바소쿠리처럼 벌어졌다. 무척 즐거워하는 황씨를 보며 김중호는 아버지와 사전에 무슨 밀약이라도 있었던

게 아닌가 의심했다. 근년에 들어 강제 징병을 피해 반도 청장년들이 만주로 많이 들어오지요. 집안에 돈이 씨가 마르다 보니 몰래 재배한 아편꽃을 고약으로 만들어 숨겨서 들어옵니다. 그게 여기선 금값이니깐요. 이 정도면 도련님을 몇 달 동안 먹이고 재워줄 수 있어요. 황씨가 말했다. 불편한 처소였으나 황씨 아래 기식을 시작한 김중호는 날이 밝으면 할 일이 없어 고리짝에 넣어 온 책을 읽거나 서탑거리를 어슬렁거리며 나날을 보냈다. 그는 거기서 고향 땅을 떠나 남부여대하여 이민 열차를 타고 만주로 들어온 나라 없는 동포의 참상을 차츰 목격하게 되었다. 외양간보다 못한 움집에 거적을 치고 흙바닥에서 대가족이 우글거리는 그들의 생활이야말로 가축만도 못한 삶이었다. 오줌이 누는 대로 얼어버리는 만주의 혹한이 닥쳐오고 있었다. 시골로 들어가 중국인 농장 종살이라도 얻어걸리면 식구가 기근이라도 면하련만 그것조차 여의치 않아 도시로 흘러들어온 조선족 유망민은 식구 모두가 거리로 나서서 온갖 궂은일에 몸을 팔아 굶어 죽지 않으려고 양식감을 구하고, 얼어 죽지 않으려고 땔감을 구했다. 지니고 온 돈이 있어 건어물이나 곡류 따위를 받아 난전에서 파는 장사꾼은 그나마 처지가 나았다. 일품 파는 잡역부, 지게꾼이나 인력거꾼, 하다못해 구걸이나 도둑질이라도 해야 했다. 계집애 나이 열대여섯 살만 되면 청루(靑樓)로 나가 몸을 팔았고, 굶는 식구를 보다 못해 어린 자식을 청인 지주 집에 종살이나 하라고 팔아넘기기도 했다. 난전으로 나가면 살을 에는 추위에 솜이 비어져 나온 넝마가 된 옷을 걸치고 까만 손을 내미는 피골이 상접한 더벅

머리 아이들은 죄 조선족이었다. 김중호는 떼거리로 몰려다니며 작대구걸(作隊求乞)하는 장면을 목격하기도 했는데, 그들이 저들끼리 속달거리는 말이 조선어였다. 서탑거리에는 자고 나면 간밤에 일가족이 동반자살했다든가, 행려병자로 얼어 죽은 자가 몇이라는 말이 나돌았다. 아닌 게 아니라 새벽이면 청소원들이 수레를 끌고 다니며 거리에서 동사한 뻐덩하게 굳은 노숙자 시신을 거두어갔다. 김중호는 처음 한동안 주머니 돈을 풀어 난전을 떠도는 아이나 구걸하는 어른 거지들에게 호떡을 쥐어주기도 했으나 그짓이 손바닥에 물 담기임을 깨닫곤 포기해버렸다. 못난 선대가 나라를 망쳤고 망국의 한을 안고 북새(北塞)로 흘러들어온 유망민이 겪는 모진 간난을 보며 나라 잃은 백성의 참상이 어떠한지를 실감했다. 만물의 영장이라는 인간의 생명이 빌어먹는 들개 꼴로 천대받고 있음을 목격하자 배곯지 않고 살아온 자신의 이력이 부끄러웠고, 인간으로 태어나 목숨 유지함 자체가 들풀보다 나을 게 없다는 허무주의에 빠졌다. 인생과 세계에 대한 근본 원리를 캐는 철학 공부가 과연 이 사람들의 삶에 어떤 도움을 줄 수 있을까를 생각할 때, 그 진리 탐구야말로 모래 위의 성채처럼 허망할 수밖에 없었다. 여관의 컴컴한 방 안에 비몽사몽으로 널브러진 아편 중독자들을 볼 적에는 인간 지옥도가 따로 없다 싶었고 그들의 꼴이 물 마른 웅덩이에 오물대는 피라미 떼 같았다. 돈푼깨나 있는 아편쟁이가 여자를 청할 때면 황씨가 자식에게 심부름을 보내 청루의 여자를 불러들였다. 개중에는 조선족 처녀도 섞여 있어 마음 여린 그로서는 생활전선의 막바지로 내몰린 나이 어린 그 애들과 차마 눈을 맞출 수가 없었다. 1944년 이른 봄, 김중호는 여관방에서 하룻밤을 잔 동포 청년 둘을 마적패(독립군) 연락원이라고 일경 수사대에 밀고한 황씨의 처사를 보자 정나미가 떨어졌고, 봉천 생활이 지긋지긋해 더 견뎌낼 수가 없었다. 그는 만주 쪽보다는 형편이 낫다는 따뜻한 고장 상해로 탈출을 작정했다. 그즈음 우연한 기회에 청루에서 여관의 아편쟁이한테 불려온 초연이라는 열아홉 살 난 동포 처녀를 알게 되었다. 폐병을 앓고 있어 가여울 정도로 몸이 여위었으나 눈웃음을 칠 땐 색기가 있었고 용모가 수려해 남자를 끌 만했다. 칠 년 전 동척(동양척식주식회사) 수탈에 소작붙이에서 떨려나자 여덟 식구가 만경평야를 떠나 만주로 들어왔는데, 봉천에 떨어진 첫해 겨울에 어린 두 동생이 영양실조에 폐렴이 겹쳐 죽자 오라비는 조선 의용군에 편입하겠다며 중국 팔로군이 집결한 화북지구 태항산을 찾아 떠났고, 굶다 못한 부모는 삼 년 전에 자기를 청루에 팔았다는 것이다. 부모는 자신을 판 돈으로 대두를 사서 두부를 만들어 난전에서 팔아 동생 둘과 끼니를 잇고 있다고 했다. 어느 날 저녁, 초연은 식당에서 독한 배갈을 홀짝거리며 김중호에게 죽지 못해 하루하루를 겨우 사는 목숨이라는 푸념을 늘어놓았다. 식구 호구를 위해 희생하라며 눈물로 자신을 팔 때가 언젠데 부모도 이제 자기를 내다버린 갈보년으로 천대하니 봉천 바닥을 아주 떠나고 싶다며 기침을 콜록거렸다. 김중호는 마치 누이를 보듯 초연이 신세가 가련해 청루에 매인 몸값이 얼마냐고 물었다. 육탈된 갈보년을 매음굴에서 빼내 어따 써먹겠다구? 초연이 그 말에 코웃음을 쳤다. 그렇다면 내가 상해로 데려다주겠소. 거기서 새로운 생활을 시작해보구려. 마침 나도 여기를 떠나 상해로 가려던 참이오. 김중호의 말에 초연이 심드렁해하며, 그러잖아도 대흑하나 노야령으로 도망칠까 궁리도 해보았다 했다. 붙잡히면 도끼로 발목 잘리는 한이 있더라도 청루에 몸값 따로 낼 필요 없이 야반도주하자고 초연이 속달거렸다. 도끼로 발목 자르는 걸 직접 봤어요? 김중호가 놀라 물었다. 보고말고요. 사지를 묶어놓고 둘러선 구경꾼들 앞에서 장작 패듯 한쪽 발목을 찍어버려요. 그렇게 병신이 되면 청루에서 풀려 나와요. 초연이 아무렇지 않게 말했다. 둘은 이틀 뒤 신새벽에 솜틀집 허방에서 만나기로 약속했다. 김중호는 상해로 떠나겠다며 황씨에게 넘긴 아편 값을 셈쳐 얼마 정도 노잣돈을 달라고 말했다. 황씨는 제재소 주인 어른 편지에는 도련님의 숙식만 책임지라 했지 돈 문제는 언급이 없었다며 난처해했다. 마누라를 솜틀집 홍두깨 미는 일꾼으로 내보내고 자식을 청루 심부름꾼으로 부리는 황씨가 단돈 일전 한푼 선선히 내놓을 리 없었다. 김중호가 길을 나서겠다고 하자 상해에는 조선인 식자들이 많으니 여기와 달리 도련님 말벗도 있을 거라며 그가 오히려 반겼다. 김중호는 꼬불쳐둔 돈이 있었기에 황씨를 더 조르지 않고 초연이와 함께 천진(톈진)으로 가는 아침 출발 기차를 탔다. 차가 역 구내를 벗어나자 그는 비로소 안도의 숨을 쉬며 진땀에 젖은 얼굴을 닦았다. 밤새 눈도 못 붙이고 간 졸인 그런 모험을 해보기도 그로서는 난생처음이었다. 만주국과 중국의 국경 도시인 산해관 역을 통과할 때는 일본 국경수비대의 검문이 있었으나 소지품 수색에서 이상이 없었고 김중호의 일본말이 그런대로 먹혀들어 무사히 통과할 수 있었다. 둘은 천진에서 남행 열차를 타고 상해로 갔다. 중국의 문호로 일찍이 서양에 개방되었다는 상해 역사(驛舍)는 부산 역사보다 초라했으나, 며칠 동안 시내를 둘러보곤 상해가 봉천에 비할 바가 아닌 큰 도시임을 알았다. 광동로나 북경로는 그가 유학했던 동경 시내와 구별이 안 될 정도로 서양식 고층 건물이 즐비했고, 외국인 거주자가 십오만 명에 이른다고 했다. 그들을 위해 들여온 상품인지 상점에는 박래품 물산이 흔전만전이었다. 김중호와 초연은 조선인들이 거주하는 법조계(프랑스 조계) 포시로 애인리의 동포 집에 방 한 칸을 얻어 들었다. 지닌 돈이 거의 바닥이 났기에 그는 우정국으로 가서 부산 본가에다 거주지를 상해 법조계로 옮겼음을 알리고, 부산에서 상해로 들어오는 기선편의 믿을 만한 사람을 통해 돈을 좀 보내 달라는 편지를 띄웠다. 초연이도 방구석에만 박혀 있을 수 없었던지 일자리를 찾아 나섰다. 미국과 영국이 주축이 된 연합군이 욱일승천하니 독일과 일본의 패망이 눈앞에 닥쳤다는 소문이 파다한 전쟁 막바지인데도 상해에는 십만 명에 가까운 일본인이 거주했고 대개가 군관인 그들은 자유롭게 거리를 활보했다. 상해의 동포들은 만주로 들어간 농투성이 유망민과 처지가 달라 그쪽보다는 나았으나 실정은 역시 말이 아니었다. 삼일만세운동이 있었던 1919년 9월, 상해에서 태극기를 내다 건 대한민국 임시정부는 산하에 학생연합회, 노동회, 애국부인회, 소년동맹 등 단체를 두고 국내외 동포사회 조직을 지도하고, 서방 여러 나라를 상대로 외교 활동을 벌이며 국내외 독립전쟁을 지원하고 있었다. 그러나 1920년대 후반 중국 국민당의 국공분열(國共分裂) 이후 임시정부도 조직 분열의 내분을 겪다 1932년 윤봉길의 홍구공원 폭탄 투척 사건을 계기로 상해 주재 일본영사관의 조선인 탄압이 노골화되자, 임시정부 활동이 위축되고 조선인 단체도 유명무실화되었다. 김중호가 상해로 들어간 1944년 봄은, 대한민국 임시정부가 중국 국민당 정부가 있던 양자강(양쯔강) 내륙으로 옮겨간 지 십 년이 넘어, 상해의 임정 사무실이 있던 보경리 4호(마당로)는 중국인 잡상인들만 우글거렸다. 종전 막바지 상해에 살던 팔천 명 가까운 조선인 사회는 조국 해방의 희망은커녕 무기력에 빠져 있었다. 조국 광복 운동원들이 죄 빠져나간 후 상인, 대학 선생, 의사, 극단 배우 등 먹물짜리들이 명맥을 잇고 있었지만 그들은 조선인임을 숨겨 중국인이나 일본인에 기생했고, 개중에는 일본영사관 앞잡이 노릇이나 아편 밀매를 하는 자, 여자를 둔 위안소를 운영하는 자들도 섞여 있었다. 하층민 동포는 대체로 잡상인, 전차공사나 버스공사 사표원(검표원), 노동자, 청소원, 취모(식모), 막일꾼 따위의 천덕꾸러기 직업에 종사했다. 그들은 모두 제 입 살기에 바빠 조국 독립이니 민족 해방에는 관심이 없었다. 김중호는 상해에서도 희망 잃은 동포의 삶을 보며 환멸만 되씹었다. 낮이면 여반거리(법조계 공원)를 어슬렁거리거나 황포, 포동 선창으로 나가 정박한 많은 배를 보며 초연을 버려두고 고국 땅으로 돌아가야 하나 썩은 웅덩이에 계속 몸을 담그고 있어야 하나를 두고 갈등에 빠졌다. 날 여기까지 데려온 이상 당신이 날 버리고 떠나면 천벌을 받아. 지옥까지 따라가서 당신을 죽이고 나도 죽을 테야. 술에 취하면 초연이 혀 꼬부라진 소리로 횡설수설 악담을 퍼부었다. 그런 말에 주눅이 들어서가 아니라 그는 그녀를 버려두고 떠날 만큼 마음이 모질지가 못했다. 본가의 송금이 늦어지자 김중호는 굶고 앉았을 수가 없어 일거리를 찾아 나섰다. 일본말은 능통하고 영국어와 독국어를 조금 할 수 있다고 하자 공공조계(公共租界)가 있는 대도회무청(舞廳, 댄스홀)에 주급 받는 표팔이로 한시적인 일자리를 구할 수 있었다. 오후 한시쯤에 출근해선 밤늦게 일을 끝냈다. 그는 왜 이런 구차한 짓까지 하며 살아야 하는지 괴로워하며 하루하루를 보냈다. 여태껏 비웃어온 동포의 삶으로부터 자기 역시 한발도 더 나아가지 못한 식충이나 하루살이에 다름아니었다. 조국이 없어지면 그 민족은 마소가 되고, 궁극적으로 나라 잃은 개인의 존재야말로 지푸라기에 불과함을 깨달았다. 초연이 역시 거리로 나돌다 어느 날 밤 술내를 물씬 풍기며 들어오더니, 팔선교 야계굴(하급 사창가)로 기어들어 썩은 몸이나 팔 수밖에 없다며 고함 지르곤 곯아떨어졌다. 그녀는 거리의 여자가 되어 취객을 집에까지 끌어들였다. 밤늦게 집구석이라고 찾아 들면 초연이 사내와 배를 맞추고 있어 다시 거리로 나서야 했던 적도 있었다. 그녀는 아편에 맛을 들여 낮이면 멍청한 표정으로 죽은 듯 누워 기침을 쏟아댔다. 그래도 자궁은 썩지 않았나봐. 당신 앤지 누구 앤지 모르지만 애가 선 것 같애. 초연이 김중호에게 이 말을 털어놓기는 그해 초여름이었다. 가을에 들어 초연이의 주사에 넌덜머리를 낼 즈음, 그녀는 한 되 넘이 피를 토한 끝에 덜컥 숨을 거두었다. 그는 그제야 초연으로부터 놓여나 자유로운 몸이 되었다. 부산 본가에서 인편을 통해 돈을 받자 지긋지긋한 상해 생활을 청산하고 임시정부가 있다는 중경으로 나서보기로 했다. 그곳으로 가면 잃어버린 조국을 되찾는 운동에 미력이나마 자신의 역할이 있을 것도 같았다. 상해에서 들리는 말로는 중경의 대한민국 임시정부는 일본이 항복하기 전 조국 땅에 투입할 광복군을 양성하고 있다 했다. 그러나 광복군에 들어가 조국 해방 전선에 투입될 그날을 기다리며 군사 훈련을 받기에는 총 들고 싸울 만한 용기나 자신이 없었다. 배운 글이 있으니 임시정부에서 필경사로라도 봉사하며 조국이 해방될 날을 기다리기로 했다. 중국은 대국이라 중경은 상해에서 이천사백 킬로나 떨어진 내륙에 있었다. 양자강 수운을 이용하여 중경까지 기선이 다녔다. 그는 우선 기차편으로 남경(난징)에 가서 양자강을 거슬러 내륙으로 들어가는 기선을 탔다. 김중호는 뱃전에서 도도히 흘러가는 누런 물살을 보며 염세적 회의론자인 자신의 성격을 책했다. 물에 물 탄 듯한 이런 우유부단함은 태어날 때 이미 예정되었는가, 아니면 자각하지 못하는 그 어떤 정신적 질병이 있어 성장 과정을 거치며 차츰 형성된 것인가. 조국과 민족 앞에 초석이 되겠다는 대의는커녕 남아로서의 야망이나 기백조차 없는 나란 존재는 누구인가. 나는 무엇을, 얼마만큼 알고 있으며, 그 앎은 도대체 무어냐. 그러나 그 어떤 해답도 잡히지 않았고 황톳물에 몸을 던져 죽고 싶은 마음뿐이었지만 이를 실천할 결단력조차 없었다. 작은아버지 다 왔어요. 김형준이 김씨를 흔들며 말한다. 김씨는 눈을 뜬다. 차 안이 쾌적해 그는 그새 잠에 들었던 것이다. 어, 그래? 여기가 어디야? 벌써 다 왔나 하곤 김씨가 조카의 부축을 받으며 차에서 내린다. 잠시 눈을 붙였으나 숙면이었고 머릿속이 개운하다. 그해 가을에 말야, 달포 넘이 걸렸나? 난생처음 지독한 고생을 했지. 나라는 인간은 체질적으로 유약했는데 산전수전 겪으며 크게 견문을 넓혔으나 그 경험이 내 사고와 체질을 바꾸는 데 하나 도움이 못 됐어. 말짱 헛고생만 했던 셈이지. 상해반점 현관으로 들어서며 김씨가 말한다. 김형준이 앞뒤가 잘린 삼촌 말을 헤아리지 못해 의아해한다. 해방되기 한 해 전, 상해에서 임시정부를 찾아 중경까지 양자강 거슬러 배 타고 마차도 타고, 절반 가까이를 걸은 고생길을 내 잠시 꿈에 다시 봤나 봐. 김씨가 떨떠름한 표정으로 말한다. 해방되던 해 초가을, 작은아버지는 김구 선생의 임시정부 환국에 앞서 기차편에 북경과 신의주를 거쳐 부산으로 귀국하셨잖아요. 해방되던 해가 제 나이 다섯 살이고 우리 식구는 서울에 살아 저는 훗날에 들어서 아는 얘긴데, 작은아버지가 귀환했을 때 구포 집은 난리가 났다면서요? 해방이 되고 중국 상해에서 귀환하는 동포를 통해 작은아버지 행방을 수소문했으나 아는 사람이 없었는데, 사전 연락도 없이 구포 본가에 불쑥 나타나셨다잖아요. 죽은 줄만 알았던 아들이 살아서 돌아와 너무도 기쁜 나머지 혼절할 뻔하셨다는 말을 들었어요. 조카의 말에 김씨가, 두 분이 건강하셔서 오래 사실 줄 알았는데, 그로부터 몇 년 후 전쟁이 끝난 뒤 아버지에 이어 두 해 시차를 두고 어머니가 별세하셨으니…… 어머니는 망부 생각과 내 병간호에 지쳐 세상을 떠나셨기에 지금도 후회막급해. 조울병이 어느 정도 숙지막해져 취업도 했으니 늦게나마 막내가 효자 노릇을 할 수도 있었는데 말야. 칸막이 뒤 둥근 식탁으로 종업원의 안내를 받으며 김형준이, 작은아버진 평생 마음이 너무 여리고 양심적이셔서…… 그가 말꼬리를 줄이더니, 어쨌든 작은아버진 중경 임정에서 일을 하셨으니 말하자면 독립운동가 아니세요. 없던 이력조차 조작해서 자기 선전에 열을 올리는 세상 아닙니까. 작은아버지야말로 국가로부터 보훈연금도 받을 수 있는데 말입니다, 하고 덧붙인다. 중국에서 귀국 전후 내 정신 상태는 중환자였어. 본가에 연락이고 뭐고 그런 걸 챙길 여유가 없었지. 임시정부 사무실 귀퉁이에서 선전물 전단의 줄판 긁는 필경사 노릇을 여섯 달째 하던 중에 자주 정신착란을 일으켜 자꾸 파지와 오자를 내게 되자, 임정 선전부에서 나를 중국 국민군 요양소로 넘기더군. 골필로 줄판 긁기를 하루에 열댓 시간 넘이 해댔으니 자정 넘겨 잠자리에 들면 눈알이 뿌리째 뽑히듯 아리고 오른쪽 어깻죽지는 쓰지 못할 정도였으니깐. 너무 열심히 일한 게 병이 되었는지 모르나, 그 육 개월 동안은 부지런을 떨며 열과 성을 다했지. 그게 조국 광복운동에 조금이나마 이바지가 되었다면 나로서는 영광이지. 그런 나를 좋게 보았던지 환국 후 임정 간부 어른들이 함께 일하자고 제의했지만 난 정치 현장에 나서기 싫어 완곡히 거절했어. 속으로만 그렇게 느꼈으면 됐지 그 정도 이력을 가지고 뭘 자랑거리가 된다고 내 입으로 중경 임정 시절을 주절거려. 그런 말 읊을 정도로 정신이 온전하지도 못했고. 요양소에 있을 때는 불면증으로 잠을 못 자고 뾰족한 꼬챙이를 숨겼다 남이 안 보면 팔이며 허벅지에 자해를 일삼았어. 내가 무슨 짓을 하는지 나도 모르면서 말야. 혼잣말을 중얼거리며 자살 타령만 읊어 댔다니까. 하루 한두 차례 정신이 나가버리면 나 자신을 잊어버렸거든. 귀국 후 정신신경과에서 정밀검사를 받아보니 그게 바로 정신질환의 일종인 조울병이래. 쉬운 말로 중증 우울병이지. 조울병 환자들은 초조, 불안, 멜랑콜리, 강박관념에 사로잡혀 이를 떨치려다 보니 대체로 알코올 중독자가 되는데, 내가 술을 좋아하지 않는다니 병명이 늦게 밝혀진 셈이야. 김중호는 귀국하는 길로 곧 병원 신세를 졌다. 이듬해, 김동한은 아들이 어느 정도 건강을 회복하자 철학이란 공부도 열심히만 하면 대학교수 자리는 보장됨을 알고 경성제국대학 후신으로 문을 연 경성대학교(서울대학교 전신) 진학을 권했다. 그러나 김중호는 철학 공부를 계속하기에는 이미 그 매력을 잃었고, 대인기피증이 심해 세상에 잊혀진 존재로 숨어 살 수 있는 직종이 없을까 고심했다. 도서관 근무란 평생 책만 벗삼고도 나날이 지루하지 않을 삶이었다. 자리를 정하자 김형준이 오차 종지를 나른 종업원에게 메뉴판을 받아 일인당 사만 원짜리 코스로 주문을 낸다. 소화에 도움이 될 텐데 반주 한잔 어떠세요? 김형준이 묻는다. 밤에도 술을 제대로 못 먹는데 낮술까지 하며, 김씨가 사양한다. 요즘 음주운전 단속 탓인지 백세준가 하는 약술을 찾습디다 하더니, 김형준이 종업원에게 그 술을 한 병 가져오라고 말한다. 백세주? 그것 마시면 일백 세까지 살게 될까 하고 속으로 묻다 김씨는 그 나이까지 산다는 게 지옥살이 같게 여겨져 도리질한다. 그는 잠시 멍청해져 있다가 반쯤 감은 거슴츠레한 눈으로 김형준을 멀거니 건너다본다. 『장자』의 인간세(人間世) 편을 보면 이런 말이 있지. 몸집만 컸지 베어지면 그 용도가 맞춤한 데 없는 가죽나무가 목수에게 말하기를, 자기는 인간세에 아무짝에도 쓸모 없는 나무가 되기를 바라기가 오래라 열 번 죽을 고비를 넘겼으나 살아남았다고. 장주가 무용(無用)의 용(用)을 설파한 말이지. 나 또한 그렇게 살아왔어. 남 눈에 띄지 않게 몸을 낮추어서 말야. 김씨의 말에 김형준이, 작은아버지 연세 되시는 분들은 하도 험한 세월을 넘겨오다 보니 그렇게 처세의 도를 체득한 게지요. 그러나 작은아버진 독서 수양을 통해 삶의 도리를 되새기며 정도(正道)만을 고집해 살아오셨잖아요 한다. 장주는 그렇게 베어지지 않는 나무로 스스로를 낮추다 말년에야 크게 도(道)를 깨쳤지만, 나야 아무 이룬 것 없이 미물 같은 소시민으로 평생을 살았으니…… 하고 자조하던 김씨가 따분한 화제를 바꿀 요량인지, 내리막 경기라고 다들 난리라는데 요즘은 사업이 어떠냐고 조카에게 묻는다. 김형준이 부산 지방 건설 경기는 아이엠에프 때보다도 못하다고 말한다. 사업이란 좋을 때도 있고 어려울 때도 있죠. 그래도 저희 회사는 그럭저럭 잘 버텨냅니다. 김해 가락지구에 내년 말 완공을 목표로 이백세대 서민 아파트를 짓고 있지요. 관급공사 몇 건과 대학교 증축 공사도 하고 있고요. 그래도 이 바닥에서 신용을 담보로 뛰다보니 인심은 잃지 않았죠. 김형준의 말에 김씨가, 너야말로 존경받는 사업가지 하고 조카를 치켜세운다. 작은아버지는 평생 여러 고아원에 도움을 베푸셨잖아요. 검소하게 사시며 봉급 절반 이상을 그쪽에 바치셨으니깐요. 저도 그걸 배운 거지요. 김형준이 칭찬을 김씨에게 되돌려준다. 나야 혹시나 하고 희옥이를 찾아 고아원을 뒤지다 고아를 돌보게 되었으니 자업자득이었지. 넌 그 동기가 순수했고. 김형준은 부산과 경남 일원에 작년으로 스물한 동째 연건평 이백 평짜리 이층 한맥도서관을 지어 해당 지역에 기증하고 있으며, 해마다 신간서적 삼백 권씩을 구입해 도서관 서가를 채워주고 있다. 이십이 년 전부터 해오고 있는 일이다. 김형준은 작년 회갑 연회 때, 자식에게 유산을 남기지 않겠다, 자신이 죽은 뒤 장기는 필요한 사람에게 기증하겠다는 유언장 내용을 공개하면서, 한맥건설이 업계에서 생존하는 한 한 해 한 관씩 도서관 기증 사업을 계속하겠다는 뜻도 함께 서약했다. 해파리냉채를 시작으로 요리가 나오고 술도 따라온다. 김형준이 김씨 술잔에 술을 치곤 자기 잔에도 따른다. 그는 접시에 담긴 먹을거리를 젓가락질하며, 요즘은 무슨 책을 읽으시냐고 김씨에게 묻는다. 사후의 세계를 다룬 『불후의 모험』을 읽고 있지. 얼마 전에 『게놈』을 뗐어. 유전자 지도니 게놈 프로젝트니 뭐니 하며 매스컴이 하도 떠들기에 말이야. 김씨는 작년에 사망한 삼호실 초정댁을 떠올린다. 말솜씨가 똑똑 떨어지던 수다쟁이 그네는 텔레비전 뉴스를 통해 듣고 와서 김씨에게, 학식 많은 당신이 개놈인지 개새끼지 그걸 공부해서 쉽게 설명해달라고 졸랐던 것이다. 그네가 살았을 때까진 게놈을 해설한 책이 출간되지 않았고, 그네가 죽은 뒤에야 그 번역서가 나왔다. 구십구년인가, 당시 클린턴 대통령이 첫 인간 염색체 분석이 완료되었다고 발표하지 않았어요. 지난 이월엔 게놈 지도가 완성되었다는 보고가 있었고요. 인간이 암을 비롯한 모든 질병에서 해방될 날이 멀지 않았다고 떠드는데 그게 어찌 된 겁니까. 작은아버지가 책을 읽으셨다니 설명 좀 해줘봐요. 김형준이 흥미가 있다는 듯 미소 띠며 묻는다. 해삼과 자연산 송이를 녹말로 발라 기름에 데쳐낸 요리에 이어 바닷가재에 마늘소스를 바른 요리가 나온다. 김형준이 삼촌에게, 계속 음식이 나오니 천천히 드시며 말씀하시라고 말한다. 김씨가 석 잔째 술잔을 비우자 김형준이 빈 잔에 술을 친다. 내가 무슨 말 하려 했나. 그렇지, 『게놈』을 읽으니 인간의 유전자는 스물세 쌍의 염색체 안에 모두 들어 있다더군. 그게 다시 가지를 쳐 모두 이만육천에서 사만 개로 구성되어 있다잖아. 스물세 쌍의 염색체는 일번을 '생명'으로, 이번을 '종'으로, 삼번을 '역사', 사번은 뭐라더라? 하여간 그렇게 지정해놓았는데…… 김씨가 책 내용을 환기하느라 눈을 깜박거리며 설명을 하다, 말꼬리를 놓치고 갑자기 말머리를 바꾼다. 너 필동 다락 시절 기억나냐? 다락으로 기어올라오면 내게 시시콜콜 온갖 질문을 해댔잖아. 그 버릇은 소싯적이나 지금이나 변함이 없군. 술기가 거나하게 오른 김씨가 쪼그락진 입에 웃음을 문다. 김형준이, 전쟁 나던 해 말씀이죠? 필동이 아니라 남산동이었죠 하며 김씨의 말길을 잡아준다. 그런데 작은아버지, 아직 나잇살 덜 먹은 놈이 뭣한 소립니다만 가는 세월은 속일 수 없나봐요. 환갑 넘기니 자꾸 그 시절이 생각나지 뭡니까. 밤 아홉시 뉴스도 끝나기 전에 꾸벅꾸벅 졸다 밤중에 잠이 깨어 거실로 나와 멍청히 앉았으면 느닷없이 전쟁 전후 그 시절이 자주 떠올라요. 그러면 이 시간에 작은아버지도 잠이 깨어 그 시절 회상에 잠겼을까 하는 생각이 듭디다. 아무래도 평양 다녀오신 후 그쪽 가족 생각이 더욱 간절할 테니깐요. 조만간 작은아버지 뵙고 또 한 수 배워야지 하고 마음을 먹고 다시 잠자리에 들곤 하죠. 그런데 아침밥 먹고 나서면 하루 종일 일거리에 치여 차일피일하다 오늘에야 문안인사 드리게 되어 죄송합니다. 김형준이 술 한 잔을 비우곤 새로 나온 라조기 요리를 먹으며 말한다. 한 수 배우다니? 너도 바둑 두냐고 김씨가 묻자, 인생 바둑 말입니다 하고 김형준이 말한다. 난 너무 늙어 이제는 네게 가르칠 게 없어. 많은 책을 읽었다지만 햇수가 지나자 다 까먹었고. 컴퓨터는 저장한 내용물을 기계가 파손되지 않는 한 영구히 보관하는데 인간의 두뇌는 기억력의 망각이 치명적이지. 아냐, 망각할 수 있으니 인간적인 거지. 김씨가 휴지로 버섯 국물이 묻은 입술 언저리를 닦는다. 누가 뭐래도 작은아버지는 평생 제 우상입니다. 개구리 제복 벗고도 한번 해병은 영원한 해병이란 말이 있잖습니까. 어릴 적 우상은 나이를 먹어도 영원한 우상으로 남지요. 제가 대학에 진학할 때까지 작은아버지는 독서를 통해 제 인생의 길잡이 역할을 해주셨으니깐요. 읽을 책을 소개해주시고 독후감을 통해 인생의 바른 살길을 강론해주셨으니, 작은아버지가 아니면 오늘의 제가 없었겠죠. 죽자살자 사업 벌여 치부하는 재미로 살고 있을 게 아닙니까. 김형준의 목소리가 숙연하다. 그렇게 말하니 길거리의 그 흔한 돌멩이 같았던 내 인생에 제자 하나는 착실히 키웠군. 너와 난 혈연 관계를 떠나 평생 우정을 나눈 동지야. 내 말이 어때? 김씨가 의기양양하게 묻자, 김형준이, 동지라기엔 무엇하고 선생님과 제자 사이지요 하고 정정한다. 네가 지은 도서관에 해마다 기증할 신간 목록을 내가 언제까지 작성해줬지? 김씨가 흐뭇해하며 묻는다. 작은아버지가 시립도서관 국장직에서 은퇴하시던 해, 다음부턴 이 사람에게 신간 선정을 부탁하라시며 사서과장인가 하는 분을 소개해주셨잖아요. 김중호가 조카 형준과 특별한 인연을 맺기는 서울이 조선인민공화국에 점령당한 1950년 여름이었다. 전쟁 전 서울대 도서관에 근무하며 혜화동에서 여염집 아래채 방 한 칸을 세들어 처자와 함께 살았던 김중호는 전쟁이 나자 한강교 폭파로 피난 기회를 놓치고 말았다. 전쟁이 왜관 부근 낙동강 지역에서 고착화되자, 8월에 들어서서 남한 점령지 전역에 인민의용군 모집이 본격화되어 가택 수색이 빈번해졌다. 앳머리 중학생부터 서른 살 넘은 장정까지 가두 심문도 마다 않고 닥치는 대로 잡아들여 조국 해방 전선으로 내몰았다. 좌든 우든 김중호는 어느 쪽과도 거리를 둔 채 현실 정치라면 환멸부터 앞섰고 폭력이라면 지레 알레르기 반응을 일으키는데, 더욱이 동족끼리의 전쟁에 총 앞세워 나서고 싶지 않았다. 해방 전 중국 중경에서 임시정부 필경사 노릇을 했으나 광복군 지원은 마다했다. 그는 육이오전쟁이 명분 없는 골육상잔이기 이전, 군대란 규율을 배겨낼 수 있을 것 같지 않았고 사람을 겨누어 방아쇠를 당길 자신이 없었다. 가택 수색이 심해져 김중호가 셋집에서 더 어물거릴 수 없게 되었다. 일제 말 강제 징병 수난 이후 다시 한번 당하게 된 위기였다. 그의 처는 남산동 큰집에 다락이 있으니 당분간 거기로 몸을 피하라고 권했다. 김중호는 처와 두 살 난 딸자식 희옥이를 혜화동에 남겨두고 형님네 집으로 피신했다. 한국은행에 근무하던 김중걸과 그 가족 다섯 역시 피난을 못 가고 서울에 남아 있었다. 김중호는 남산 아래 있던 형님 집 재래식 부엌 위, 누우면 머리에서 발끝이 닿고 허리 펴곤 앉을 수 없는 다락에서 은신 생활을 시작했다. 8월의 무더위라 다락은 그야말로 찜통이었으나 그는 바깥에 나갈 엄두를 못 내었고 용변조차 다락에서 요강으로 해결했다. 김중걸은 은행 근무 경력이 인정되어 전선 투입을 면해 서울시당 재정부에서 주판 놓는 일로 출퇴근했다. 김중호는 밤이면 이불을 둘러쓰고 라디오 주파수를 맞추어 전황에 귀를 기울였다. 이따금 처가 어린 딸을 업고 큰댁에 와서 양식거리를 얻어가며 바깥 동정을 알려주었다. 그때 형준이 다락으로 올라와 김씨에게 읽을거리, 먹을거리를 챙겨주고 말벗이 되었다. 작은아버지, 전쟁 나던 해 당시 제가 국민학교 사학년이었잖아요. 열 살 나이가 그렇듯 세상이 온통 호기심 덩어리였죠. 우리가 살고 있는 세상과 자연 현상마다 왜, 라는 부호를 붙여야 할 만큼 모든 게 의문투성이였으니깐요. 김형준이 그 시절을 화제로 끌어낸다. 사실이 그랬다. 다락으로 올라온 형준은 배를 깔고 엎드려 삼촌에게 온갖 질문을 쏟아댔다. 자유주의와 공산주의는 어떻게 다른가? 같은 민족이 왜 피 흘리는 전쟁을 해야 하냐? 소련이 힘이 세냐, 미국이 힘이 세냐? 둥근 바퀴가 없는 탱크는 누가 언제 발명했으며 어느 전쟁 때부터 사용되었느냐?

총열이 짧은데 새총보다 총알이 빠른 이유가 뭐냐? 폭탄의 구조는 어떻게 되어 있으며 어느 전쟁 때부터 사용되었느냐? 형준은 전쟁과 관련된 이런 문제에서부터, 우주의 크기는 얼마만하냐? 북두칠성은 지구에서 얼마만큼 떨어져 있느냐? 사람은 며칠을 굶으면 죽느냐? 평생 동안 사람이 읽어야 할 책은 몇 권쯤 되냐? 우리나라가 세계에서 최초로 인쇄술을 발명했다는데 그런 문명된 나라를 왜 일본에게 빼앗겼냐? 호구조사와 전선 위문품 수집 명목으로 여맹원이 수시로 집 안에 들락거려 김중호가 하루하루를 긴장 속에서 따분하게 지내다 보니 조카의 질문을 시간 때우기 삼아 아는 대로 설명해주었다. 도서관이란 그런 호기심을 충족시켜주는 지식의 창고라 그는 어린 조카에게 괜찮은 교사 노릇을 할 수 있었다. 그러면 형준은 삼촌이 도서관에 근무해 책을 많이 읽다 보니 역시 만물박사라며 감탄했다. 너 생각나냐? 내게 이런 해괴한 질문까지 해댄 것 말야. 머리털은 어릴 적부터 자라는데 수염과 고추 주위의 털은 왜 어른만 있느냐? 고추 주위에 난 털도 자꾸 자랄 텐데 삼촌이 수염 깎듯 가위로 직접 깎아주느냐? 죽순과 닭고기를 볶은 요리를 들며 김씨가 말하자 김형준이, 제가 그런 질문까지 했나요 하며 너털웃음을 터뜨린다. 어디 그뿐인가, 여자 생식기 구조에서부터 출산 과정까지 물어댔으니. 김씨의 말에 김형준이, 듣고 보니 그런 질문을 한 것 같다며, 그러니 작은아버지가 제겐 영원한 우상이 될 수밖에요. 책을 많이 읽어 모르는 게 없던 작은아버지가 학교 선생님보다 더 위대해 보였고, 독서의 중요성을 그때 깨달았으니깐요 한다. 형준은 김씨에게 이런 까다로운 질문까지 했다. 지난봄 할아버지가 상경하셔서 창경원에 갔을 때, 삼촌이 법학을 전공했다면 벌써 판검사나 중앙부처에 한자리 차지하고 앉았을 수재라며 애석해하셨어요. 중국에서 독립운동까지 하셨다면서요? 그런데 일본에서 대학까지 다니시고 왜 하필 도서관 직원으로 근무하세요? 정치가, 장군, 판검사가 높은 자리 아녜요? 삼촌이 전공했다는 철학은 뭘 배우는 공부예요? 조카의 이런 질문에는 김중호도 대답이 난감할 수밖에 없었다. 할아버지가 법학부 진학을 추천했지만 난 재판관이 되고 싶지 않았고, 독립운동하는 사람들 근처를 얼쩡거리긴 했으나 목숨 내놓고 그런 운동을 한 적은 없어. 철학은 말이야, 진리가 과연 무엇인가를 탐구하는 학문이란다. 김중호의 말에 형준이 고개를 갸웃거리며, 무슨 말씀인지 된통 어렵네요 했다. 말을 하고 보니 아무리 자상히 설명한대도 형준이 그 말뜻을 판단할 수준이 아니라는 걸 알고, 넌 아직 어려 잘 이해하지 못할 거야, 너가 중학교에 가면 그때 철학이란 학문을 자세히 설명해주지, 하고 김중호가 말했다. 그는 형님 집 다락에서 기식하며 조카 형준과 끈끈한 유대를 이어갔다. 연합군이 적의 후방인 인천항을 기습 공격해 교두보를 확보했다는 소식이 알려지기는 상륙 성공 하루 뒤인 9월 16일이었다. 다락에 숨어 있던 김중호도 단파 라디오를 통해 연합군이 경인 가두인 부평과 소사를 거쳐 서울로 들어오고 있으며 서울 탈환은 시간문제라는 남한 방송을 들었다. 22일, 늦어도 23일까지는 중앙청 돔에 태극기와 유엔기가 나부끼게 될 것이란 아나운서의 장담대로 그로부터 사흘 뒤, 먼 소리지만 서울 근교를 압박하는 둔중한 포소리가 들리기 시작했고 서울 시내를 맹폭격하는 항공 공습이 밤낮을 가리지 않고 계속되었다. 소각할 건 소각하고 서류 보따리 싸고 있으니, 이러다간 내 신상도 내일이 어찌 될는지 몰라. 북으로 따라나서려면 가족을 두고 나설 수밖에. 나도 당분간 친구 집 방공호에 피신을 해야겠어. 21일 아침 김중걸은 서울시당 사무실에 출근을 않겠다고 중호에게 말했다. 그날부터 김중걸은 집으로 돌아오지 않았다. 연합군이 한강을 넘었다는 소식이 없더냐? 김중호는 다람쥐처럼 잽싸게 바깥을 나돌며 정보를 수집해오는 형준에게 전황을 물었다. 거리에 나다니는 보안대원이나 인민군이 전과 달리 당황해하며 바삐 뛰어다니더라고 형준이 말했다. 희옥을 업고 큰댁으로 온 처 역시 조만간 연합군이 시내로 들어올 거라고 말했다. 하루가 열흘같이 초조하고 지루한 나날이었다. 인천에서 서울까지는 늦춰 잡아도 이틀 걸음인데 인민군의 저항이 아무리 완강하기로서니 서울 탈환이 이렇게 늦을 수 있냐며 그는 조바심을 쳤다. 연합군의 인천 상륙이 시작된 지 열흘째 되는 25일, 드디어 시가전이 벌어지는지 남산 너머 한강변 서빙고 쪽과 아현동 쪽에서 진종일 단속적인 교전 소리가 이어졌고, 혜화동에 있던 김중호의 처와 딸도 남산동으로 와서 합류했다. 처의 말로는 서울 수복이 오늘내일이라 했고, 형준은 인민군이 서울 사수를 포기한 채 퇴각한다는 거리 소식을 전해주었다. 인왕산 전투에는 쌍방의 시체가 언덕을 덮었고, 그 결과 마포 쪽과 서대문께에는 이미 연합군이 들어왔다고 했다. 이제는 이 생활도 끝이라며 김중호가 두 달 만에 다락에서 내려오니, 허리만 펴고 앉아도 살 것만 같았다. 그는 마당을 거닐며 그동안 종잇장처럼 하얗게 바랜 얼굴에 가을볕을 쬐었다. 26일 오후, 시내 중심부는 시가전이 끝나 인민군의 퇴로라 여겨지는 창경원과 혜화동 쪽에서만 산발적인 총소리가 들렸다. 종로와 중구 일대는 총성이 멎고 긴 침묵이 이어졌다. 인민군이 빠져나가고 연합군이 들어오기 직전의 공동 상태 같았다. 김중호는 바깥으로 나가 동정을 살펴보기로 했다. 저를 보고 함께 소공동 쪽으로 나가보자고 했을 때 제가 말렸어야 했는데, 제 불찰도 있었어요. 정말 그땐 길거리에 인민군은 물론 보안대원이며 완장 찬 동맹원들 모습을 볼 수 없었고, 작은아버지가 하도 바깥 세상을 궁금해하시기에 거리 구경을 시켜드리고 싶었고요. 참는 김에 하루만 더 참으셨어도 가족과 헤어지는 불행은 없었겠지요. 이십칠일 오후에는 연합군이 서울 시내 중심부를 평정했으니깐요. 김형준이 후식으로 나온 멜론 한쪽을 포크로 찍으며 말한다. 어린 너를 탓할 게 뭐가 있냐. 누구의 잘못도 아니지. 인생의 운명이 바뀌기는 늘 한순간이 결정한단 말이야. 모처럼 한길로 나섰다가 달려오는 차에 치이는 교통사고를 따져봐. 몇 초 빨리 길을 건넜거나 몇 초 늦게 나섰다면 피할 수 있는 액운이잖아. 운전사도 몇 초 빨리 지나갔거나 몇 초 늦게 출발했다면 사고를 안 냈을 것 아냐. 순간적으로 쌍방의 액운이 맞아떨어진 게지. 이를 두고 사르트르는 필연이 아니고 우연이라 했어. 태어남이나 태어나서 맺게 되는 세상살이도, 인간과의 관계도 필연이 아니라 우연이라고 나는 믿어. 그렇기에 난 평생을 두고 종교란 걸 믿을 수가 없었고.

폐허가 된 도시에 그늘이 내린 저녁 무렵이었다. 김중호가 형준을 앞세워 명동 입구까지 갈 동안 시내 중심부는 아닌 말로 쥐새끼 한 마리 얼씬거리지 않았다. 폭격으로 반쯤 허물어진 중앙우체국 앞 네거리로 갈 때까지 벽돌 조각이 어수선하게 널린 거리는 텅 비었고 김일성과 스탈린의 초상화를 걸어놓은 대형 아치는 누가 불을 질렀는지 마른 생솔가지에서 시름시름 연기가 오르고 있었다. 김중호는 드디어 서울 시내가 연합군의 수중에 들어갔음을 확신했다. 그때, 한국은행 쪽에서 전조등을 켠 스리쿼터 한 대가 나타났다. 그는 이쪽으로 달려오는 스리쿼터가 어느 편 군대의 차량인가 하고 멍청하게 바라보았다. 삼촌, 도망가요, 어서요! 형준이 외쳤다. 거기 선 동무, 꼼짝 마시라요! 명령에 이어 벼락치듯 따발총탄이 김중호 발 앞에서 흙고물 튀기며 터졌다. 오랫동안 걷지 못해 연약해진 다리가 폭삭 주저앉을 듯 후들거렸다. 그는 두 손을 머리 위로 치켜들었다. 스리쿼터 짐칸에는 총을 겨눈 자를 포함해서 인민군 여럿과 민간인들이 빼곡이 타고 있었다. 형준은 삼촌을 재촉하다 혼자 골목길 안쪽으로 뛰었다. 총탄에 맞을지라도 그때 김중호는 조카를 따라 골목길로 줄행랑을 쳤어야 했다. 그러나 인민군의 총구를 눈앞에 두고 도무지 걸음을 뗄 수 없었다. 스리쿼터가 급정거했다. 짐칸에 탄 민간인이 사지에서 당신을 건져주겠다는 듯, 어서 타라며 손을 내밀었다. 김중호는 얼결에 차에 올랐다. 스리쿼터는 서울운동장 쪽으로 텅 빈 거리를 내달았다. 작은아버지, 정말 운명이 바뀌는 결정적인 순간이었어요. 저는 그 장면만 생각하면 사업도 그런 절체절명의 우연과 맞부딪치기 전에 늘 유비무환의 마음가짐이 필요하다고 다짐하지요. 조카의 말에 김중호가 손사래 치더니 그 표정이 금방 찌무룩해진다. 왜 그 얘기를 또 꺼내. 전쟁 후 한동안은 그때의 숨막히던 순간을 악몽으로 자주 꾸며 많이 울었지. 그럴 때마다, 잊고 살아야 한다고 골백번 다짐했어도 오십일 년이 지나도록 한시도 잊지 못한 채 오늘에 이르렀어. 말을 잘못 꺼냈다는 듯 김형준이 옆머리칼을 쓸어붙이며 계면쩍어했다. 생각할수록 괴로울 그때 일이야 이제는 잊을 만한 연세도 되지 않았습니까. 그럼 슬슬 나서보실까요. 김형준이 계산철을 들고 일어선다. 그래, 잊어야지. 슬픔을 삭이며, 또 한번 다짐해볼까. 사는 날까지 참고 견디는 거야. 그럴 수밖에 없으니깐…… 김씨가 비틀거리며 의자에서 일어서자, 모자 쓰셔야죠 하며 김형준이 옆 의자에 놓인 파나마모자를 집어준다. 오랜만에 맛있는 음식 대접 잘 받았어. 그런데 포식한데다 낮술이 과했나봐. 눈앞이 영 침침하군. 김형준이 병원을 거쳐 기로원까지 모셔다드리겠다고 말한다. 한맥기로원 지정 병원은 기로원과 가까운 범천동 사거리에 있다. 둘은 승용차에 오른다. 옛날얘기 하느라 미처 말씀을 못 드렸습니다만 기로원 가동도 내년부터는 운영권을 구청에 넘겨야 할 것 같습니다. 원생이 자꾸 빠져나가는데 제때 보충이 안 되니, 아직은 우리나라에서 사설 실버타운 운영은 빠른가봐요. 은행 금리가 인하되어 종신회원권 관리에도 문제가 있던 참이라서…… 작년엔 이억 오천만 원 적자를 보았습니다. 그러나 그 돈이 아까운 건 절대 아닙니다. 그 정도 액수를 사회에 내어놓는다고 회사에 구멍이 뚫리는 건 아니니깐요. 작은아버지는 절 잘 아시잖아요. 그러던 참에 구청에서 먼저 제의를 해와서 대충 합의를 보았어요. 지자제 이후 구청도 노인 복지 대책에 신경을 쓰겠다는 뜻인지, 선거를 앞두고 표밭 다지기인지 모르지만요. 김형준이 말한다. 그러고 보니 참, 오늘 구청 복지과에서 시찰차 나온다더구먼. 그렇게 되면 가동 늙은이들은 어찌 돼? 종신회원권 내고 입주한 사람들의 그 돈은? 등받이에 기댄 허리를 세우며 김씨가 묻는다. 한맥건설이 회원권 금액을 은행에 예치해두었으니 이를 원금 그대로 수령해서 퇴소하거나 계속 있겠다면 본인이나 가족의 자의로 선택케 하고, 건물은 한맥건설이 구청에 기증하는 조건입니다. 남아 있는 분들은 구청 예산이 투입되니 지금 제도가 고스란히 유지됨은 물론 주거 환경이 더 좋아지겠죠. 물론 작은아버지는 그대로 계시면 됩니다. 제가 종신회원권을 납부할 테니깐요. 조카의 말에 김씨가, 그래? 하며 씁쓸한 표정이 된다. 구청에서 운영한다니 앞으로 가동에 어떤 변화가 올지 모르지만 그는 왠지 불안한 느낌이다. 우선 자신은 별실을 이용할 수 없을 테고, 둘이나 셋과 합방해야 할 것이다. 혼자 방을 쓰는 데 익숙해온 그로서 타인과 공동생활을 한다면 불편한 게 한두 가지가 아닐 터였다. 동료들이 쓰잘 데 없는 말을 걸어온다면 독서에 방해가 됨은 물론 사물도 제자리에 없기 일쑤일 것이다. 그렇게 보잖았는데 형준이 이놈도 사람이 변했나 하는 의심마저 든다. 기로원 가동을 고작 여섯 해 운영하곤 손을 떼다니. 허긴 자기 사업에 머리 쓸 일로도 바쁠 테지. 손해를 보더라도 운영을 맡아줄 사람조차 없으니. 그러나 장조카의 처사가 섭섭하다는 느낌만은 어쩔 수 없다. 승용차가 소명종합병원 주차장으로 들어서자 김씨가, 사업 바쁜데 나를 병원 앞에 내려주고 가. 난 걸어서 기로원으로 갈 테니깐 하고 조카에게 말한다. 들어가십시다. 제가 안내를 할게요. 김형준이 삼촌을 부축한다. 안과로 가자 김형준이 삼촌으로부터 의료보험증을 받아 접수 창구에 들이민다. 복도 의자에는 진찰을 기다리는 대기 환자가 많이 밀렸다. 약속이라도 있는지 김형준이 시계를 본다. 들어가래도 그러네. 노인 건강은 걷는 게 최고라잖아. 여기서 기로원까지 이십 분쯤 걸릴까, 모처럼 외출이니 운동 삼아 거리 구경하며 슬슬 걸어서 돌아가면 돼. 정기검진 때는 걷기 좋아하는 늙은이들은 차 안 타고 떼지어 여기까지 걸어온다니깐. 김씨의 말에 김형준이, 그럼 제 차를 두고 가지요. 전 택시 타고 회사로 들어갈게요 한다. 먼저 들어가래도 그러네. 내가 늙었다고 제발 어린애 취급하려 들지 마. 난 아직 내 발로 한두 시간은 걸을 수 있는데다 길 잃고 거리에서 헤매는 늙은이가 아냐. 시험 삼아 내가 기로원 전화번호 대보랴? 김씨가 버럭 화를 낸다. 노인의 고함에 주위의 대기 환자들이 이쪽으로 눈길을 돌린다. 기로원의 가동을 구청에 이관한다는, 차 안에서의 조카 말이 마치 든든한 후원자가 사라져버린 듯 그의 신경을 내내 날카롭게 간다. 예, 예. 그럼 저 먼저 가겠습니다. 진찰 잘 받고 돌아가십시오. 저녁때 기로원으로 전화 올리겠습니다. 김씨의 노여움에 무안을 당한 김형준이 인사를 하곤 급히 자리를 뜬다. 김씨는 삼십 분 넘어 기다린 끝에 진찰 차례를 맞는다. 남자 의사는 사십대 초반이다.

김씨가 왼쪽 눈의 증상을 설명하자 의사가 김씨의 안구를 관찰하곤 동공 검사를 해보자고 말한다. 안압부터 체크한다. 동자 확대 안약을 넣고 한 시간을 대기한 끝에, 김씨는 간호사의 지시대로 안구 검사기 앞에 앉아 렌즈에 왼쪽 눈을 붙이고 동공을 크게 연다. 진찰과 검진이 끝나자 의사가 말한다. 망막박리(網膜剝離)가 분명합니다. 비문증(飛蚊症), 즉 꽃가루가 날리는 것 같은 이물질이 눈앞에 나타나는 현상이 망막박리와는 무관하나 선생님의 경우는 원인으로 볼 수 있습니다. 노인성 망막박리는 진행이 빠르니 빨리 입원하셔서 수술하셔야겠습니다. 김씨는 의사의 말에 가슴이 철렁한다. 뭐라고요, 이 나이에 수술까지? 김씨는 평생에 걸쳐 책을 너무 많이 읽어 이런 현상이 생긴 게 아닌가 싶다. 환자를 안심시키려는지 의사가 편안하게 웃는다. 그의 말로는, 망막박리는 말 그대로 수정체와 안구가 밀착되어 있어야 하는데 그 사이에 공간이 생기는 현상으로 그 원인이 밝혀지지는 않았으나 노화 현상의 한 가지로 봐야 한다는 것이다. 십칠팔 년 전만 하더라도 망막박리 현상이 생기면 대체로 실명했지요. 그러나 요즘은 수술로 팔십 프로 이상 정상을 되찾을 수 있습니다. 수술은 부분 마취로 두 시간 정도 걸리고, 사흘 입원하시면 퇴원할 수 있으니 크게 심려하실 필요는 없습니다. 현재까지 수술 성공률은 구십오 프로 정도니 안심하셔도 됩니다. 의사의 말에 김씨는 설마 며칠 사이 왼쪽 눈이 아주 가랴 싶어, 수술 여부의 결정은 이삼 일 말미를 달라며 전화로 가부를 알려주겠다고 말한다. 그는 안약 처방전을 받아 병원을 나선다. 거리로 나서자, 술기운은 엔간히 가셨는데 안약을 넣은 탓인지 눈앞이 더 어찔거린다. 빗물이 동자 앞에서 쉼 없이 흘러내리고 다리까지 갈짓자다. 오후 네시, 해가 설핏 기울었으나 볕은 따갑게 내리쬐고 도심의 가로는 더위로 진득하게 녹아 있다. 김씨의 눈에 세상이 요지경을 들여다보듯 어지럽다. 아직은 지팡이에 의지하지 않아도 된다고 버텨왔는데, 짚을 게 없다는 게 아쉽다. 공연히 병원을 찾아 큰 걱정거리를 안게 되었다 싶고, 한편으론 빨리 병원을 찾았기에 망정이지 그냥 버려두었다면 왼쪽 눈을 실명하고 말았으리라 여겨져 그나마 다행이다 싶기도 하다. 전쟁 전후엔 정신병으로 병원과 요양소와 절 신세도 졌건만 그 이후론 감기 몸살 외 이렇다 할 병 없이 지내와 공직에 있을 때 결근은커녕 지각 한번 해본 적이 없었는데, 여든 나이에 눈 수술까지 하게 된 게 기가 막힌다. 내가 기로원 방향으로 가긴 제대로 가고 있지, 하며 자동차와 통행인으로 혼잡한 가로를 둘러본다. 분명 해가 지는 서쪽 방향으로 걷고 있다. 길을 건너야 할 것 같다. 귓전을 때리는 시끄러운 소리가 들려 옆을 보니 문을 활짝 열어놓은 게임방이다. 아이들이 피시 앞에 앉아 화면에 뜨는 게임에 열중하고 있다. 파괴하고, 쏘고, 찌르고, 죽이는, 맨 그 장난들이다. 사회봉사로 나 같은 늙은이 길 안내를 하거나 고아원, 양로원 자원봉사를 하면 오죽 좋아. 애들을 폭력물에 풀어놓다니. 저놈들은 벌써 폭력 중독증에 걸렸을 거야. 이놈의 세상이 어떻게 돌아가는지 알 수 없어. 김씨는 솟구치는 노여움을 참는다. 공중전화박스를 보자 그는 주머니를 뒤진다. 지갑을 넣고 온다는 걸 까먹어 주머니에는 동전 하나 잡히지 않는다. 형준이한테 전화를 걸 수 없게 되자 김씨는 갑자기 불안하다. 조카가 승용차를 두고 가겠다고 했을 때 잠자코 있어야 했는데 결기 세워 고집을 부린 게 때늦게 후회된다. 의사가 수술을 해야 한다니 그렇게 해야지. 장조카와 상의해보고 내일이라도 입원을 해야겠어. 수술비를 마련하려면 의료보험 신세를 진대도 제법 돈이 들 테니 은행에 가서 돈도 찾아야겠고. 어쩜 그렇게 입원하는 길로 병원에서 영영 못 나오게 될는지 몰라. 망막박리? 생전 처음 듣는 그런 병 말고 또 다른 죽을 병이 새로 발견되어 끝장을 볼 수도 있으니깐. 따지고 보면 오래 살았어. 여태껏 내 주변을 맴돌던 사람은 다 죽지 않았나. 나만 이 나이 되도록 살고 있어. 다들 멀쩡하게 팔팔한데 젊은 너만 왜 이렇게 정신병에 들어 비실비실해? 젊은 날, 마산 요양소로 찾아오신 어머니가 말씀하셨지. 참, 셋째누님 한 분만은 서울에 살아 계셔. 어서 기로원에 가서 누님한테 전화라도 내봐야지. 정신이 혼미하다던데 내 목소리를 알아들을는지 몰라. 김씨가 중언부언 입속말을 하다 마침 건널목이 눈앞에 나서자 좌우도 살피지 않고 앞만 보고 허둥지둥 한길을 건넌다. 순간, 끼익 하며 택시가 급정거하는 소리와 함께 김씨의 몸이 튕겨져 인도와 차도 턱에 걸레처럼 쑤셔박힌다.

2

작은아버지, 오늘 하루 잘 보내셨습니까? 검정색 반팔 셔츠 차림에 제과점 종이팩과 사무용 봉투를 든 김형준이 병실로 들어서며 묻는다. 침대에 누워 어둠에 싸인 창밖 허공을 보고 있던 김씨가 힘들게 머리를 돌리더니, 왔냐 하며 마른 입술에 미소를 떠올린다. 김씨는 날이 갈수록 얼굴이 더 여위고 헬쑥해졌다. 삼층 병실 창밖엔 은행나무 끝이 보인다. 미풍에 해딱거리는 이파리가 병실의 불빛을 받아 황금색으로 반짝인다. 하루 종일 이렇게 꼼짝없이 누워서 자다 깨곤, 다시 잠들곤 하지. 약에 수면제를 탔나, 왜 잠이 이렇게나 쏟아져. 그러다 보니 살아 있는지 죽어 있는지, 내 몸이며 의식이 먼지처럼 붕 떠다니는 것 같아. 내가 나갈 수 없는 저 창밖이 이승이라면 난 간이역 이동침대에 누워 저승으로 갈 막차를 기다리고 있다는 착각에 빠져. 김씨의 푸념에 김형준이, 너무 비관적인 생각을 갖지 마세요. 노년에 들수록 희망을 갖고 편안한 마음으로 하루하루를 보내는 게 건강에 좋아요 하고 말한다. 삼촌이 평생 우울증으로 고생해왔음을 잘 아는 그로서 하나마나 한 소리를 주절거릴 수밖에 없음이 쑥스럽다. 형준아, 아까는 『장자』 제물(齊物)편에 나오는 호접몽(蝴蝶夢)을 떠올리다 깜박 잠이 들었는데, 내가 한 마리 흰 나비가 되어 천지 암흑을 사뿐사뿐 나는 꿈을 꿨어. 참으로 아름다운 꿈이었지. 현실과 꿈, 나와 나비가 혼연일체를 이루어 아주 사뿐히, 갈 길을 잘 아는 듯 깜깜한 우주 공간을 건너가고 있었어. 일탈하여 몰아의 경지에서 그렇게 가벼이 우주를 소요하고 있었으니 얼마나 여유롭고 자유스러운지. 정신이나 몸이 시간을 초월할 수 있다면 그게 행복의 정점이라 했는데, 이를 꿈속에서 실감했다고나 할까.

네 말처럼 오랜만에 행복한 시간을 가졌어. 말벗이 찾아와 반가운지 김씨가 미소를 머금고 조용조용 말한다. 김씨가 교통사고로 병원에 입원한 뒤 안색이 핼쑥해졌으나 한결 맑고 투명해 보이는 모습에 조용조용 말하는 어투가 현자의 잠언 같아 김형준은 녹음이라도 해두었으면 싶다. 그는 조금 전 간호사로부터 삼촌의 왼쪽 눈 안대를 오늘로 떼었다는 말을 들은 터라, 제가 초점 맞게 또록하게 보입니까 하고 묻는다. 조카의 물음에, 어지럽고 모든 게 희미하게 보여 한다. 그래서 눈을 감고 지내다 보니 잠이 늘었나봐. 네 모습이 흐릿하지만 대충은 보이니 알아봤지. 설령 눈을 감고 있대도 네 목소리를 구별 못해서야 되겠냐. 홑이불을 배에 두르고 누운 김씨는 교통사고로 이마와 정수리를 찢어 머리에 붕대를 감았고 오른쪽 팔다리에는 깁스를 했다. 간호사 막 만나고 오는 길인데 망막박리라든가, 수술 결과는 잘됐다던데…… 이제 뭐가 눈앞에서 어른거리는 건 없지요? 김형준이 의자를 당겨와 삼촌 머리맡에 앉는다. 사물이 다 희미하게 뵈니 그런 게 눈앞에서 떠도는지 안 떠도는지도 모르겠어. 꿈에서는 나비를 봤지만. 간호사 말이, 당분간은 눈을 쓰지 않는 게 좋다고 해서 뭘 자세히는 보지 못했어 하더니 종이팩에서 종이상자를 꺼내는 김형준에게, 미안하지만 네가 내 등 좀 긁어줘야겠다고 말한다. 김씨는 오른팔을 깁스하고 보니 등긁이 효자손을 제대로 사용할 수 없어 가려움증을 못 견뎌하던 참이다. 오늘로 안대를 푸셨으니 내일 아침부터 간병인이 올 겁니다. 며칠 전에 예약을 해놨어요. 경험 있는 간병인을 제때 구하려 해도 순번 기다려 줄을 서야 한답니다 하고 투덜대며, 김형준이 삼촌의 등 아래로 손을 밀어넣어 등판을 긁어준다. 김씨는 대답이 없다. 그는 이럴 때 직계가족 하나 없는 자신의 신세가 처량하고, 훌쩍 먼저 타계한 안씨가 아쉽다. 안씨가 죽고 난 뒤, 이 세상천지에 나를 보호해줄 핏줄이 없으니 절대로 병들지 말아야지 하고 다짐하며 매사를 조신했건만, 그 점이야말로 뜻대로 될 성질이 아님을 이번 기회에 체득하는 셈이다. 여러 군데 골절상을 입어 최소한 한 달은 입원 치료가 불가피하답니다. 보행이 가능할 때까진 아무 걱정 마시고 여기서 푹 쉬세요. 참, 작은아버지, 그 말 들으셨죠? 당분간은 텔레비전을 보거나 책 읽는 건 삼가래요. 김형준이 한 겹 옷 안에 가죽과 뼈만 남은 삼촌의 등판을 고루 긁어주며 말한다. 그런데 누구한테보다 너한테 미안해. 늙은이가 주책이지. 혼자 갈 수 있다며 바락바락 쓸데없는 고집을 부렸으니 그런 변을 당해도 싸. 아무리 건널목이라지만 내가 생각에 잠겨 빨간불인 줄을 보지도 않고 건넜으니 택시 운전기사 잘못보다 내 과실이 훨씬 커. 이젠 됐어. 그만 긁어도 되겠다. 아주 시원하구나. 김씨 말에, 지나간 일 따져서 뭘 하냐며 김형준이 대꾸한다. 그런데 내가 여기에 입원한 지 며칠째야? 도통 날짜 가는 걸 알 수 있어야지. 통증이라도 있는지 김씨가 얼굴을 찡그리며 묻는다. 팔 일쩹니다. 김형준이 대답하곤 종이팩을 침대 머리맡 스탠드 등이 있는 탁자에 놓곤 상자를 싸맨 리본을 푼다. 작은아버지, 이거 한번 잡숴보세요. 말랑말랑하고 달콤해 소화에도 괜찮을 거예요. 김씨가 왼손으로 생과자 하나를 받으며, 열 자식 둔 아비보다 내가 더 행복하다고 말한다.

어서 여기서 퇴원해 기로원으로 돌아가야지. 가동이 구청으로 넘어간다니 섭섭하다만 우선 내가 갈 데는 거기밖에 더 있어? 아님 내 아파트로 보내줘도 좋고. 눈을 제대로 쓰게 된다면 혼자 책이나 읽으며 지낼 테야. 여긴 갑갑해서 영 미치겠어. 한쪽 눈 가려놓고 사람을 그토록 꼼짝달싹 못하게 해놓다니. 몸 아파 병실에 갇히는 게 감옥보다 못하다더니 정말 그짝이야. 늙을수록 몸 안 아프고 육신이 자유로워야 하는데 말야. 그는 전쟁이 나던 해 늦가을, 폐허가 된 서울 거리를 헤매며 가족을 찾아다니다 수상한 자로 몰려 반공청년단 사무실로 끌려가 모진 고문을 당했던 한때를 생각한다. 처가 딸을 업고 자기 찾아 이북으로 갔다는 어린 조카의 말을 반신반의해 혹시나 하고 가족 찾아 그 넓은 서울의 뒷골목까지 뒤지며 수소문 하는 중이라고 곧이곧대로 자백한 게 꼬투리가 되어 빨갱이 첩자로 둔갑되었던 것이다. 그 소식을 인편으로 듣고 구포에서 부랴부랴 상경한 김동한이 손을 쓴 덕분에 김중호는 만신창이가 된 채 부산경찰서로 이첩되어 거기서 다시 조사를 받아야 했다. 여기 갇혀 있으니 기로원 식구들이 보고 싶어. 다들 잘 있는지. 그사이 또 누군가 먼 길을 떠나지나 않았나 몰라. 바둑도 두고, 내 방에서 책 읽고 잡기장도 써야지. 아니면 내 아파트로 가든가. 난 혼자 생활하는 데는 도가 텄으니 네가 걱정할 건 하나도 없어. 김씨의 혼잣말이 응석둥이 아이의 투정 같다. 아파트로 가시다니. 제가 종신회원권을 납부하겠다 했잖습니까. 아파트로 가시겠다면 차라리 제 집으로 모시겠어요. 작은아버지가 허락하시면 아파트를 처분해서 그 돈은 작은아버지 이름으로 통장으로 만들어드릴게요. 김형준이 그 문제만은 양보를 못 하겠다는 듯 잘라 말한다. 조카의 말에 무안을 당한 김씨가 조금은 슬픈 목소리로, 은행잎이 황금색으로 물든 걸 보니 바깥도 바람 시원한 가을이 왔겠군 하고 딴전을 피운다. 지금이 칠월 하순으로 중복 절깁니다. 병실엔 에어컨이 작동하기에 더위를 못 느끼시겠지만 바깥은 연일 불볕더위로 푹푹 쪄요. 김형준은 며칠 전 병원에 들렀을 때 소명종합병원 부원장의 말을 상기한다. 각종 검사 결과 김옹께서 이번 교통사고로 몸이 아주 망가졌어요. 머리를 부딪히는 바람에 뇌 충격이 컸던지 안과 최박사가 망막박리 수술을 하다 시신경이 다친 흔적을 발견했답니다. 노화로 약해진 시신경이 뇌의 충격에 온전할 리가 없겠지요. 최박사 말로는 수술 결과와 상관없이 양쪽 눈 다 시력을 잃게 되지 않을까 염려합디다. 물론 안과에서 최선을 다하겠지만 말입니다. 거기에다 정신신경과에선 고령이시라 순간적으로 기억을 상실해 현실 인식에 혼란을 보인답니다. 알츠하이머병 현상이 진행 중이라 봐야겠지요. 그런 노인성 난치병은 초기일수록 가족이 대화 학습을 통해 기억력과 현실 감각을 되찾도록 도와줄 필요가 있어요. 부원장의 소견에 김형준의 가슴이 철렁했다. 삼촌의 시력은 안과 의사 말대로 최선을 다한 뒤 결과를 기다려봐야겠지만 알츠하이머병은 지금으로서는 실감이 닿지 않는다. 조금 전 장자의 호접몽 꿈 얘기만 하더라도 삼촌의 말은 조리가 분명하게 섰다. 바깥 출입을 못한 채 침상에 누워서 지내면 정신 멀쩡한 사람도 날짜가 어떻게 가는지, 바깥 기온이 어떤지를 몰라 계절을 두고 착각을 일으킬 수 있다. 머릿속에 인문사회과학 백과사전 한 질은 족히 들어 있을 삼촌이 아버지처럼 알츠하이머병에 걸리리라곤 믿어지지 않는다. 병원 부원장의 그런 말이 아니더라도 김형준은 삼촌과 이런 대화를 나눌 수 있다는 게 언제나 즐겁다. 삼촌과 이야기를 나누면 갑년을 넘겼건만 자신이 청소년 시절로 돌아가는 듯 마음이 젊어지는 느낌인데, 삼촌은 어느새 인생의 황혼기인 팔순 연세가 되었다. 김형준이 쪼그락진 입 언저리를 오물거리며 생과자를 맛있게 먹는 삼촌에게 과자 하나를 더 권하곤 침상 밑에 둔 사무용 봉투에서 공책, 연필, 지우개를 꺼낸다. 작은아버지가 가져오라 한 게 '잡기장'이라고 쓰인 이 공책 맞지요? 김씨가, 표지에 잡기장이라 쓰여 있으면 맞다고 말하곤, 연필깎이는 없던? 하고 묻는다. 김형준이 그건 못 보았다고 말하자, 김씨가 중언부언 혼잣말을 한다. 여기 누웠으니 이 생각 저 생각, 그렇게 예전 생각들이 떠올라 뭘 좀 끼적거려뒀으면 싶은데 의사 선생이 당분간 눈을 쓰지 말라니 참을 수밖에. 그래도 내 옆에는 늘 잡기장이 있어야 안심이 되거든. 김씨 말대로 공책 표지에는 연필 글씨로 '잡기장, 66권'이라고 쓰여 있다. 작은아버지께서 평소 생활 기록을 꼼꼼하게 하시는 줄은 진작부터 알고 있었지요. 이 공책을 집으로 가져가 염치 불구하고 들춰봤습니다. 제목이 잡기장이지만 어쨌든 개인 비밀 기록장인 일기인데, 비록 자식이라도 아버지의 개인 생활과 생각을 훔쳐보면 안 되는 줄 알지만…… 그러나 이걸 들치다 보면 혹시 제가 작은아버지께 무슨 도움드릴 일이라도 있지 않을까 해서 엿보았습니다. 어쨌든 죄송해요. 김형준이 잡기장 첫 장을 펼친다. 잡기장 첫 장에는 날짜를 붙여 기록하기 전에 다른 책에서 인용한 두 구절만 연필로 따로 적어두었다. —『주역』에 이르기를 '앞사람의 말씀이나 지나간 행적을 많이 익혀 자신의 덕을 쌓는다' 하였으니, 이것은 진실로 내 덕을 기리기 위한 것이지 어찌 목민을 기필해서이겠는가.『목민심서』 자서(自序)에서. 이어, 행을 바꾸어선, —'일어나는 일들은 나날이 적어나가야만 한다.' 로캉탱.. 이렇게 써두었다. 김형준이 냉장고에서 오렌지 주스 캔을 꺼내어 마개를 따곤 빨대를 꽂는다. 그는 삼촌의 윗몸을 조금 세우고 베개를 등 쪽으로 낮춘 뒤, 목 축이세요 하며 캔을 건넨다. 정약용 선생의『목민심서』서문에서 따온 말씀은 알겠는데, 두번째 써놓은 로캉탱은 누굽니까? 필자 이름이에요, 아니면 책 주인공 이름입니까? 김형준이 삼촌에게 묻는다. 그는 로캉탱이란 이름이 아주 생경하지는 않은데 누구인가가 쉽게 잡히지도 않는다. 김씨가 머리를 조금 들고 빨대로 주스를 빨며 가늘게 눈을 뜨고 김형준을 건너다본다. 네가 지금 무슨 말을 묻고 있냐는 듯 뚱한 표정이다. 사르트르 소설『구토』에 나오는 사람이 로캉탱 아닌가. 네 젊을 적에 그 책 이야기는 너한테도 수 차례 했을 건데 까먹었어? 나 역시 젊은 시절 실존주의와 그 소설에 영향을 입었더랬지. 로캉탱은 역사책을 뒤지러 도서관에 근무하다시피 출근한 소설의 주인공이야. 맞아, 도서관 책을 몽땅 읽어치우려 했던 독학자도 있었지. 서로의 섹스를 적당히 해결하던 로캉탱의 정부도 등장했고. 갑자기 카페 그 마담 이름이 떠오르지 않는군. 내가 잡기장에 적은 말은, 로캉탱이란 그 주인공이 자기 일기장에 적은 말이야. 나도 그 주인공처럼 내게 일어나는 일을 나날이 적은 게 그 잡기장인 셈이지. 그러나 나라는 인물은 이 세상에 이름을 남길 만한 소중한 그릇이 아닌, 함부로 내돌리는 막사발에 불과해. 그러니 내 잡기장은 누가 봐도 상관없어. 너가 봐도 그만이야. 워낙 그 내용이 잘고 변변찮아서 부끄러울 뿐이지. 소시민의 시시콜콜한 기록이니 사실 휴지에 불과해. 암, 쓰레기야. 나는 내 한평생을 있어도 그만 없어도 그만인 그런 존재로 살기로 했고, 그런 삶의 기록이니…… 김씨는 부끄러운 듯 수줍은 목소리로 조그맣게 말한다. 김형준이 잡기장을 종이팩 옆에 얹는다. 어느 글에서 읽었던가, 기록이란 중요하지요, 그 기록이 역사에 남을 만하든, 사사로운 개인의 기록이든 말입니다. 선생이 학생들에게 어릴 적부터 일기를 쓰게 하는 이유도 거기에 있겠지요. 육이오전쟁 때 인민군이며 빨치산은 중대 단위마다 기록병이 있어 부대 이동, 전투 현황, 보급 물자 조달, 부대원의 일상, 날씨, 기온 따위를 꼼꼼하게 기록했다는 말을 들었습니다. 그러나 우리 쪽은 그런 기록원이 없었죠. 그 당시 노획한 그런 기록물은 물론이고 전국 강토에 뿌려진 그 많은 귀순 종용 삐라도 미국 전쟁기록보관소에는 다 있다는데 우린 전쟁기념관을 만들 때야 그걸 구하느라 애를 먹었다죠. 조금 다른 말입니다만, 우리나라는 역사적 유물이나 기록의 보존을 너무 등한시하는 것 같아요. 육십년대 이후 군사정권의 근대화 개발 논리로 얼마나 많은 문화재와 민속 자료가 파괴되고 유실되었어요. 보존이 필요한 가옥과 역사의 흔적이 남은 자취는 물론, 마을의 역사를 굽어본 수호신인 동구의 수령 수백 년짜리 느티목도 무차별 베어져 도시 음식점 식탁이나 상류층 거실 테이블로 쓰여졌죠. 이를 손놓고 보아올 수밖에 없었던 건축쟁이로선 안타까운 일이었습니다. 가치 기준을 경제적 이윤에만 두고 환금성으로만 따지니 우리나라는 문화의 인식 수준이 아직 그 정도이고, 관의 몰이해와 무관심 아래 지금도 그런 파괴와 훼손 행위는 공공연히 자행되고 있습니다. 문화의 흔적은 한번 사라지면 그 원형 복원이 불가능합니다. 해방 전후에 출간된 이념 서적만 하더라도 반공 논리의 족쇄가 무서워 좌파 쪽 책을 가족이 없앤 수보다 새마을사업으로 초가집을 헐 때 잡동사니에 섞여 쓸려나간 책이 더 많다는 얘기를 들은 적이 있습니다. 선대의 서책과 글씨본도 그렇게 유실되고 말았지요. 조카가 열 내어 하는 말에 김씨가 붕대 감긴 머리를 끄덕거린다. 맞아, 다 맞는 말이야. 그러나 내 잡기장 정도는 그렇게 쓸려나가도 상관없어. 내가 연암 선생이나 로댕의 말을 기록해둔 건 그냥 나 자신을 위한 다짐이었고, 그 기록은 오랜 습관을 버리지 못한 결과물일 뿐이야. 역사에 이름 석 자를 남긴다는 게 도대체 뭐냐? 나는 젊은 날부터 '위대한 생애'란 말을 달갑게 보잖았어. 이러쿵저러쿵 스캔들을 남겨 인류에 회자되는 생애가 왠지 내게는 포장된 인기주의로 보였거든. 삼라만상을 봐. 풀 한 포기에서부터 나무까지, 사자든 사슴이든, 메뚜기든 벌레든, 물고기와 수초, 흐르는 물과 대기를 채운 공기, 구름과 번개, 그 모든 생명체와 무생물이 제자리에서 제 역할만 할 뿐 있듯 없듯, 자연은 그렇게 무명으로 공존해. 생명체는 죽을 때가 되면 죽어 없어지고 무생물은 그 상태로 그렇게 남고. 모든 건 위대함과 비루함이 없고 잘남과 못남이 없어. 순리란 무명 속에 물이 흐르듯, 권위와 명예를 다투지 않아…… 김씨가 몇 모금 빤 캔을 탁자에 얹는다. 김형준은 조금 전까지만 해도 삼촌이 정약용이라고 했던 말을 박지원으로, 로캉탱으로 불렀던 『구토』의 주인공 이름을 로댕으로 착각하고 있음을 알았으나 이를 정정해줄 필요성을 느끼지 않는다. 머릿속의 언어와 뱉어지는 말이 다를 수도 있다. 자신도 골프를 칠 때 머릿속은 '캐디'라 찍어놓고 입술로는 '볼보이'라고 부르기도 한다. 그는 무욕의 삶을 평생 동안 지탱해온 삼촌의 생애를 되짚으며 대화를 진행시킨다. 작은아버지가 어떻게 살아오셨는가 하는 건 누구보다도 제가 잘 알지 않습니까. 그러나 남에게 읽힐 만한, 꼭 의미 있는 기록이 아니더라도 작은아버지의 개인적인 그런 기록 또한 중요하지요. 자기 삶의 각성과 반성적 측면을 떠나서라도, 역사란 게 어디 따로 있나요? 어디 왕정 시대 권력투쟁사만 역사입니까. 개인사적 삶의 기록이 모이다 보면 그 시대 민초들의 생활이 총체적으로 드러나잖아요. 작은아버지가 오랫동안 기록해온 그 잡기장이 훗날 우리 집안의 가보가 될 수도 있어요. 선조가 당대를 어떻게 살았는가, 당시 무슨 책을 읽었는가, 그때 유행이나 풍속은 어떠했는가, 당대 물가까지, 모든 게 기록되어 있을 게 아닙니까. 조카와의 대화가 즐겁다는 듯 김씨가, 네 말도 맞아. 그러나 그렇게 부풀려 해석하는 것 또한 내 성미와는 맞지가 않군 하곤, 너랑 이런 얘기를 길게 나누기도 오랜만이군 한다. 네가 민초란 말을 썼으니 하는 소린데, 내 말하지 않았던가. 민초들은 말 그대로 이름 없이 한살이를 살곤 이름 없이 죽는 풀이야. 금동보살미륵반사유가상, 내가 제대로 읊었냐? 그 위대한 조각품도 이름 없는 민초가 만들었기에 제 재주 뽐내지 않겠다고, 성명 석 자를 보이지 않는 밑바닥에 새길 수 있었는데도 흔적조차 남기지 않았지. 풀 애기가 나왔으니 하는 말이지만 소가 풀을 먹듯 늙은이들은 기억이란 추억을 먹고 살아. 그러나 요리된 음식을 원재료로 돌려놓을 수 없듯, 흘러간 추억을 돌려놓을 순 없어. 네가 오기 전 나는 창밖의 나무 끝을 보고 있었어. 나무는 천천히 성장해서, 아주 천천히 나이를 먹어, 죽을 때 역시 천천히 죽어. 삶을 느리게 오래 사는 거지. 인간이나 짐승은 그럴 수 없지만 아주 늙은 나무가 때때로 젊은 시절로 돌아가고 싶으면 잎과 열매를 많이 매달아 제 무게에 겨워 가지가 스스로 뿌러지게 하지. 그렇게 늙은 가지를 쳐내고 그 자리에 새 가지를 만들어내기도 해. 뿌리와 몸통은 죽지 않고 말야. 그게 신비하지 않니? 김씨가 눈을 씀벅이며 미소를 머금는다.

3

앙앙, 아앙, 앙앙앙…… 피용, 따다, 따따다…… 아기 울음소리와 총소리가 마치 사이렌처럼 쉼 없이 귓전을 울린다. 김중호는 귀를 막았다. 귀가 따가워 미치겠다지 뭡니까. 귀에서 딸애 울음소리와 총소리가 계속 들린대요. 저 봐요. 두 귀를 막고 떨잖소. 솜으로 귀를 막아도 참을 수 없다니 어떡하오. 전쟁 통에 식구 잃고 실성해버린 사람이 어디 한둘이오. 그러나 내 아들은 실성하지는 않았소. 평소에는 입을 꿰매고 있을 뿐 정신은 멀쩡한데, 혼자 슬그머니 가출을 자주 해서 부모를 속태우지요. 닷새 전에 슬며시 집을 나가버려, 제재소 인부들을 풀어 백방으로 찾고 있었죠. 글쎄, 오해하지 마시라니깐. 저렇게 불안 공포증에 떠는 애가 끄나풀을 찾아 접선을 하러 바깥으로 나돌다니. 그럴 리는 절대 없다고 내가 장담하리다. 아까 아들놈한테 그동안 뭘 했냐 물으니, 고아원을 돌아다녔답디다. 딸애 찾으러 고아원을 뒤지고 다녔나보오. 그렇게 다녀선 절대 못 찾는다고 해도 딸애만 생각나면 정신이 해까닥 도는지 막무가냅니다. 전쟁 통에 부모 잃은 고아들이 고아원마다 꽉 차 있잖소. 전쟁이 조금만 더 끌다간 남한 땅엔 부모 있는 자식보다 고아가 더 많아질 게요. 김동한이 대공담당 과장에게 말했다. 어쨌든 김중호 씨는 인공 치하 석 달 동안 서울에 잔류했고 구이팔 서울 수복 때 북괴 무리를 쫓아 월북했잖았습니까. 빨갱이가, 어디 나 빨갱이라고 낯짝에 쓰고 다녀요? 용공분자로 일단 분류되면 그자의 전력을 캐내고 죄를 찾아내 우리가 구속 송치하지요. 그런 도배를 샅샅이 뒤져내는 게 대공과 업뭅니다. 신분을 위장한 채 자유대한 땅에서 두더지로 살던 빨갱이들이 전쟁이 터지자 금방 적화통일이 될 줄 알고 길길이 날뛰며 본색을 드러내지 않았어요? 김중호 씨는 조사가 더 필요했으나 장본인이 정신분열증 증세를 보이는데다 구포 유지이신 김사장님과 신철훈 의원이 사상 보증을 서셔서 특별 방면을 시켜줬던 겁니다. 그런데 다시 잡혀 들어오다니…… 제 소견으로는 김중호 씨가 설령 공산주의자가 아니더래도 무단 방치해 사회에 복귀시켜서는 안 된다고 봅니다. 이번도 그렇잖습니까. 혹시 지리산에서 내려온 공비 잔당이 아닌지, 거동이 수상한 자라는 신고가 들어왔기에 우리가 시외버스 정류장을 급습해서 검거해 보니 김씨였어요. 김사장님도 지금이 계엄령하 전시란 걸 아시죠? 지금도 우리는 공산도배를 상대로 싸우고 있어요. 현재 중부 전선에선 하루에도 몇천 명씩 사상자가 발생하고 있잖아요! 대공 담당 과장이 주먹 쥔 손등으로 책상을 두드리며 말했다. 이승만 대통령이 피난 가지 말래서 서울 시민들이 적 치하에 남아 있었던 게 무슨 잘못이오? 우리 아들 둘이 석 달 동안 다락에 숨어서 얼마나 생고생을 했는데. 적 치하에서 그들에게 협조한 증거가 없지 않습니까. 쟤가 막내라 어릴 적부터 화초같이 키운데다 책 읽기를 너무 좋아해 식자우환이 됐는지는 모르나, 사상이 뻬딱하거나 그런 행동을 나서서 한 적은 없소. 그 점은 내가 혈서를 써서라도 보장하리다. 신경이 예민하고 유약한 저런 애가 어떻게 공산 혁명에 찬동하겠소. 소가 웃고 하늘이 웃을 일이오. 김동한이 허탈한 웃음을 터뜨렸다. 맞아요. 난 공산주의자가 아니고, 그렇다고 자유민주주의 신봉자라고 분질러 말할 수도 없어요. 사실 나는 어느 쪽에 살아도 그만인, 그저 맡겨진 일이나 열심히 하고 책을 좋아하는 평범한 소시민입니다. 또한 나를 자해하면 했지 뭘 부수거나 남을 해코지하는 행패를 부린 적도 없고요. 머릿속에 아기 울음소리며 총소리가 자꾸 들려, 그게 미치겠어요. 그렇다고 수갑을 채워 유치장에 또 가둬놓진 않겠죠? 몽둥이질에, 잠 안 재우는 고문은 하지 않겠죠? 다시 그러면 난 정말 미쳐버릴 거예요. 김중호가 새파랗게 질려 풍 맞은 듯 온몸을 떨었다. 중호야, 너 지금 무슨 말을 하고 있기에 입속에서만 우물거리니? 과장님, 보다시피 우리 애가 이래요. 말도 입 밖으로 소리 내어 못하며 소심 불안증으로 떨고 있잖소. 피해망상증이 심해 그렇지, 우리 애가 정신병자는 아니오. 해방 전 와세다대학까지 다닌 수재에다 일제 말 강제 징병을 피해 대륙으로 들어가 중경에 있던 대한민국 임시정부 김구 주석 아래 일한 전력이 있다고요. 지난번 광복회 부산지부에 조회하여 그게 사실임이 증명되지 않았소. 김동한의 말에 달아 옆에서 염주알을 굴리던 양산댁이 끼어든다. 과장 나으리, 우리 중호 문제로 다시는 심려를 끼쳐드리지 않겠어요. 풀어만 주시면 중호를 양산 통도사로 아주 데려가 거기서 병을 잡겠어요. 해방 직후 중국에서 귀국했을 때도 이런 증세를 보였는데, 우리가 어떻게 했는지 아세요? 마산 정신요양소에서 빼내 절로 데려갔지요. 이번에도 깊숙이 들어앉은 암자에서 명상치료라든가, 그걸 시켜보면 효과를 볼 거예요. 통도사엔 참선에 달통한 노스님이 있어요. 어떡하든 저 애를 이 어미가 정상으로 돌려놓고 말겠어요. 해방되던 해 그때도 암자에 있다 멀쩡하게 되어 집으로 돌아와 제 형이 있는 서울로 가더니 도서관원 채용시험에 덜컥 합격했으니깐요. 그 자리도 나라로부터 봉급 받는 어엿한 중앙부서 공무원이에요. 여보, 뭘 해요. 멸공전선에서 수고하시는 이분들을 위해 준비해온 후원금을 어서 내놓지 않으시고. 양산댁이 울먹이며 팔꿈치로 서방 옆구리를 찔렀다. 엄마, 내가 무슨 잘못을 했다고 빽을 써요. 빽 쓰면 처녀 불알도 살 수 있다며, 빽으로 군대도 안 가는 세상이지만 난 아무 잘못이 없다니깐요. 포천 어름에서 전투기 폭격으로 스리쿼터가 박살이 나고, 우리가 황해도 금천인가, 거기까지 도보로 기진맥진 올라갔을 때 연합군 탱크가 벌써 뒤꼭지에 바짝 따라붙었잖아요. 나 빼곤 모두가 자청한 월북자들이라 감시고 뭐고 없었는데, 탈출이라니. 그냥 난 남으로 무작정 걸음을 돌렸죠. 상해에서 중경 가던 시절을 생각하며 남쪽으로 산을 타며 하염없이 걸었죠. 김씨가 다시 입속말을 읊조렸다. 밤이며 도토리로 허기를 때워가며 낮이면 해를 보고 걸었지. 엄마, 아버지는 물론 처자식이 남한에 있었으니 그렇게 내려갈 수밖에요. 내가 북으로 끌려갔다는 소식 듣고 희옥엄마가 날 찾아 뒤따라 나선 줄은 꿈에도 생각 못했지. 처가 경준일 배고 있는 줄도 까맣게 몰랐고. 아버지와 엄마, 대공담당 과장의 모습이 사라진다. 김씨가 진땀을 흘리며 속으로 부르짖는다. 그런데 희옥이 죽었다잖아요! 다섯 살에 죽었대. 당신도 그렇지, 그냥 서울에 눌러앉아 있을 일이지 뭣 땜에 날 찾아 북으로 올라가. 내가 아무리 용맹이 없기로서니 처자식 남겨두고 북에 앉아 살 것 같아? 북한 도서관은 시설이 여기보다 좋다지만, 형님 집 다락에 숨어 있던 내가 설마하니 도서관 찾아 허둥지둥 북으로 갔겠어? 정치라면 신물을 내던 놈이야. 박아무개라고 철학교수 있었잖냐. 말년엔 조국 근대화 운동이니, 민족중흥 운동이니 하며 교육헌장 제정에 앞장섰던 그 사람. 그 사람 철학서도 읽었으나, 난 진작 철학 포기하기를 잘했지. 당신은 내가 이쪽저쪽 정치판 눈치 보며 따라다닐 놈이 아닌 줄 알잖아. 세상 시름을 잊겠다고 책에 묻혀 산 인생인 줄을. 그런데 애가 왜 이렇게 자꾸 울어. 걘 다섯 살에 죽었다는데. 희옥엄마도 십 년 전 북에서 죽었다오. 침상에 눈감고 누운 김씨가 한마디를 띄엄띄엄 말한다. 주, 죽, 어, 었, 어. 김형준이 삼촌의 입에서 흘러나온 말을 새겨 듣는다. 작은아버지, 저예요. 지금 무슨 말씀을 하셨어요? 죽다니. 그게 무슨 말씀이세요? 김형준의 말에 김씨가 실눈을 뜬다. 사람 모습이 어릿어릿하다. 귀에서 희옥이 울음소리가 들려. 자꾸 그 시절이 떠올라 미치겠어. 그런데, 그런데 내 눈이 아주 가나봐. 이젠 양쪽 눈이 다 희미하게 보여. 나 아주, 이렇게 가나봐, 하고 초연이 꺼져가는 목소리로 말했다. 콜록거리던 기침도 멎고 숨길이 잦아지고 있었다. 그녀의 곯아버린 참외 같은 얼굴이 김씨 눈앞에 스친다. 쟤는 이사에바를 닮았어. 난 그렇게 봤으니깐. 희옥엄마와 안씨는 안나 스니트카니와 닮았달까, 무던하고 착한 여자였어. 희옥엄마가 딸애 잃고 아들을 봤다니. 그 자식이 또 손자 소녀를 봤고. 희, 오, 옥, 이,, 엄, 마가⋯⋯ 입 밖으로 흘려내는 김씨 말에, 김형준이 삼촌 얼굴에 귀를 가까이 댄다. 작은아버지, 무슨 말씀이세요? 저예요. 형준입니다. 숙모님이 뭐라고요? 그러나 김씨의 귀에는 조카의 말이 들리지 않는 모양이다. 형님, 도스토예프스키란 러시아 문호를 알지요? 은행가라도 그 정도 소양은 있어야지요. 형준인 내가 체계적인 독서 지도를 해서 문학 서적도 얼마나 많이 읽었는데. 걔가 건축과에 입학했을 때 내가 인류의 필독서라며 『카라마조프가의 형제들』을 추천했잖아. 나흘 만에 독파했다고? 장하다. 독서 감상문을 나한테 보여야지. 그런데 희옥이가 자꾸 우는구나. 쟨 왜 저렇게 기를 쓰며 울어. 내가 노이로제에 걸릴 지경이라니깐. 누가 걔를 좀 달래줘. 소강 상태인가, 총소리는 멎었어. 전투도 죽자 살자며 쌍방이 이틀을 쉬지 않고 치르면 하루는 배를 채우고 잠도 자며 쉬지. 그것도 몰라? 군수 지원이 있어야 힘을 내서 싸울 게 아냐. 그런데 내가 무슨 생각을 했지? 그래, 맞아. 희옥엄마며 안씨 말이다, 남편이 집안일에 신경을 안 쓰게 해주니 난 책벌레로 살 수 있었지. 집안 살림이야 여편네가 알아서 여물게 살아줘야지. 김중호 말에 안씨가, 날마다 그렇게 고아원만 찾아다닐 거예요? 하고 물었다. 아냐. 이젠 희옥이 찾기를 포기했어. 이 세상에 태어나 나도 뭔가 좋은 일 하나쯤은 하고 죽어야지. 그런데 모두 먼저 다 죽었으니 난 고아가 될 수밖에. 휴전이 되자 아버지가 별세하시고, 엄마도 뒤따라 타계하셨지. 어른 고아가 되어 난 얼마나 슬피 울었다고. 나만이 천수가 길어 이 나이 되도록 살아남았어. 나 선물 사들고 고아원에 가볼 테야. 그 애들이 얼마나 나를 기다린다고. 도서관엔 출근 안하시고요? 안씨가 묻는다. 오늘 관할 관서 친목 체육 대회가 있다고 했잖아. 오전 동안 얼쩡거리다 점심때에 슬며시 빠져나와야지. 그길로 고아원에 가볼 테야. 요즘 젊은이들은 공부 않고 놀 줄밖에 몰라. 도서관학과를 나왔다면서 벌써 다 까먹었어? 어디 대학만 공부하는 덴가. 공부는 태어나서 죽을 때까지 평생에 걸쳐 해나가야지. 평생 공부라는 말도 있잖는가. 이 목록에서도 단어 배열 방법과 문자 배열 방법을 구별해야지. 관사로 시작되는 책명은 관사를 무시하랬잖아. 약자는 사전을 찾아 반드시 원명 표기에 따르고. 이를테면 유에스 히스토리는 유나이트 스테이트 히스토리로 배열해야지. 교육학과 민속학은 사회과학 쪽이야. 인문과학에 철학과 종교가 들어간다고 배웠을 텐데? 순수과학은 생물학과 천문학, 응용과학은 농학이지. 해마다 쏟아지는 컴퓨터 신용어만도 포켓 사전으로 한 권 분량씩이나 돼. 그래서 세상이 온통 영어판이 되고 있잖아. 명령어와 지시어, 설명문도 영어를 알아야 자판을 두드리지. 지금은 전산화 시대인 줄 누가 몰라. 도서관이야말로 정보 서비스가 생명이지. 인터넷에 들어가면 모든 정보가 다 나오잖아. 이젠 읽은 책 내용을 머릿속에 저장할 필요가 없다고 너들은 우기겠지. 디스켓 몇 장에 도서관 책을 몽땅 수록하는 세상이라고. 그 말이 틀리진 않는데 내게는 그런 현상이 우울해. 컴퓨터만 믿고 젊은이들이 책을 안 읽으려 드니깐 말야. 그러나 난 그런 것 응용하기가 이미 늦었으니 책을 계속 읽겠어. 우리나라에선 연세대학이 처음으로 도서관학과를 만들지 않았냐. 오십칠년인가, 나 거기 부설기관 일 년짜리 도서관학당을 수료했지. 정식 사년제에 입학하고 싶었지만 늦은 나이에 더 배워 무얼 하며, 공직을 오래 비울 수 없었잖아. 부산도서관에 휴직원을 내고 일 년을 전쟁 겪은 그 끔찍한 서울에서 하숙 생활을 했어. 그래서 이급 정사서증을 땄지. 그 시절, 영앤가, 영잔가 고아 출신 다방 처녀를 사귀어 두어 달 살림을 차린 적도 있었어. 책만 읽는 당신과는 따분해서 못 살겠다며 어느 날 보따리 싸서 도망가버렸으니…… 갠 도무지 얼굴이 안 떠올라. 바람처럼 그냥 스쳐간 셈이야. 지금쯤 파파할멈이 되었을 텐데, 죽었는지 살았는지. 따지고 보면 개를 두고 별로 생각해본 적도 없어. 김형준이 삼촌의 저승꽃 핀 마른 손을 잡고 손등을 다독거리며 묻는다. 작은아버지, 제가 누구예요? 저는 알아보시겠지요? 김씨가 실눈으로 조카의 얼굴을 더듬는다. 안 보여. 네 모습이 너무 흐릿해. 말년의 밀턴처럼 점점 눈이 가나봐. 눈에 대고 밀가루를 턴다? 그러면 앞이 안 보여. 밀턴이 그랬지. 이젠 책을 못 읽겠어. 책과 더불어 평생을 살았는데 책을 못 읽게 되다니! 무슨 이런 운명의 장난이 있어. 점자책을 익히기엔 내 나이가 너무 늦잖아. 겁나게, 제발 고함치지 마. 누구냐고? 잘 모르겠는데요. 형님 목소리 같기도 하네요. 형님이야 제가 못 알아볼 리 있습니까. 어디 남녀 목소리까지 구별을 못한대서야 산송장 아닙니까. 암, 완전히 죽은 송장이고말고. 송장은 썩어. 나를 관에 넣어 못질 꽝꽝해서 묻지 말고 화장으로 장례를 치러줘요. 밀폐된 널 안에 시신 썩는 냄새가 얼마나 지독하겠어요. 화장을 해서 화장장 납골당에 뼈 한 줌 가벼이 넣어주지 뭘. 누구는 안 죽나? 생명 가진 것은 다 죽어. 도시 주변 자연 녹지에 화장장을 못 짓게 하다니. 어디 너네 집 마당에다 짓겠다는 거냐? 그래도 화장장이 부근에 있다면 날마다 오가며 장의차나 유가족을 볼 게 아니에요. 날마다 곡성을 들어야 하고 슬픈 사람을 본다는 게 기분 좋을 리가 있어요? 이 사람아, 죽음이 삶의 연장선상이란 걸 몰라? 유택을 이웃하는 삶이야말로 인간을 철학적으로 만들지. 화장장을 보며 나도 언젠가는 죽는다고 깨달으면, 지금의 건강이 행복하고 오늘 하루의 삶을 충실하게 살 수 있잖아. 우리나라 사람은 유독 죽은 귀신을 두려워한단 말이야. 인간은 누구나 그런 공포심을 갖고 있긴 하지. 누가 그러데요. 아름다운 공원식 화장장을 만드는 것도 좋지만 허구한 날 슬픈 얼굴을 본다는 게 끔찍하다고. 끄, 음, 찍, 하, 다, 고? 김씨가 더듬거리며 말한다. 김형준이 눈을 감고 있는 삼촌의 얼굴을 내려다본다. 작은아버진 지난여름까지만도 멀쩡하셨잖아요. 제게 독서의 중요성을 강조하시고, 스물한 곳 한맥 도서관 운영에 신경을 쓰라고 말씀하셨는데. 김형준이 다시 한번 삼촌을 부른다. 작은아버지, 기억나는 게 없어요? 예전에 제가 물었을 때, 내 젊었을 때 고초를 많이 겪어 그 시절이 가장 기억에 생생하다고 말씀하셨잖아요? 김형준이 삼촌의 잡은 손을 흔들며 묻는다. 내 경우는 젊은 날이 하도 을씨년스러워 시계침을 거꾸로 돌린다 해도 매달려가지 않겠어. 그 시절로 돌아가라면 난 미래로 도망칠 테야. 미래는 낭떠러지요, 곧 죽음이지. 죽음은 눈앞이 이렇게 희미하다 못해 깜깜한 어둠이지. 의식마저 그 어둠 속에 잠겨들면 그게 끝이야. 죽음은 이 지상의 모든 것과 슬픈 이별이지. 우리는 열심히 작별의 시간을 향해 달려가. 시간의 태엽을 스스로 몸에 감으면서 말야. 팔레스타인 젊은이가 폭탄을 몸에 안고 자살 테러를 감행하듯이. 노령의 죽음은 누구나 육신의 자살이야. 의식은 더 살고 싶은데 몸이 이제 정신을 위해 그만 봉사하겠다고, 너무 지쳤다고 자살을 감행하는 거야. 세상과의 단절을 선언하고 자기 몸을 해체해버리지. 부패하며 썩어버려.

김형준은 삼촌의 잡기장 66권에 이런 기록이 있었음을 기억한다. ─격정, 두려움, 저항으로, 보통은 거부로. 우리는 이별이 주는 상실감 앞에서 인간들이 보이는 반응을 일반적으로 슬픔이라 부른다. 인간은 이 슬픔을 통해서만 상실감에서 해방되어 새로운 시작을 할 수가 있다. 스스로 끝내지 않는 사람은 누군가에게 끝냄을 당한다. 발레리. 김형준이 그 구절에서 따와, 작은아버지, 슬픔을 통해서만 새롭게 출발할 수 있다고 말한 시인을 기억하세요? 하고 묻는다. 기억이 안 나. 사실 나는 슬픔을 통해서 새로 시작한 게 없어. 평양을 다녀온 후 자나깨나 경준이네 식구가 보고 싶다는 슬픔으로 목이 멜 뿐이지. 그러나 어떻게 만나볼 수 있어? 참는 도리밖에. 슬픔은 기억이 존재하는 한 잠재울 수 없으니, 죽자고 참는 수밖에. 참고 참는 방법 외 눈물 닦고 봐도 어디에도 위안은 없더라. 결국은 몸이, 내 눈이 이렇게 가듯, 스스로 슬픔을 죽이는 방법을 찾아내. 그 과정이 얼마나 고통스러운지 넌 모를 거야. 만약 내가 의료진에 의해 치매 판정이 내려지면 지체 없이 독극물 주사를 사용해 목숨을 끊어줘. 내 의지로 자살할 용기가 없어서 이날까지 살았지, 난 그런 깨끗한 죽음을 평소에도 소원했으니깐. 잡기장 어디에 보면 그 유언이 씌어 있을걸. 김씨의 눈에서 한줄기 눈물이 흘러내린다. 그가 갑자기 허덕거리며 속으로 외친다. 우리 형준이가 가동을 유지할 능력이 없어서 부득불 구청으로 넘긴답니다. 입주자 모두는 잔류 쪽과 퇴소 쪽으로 나누어 앉으세요! 나도 여기서 나갈 테야요. 그런데 아파트를 팔아버린다니, 난 어디로 가요? 육 년 동안 별세한 분들도 많지만 우린 그럭저럭 슬픔과 죽음마저도 참고 잘 넘겨왔는데. 이제 여기서도, 죽기 전에 헤어질 사람이 있겠군요. 그동안 정이 들었는데…… 그, 그, 럼,, 아, 안, 녕, 히,, 가, 가, 십, 시, 오! 김씨의 더듬는 외침에 김형준이 놀라 삼촌의 숨쉬기를 관찰한다. 한참 만에 가쁘던 호흡이 다시 정상을 되찾는다. 내 기로원 생활 육 년 동안 숱한 죽음을 목격하지 않았는가. 늙은이들은 외로워도 참고, 아파도 참고, 그리워도 참고 살지. 모진 성깔만 남아 화를 내고 누구에겐가 욕질하며, 욕질하다 슬퍼져 그리워하며, 그렇게 참는 게야. 참을 수밖에 없잖아. 늙은이들은 그렇게 슬픔에 갇혀 겨우 숨을 쉬지. 그러나 그 슬픔에서 해방되어 새로 시작할 무엇도, 심지어 슬픔을 깨달을 자각력도 마비되었어. 이젠 죽을 때가 됐다는 푸념을 입에 달고 살지만 내심으론, 사오 년쯤, 아니, 십 년쯤은 죽지 않을 거라고 다짐하면서 말야. 죽는다는 게 두려워 그렇게 참고 견디지만 죽음은 의외로 빨리 닥쳐. 몸이 죽으면 혼미한 정신도 체념 상태가 되어 마지막 순간을 받아들이지 않을 수 없지. 육체에서 해탈해 슬며시 우주 공간으로 형체 없이 빠져나가버려. 김씨의 입술이 달싹거린다. 사, 라, 암, 은,, 주, 죽, 음, 을,, 햐, 앙, 해,, 누, 구, 나,, 스, 슬, 프, 음, 을,, 차, 참, 으, 며,, 가, 가, 고,, 이, 있, 어. 나, 여, 억, 시,,…… 김씨의 주절거림이 흐르는 눈물처럼 이어진다.(『슬픈 시간의 기억』, 초판본, 문학과지성사, 2001)

| 내가 읽은 『슬픈 시간의 기억』 |

온몸으로 쓰다

강영숙(소설가)

　『슬픈 시간의 기억』을 읽고 생로병사의 순서에 따라 누구에게나 평등하게 찾아오는 자연현상으로서의 죽음에 대해서는 말하지 않기로 했다. 또 이 연작소설에 등장하는 네 명의 노인들, 현대사의 지난한 굴곡을 거친 불쌍한 노인들이 편안하고 아름다운 죽음을 맞이해야 한다는 식의, 죽음의 교육과 죽음의 철학에 대해서도 말하지 않기로 했다. 물론 세상의 모든 피조물에는 끝이 있고 누구나 끝에 다다르면, 더구나 이 소설의 공간인 '한맥기로원' 같은 장소에 있게 되면 한번쯤은 자신의 라이프 스토리를 얘기하고 싶어질 것 같기는 하다. 그러나 누군가 찾아와 "당신은 내일 오후 세시에 돌아가실 예정입니다"라고 전한다고 해서 평안하고 적극적인 자세로 죽음을 받아들일 사람이 몇이나 될까. 물론 한 개인이 죽음을 받아들이는 태도에는 그가 평생 가져온 종교가 큰 역할을 하는 것이 사실이다. 그러나 종교가 있다고 해서 흔들림이 없을 수는 없다. 그리고 그 흔들림의 파장은 죽음에 이른 사람이 가졌던 삶과 시간에 대한 욕망, 정열, 정념, 욕정, 고통, 경험을 아우르는 파토스의 깊이에 비례한다.

  이 소설에 등장하는 세 명의 여자 주인공(한여사, 초정댁, 윤선생)과 한 명의 남자 주인공(김중호)은 모두 사설 양로원인 한맥기로원 동기생이다. 작가가 이 소설을 책으로 묶은 것이 2001년이었으니까 네 명의 주인공이 모두 살아 있다는 상상을 하면 그들은 지금 90세를 넘은 나이다. 흥미롭게도 나는 이 소설을 읽으면서 한국 현대사를 온몸으로 앓은, 나와는 세대의 차이가 분명한 사람들의 이야기임에도 불구하고 나는 과연 이 네 명중 어떤 부류에 속하는 인간인가를 생각해보게 되었다.

                        *

  첫번째 소설 「나는 누구인가」의 한여사는 팔십에 가까운 사람이 늘 외모에 집착한다. 머리에 가발을 쓰는 건 물론이고 "닭볏같이 검붉고 주름이 엉긴 목도 (……) 꼼꼼하고 세밀하게, 주름살에 더 신경을 써서 분을 먹이면 고랑이나 금이 어느 정도 감추어진다"(19쪽)고 믿는 사람이다. 그렇게 고운 화장으로 얼굴을 단장하고 시를 읽고 음악을 들으며 깔끔한 엘리트 여성처럼 행동한다. 그러나 그건 한여사 스스로가 만든 가면이고 실제의 한여사는 전혀 다른 사람이다. 그녀는 정신대, 양공주, 혼혈아 출산으로 이어지는 한반도 현대사의 가장 잔혹한 슬픔을 온몸에 지닌 역사의 희생물이다. 반치매 상태의 죽음에 이르러서야 그녀는 "나, 난 야,

양갈보가, 아니에요. 귀, 귀부인이라니깐"(64쪽)이라고 외치며 자신의 몸을 관통해 지나간 과거를 고통스럽게 토해낸다. 그녀는 한밤중에 맨발로 야산까지 기어올라가 쓰러진 뒤 "화장독 탓인지 백랍이다 못해 푸른 기가 도는" 맨얼굴을 찡그리며 죽음에 이르러서야 입을 연다.

내, 가,, 도, 대, 체,, 누, 구, 냐, 고? 나, 는,, 누구인가?(80쪽)

두번째 소설 「나는 나를 안다」의 주인공 초정댁은 거침없는 사람이다. 변호사 버금가는 말솜씨에 기로원의 크고 작은 일에 관여하기 좋아하는 성격으로 "나도 한때 암매미 같은 시절이 있었지"(102쪽)라고 할 정도의 화려한 이력을 가진 할머니다. 그녀는 젊은 시절 병이 든 남편 대신 건강한 이씨를 만나 외도를 하고 그가 함께 떠나자고 협박하자 그 남자를 다리 위에서 밀어 떨어뜨려 죽인다. 그리고는 "이씨는 영원히 이 지상에서 사라져버렸다고 쾌재를"(152쪽) 부르고 강물을 보며 중얼거린다.

내가 살인을 했다고? 웃기고 자빠졌네. 난 아무 죄가 없어. 서방 있고 자식 둔 아녀자를 협박한 그 자식이 죽일 놈이지. 애시당초부터 그럴 마음도 없었지만 내가 왜 서방과 자식 버리고 백수건달을 따라 낯선 대처로 나서.(152~153쪽)

이씨와 함께했던 뜨거운 사랑은 사랑도 아니었던 것이고 놀랍

게도 그녀의 뱃속엔 다리 위에서 떨어져 죽은 이씨의 아이가 아닌 우훈장의 아이가 들어 있었다. 초정댁은 늘 세상과 절묘하게 타협하고 자신의 이익을 가로막는 사람은 결코 용납하지 않는 나쁜 여자였고 욕망의 화신이었다. 죽음 직전에 이르러서도 대학교수가 된 아들 정필에게조차도 숨겨진 출생의 비밀을 발설하지 않고 자신의 재산을 물려주지 않은 채 밀고 당기기를 시도하는 영리하고 똑똑한 할머니가 바로 초정댁이다.

어림없다. 내 눈감을 날까지 싫으나 좋으나 너들이 여기 내 생활비 다달이 입금시킬 테고, 한 달이 멀다 하고 쪼코레또며 아스필링에 고깃근 사들고 여기로 찾아오게 하는 방법을 내가 알고 있으니깐.(168쪽)

한 집안을 망하게 하고 여러 남자를 곤경에 빠뜨린 초정댁 할머니는 끝까지 양심선언 따위는 하지 않는다. 그리고 그녀는 말한다.

세상 사람이 다 몰라도 나만은 그 비밀을 알아. 내가 누군지, 어떤 여편네인지 내가 잘 아니깐. 한마디로 말해서, 나는 나를 안다.(169쪽)

세번째 소설인 「나는 두려워요」의 주인공은 한여사와 한방을 쓰던 윤선생이다. 죽어가는 한여사에게 "주님이, 내 딸아, 어서 오너라, 내 너를 기다렸다며 예뻐하실 겁니다"(80쪽)라고 말하며 한여사의 마지막을 지켜본 사람이며 "고통 없이 생을 마친 복받은 죽음"(198쪽)을 맞이한 초정댁의 마지막 순간을 지켜본 사람이다. 윤선생은 잠들기 전에 늘 기도한다.

주님, 이제 저를 안식의 그 처소로 불러주옵소서. 이 땅에서의 삶에는 지쳤습니다. 하나님의 나라, 주님이 계신 곳에 제가 들 수 있을는지요? 저를 받아주신다면 영혼이나마 그 처소로 가고 싶습니다.(173쪽)

윤선생은 어릴 때 언청이이긴 했지만 수술을 해서 다 나았고 늘 신앙생활을 해온 착하고 좋은 사람이었다. 초정댁에 비하면 그리 나쁜 일을 한 것도 없다. 물론 학생 시절 자신을 좋아해 편지를 주곤 했던 한 남학생과의 평생 잊지 못할 불행한 사고가 있기는 했다. 기차에 함께 탄 남학생이 팔을 잡자 불결하게 느껴져 책 보퉁이로 남학생의 팔을 내리쳤고 그는 순식간에 승강구 밖으로 사라졌다. 그러나 그녀는 그 사건 때문에라도 평생을 독실한 크리스천으로 학생들을 가르치고 존경받으며 성실하게 살았다. 특히 외국인인 제임스 목사가 진주시에 세운 사회복지시설의 아이들을 보살피는 봉사활동을 열심히 했다. 그녀가 죽음에 이르러서 마지막까지 본 것은 그녀가 돌보던 시설에서 만난 아이들의 "해맑은 얼굴"(257쪽)이었다.

어쩌면 가장 편안하게 죽음을 맞이할 수 있는 조건을 갖춘 윤선생은 주님을 만나기조차 두려워하며 주님의 나라에 들어갈 수 없다는 회의에 빠져 고통스럽게 죽음을 맞는다. 윤선생을 '성처녀'로 모시는 제자들이 유수리, 진주, 마산, 부산 등지에서 찾아와 곁을 지키고 시주승도 다녀가고 아버지의 환영, 제임스 목사의 환영과 맞닥뜨려 대화도 나누지만 윤선생은 끝까지 확신하지 못하고 "불에 달군 쇠로 오장육부를 지지는 듯한 진통"(253쪽)을 참아가며 고백한다.

저, 저, 는,, 주, 님, 을,, 만, 나, 기, 가.. 두, 려, 워, 요……(257쪽)

유일한 남자 주인공이 등장하는「나는 존재하지 않았다」의 김중호 노인은 기로원의 사무장으로 지금도『노년의 정신관리』와『노자』그리고 사후세계를 다룬『불후의 모험』을 읽고 있다. 그는 평생을 책 속의 인물과 철학에 자신을 투사한 채 살아온 사람이다. 그는 북한에 가족을 두고 온 사람으로 남한에서 결혼을 하기는 했으나 현실에 안착하지 못하고 도서관에서 일하며 늘 외롭게 책 속에 파묻혀 살아온 사람이다.

그는『구토』를 읽었고『군주론』을 읽었으며 "로캉탱이 도서관에서 드 로르봉 후작에 관한 조사를 하며 역사학에 흥미를 가졌듯, 그가 한국의 난장판 현실에서 등을 돌려 '기마민족에서 농경민족으로'의 집필을 시도하려 엄두를 내기도"(271쪽) 했던 인물이며 66권의 노트에 쓴 자신만의 메모장을 가지고 있는 기록광이다. 조카인 형준이 아파 누워 있는 김중호 노인에게 한 말은 매우 흥미롭다.

역사란 게 어디 따로 있나요? 어디 왕정 시대 권력투쟁사만 역사입니까. 개인사적 삶의 기록이 모이다 보면 그 시대 민초들의 생활이 총체적으로 드러나잖아요. 작은아버지가 오랫동안 기록해온 그 잡기장이 훗날 우리 집안의 가보가 될 수도 있어요.(……) 당시 무슨 책을 읽었는가, 그때 유행이나 풍속은 어떠했는가, 당대 물가까지 모든 게 기록되어 있을 게 아닙니까.(327쪽)

그는 교통사고를 당해 "간이역 이동침대에 누워 저승으로 갈 막차를 기다리고 있다는 착각에 빠져"(318쪽) 병실에 누워 있다. 그는 안타깝게도 망막박리로 당분간 눈을 쓸 수가 없고 기로원으로 돌아가지도 못한다. 그는 아기 울음소리를 환청으로 들으면서 용공분자로 몰려 유치장에 들어가 있을 때를 떠올리며 몸을 떤다. 그리고 그의 눈도 점차 희미해진다. 그가 생각하는 죽음은 이렇다.

팔레스타인 젊은이가 폭탄을 몸에 안고 자살 테러를 감행하듯이. 노령의 죽음은 누구나 육신의 자살이야. 의식은 더 살고 싶은데 몸이 이제 정신을 위해 그만 봉사하겠다고, 너무 지쳤다고 자살을 감행하는 거야. 세상과의 단절을 선언하고 자기 몸을 해체해버리지. 부패하며 썩어버려.(337~338쪽)

그는 죽음이란 것이 "육체에서 해탈해 슬며시 우주 공간으로 형체 없이 빠져나가버리"(339쪽)면 그만이라는 것을 너무 잘 알고 있다. 그러면서도 그는 죽음을 두려워하며 가쁜 숨을 몰아쉰다. 과연 우리는 누구란 말인가.

*

　『슬픈 시간의 기억』에서 굉장히 흥미로운 것은 이 연작소설이 단지 네 개의 덩어리로 이루어져 있다는 사실이다. 의도적인 것인지 아닌지 작가는 전혀 문단을 나누지 않은 채 네 개의 커다란 덩어리를 독자들에게 던져놓았다. 흔히들 말하길 문장도 그렇지만 문단 나누기야말로 숨기기 어려운 그 작가의 기질이다. 즉 "문단은 소설가의 DNA"와 같다고 말하곤 한다.(프랜신 프로즈) 가브리엘 가르시아 마르케스의 유명한 소설 『백년 동안의 고독』 첫 문장도 한 페이지를 넘어간다. 또 프랜신 프로즈의 책에 소개된, 19세기 중남미의 여러 독재자들의 이미지에 관해 썼다는 마르케스의 다른 소설 『족장의 가을』도 책 한 권이 문단 나누기가 전혀 없는 딱 한 문단으로 이루어져 있다. 왜 마르케스와 김원일은 문단 나누기를 통한 논리 전개의 관행을 깨고 이런 형식 실험을 감행한 것일까.
　그것은 작가가 이 소설을 머리가 아니라 몸으로 썼기 때문이 아닐까. 이 소설은 여자들의 이야기이고 독학자의 이야기이고 몸의 이야기인 동시에 신에 관한 이야기이다. 이 소설의 서술은 현재와 과거가 마구 뒤섞이고 의식과 잠재의식이 뒤섞이고 남성과 여성이 뒤섞이고 선과 악이 뒤섞여 있다. 그러니까 이 소설은 과거형이 아니라 현재형으로, 타자들의 이야기가 아니라 나의 이야기로 읽어야 하는 것이 맞다.
　소설을 읽다보면 죽음을 앞둔 노인들의 회고 앞에서 중간 중간

호흡을 멈추게 되고 숨을 몰아쉬게 되고 그러면서도 독서는 계속된다. 이 소설은 태어나면서부터 가련한 존재인 인간의 백전백패하는 싸움의 기록이며 '나는 누구인가'를 찾으려고 했던 평범한 사람들의 아픈 이야기다. 『슬픈 시간의 기억』은 한국 현대사의 비극을 온몸으로 그려온 작가 김원일이 몸으로 쓴 고통의 덩어리이며, 그러므로 독자는 읽는 내내 손을 뗄 수 없는 마술적 힘을 느낄 수밖에 없는 것인지도 모른다.

작가의 말

소설전집 3차 간행분에 이 연작소설을 넣으며 따로 붙일 말이 없어, 10년 전 문학과지성사판 초판을 낼 때의 '작가의 말'을 그대로 싣는다. 10년, 그새 내 나이도 칠순에 이르렀고, 말이 씨가 되듯 그때 '작가의 말'처럼, 소설 속의 늙은이로 이 지상에서 천천히 사라지고 있으며, 살아 있어도 있듯 없듯 존재한다.

지난 일 년여 이 연작소설을 쓰는 데 바쳐, 여러 계간지에 네 편을 발표했다. 자폐인지 조울인지, 한 달에 보름은 우울증에 시달리는데, 글쓰기는 늘 그렇듯 괴로움의 연속이다. 그나마 이 작업이 아니고는 다른 일거리를 찾을 수 없었기에 오늘에 이르기까지 매달려온 셈이다. 술과 담배가 시간을 이기는 위무가 되어주었고, 불면증으로 시달리는 밤 시간이 소설과 죽음을 생각하는 데 도움이 되었다. 오래전에 구상해두었던 노인 이야기를 쓰다 보니, 살아감이 하도 괴로워 어서어서 세월이 흘러 세상 어느 한 구석에 있는 듯 없는 듯 존재하는 늙은이가 되었으면 하던 소년적의 바람을 얼추 이룬 나이에 당도했음이 고맙다. 소설 속의 주인공들처럼 살아온 지난 시간이 돌아보이는 나날이다.

2011년 봄날
김원일

김원일 소설전집 20

슬픈 시간의 기억
1판 1쇄 발행 | 2011년 5월 31일

지은이 | 김원일
펴낸이 | 정홍수
편집 | 김현숙 김정현
펴낸곳 | (주)도서출판 강
출판등록 | 2000년 8월 9일(제2000-185호)

주소 | 서울시 마포구 서교동 460-45(우 121-842)
전화 | 325-9566~7, 070-7566-8496
팩시밀리 | 325-8486
전자우편 | gangpub@hanmail.net

값 12,000원
ISBN 978-89-8218-163-4 04810
    978-89-8218-133-7(세트)

이 도서의 국립중앙도서관 출판시도서목록(CIP)은 e-CIP 홈페이지(http://www.nl.go.kr/ecip)와 국가자료
공동목록시스템(http://www.nl.go.kr/kolisnet)에서 이용하실 수 있습니다.(CIP 제어번호:CIP2011002029)